Christian v. Ditfurth, geboren 1953, ist Historiker und lebt als freier Autor in Berlin und in der Bretagne. Neben Sachbüchern und Thrillern hat er Kriminalromane um den Historiker Josef Maria Stachelmann und den Kriminalkommissar Eugen de Bodt veröffentlicht. Nach *Das Dornröschen-Projekt* und *Tod in Kreuzberg* ist *Ein Mörder kehrt heim* der dritte und abschließende Band der *Dornröschen*-Reihe.

Die *Dornröschen*-Reihe in der Presse:

»Sehr spannend und mit einem Personal, das es so in der Krimiliteratur noch nie gegeben hat.«
*hr2* »Doppelkopf«

»... kauzige Typen, komische Sprüche, ein kreuzgefährliches Komplott und temporeiche Spannung mit einer Spur sentimentaler Hauptstadt-Nostalgie.«
*mdr*

»Die drei WG-Altlinken tapsen manchmal naiv, sympathisch und irgendwie fast niedlich durch die Story. Lesenswert!«
*rbb* Inforadio Kultur

»Gutes Lese-Kino mit einem gesellschaftlich relevanten Thema als Aufhänger und hohem Unterhaltungsfaktor.«
*krimi-couch.de*

Außerdem von Christian v. Ditfurth lieferbar:

*Das Dornröschen-Projekt* · *Tod in Kreuzberg* · *Böse Schatten* · *Heldenfabrik* · *Zwei Sekunden* · *Giftflut* · *Schattenmänner* · *Ultimatum* · *Terrorland* · *Endzeit*

Christian v. Ditfurth

# Ein Mörder kehrt heim

Kriminalroman

PENGUIN VERLAG

Sollte diese Publikation Links auf Webseiten Dritter enthalten, so übernehmen wir für deren Inhalte keine Haftung, da wir uns diese nicht zu eigen machen, sondern lediglich auf deren Stand zum Zeitpunkt der Erstveröffentlichung verweisen.

Die Kapitel-Überschriften sind Songtitel von *Traffic.*

MIX
Papier aus verantwortungsvollen Quellen
FSC® C014496
FSC www.fsc.org

Klimaneutral*
Druckprodukt
ClimatePartner.com/14044-1912-1001

Penguin Random House Verlagsgruppe FSC® N001967

1. Auflage 2021

Umschlaggestaltung: bürosüd nach einem Entwurf von Semper Smile
Umschlagabbildung: © Look-foto/H.&D. Zielske
Satz: Uhl + Massopust, Aalen
Druck und Bindung: GGP Media GmbH, Pößneck
Printed in Germany
ISBN 978-3-328-10790-3
www.penguin-verlag.de

Marschiert die Truppe durch schwieriges und unwegsames Gelände mit feuchten Niederungen und Schilfrohr oder durch Berge und Wälder mit dichtem Unterholz, ist größte Vorsicht geboten und die Umgebung immer wieder zu durchkämmen, denn dies sind die Orte, an denen Hinterhalte gelegt werden und Kundschafter lauern.

*Sunzi*

# Prolog

Ein idealer Ort für einen Mord.

Es war helllichter Tag, aber im Wald dämmerte es. Der Boden dampfte. Es war kalt, doch die Frau schwitzte. Der Mann folgte ihr mit einem Schritt Abstand, die Pistole in der Hand. Ein Ast knackte. Die Autobahn rauschte. Ab und zu ratterte fernab ein Zug über Gleise. Am Himmel heulten Flugzeuge, die auf dem Frankfurter Flughafen landeten oder starteten.

Ein idealer Tag für einen Mord.

Der Mann hatte sie am Hauptbahnhof abgeholt und nur gesagt: »Wir fahren zum Depot.«

Daran klammerte sie sich, obwohl sie bald ahnte, dass er sie täuschte. Er hätte sagen müssen: Ich muss dich hinrichten. Du hast uns verraten. Und wenn du es nicht schon hast, wirst du es tun. Das musst du verstehen. Aber er hatte gesagt: »Wir fahren zum Depot.«

In Depots versteckten sie Waffen und Pässe. Sie selbst hatte geholfen, geheime Lager einzurichten.

Ein Uhu klagte.

»Weiter, wir sind gleich da.« Der Mann sprach hastig. »Dorthin. Du siehst die Tanne mit dem Fleck?«

Sie sah den Stamm, an dem Rinde fehlte.

Er hat sich schon einen Platz ausgesucht, dachte sie. Er hat es vorbereitet. So was musste man planen. Hier würde niemand den Schuss hören. Vögel zwitscherten. Ein Specht hämmerte.

Vorn riss die grüne Decke auf, die Sonne zeichnete helle Flecken auf dem Boden. Der war weich, moosig. Ein Pfeifen irgendwoher.

Kein schlechter Platz zum Sterben.

»Weiter«, sagte der Mann.

Als sie am Stamm waren, sagte er: »So, jetzt rechts, da hinunter.«

Sie sah die Kuhle, laubbedeckt. Am Tiefpunkt war es schwarz, feucht. Was hier geschah, konnte niemand sehen, nicht einmal ein Spaziergänger, der die Waldwege verlassen hatte. Es sei denn, er stand am Rand der Kuhle. Aber da stand niemand, und niemand würde ihr helfen. Warum auch? Sie hatte Banken überfallen und Menschen getötet. Nicht selbst getötet, aber dabei geholfen, und das war das Gleiche. Nun war sie dran mit Sterben. Der Gedanke tröstete sie. Jeder hatte seine Zeit. Sie stapfte in die Kuhle, der Mann blieb dicht hinter ihr. Sie hörte seinen Atem. Sie waren weit gelaufen auf tiefem Waldboden.

Als Kind hatte sie gern im Grunewald gespielt. Es hatte so gerochen wie hier, und die Luft war neblig gewesen von der Nässe, die aus dem Boden dampfte, wenn die Sonne ihn wärmte. Die Luft war modrig, schwer. Der Bodennebel dämpfte die Geräusche, alles klang fern.

»Stehen bleiben!«, befahl der Mann. Er blickte sie mit stumpfen Augen von der Seite an, schüttelte den Kopf, als hätte er ein lautloses Selbstgespräch beendet und zog die Pistole.

Sie kniete sich nieder, und er trat hinter sie.

Sie kannte das Geräusch, wenn der Pistolenhahn gespannt wurde.

# 1: Empty Pages

Robbi saß auf der Küchenfensterbank. Sein schwarz-weißes Fell glänzte in der Sonne. Der Kater gähnte und streckte sich. Plötzlich erstarrte er. Dann folgten seine Augen einer Fliege, die um ihn herumkurvte, als wäre sie ein Flugzeug und er King Kong auf der Spitze des Empire State Building. Robbi wartete, bis sich die Fliege an die Scheibe gesetzt hatte. Er schlug ansatzlos zu und steckte sich das Insekt ins Maul. Er kaute länger, als die Portion es hergab. Zufrieden machte er sich lang auf der Fensterbank.

»Hast du toll gemacht«, sagte Twiggy. Er nahm einen Schluck von seinem Morgenkaffee, ohne seine Lektüre zu unterbrechen. »Der Innensenator ist stolz«, sagte er. »Seiner Taktik sei es zu verdanken, dass es am 1. Mai vergleichsweise ruhig geblieben sei.«

»Kein Wunder«, erwiderte Matti, der den Politikteil der *Berliner Zeitung* las. »Bullen, überall Bullen.«

»Von wegen neue Taktik«, erklärte Dornröschen mit vollem Mund. »Er hat nur nachgemacht, was der Vorgänger sich ausgedacht hatte. Dabei hat er den immer als Weichei angepisst, als er noch Oppositionsführer war.«

»Innensenator bleibt Innensenator, egal, wie er heißt«, brummte Matti. »Vielleicht kriege ich heute auch noch mal den Berlinteil?«

»Wird ein Politiker Innensenator, verwandelt er sich in einen Bullenknüppel in Menschengestalt«, antwortete Dornröschen, während sie in ihrem Teebecher rührte.

Es war ein schöner Morgen. Die Maisonne wärmte die Küche. Matti freute sich fast, gleich in die Manitiusstraße zu radeln, wo sein Chef Ülcan eine Taxiklitsche betrieb und unbeirrbar glaubte, dass alles, was er tat, nur dem Wohl seiner Fahrer diente. Die ihn zum Dank nach Strich und Faden betrogen. Da aber Mohammed ihn mahnte, barmherzig zu sein, hatte Ülcan noch nie einen seiner Lenkradknechte rausgeschmissen. Obwohl dieses Pack es tausendfach verdient hätte. Matti stellte sich vor, wie er den Steinzeit-Daimler durch die Stadt steuerte, die milde Luft in der Nase, die blühenden Bäume und Büsche vor Augen. Und die schon sommerlich gekleideten Frauen im Blick.

Dornröschen hatte am Abend erzählt, dass es in ihrer *Stadtteilzeitung* gerade gut lief, das Blättchen war also nicht praktisch, sondern nur theoretisch pleite, was die WG als epochalen Fortschritt pries. Dornröschen war die Chefin in der Redaktion, in der es natürlich keinen Chef gab.

Twiggy hatte sich wieder in der Nacht herumgetrieben und war mit einem Karton feinsten Espressokaffees heimgekehrt. Im Vorratsschrank hatte er Dosen mit Thunfischkatzenfutter getürmt, und so war auch Robbi zufrieden. Matti fiel ein, dass sie in letzter Zeit Momente der Sorgenlosigkeit erlebt hatten. Es war zu gut, um wahr zu sein.

Wie zur Bestätigung klingelte das Telefon im Flur. Niemand bewegte sich. Es klingelte wieder. Matti warf einen Blick zu Dornröschen, die hatte sich das Feuilleton geschnappt und rümpfte die Nase. Twiggy hob den Kater auf seinen Schoß. Beim fünften Klingeln schnaufte Matti empört und latschte in den Flur.

»Ja?«, fragte er unwillig.

»Spreche ich mit Matthias Jelonek?« Eine Frauenstimme, jung, aufgeregt.

»Ja, mit wem spreche ich?«

»Anja Barth.«

»Und was wollen Sie?«

»Mit dir reden.«

»Aha. Worüber? Warum?«

»Das würde ich dir lieber nicht am Telefon erzählen.«

»Woher hast du meine Nummer?«

»Nicht am Telefon.«

In der Stimme lag ein Drängen. Sie musste ihn um jeden Preis sprechen.

»Ich weiß nicht«, sagte Matti. »Ich kenne dich nicht.«

»Aber du kennst … Ingeborg.«

»Hm.«

»Ihr habt euch wegen ihr gestritten, am 17. Januar 1972, auf einer der letzten Redaktionssitzungen der *Agit 883*. Mehr kann ich jetzt nicht sagen.«

Matti überlegte kurz. Nein, das war keine Falle oder eine verdammt gute. »Kann ich dich zurückrufen?«

»Ja.« Sie nannte eine Handynummer.

»Ingeborg, Ingeborg, da war doch was?«, sagte Matti, als er wieder am Küchentisch saß.

Twiggy runzelte die Stirn. Dornröschen kratzte sich hinterm Ohr und gähnte. Sie trug das rote Seidenkleid, das ihr so gut stand, und guckte Matti durch die runden Gläser ihrer silbrigen Brille fragend an.

»Nachname ist vielleicht Barth. Jedenfalls nannte sich die Frau am Telefon so und behauptete, Ingeborgs Tochter zu sein. Sie sagte, ich hätte mich wegen Ingeborg auf einer Redaktionskonferenz von *Agit 883* gefetzt. Sie konnte sogar das Datum nennen. 17. Januar 1972.«

»Kurz vor Ultimo also. Was war da?«, fragte Twiggy.

»Keine Ahnung«, erwiderte Matti.

»Und mit wem sollst du dich gefetzt haben?«

Matti zuckte mit den Achseln.

»Ihr habt wohl Alzheimer«, sagte Dornröschen. Sie lachte. »Ingeborg Barth, die kennen wir. Wenigstens den Namen. Die gehörte zur RAF. War aber eher ein kleines Licht. Irgendwann, 1972 glaube ich, ist sie verschwunden. Und nicht mehr aufgetaucht.«

Twiggy schlug sich an die Stirn. »Und keiner wusste, was mit der passiert ist.«

»Genau«, sagte Dornröschen. »Mal hieß es, Baader habe sie erschossen, weil sie auspacken wollte. Dann hieß es, sie sei abgetaucht, Bagdad oder so. Hat jedenfalls ein Kronzeuge behauptet.«

»Wegen der soll ich mich gestritten haben, sagt diese Anja. Ich kann mich echt nicht erinnern. Aber Barth, jetzt weiß ich es auch wieder.« Er hatte es verdrängt, klare Sache. Matti versuchte sich zu entsinnen, worum es auf dieser Redaktionssitzung gegangen sein konnte. Aber er kam nicht drauf. Wahrscheinlich um den bewaffneten Kampf, revolutionäre Gewalt oder die Anmaßung, anstelle der Arbeiterklasse zu kämpfen. Es kam ihm unendlich lang her vor. Er hatte an einigen dieser für alle offenen Zusammenkünfte teilgenommen, auf denen die Basis entschied, was in der Anarchozeitschrift erschien. Aber er war erst in der Endphase dazugestoßen, bald danach war das Blatt eingeschlafen.

Robbi begann laut zu schnurren. Twiggy kraulte, was das Zeug hielt.

»Und wenn das eine Provokation ist? Die Bullen haben noch eine Rechnung offen mit uns«, sagte Matti.

»Quatsch«, sagte Dornröschen. »Wir haben mit dieser Geschichte doch nichts zu tun, oder?«

Twiggy verzog den Mund.

Matti schüttelte den Kopf, Twiggy mit Verzögerung auch.

»Hm. Eigentlich spricht nichts dagegen, dass du dir die Dame mal anschaust«, sagte Dornröschen. »Oder auch nicht.«

»Vielen, vielen Dank für die Genehmigung«, sagte Matti. Twiggy grinste.

Dornröschen lächelte. Sie war in der gnädigen Phase ihrer schnippischen Periode.

Er sah sie kommen, als sie auf dem Kreisweg an der Skulptur *Schreitender Mensch* vorbeiging und sich dem Ausgang des Görlitzer Parks an der Oppelner Straße näherte. Ihr Blick suchte ihn. Sie trug Jeans, Turnschuhe und eine Trainingsjacke und sah verdammt gut aus. Ihre Mutter war eine Schönheit gewesen. Matti hatte im Internet Bilder gefunden, die es bewiesen. Und er konnte sich schemenhaft an ihr Aussehen erinnern. Es war Anjas Vorschlag gewesen, sich hier zu treffen. Matti erinnerte die Geheimnistuerei an die Zeit, als die WG fast in den Untergrund abgetaucht wäre. Als sie schon ein Waffenversteck eingerichtet hatten, aus dem sie Jahrzehnte später die drei Makarows holten, die seitdem unter der Fensterbank in der Küche lagen.

»Ich werde dich erkennen«, hatte Anja gesagt, und sie erkannte ihn. Sie war einen halben Kopf kleiner als er, als sie ihm die Hand gab. »Wollen wir ein Stück gehen?«

Sie schlenderten in Richtung Parkteich.

»Ich weiß nicht, wo ich anfangen soll«, sagte sie. »Es ist verworren.«

»Am Anfang«, sagte Matti trocken.

Sie hatte ein feines Profil, betont durch kurze blonde Haare. Sie lachte leise. »Also am Anfang. Du kennst die Geschichte meiner Mutter.« Das war keine Frage. Sie blickte ihn kurz an von der Seite, und er nickte.

»Sie ist verschwunden. Angeblich hat Baader sie ermordet. Aber das kann auch Tarnung sein, und sie ist untergetaucht. Baader traut man alles zu, und er kann nicht widersprechen.«

Matti nickte. »Hast du jemals von ihr gehört?«

»Nie. Kein Zeichen.«

»Eine Mutter, die ihre Tochter im Stich lässt.«

»Hat Ulrike doch auch gemacht. Was zählen die eigenen Kinder, wenn es um die Weltrevolution geht? Aber deswegen wollte ich dich nicht sprechen. Es geht um was anderes, auch wenn es damit zu tun hat.«

Matti blickte sie neugierig an. Sie versank in sich, während sie neben ihm ging.

Auf dem Fußballplatz wurde gekickt. Auf Bänken hockten Schwarzafrikaner, auch eine Frau mit Kinderwagen, zwei Jungs alberten herum. Ein Mann in indischer Kleidung saß mitten im Müll, den die Griller zur Freude der Nebelkrähen hinterlassen hatten, und lehnte sich an einen Baum. Ein paar Meter neben ihm jonglierte ein schwarzlockiger Mann mit Keulen.

»Mich hat jemand angerufen. Er nannte sich Michael. Und er hat gesagt, er sei mein Vater.«

»Mal von ihm gehört?«, fragte Matti.

Sie schüttelte den Kopf.

»Aber du hast einen Vater?«

»Klar, der wohnt in Berlin. Ich besuche ihn regelmäßig. Seine Frau ist wie eine Mutter für mich.«

»Und was sagt dein Vater dazu, dass sich dieser Michael gemeldet hat?«

»Ich hab's ihm nicht gesagt. Vielleicht ist Michael ein Spinner. Aber er hat gesagt, ich soll dich fragen. Er kannte deinen Namen.«

Matti überlegte. »Ich kenne keinen Michael.«

Sie lachte bitter. »Das ist ja auch nicht sein richtiger Name. Er sagte: Geh zu Matthias Jelonek, wenn's den noch gibt. Und sag ihm einen schönen Gruß von Georg, mit dem er dereinst im *Terzo Mondo* Pizza Margherita gegessen hat.«

Matti blieb stehen. Am Wegrand stand ein Pärchen eng umschlungen. Weitab hupte es.

»Was ist?«, fragte sie. Sie war einen Schritt weitergegangen und drehte sich zu ihm um. »Kennst du diesen Georg?«

»Ja«, sagte Matti. Er hatte ihn vergessen, und das war gut gewesen. Georg Westreich, der das Gespräch mit Matti suchte, der ihn ein-, zweimal im Monat zum Pizzaessen einlud. Georg war bei der Schwarzen Hilfe gewesen und auch sonst gut dabei. Vielleicht sah er in Matti einen Genossen mit Perspektive. Vielleicht war es auch einfacher, und er wollte den jungen Typen vom Dorf beeindrucken, weil er sonst niemanden beeindrucken konnte. Matti war gerade nach Westberlin gekommen, um der Bundeswehr zu entgehen. Er hielt sich mit Gelegenheitsjobs über Wasser und war immer knapp bei Kasse. Und es beeindruckte ihn, jedenfalls am Anfang. Für Georg fanden die Genossen im *Terzo Mondo* immer einen Platz. Er durfte anschreiben lassen in der Kneipe in der Grolmanstraße. Ein schlaksiger, eckiger Typ, mit roten Haaren, unrasiert, spitzes Kinn. Der immer redete, pausenlos, mit feuchter Aussprache. Er hatte einer Genossin *ein Kind gemacht.* Das hatte er Matti erzählt. Aber nicht, wem. Jetzt wusste er es.

»Wann bist du geboren?«, fragte er Anja.

»14. Januar 1972.«

»Und wann ist deine Mutter verschwunden?«

»Ein paar Wochen nach meiner Geburt.«

»Die Mutter verschwunden, der Vater offenbar auch«, sagte Matti versonnen.

»Vielleicht.«

»Und der Mann, der all die Jahre dein Vater war, weiß nichts?«

»Ich glaube nicht. Er war mit meiner Mutter zusammen, als ich gezeugt wurde. Im Prinzip jedenfalls. Wäre nicht das erste Mal, dass eine Frau ein Kind von einem Mann kriegt, während sie eine Beziehung mit einem anderen hat.«

»Das sagt nichts.«

»Stimmt.«

Sie gingen ein paar Schritte.

»Aber bewiesen ist gar nichts. Kann trotzdem sein, dass dein Vater ... also, dass der Mann, der dich aufgezogen hat, dein richtiger Vater ist. Am Telefon kann man viel behaupten.«

»Michael alias Georg hat gesagt, ich sei gezeugt worden, als meine Mutter und Kurt ... so heißt mein Vater ... eine Krise hatten. Angeblich. Und da hat meine Mutter was mit diesem Georg angefangen. Kurz nur, aber für mich hat es gereicht.«

»Man könnte es leicht überprüfen. Gentest, und alles ist klar«, sagte Matti. Und fragte sich, wie eine Frau wie Ingeborg etwas mit Georg anfangen konnte.

»Kurt ist mein Vater, da brauche ich keinen Gentest. Ich bin vierzig, mir könnte das alles egal sein. Was zählt schon die Blutsverwandtschaft, wenn man so einen Vater hat wie Kurt?«

»Aber es beschäftigt dich doch«, sagte Matti.

»Ja, das ist komisch, nicht wahr?«

Ein Haufen Kinder lärmte vorbei. Das Geschrei einer Kindergärtnerin übertönte alles. Sie brüllte Anweisungen über den Park, aber die Horde scherte sich nicht darum.

»Wer ist dieser Georg?«, fragte sie.

Sie querten die Brücke über das Görlitzer Ufer. Ein Ausflugsschiff fuhr auf dem Landwehrkanal unter ihnen. Die Stimme des Reiseführers hallte.

»Eines Tages war er weg. Ich hatte eine Verabredung mit ihm, aber er kam nicht. Weil ich mir Sorgen machte – er war sonst pünktlich –, ging ich zu seiner WG, aber die hatte ihn auch nicht mehr gesehen. Einfach verschwunden. Bis er auf Fahndungsplakaten auftauchte. Als Terrorist.«

»Was hat er getan?«

»Banküberfälle, Bombenanschläge auf US-Kasernen. Sie haben ihm auch einen Mord angehängt. Westreich und Genossen wollten einen Richter entführen, aber der wehrte sich, und irgendeiner verlor die Nerven und schoss.«

»Mord würde erklären, warum er sich nicht mehr gemeldet hat«, sagte sie. »Insofern bestätigt er den Vorwurf durch sein Verhalten.«

»Sieht so aus auf den ersten Blick. Aber vielleicht wollte er sich nicht für einen Mord einsperren lassen, den er nicht begangen hat. Stell dir vor: Die schnappen sich den Richter, und einer erschießt ihn, obwohl sie vorher abgesprochen hatten, dass auf keinen Fall geschossen wird. Wenn ich mich an die Stammheimer Urteile erinnere, würde ich auch Angst kriegen.«

»Er will mich treffen.«

»Wo?«

»Hier, in Berlin. Deshalb hat er angerufen.«

»Aber nach ihm wird doch bestimmt noch gefahndet.«

»Ja, kann man auf der BKA-Website lesen.«

»Warum kommt er dann?«

»Er sagt, er habe was zu erledigen. Und vorher wolle er mich sehen.«

»Was hat er vor?«

»Ich weiß es nicht.«

»Er will dich sehen, und *dann* will er irgendwas erledigen?«

»Ja. So habe ich es verstanden.«

Links lag der Gebäudekomplex des Bundeskriminalamts und des Antiterrorzentrums. Matti deutete hin. »Vielleicht weil er dort auspacken will?«

»Was ist dort?«

»Das Reichssicherheitshauptamt 2.0«, sagte Matti.

»Wie bitte?«

»Wir nennen das in der WG so. Hier haben sich VS und BKA gemeinsam verbunkert.«

»Ach so.« Sie lachte kurz.

»Will er aussagen, was meinst du?«, fragte Matti.

»Hab ich mir auch schon überlegt.«

»Oder er will etwas Gefährliches tun und weiß nicht, ob er dich danach noch treffen kann.«

»Weil er vielleicht tot ist?«

»Könnte doch sein, er plant einen Banküberfall, weil ihm die Knete ausgeht. Und will dann schnell wieder abtauchen.«

Sie schüttelte den Kopf. »Dazu muss er nicht nach Berlin kommen. Banken gibt es überall. Ich glaube, er geht zum Staatsanwalt. Kronzeuge, so was.«

»Es sei denn, er hat nur in Berlin Genossen gefunden, die mitmachen«, warf Matti ein.

»Er war seit Jahrzehnten nicht mehr in Berlin«, sagte sie.

»Vielleicht, vielleicht nicht.«

Sie gingen schweigend ein paar Schritte.

»Ist schon seltsam, du hättest am Telefon ja sagen können: Lass mich in Ruhe!«, sagte Matti.

»Ja, hätte ich vielleicht tun sollen. Aber ich konnte nicht.«

»Scheiß Gene«, sagte Matti.

Sie lachte leise. »Ich verstehe es selbst nicht. Du sagst, Georg sei dein Freund gewesen?«

»So würde ich das nicht nennen. Er war ein bisschen älter als ich und schon eine Weile in Berlin. Er kannte die Szene gut, und ich kam vom Dorf. Da hat es ihm gefallen, den erfahrenen Genossen raushängen zu lassen. Aber gewiss, er hat mir geholfen.«

»Und die Essenseinladungen?«

»Er wusste, dass ich knapp bei Kasse war. Und es gefiel ihm, sich großzügig zu zeigen. Er wollte, dass die anderen ihn im besten Licht sahen.«

»Ein Angeber?«

»Nicht so krass. Aber er suchte Anerkennung.«

»Warum hat er mich an dich verwiesen? Du warst ja bei meiner Zeugung nicht dabei. Oder doch?« Ihr Gesicht färbte sich rosa.

Matti lachte. »Nein, so war es nun auch nicht. Ich soll dir bestimmt nur bestätigen, dass es ihn gibt, dass es möglich ist und dass er nicht verrückt ist.«

»Mein Vater, der Terrorist«, sagte sie.

Matti tat sie leid. Bis vor ein paar Tagen waren die Dinge einfach für sie gewesen. Sie hatte schon verkraften müssen, dass ihre Mutter sie im Stich ließ. Und jetzt konnte sich herausstellen, dass sie bei fremden Leuten aufgewachsen war. »Aber du wirst ihn treffen?«

»Ja«, sagte sie.

»Und was dann?«

»Keine Ahnung.«

»Soll ich mitkommen?«

Sie schwieg lange. Radfahrer zockelten vorbei, vorneweg ein Reiseführer, der vom Mauerweg erzählte. »Hier am Westufer verlief die Grenze«, rief er über die Schulter.

»Nein, besser nicht. Ich kann auf mich selbst aufpassen ... Entschuldigung, war nicht so gemeint.«

Matti winkte ab. »Aber du rufst mich an, wenn du ihn gesehen hast, ja?«

Sie nickte. »Klar.«

»Was machst du eigentlich sonst so?«

»Wie meinst du das?«

»Beruf ...«

»Öffentlichkeitsarbeit für Plattenfirmen, mal ein Artikel in *Zitty* oder *Tip*. Auch mal Radio.«

Matti hat das Gespräch noch im Kopf, als er zwei Tage später am Hauptbahnhof auf Fahrgäste wartete. Er hatte die Nachtschicht von Aldi-Klaus übernommen, weil der genölt hatte, er sei schon so oft für Matti eingesprungen. Und nun habe er die Frau seines Lebens kennengelernt, und gerade in dieser Nacht entscheide sich alles. Da müsse Matti für ihn fahren.

Ein Trupp besoffener Touristen in Anoraks lärmte vorbei. Matti kurbelte das Seitenfenster hoch und lehnte sich zurück. Eine merkwürdige Geschichte, dachte er. Alles war so weit weg, und jetzt holte es ihn doch ein. In Anjas Haut möchte ich nicht stecken. Eigentlich konnte Westreich ihr egal sein. Und der hätte sich besser nicht gemeldet. Was hatte sie davon, nach vierzig Jahren ihren leiblichen Vater kennenzulernen, wenn er es denn war? Matti stellte sich vor, wie Westreich irgendwo im Nahen Osten untergetaucht war und dort mehr vegetierte als lebte. Hatte er Ingeborg dort wiedergetroffen? Waren sie ein Paar? Anjas Eltern. Wenn es stimmte, dass sie in Bagdad lebte, wie hatte sie die Kriege überstanden? Wie die Sanktionen des Westens gegen Saddam Hussein, die das Volk ins Elend stürzten, nicht aber den Machthaber und seine Satrapen? Wie kamen sie klar in einer so fremden Welt? Wie sollten sie sich politisch engagieren? Wie ihre kulturellen Bedürfnisse stillen?

Er rollte einen Platz nach vorn.

Vermutlich war Ingeborg längst tot. Sie war nicht zurückgekommen, als das BKA sie von der Fahndungsliste gestrichen hatte. Aber vielleicht fürchtete sie, dass noch etwas herauskommen könnte, das ihr ein paar Jahre Knast einbrachte.

In der Mittelablage lag das gelbe Bändchen mit den Sprüchen von Konfuzius. Im Handschuhfach würde er Laozi finden. Auf dem Beifahrersitz wartete Sunzis »Kunst des Krieges«. Nachdem er mit der Chinamarotte angefangen hatte, konnte er nicht mehr aufhören. Es war die richtige Literatur für einen Taxifahrer, kurze Texte, deren Lektüre er jederzeit unterbrechen konnte. Und Weisheiten, die so ziemlich immer und überall galten.

*Die Wucht des reißenden Wassers, mit der es den Stein treibt, rührt von seiner geballten Kraft. Die Wucht des Raubvogels, mit der er die Beute schlägt, stammt von der Koordination seiner Bewegungen.*

Das Handy klingelte um 6 Uhr 10, kurz vor Schichtende. Eine unbekannte Nummer. Er nahm das Gespräch an.

»Matti, du musst kommen! Sofort!«, kreischte Anja. »Komm, schnell!«

»Wohin?«

»Volkspark Friedrichshain … am Teich, ich weiß den Namen nicht! Hier ist auch so ein Café …«

»Ist gut, ist gut. Bin schon unterwegs.«

Er scherte aus der Warteschlange aus und raste los wie ein Besengter. Er überhörte das wütende Gehupe, erwischte zwei Ampeln bei Hell- und eine bei Dunkelrot, sah im Rückspiegel schemenhaft, wie ein Radfahrer trudelte, und legte die Vorfahrtsregeln eigensinniger aus denn je. Er raste Am Friedrichshain entlang, vorbei am Kino bis zum Sträßchen, das in den Park hineinführte. Die rotweiße Schranke war oben, und er fuhr in Richtung Café Schoenbrunn. Davor stellte er das Taxi ab mit quietschender Bremse, sprang aus dem Wagen, knallte die Tür zu und rannte zum Teich. Es war menschenleer. Schwarze Wolken verdunkelten die Morgendämmerung. Anja saß neben einem Busch am Ufer auf dem Boden, das Gesicht in den Händen vergraben. Etwa zwei Meter neben ihr lag ein Mann. Auf dem Rücken. Zwischen ihr und dem Mann auf dem Boden stand ein Typ im Jogginganzug, das Handy am Ohr. Er wies Matti mit der Hand ab. Und dem kroch der blöde Gedanke ins Hirn, dass alte Männer nicht in Laufklamotten passten. »Polizei? Hier liegt eine Leiche. Am Großen Teich, Volkspark Friedrichshain … nein, ich achte drauf, dass niemand etwas anfasst.« Als Matti neben ihr stand, sah er, dass der Mann auf dem Boden ein Loch im Kopf hatte. Blut sickerte aus dem Loch über das bleiche Gesicht unter kurzen, leuchtend roten Haaren. Er hatte nicht zugenommen, hatte immer noch das kantige Gesicht, wenn auch mit Falten. Das Kinn ragte zum Himmel.

Er starrte auf das Loch. Sie schluchzte. Als sie den Kopf hob, sah er ihre rot geweinten Augen. Ihre Unterlippe zitterte. Sie blickte zur Leiche, als müsste sie sich vergewissern, dass der Mann tot war. Er kniete sich zu ihr und nahm ihre Hand.

»Das ist er. Mein Vater. Er hat es gesagt.«

»Hast du die Polizei gerufen?«

Sie schüttelte den Kopf und wies auf den Mann im Jogginganzug.

Matti holte sein Handy aus der Hosentasche und wählte Hauptkommissar Schmelzers Privatnummer.

»Ja?«, sagte Schmelzer, nachdem es lang geklingelt hatte. Er klang unwirsch. Matti befriedigte es, dass er ihn wecken konnte.

»Jelonek. Kommen Sie zum Volkspark Friedrichshain. Am Großen Teich, da liegt eine Leiche. Erschossen. Ein Passant hat das schon gemeldet, aber man weiß ja nicht …«

Schmelzer schnaufte. »Lassen Sie alles, wie es ist. Verändern Sie bloß nichts. Wir sind gleich vor Ort.«

Matti trennte das Gespräch und nahm Anjas Hand. »Komm.« Und zum Jogger sagte er: »Achten Sie auf die Leiche, ja?«

Der Jogger nickte. Er war hier der Chef.

Sie ließ sich führen wie eine Puppe. Ihre Hände zitterten. Sie gingen zum Café. Es hatte noch geschlossen.

Matti stellte zwei Stühle auf.

»Was ist passiert?«, fragte er, als sie sich gesetzt hatten.

»Wir haben uns … hier getroffen …«

»Um diese Zeit?«

»Ja.« Sie guckte auf die Armbanduhr. »Um sechs Uhr.«

Sie zog ein Taschentuch aus ihrer Hängetasche und trocknete sich die Augen.

»Er hat dich angerufen?«

»Ja, heute früh.«

»Und sich mit dir hier verabredet?«

Sie nickte.

Ein Turboradler raste vorbei auf einem Gerät, das fast unsichtbar war, so dünn waren Rahmen und Reifen.

Ihm fiel ein, dass es unklug sein könnte, dem Jogger das Aufpassen allein zu überlassen. Der Typ war nicht mehr ganz frisch. Vielleicht kippte er um vor Schreck. Und wenn dann ein Hund oder die Krähen, Berlins heimliche Herrscher … Aber der Laufgreis schien noch halbwegs fit zu sein. Den würde nicht gerade jetzt der Infarkt einholen, vor dem er weglief. Der würde die Leiche bewachen, bis die Staatsmacht anrollte. Die Bullen waren sowieso gleich da, und die sollten sich um den Toten kümmern. Matti spürte in sich ein ungeheures Erschrecken. Das war nicht sein erster Toter, aber er würde sich nie an den Anblick gewöhnen. Nicht an das Loch im Kopf und das Blut.

Ein Motor heulte irgendwo auf, dann war es wieder still.

Ein Pärchen in Supersportklamotten hüpfte mehr auf dem Asphaltweg, als dass es lief. Er trug einen mächtigen Sportcomputer am Handgelenk und hatte sich Hörer in die Ohren gestopft. Sie sah genauso aus, ließ man außer acht, dass sie kleiner war und zur Magersucht neigte. Sie merkten gar nicht, dass hier ein Mord geschehen war.

»Seid ihr dann zum Teich gegangen?«

»Nein.« Anja schüttelte heftig den Kopf.

»Aber er liegt da.«

»Ja.«

»Wie kommt er zum Teich?«

» Wir sind umhergelaufen, weiß gar nicht mehr, wo. Sein Handy klingelte …«

»Hat ihn jemand dorthin bestellt?«

»Ja … offenbar.«

»Was hat er gesagt, als er angerufen wurde?«

»Er war erst überrascht. Und dann hat er gestottert. Irgendwas wie ›Du hier?‹, und dann hat er gesagt: ›Fünf Minuten nur. Gut, eigentlich habe ich keine Zeit.‹« Sie schluchzte.

Matti hörte das Geheul der Bullensirenen. »Und dann ist er zum Teich gegangen.«

»Ja, und verschwunden.«

»Und hat er gesagt, warum er weggeht?«

Sie überlegte. »Nein, also… Ich komm gleich wieder, mehr nicht.«

Ein blau-weiß lackierter BMW mit Blaulicht raste vorbei zum Teich. Ihm folgten ein Notarztwagen und weitere Autos. Aus einem Zivil-Passat stieg Schmelzer. Matti sah ihn zum Teich gehen. Er stand auf. »Warte hier, ich komm gleich wieder.«

Matti lief Schmelzer nach. Als er ihn erreicht hatte, sagte er: »Ich bring Sie hin.«

Schmelzer staunte ihn an. »Sie sind nicht bei der Leiche geblieben?«

»Ich bin doch nicht Ihr Leichenwächter.« Schmelzer schnaubte und folgte Matti. »Gleich sind wir da.«

»Woher wissen Sie, dass es eine Leiche ist? Vielleicht schläft er nur.«

»Herr Schmelzer, halten Sie mich für bekloppt? Der hat ein Loch im Kopf. Überall Blut. Reicht das als Auskunft?«

Der Fundort lag fast genau gegenüber vom Zugang zum Teich. Matti entdeckte den Busch, neben dem Anja gesessen hatte. Er blickte sich um, ging ein paar Schritte in diese Richtung, ein paar in eine andere, schüttelte den Kopf, spürte, wie ihm heiß wurde und kalt. Der Jogger war weg.

»Ja, und wo ist nun *Ihre Leiche,* Herr Jelonek?« Das klang ein bisschen so wie: Ich hab's doch gleich gewusst.

Die Leiche war verschwunden. Matti fand Abdrücke im Gras. Da hatte Anja gesessen, dort Westreich gelegen. »Die Leiche war hier.« Er deutete auf die Stelle.

Schmelzer blickte ihn streng an. Seine Bullenherde hatte sich am Ufer aufgebaut. »Sie wollen mich jetzt aber nicht verarschen?«

Matti schüttelte den Kopf. »Verdammt, wo ist sie?« Er hatte Georg gesehen. Anja hatte ihn gefunden. Georg hatte ein Loch im Kopf gehabt. Jemand hatte ihn erschossen.

Schmelzer wendete sich an seine Bullen. »Schauen Sie sich mal um. Vielleicht gibt es Leute, die schon so früh spazieren gehen.

Oder von einer Party heimkommen. Vielleicht hat jemand was gehört. Einen Schuss. Oder was gesehen. Auffällige Leute. Und so weiter.« Die Bullen zogen los.

»Das ist jetzt keiner von Ihren albernen Tricks, mit denen Sie die *Bullen* zu ärgern pflegen?«, fragte Schmelzer und guckte sich um, als suchte er eine versteckte Kamera.

»Nicht wir haben Sie provoziert, Sie rennen uns dauernd die Bude ein zur Gestapo-Zeit«, erwiderte Matti.

»Das machen wir doch schon eine Weile nicht mehr«, sagte Schmelzer mit spöttischem Unterton. »Nun übertreiben Sie mal nicht. Außerdem hatten wir einen guten Grund, schließlich gibt es Hinweise darauf, dass Sie gesuchten Terroristen Unterschlupf gewährt haben.«

»Wegen eines Haares? Oder was war das noch mal?«

»Sie wissen genau, wen und was ich meine, Herr Jelonek.«

»Bevor Sie jetzt weiter den Märchenonkel geben, kümmere ich mich um Anja.«

»Wer ist Anja?«

»Die Tochter der Leiche. Die sitzt am Café und ist fix und fertig. Sie hat den Toten gefunden.«

»Die Leiche soll ihr Vater sein?«, fragte Schmelzer ungläubig.

»Sagt sie.«

»Und dann werden Sie uns vielleicht den Namen des unsichtbaren Opfers nennen können?«

»Georg Westreich.«

Schmelzer überlegte. »Westreich, Westreich … der von der Richter-Entführung?«

»Vielleicht.«

»Den suchen wir immer noch. Und Sie haben gewusst, dass er in Berlin ist? Sie hätten uns informieren müssen. Sie haben sich strafbar gemacht.«

»Bleiben Sie auf dem Teppich, Herr Wachtmeister. Ich habe bis eben nichts gewusst. Bis Anja mich anrief. Und dann habe ich Sie angerufen. Aber Sie glauben mir kein Wort. Stattdessen verdächtigen Sie mich. Beim nächsten Mal erfahren Sie nichts.«

Schmelzer lachte.

»Jetzt mal ernst, was haben Sie Westreich vorzuwerfen, was nicht schon verjährt ist?«, fragte Matti.

»Mord«, sagte Schmelzer fast lässig.

»Beihilfe, mehr war das nicht«, sagte Matti. »Wenn überhaupt. Sie wissen doch gar nicht, ob der geschossen hat.«

»Das ist egal«, sagte Schmelzer. »Er war dabei, das reicht.«

»Eine komische Rechtsprechung. Die Gerichte haben reihenweise KZ-Wärter gestreichelt, weil sie denen keinen … wie heißt es so schön … persönlichen Tatbeitrag nachweisen konnten, der übers Normalmorden hinausging. Aber wenn es gegen links geht, kommt es auf solche Lappalien nicht an.«

»Ach, Herr Jelonek. Sie immer mit Ihren Haarspaltereien. Da seid ihr Linken wirklich unschlagbar.«

Matti wandte sich ab und ging zurück zum Café. Zweifel an Anjas Darstellung mehrten sich. Aber warum sollte sie dieses Theater aufführen? Was hätte sie davon? Außerdem hatte er Westreichs Leiche doch gesehen. Und es klang plausibel, dass Georg seine Tochter sehen wollte, bevor er im Knast verschwand. Oder was immer er vorhatte. Aber bestimmt wollte er ihr seine Geschichte erzählen, bevor die Zeitungen sie breittraten. Und ihre Geschichte wollte er ihr auch erzählen. Matti überlegte, wie er es auffassen würde, wenn einer käme und sagte, deine Mutter ist abgetaucht und hat dich weggeben, und der Mann, den du für deinen Vater hältst, ist nicht dein Vater. Ich bin dein Vater, und ich habe mich genauso wenig um dich geschert wie deine Mutter. Der revolutionäre Kampf war mir wichtiger als du.

Bei Anja saß eine Frau mit kurzen grauen Haaren und redete auf sie ein. Als Matti näher war, hörte er Satzfetzen: »Versuchen Sie ruhig zu atmen … Weinen ist gut …«

Anja schaute auf und blickte zu Matti. Der schüttelte den Kopf. »Er ist verschwunden. Einfach weg.«

Anja guckte ihn fassungslos an.

»Guten Tag, ich bin Helga Gruber, Psychologin.« Sie hatte warme Augen.

Wo kam die plötzlich her? Er reichte ihr die Hand. »Ich bin ein Freund …«

»Ich weiß, Herr Jelonek. Verschwunden, sagen Sie? Das ist ja merkwürdig … Setzen Sie sich doch zu uns.«

Matti zog einen Stuhl heran.

Anja war leichenblass, hatte sich aber anscheinend beruhigt. Sie blickte Matti an.

»Die Bullen suchen Spuren und Zeugen. Vielleicht finden sie was.«

»Man kann doch nicht einfach so eine Leiche wegtragen, ohne dass es jemandem auffällt«, sagte Anja.

Matti zuckte mit den Achseln. »Tja, sollte man glauben.«

»Du hast doch auch gesehen, dass es … Georg war?«

»Ja. Das war er. So viel Ähnlichkeit gibt's nur bei eineiigen Zwillingen. Aber Georg hatte keine Geschwister.«

Frau Gruber hörte zu.

Matti wandte sich an sie: »Wir haben uns das nicht eingebildet. Da lag eine Leiche. Und sie sah aus wie Westreich. Außerdem war da noch ein Jogger.«

»Ja, das glaube ich Ihnen. Und wo ist der Jogger jetzt?«

»Weg. Wie ich die Bullen kenne, wittern die einen Trick, eine Provokation.«

Frau Gruber lächelte. »Vielleicht haben die Polizisten mit so was Erfahrungen machen müssen?«

»Ich erfinde doch keine Leiche. Und sie« – ein Blick zu Anja, dann zurück zu Frau Gruber – »schon gar nicht. Was für einen Sinn soll es haben, dass Anja den Bullen weismacht, sie habe die Leiche ihres Vaters gefunden?«

»Das frage ich mich auch«, sagte Schmelzer.

Matti erschrak. Der Oberbulle stand plötzlich am Tisch, einen Jungbullen im Schlepptau.

»Wir haben keine Spuren gefunden. Bisher. Die Kriminaltechniker grasen jetzt alles ab, im wahrsten Sinn des Wortes. Aber die finden wahrscheinlich auch nichts.«

»Dann sollten sie besser suchen. Da müssen doch Blutspuren sein«, sagte Matti. Ein Blick zu Anja, aber die war weit weg.

»Wenn die Leiche auf dem Rücken lag und die Kugel im Kopf steckt…«

Anja erhob sich und rannte zur Kneipe.

Frau Gruber schüttelte den Kopf und folgte ihr.

»Da muss es Abdrücke geben. Von der Leiche und dem- oder denjenigen, die sie weggetragen haben.«

»Überall sind Abdrücke, Herr Jelonek«, sagte Schmelzer überheblich. »Sie können gern glauben, dass wir von unserer Arbeit nichts verstehen.«

»Ist ja gut«, sagte Matti. »Also keine Abdrücke?«

»Lauter Abdrücke, überall. Wenn es Ihnen noch nicht aufgefallen sein sollte, liegen und laufen hier jeden Tag Hunderte von Leuten herum. Und alle hinterlassen Abdrücke.«

Matti winkte ab. »Sie wollen uns nicht glauben. Aber es gibt einen Zeugen.« Er berichtete von dem Jogger. »Der hat Sie als Erster angerufen.«

»Das ist doch Unsinn, Herr Jelonek. Niemand hat angerufen außer Ihnen.«

»Sie fürchten, dass wir Sie hereinlegen.«

»Das traue ich Ihnen zu. In der Tat.«

»Aber warum sollte Anja Sie hereinlegen?«

»Weil ich auf Sie nicht mehr hereinfalle? Vielleicht deswegen?«

»Sie meinen, Anja lügt?«

»Ich weiß es nicht. Das ist auch nicht so wichtig. Nur wenn wir herausfinden, dass Sie uns linken wollen, schicke ich Ihnen die Rechnung für den Einsatz. Plus Vergnügungssteuer.« Er zögerte, dann sagte er: »Gut, können Sie diesen Jogger beschreiben?«

Matti überlegte. »Jogginganzug, grau vielleicht. Weiße Laufschuhe…«

»War er groß oder klein?«

»So mittel, vielleicht einsfünfundsiebzig…«

»Nein, mindestens einsachtzig«, sagte Anja. Sie war zurückgekehrt.

»Haarfarbe?«

»Halb lang, blond, also dunkelblond.«

»Dunkelbraun«, sagte Anja. »Und er hatte eine Sportmütze auf.«

»Nein, ein Schweißband«, sagte Matti.

»Alter?«

»Über sechzig«, sagte Matti.

»Stimmt«, sagte Anja. »Vielleicht noch älter.«

Schmelzer stöhnte. »Vielen Dank. Wir lassen gleich ein Phantombild zeichnen.«

»Aber …«, sagte der Jungbulle.

»Nichts aber«, schnauzte Schmelzer, tippte sich an die Stirn und zog ab. Der Jungbulle trabte staunend hinterher.

Twiggy schüttelte den Kopf. »Das gibt's nicht. Eine Leiche im Volkspark. Westreichs Leiche. Mann, Mann, Mann. Und dieser Jogger …«

Matti hatte Anja nach Kreuzberg gebracht, wo sie in der Mittenwalder Straße wohnte. Twiggy und Robbi hatten im Bett gedöst, standen aber auf, als sie Matti in der Küche hörten. »Lange Schicht heute?«, hatte Twiggy gefragt, und Matti hatte erzählt, was passiert war.

»Vielleicht hat euch jemand eine Leichenattrappe hingelegt?«, sagte er, als er sich halbwegs vom Schrecken erholt hatte.

»Warum sollte das einer tun? Solche Attrappen gibt's nicht. Das war eine echte Leiche. Irgendwer hat die dann weggeschafft. Der Jogger …«

»Wer sonst?«

»Aber woher soll der gewusst haben, dass wir ihn mit der Leiche allein lassen würden?«

»Der hat Westreich erschossen, mit Schalldämpfer wahrscheinlich, und wollte ihn wegtragen, als ihr gekommen seid. Er hat auf unschuldig gemacht und seine Chance genutzt, als ihr zum Café gegangen seid. Ihr seid gegangen, und da hat sich ihm unverhofft die Chance geboten, die Leiche doch noch abzutransportieren.«

Matti nickte. Das war eine gute Erklärung. Nur, stimmte sie?

»Aber wer war der Jogger? Und warum sollte er Westreich erschossen haben?«, fragte Twiggy, nachdem sie eine Zeit lang geschwiegen hatten.

»Hängt wohl davon ab, was er vorhatte.«

»Wenn er auspacken wollte, war's ein Genosse von früher, der Schiss hatte«, sagte Twiggy nachdenklich. »Es laufen ja noch ein paar Leute herum, von denen niemand weiß, dass sie bei der RAF waren. Die Anschläge gemacht haben, ohne Spuren zu hinterlassen.«

»So, wie Westreichs Leiche spurlos verschwunden ist. Ich wette, die Bullen finden nichts.«

»Und dann?«, fragte Twiggy.

Es klingelte an der Wohnungstür.

»Irgendein Depp hat wieder die Haustür nicht geschlossen«, schimpfte Twiggy.

»Oder es sind schon die Bullen, die uns mal wieder überraschen wollen«, sagte Matti und ging in den Flur.

Anja stand verschwitzt vor der Tür. »Ich halt es nicht aus allein.«

Matti verkniff sich die Frage, ob sie nicht Freunde und ihre Eltern hatte, und trat beiseite. Anja stürzte in die Küche, sagte »Tag!« zu Twiggy und setzte sich auf Mattis Stuhl.

Matti stellte sich an den Tisch, dann nahm er Dornröschens Platz. Anja hatte den Schock offenbar verdaut, ihr Gesicht hatte wieder Farbe, und ihre Augen blickten lebhaft umher. Schnell orientierte sie sich in der Küche.

Als Robbi hereinschlich, rief sie: »Wie süß, ihr habt eine Katze!«

Robbi schüttelte sich, dann starrte er sie an, und sie starrte zurück.

»Miez! Miez!«, gurrte sie. Matti fragte sich, wann Robbi ihr das Gesicht zerkratzen oder Twiggy sie erwürgen würde. Doch Twiggy saß erstarrt auf seinem Stuhl und glotzte. Robbi juckte sich mit der hinteren Tatze am Ohr, kniff die Augen zusammen, öffnete sie und fixierte Anja wie ein Beutetier, das er in der nächsten Sekunde zerreißen würde. Er wiegte seinen Körper hin und her. Endlich sprang er, erst auf den Tisch und dann auf Anjas Schoß. Er drehte sich auf den Rücken und streckte ihr den Bauch hin. Anja begann zu kraulen, und Robbi röchelte genüsslich.

Twiggy erbleichte, klimperte mit den Augen und schnaufte. Matti fürchtete den Tobsuchtsanfall, aber nichts geschah.

Nur Robbi gab Geräusche von sich.

»War die Polizei schon bei euch?«, fragte Anja, ohne ihre Augen vom Kater abzuwenden.

»Nein … nein«, stammelte Matti.

»Wenn die glauben, dass wir lügen, was machen wir dann?«

»Weiß nicht«, sagte Matti. »Warten wir ab, was den Bullen einfällt.«

»Hm.«

Twiggy hatte Flecken auf den Wangen, das hatte Matti noch nie gesehen. Und sie hatten genug Mist erlebt, der einem Flecken auf die Wangen treiben konnte. Matti öffnete den Kühlschrank und holte zwei Flaschen Bier heraus. Eine stellte er geöffnet vor Twiggy, aus der anderen nahm er einen kräftigen Schluck.

Anja beschäftigte sich mit Robbi, Robbi beschäftigte sich mit Anja, und die beiden Jungs schauten zu. Endlich bemerkte Twiggy die Flasche und trank sie in einem Zug aus. Matti nahm die leere Flasche und stellte eine neue vor Twiggy. Er hoffte, dass nichts Schlimmes passieren würde, solange Twiggy beschäftigt war. Bier beruhigte. Matti bildete sich ein, dass Twiggy innerlich knurrte wie ein waidwunder Tiger. Die waren am gefährlichsten. Twiggy trank wieder einen Schluck, aber immerhin war die Flasche nicht leer, als er sie abstellte. Dann erhob er sich und verschwand in seinem Zimmer. Die Tür knallte.

***

*Es tröpfelt nur noch, und du musst dauernd pinkeln gehen. Du quälst dich hoch in der Nacht und stakst zum Klo. Fünfmal, zehnmal. Wenn du morgens aufwachst nach einer Scheißnacht, kriegst du die Gelenke kaum gebeugt. Wie eingerastet. Das Knie schmerzt höllisch. Du humpelst erst einmal und musst gegen den Schmerz anlaufen. Nach ein paar Minuten bewegt es sich wieder, ohne dass du bei jedem Beugen und Strecken stöhnen musst. Von der Anstrengung fängst du an zu keuchen. Die Lunge rasselt. Im Hals schmerzt es, weil das Zahnfleisch brennt. Die Entzündung ist fast chronisch. Die Zähne liegen auf dem Nachttisch. Wenn du sie in den Mund steckst, drückt es. Mindestens an drei Stellen. Die Hand zittert heute stark. Und den ganzen Vormittag noch plagen dich die Nachwehen der Träume. Die Schatten. Fetzen von dem, wie es früher war. Erst mittags, wenn dieses Mädchen mit dem Essen kommt, fliegt die Angst weg. Aber nicht ohne vorher zu sagen, dass sie wiederkommt. In der Nacht. In jeder Nacht.*

*Das Mädchen ist klein, vielleicht fünfundzwanzig, sie hat einen großen Busen. Manchmal trägt sie keinen BH. Das erinnert dich daran, dass es mit den Frauen vorbei ist. Das zeigt schon der Blick, den dir die Kleine schenkt. Mitleid, nur noch Mitleid. Für sie bist du kein Mann, sondern ein Etwas. Eigentlich ist es mit allem vorbei. Wenn du lesen willst, setzt du diese Brille auf mit den schweren Gläsern und schläfst nach fünf Minuten ein. Die Musik klingt wie durch zwei Türen. Als hätten sie dir Ohrstöpsel eingenäht. Wenn du das Haus verlässt und gehst, brauchst du einen Stock. Du hast eine Mütze auf dem Kopf, aber keine Haare. Deine Haut ist faltig und fleckig. Deine Augen tränen. Wenn Kinder dich sehen, sagen sie Opa.*

*Dein Leben ist vorbei. Du vegetierst nur noch. Zeit, abzutreten. Es ist die Feigheit, die dich am Leben hält. Oder an dem, was davon übrig ist.*

*Du bist zwar von gestern, aber nicht dumm. Dir fehlen Reflexe, dafür hast du Erfahrung. Dein Gedächtnis arbeitet langsam, aber gründlich. Du kannst Zeichen deuten. Seit drei, vier Wochen, vielleicht länger, treiben sich hier Leute herum, die du vorher nicht gesehen hast. Fast jeden Tag siehst du einen, dann siehst du einen anderen, dann wieder den vom ersten Mal. Es sind mindestens drei Typen. Sie sind auch nicht mehr jung, aber gut beieinander. Sie tun so, als wären sie Spaziergänger. Einer rennt manchmal im Trainingsanzug umher. Alle wechseln die Kleidung, nie haben sie an zwei Tagen das Gleiche an. Sie wollen nicht auffallen, das fällt dir auf. Sie beschatten jemanden hier. Sie kön-*

*nen den Weg hinunterschauen und sehen jederzeit, wann einer unterwegs ist. Einer von den Nachbarn. Oder sie meinen dich. Aber wenn sie dich meinen, warum? Was könnte jemand von dir wollen? Kurz vorm Grab.*

## 2: Vagabond Virgin

Der Gettoblaster in der Küche ließ Steve Winwood *Shanghai Noodle Factory* singen. Die Traffic-CD hatte Platten-Rosi der WG geschenkt. Aber Rosi war tot, genauso wie Antifa-Konny und Zirkel-Norbi. Seit einiger Zeit wurde die WG immer wieder in Verbrechen verwickelt. Als wäre ein böser Geist über sie gekommen, der sie zwang, Kriminalfälle zu lösen, wenn Matti, Dornröschen und Twiggy nicht selbst zu Opfern werden wollten. Daran dachte Matti, als die Wohnungstür klackte und Dornröschen in die Küche schlich. Sie schien nicht überrascht von Anjas Besuch, oder sie ließ sich nichts anmerken. Sie schnaufte vom Treppensteigen und setzte sich zu Matti und Anja an den Tisch. Ihr Blick verharrte ein paar Sekunden bei Robbi, der sich durchwalken ließ wie ein Kuscheltiger.

»Wo ist Twiggy?«

Matti deutete in die Richtung von Twiggys Zimmertür.

»Dicke Luft?«

Mattis Zeigefinger deutete auf Robbi.

»Puh!«

Sie begann sich einen Tee zu kochen.

»Mach ich was falsch?«, fragte Anja.

Matti grinste. Dornröschen blickte über die Schulter auf Robbi.

»Nein«, sagte Matti.

Dornröschen kicherte.

Twiggys Zimmertür klappte, und er schielte missmutig in die Küche. Er lehnte sich an den Küchenschrank und mühte sich, Robbi nicht anzublicken.

»Haben die Bullen was Neues?«, fragte Matti.

»Das wollte ich dich fragen«, erwiderte Anja und zog Robbi

am Ohr. »Dir ziehe ich jetzt die Ohren lang«, sagte sie in einer Art Babysprache. Robbi streckte sein Vorderbein in die Luft und schnurrte gnadenlos weiter. »Oder den Schwanz?«, flüsterte sie. Robbi hätte sich von ihr alles lang ziehen lassen.

»Wir haben nichts gehört von denen, rechnen aber sekündlich mit ihrem Einflug.«

Anja kicherte und zwickte Robbi in den Bauch.

»Aber ich kann dir jetzt schon sagen, was die Bullen uns verraten. Nichts. Es gibt keine Leiche, keine Spuren, gar nichts. Alles eine Provokation der WG.«

»Ihr habt die schon ziemlich geärgert«, sagte Anja.

»Die ärgern uns«, sagte Dornröschen. »Ein paar Jahre lang haben die alle paar Monate die Wohnung auf den Kopf gestellt, weil sie dachten, unterm Teppich in meinem Zimmer versteckten sich Terroristen. Und wir hätten den Genossen ein bisschen … geholfen.«

Anja kicherte wieder. Sie kam Matti viel jünger vor, wenn sie lachte. Offenbar war sie gut im Verdrängen.

»Und was machen wir jetzt?«, fragte Anja.

Die drei guckten sie erstaunt an.

»Was sollen wir denn tun?«, fragte Dornröschen.

»Na, rauskriegen, was faul ist. Wer Georg umgebracht hat.«

»Ach, du lieber Himmel!«, schnaubte Twiggy.

Immerhin hatte er nicht seine Stimme verloren.

»Wir haben zuletzt einiges an der Backe gehabt«, sagte Matti. »Unsere Lust am Detektivspielen hat schwer gelitten.«

»Ein Spiel ist das nicht.« Anja klang energisch. »Mein Vater wurde ermordet. Und dein Freund!« Ein dunkelroter Fingernagel zeigte auf ihn.

»Freund? Ich weiß nicht«, brummte Matti.

Natürlich klingelte es jetzt energisch an der Tür.

»Wurde ja auch Zeit«, sagte Twiggy und ging gemächlichen Schritts zur Wohnungstür. Er wartete aus Prinzip, bis es noch einmal klingelte, lang und böse. Dann öffnete er die Tür. »Ach, der Herr Schmelzer. Mit Verstärkung, welch Freude.«

Schmelzer trug seine Halbglatze in den Flur. Eine daraufgeklebte Haarsträhne betonte die Blöße mehr, als dass sie die verdeckte. Ihm folgte ein Jungbulle mit Bürstenhaarschnitt, der ihm in einer Muckibude zugelaufen sein musste. Matti erinnerte sich, dass der Typ den Hauptkommissar schon einmal begleitet hatte.

»Sie fühlen sich schon richtig heimisch bei uns«, sagte Dornröschen, als die Bullen die Küche betraten. Twiggy stand grinsend hinter ihnen. Beim nächsten Mal, wenn er die Krise kriegt, ruf ich einfach Schmelzer, dachte Matti.

»Nun, Herr Hauptkommissar, leider sind alle Stühle besetzt«, sagte Dornröschen.

Schmelzer ließ seinen Blick kurz bei Anja und Robbi verharren, dann atmete er hörbar ein und wieder aus. »Sie haben uns einen Bären aufgebunden, Herr Jelonek. Und Sie auch, Frau Barth. Und jetzt sitzen Sie hier, um das zu feiern, oder was?«, schnauzte er.

»Wir würden unserer Polizei nie einen Bären aufbinden«, sagte Dornröschen zuckersüß und gähnte.

»Ja, ja.« Schmelzer winkte ab. »Vielleicht erzählen Sie uns einfach mal, was es mit der Leichengeschichte auf sich hat. Wollen Sie uns vorgaukeln, dass Westreich tot ist? Sie wissen, was es bedeutet, wenn Sie einem Straftäter helfen?«

»Herrgott«, sagte Matti. »Wir haben diese Leiche gesehen. Wenn Sie zu blöd sind …«

»Reißen Sie sich zusammen!«, schimpfte der Jungbulle mit rotem Gesicht.

»Reg dich ab, Kleiner«, sagte Dornröschen. »Ist nicht gut für die Gesundheit. Lass das mal die Erwachsenen klären. Wenn du groß bist, darfst du mitreden.«

Der Jungbulle lief dunkelrot an, aber bevor er explodierte, tippte Schmelzer ihm auf die Schulter. Der Jungbulle implodierte lautlos.

»Sie haben keine Spur gefunden?«, fragte Anja.

»Nichts«, sagte Schmelzer. »Kein Wunder, wenn alle Welt dort herumtrampelt. Wenn es überhaupt eine Spur gibt. Keine Leiche, keine Spuren. Logisch, oder?«

»Und der Jogger?«

»Wir wissen nichts von einem Jogger.«

»Der stand neben der Leiche!«, sagte Matti.

»Der hat die Leiche gefunden und Sie gerufen«, sagte Anja.

Schmelzer schüttelte den Kopf. »Wir haben nur einen Anruf bekommen. Und der stammt von diesem Herrn« – ein böser Blick zu Matti –, »der sich offenbar revanchieren wollte.«

»Der Jogger war der Mörder«, sagte Twiggy. »Und der hat auch die Leiche weggeschafft.«

Nach einem Augenblick des Schweigens fragte Dornröschen: »Sie haben doch auch nach Hautpartikeln und Haaren gesucht?«

»Sie müssen mir jetzt keinen Nachhilfeunterricht in Kriminalistik geben. Da war eben nichts. Außerdem würden uns Hautpartikel und Haare nur helfen, wenn wir Vergleichsmaterial hätten. Also: Solange wir keine Spur von der Leiche haben, glauben wir nicht, dass es sie gibt. Sie hätten auf sie aufpassen sollen. Aber es wird schon einen Grund haben, dass Sie nicht aufgepasst haben, nicht wahr? Glauben Sie bloß nicht, dass Sie Ihren Freund Westreich mit so einer Nummer von der Fahndungsliste kriegen. Ist unter Ihrem Niveau, finden Sie nicht auch?«

»Wenn ich auch was sagen darf?« Twiggy meldete sich im Rücken der Bullen, als säße er auf der Schulbank. Die beiden Polizisten drehten sich zu ihm um. »Bei den letzten beiden Gelegenheiten, als Sie uns hätten glauben müssen, haben Sie erbärmlich versagt, finden Sie nicht auch? Sie wollen es nicht lernen.«

»Ein blindes Huhn findet auch mal ein Korn«, sagte Schmelzer. »Was Sie da unternehmen, ist strafbar. Sie waren doch auch ein Genosse von Westreich. Und jetzt hat der die Nase voll vom Libanon, das kann ich ja verstehen, Staub und Sand und immer dieses Gedudel, das die Orientalen mit Musik verwechseln ... und da braucht er eine neue Identität und will vorher noch schnell sterben, damit die blöden Bullen ihm nicht auf die Schliche kommen. Für wie dumm halten Sie uns?«

»Diese Frage möchte ich nicht beantworten. Das würde die Stimmung nur weiter belasten«, sagte Dornröschen. »Wenn Matti sagt, dass er Westreichs Leiche gesehen hat, ist Georg tot. Ende der Durchsage.«

Schmelzer runzelte die Stirn so, dass Matti fürchtete, die Haarsträhne könnte rutschen. »Ich glaube, diesmal haben Sie überzogen. Wie gesagt: keine Spuren, keine Leiche. Aber Sie haben ein Theater inszeniert, um die Polizei in die Irre zu führen. Sie arbeiten mit Westreich zusammen. Das haben Sie früher getan, und heute tun Sie es wieder. Herr Jelonek, Ihre RAF hat zwar die Freundlichkeit besessen, sich aufzulösen. Aber es laufen noch genug Terroristen frei herum, die wir gerne einsperren würden.«

»Sie haben sie doch nicht mehr alle«, sagte Matti.

»Sie können sich einen Weg ersparen, wenn Sie gleich aussagen. Im anderen Fall kriegen Sie eine Vorladung.«

»Das ist eine Frechheit!«, kreischte Anja. Robbi zuckte zusammen und flitzte in Twiggys Zimmer. Der Jungbulle konnte gar nicht so schnell glotzen. »Mein Vater wurde ermordet, und Sie reden so eine Scheiße.«

Der Jungbulle glotzte sie an. Schmelzer räusperte sich. »Wie kommen Sie denn darauf, dass Westreich Ihr Vater ist? Können Sie das beweisen? Steht das in Ihrer Geburtsurkunde? Nein, das tut es nicht. Wir haben das schon überprüft. Und welche Rolle spielen Sie in diesem Theaterstück, Frau Barth? Überhaupt, was soll es sein: Tragödie, Komödie? Ist das was Genetisches bei Ihnen? Mutter Terroristin …«

»Raus!«, donnerte Twiggy.

Der Jungbulle blies sich auf. Doch Schmelzer zuckte mit den Achseln und ging. Im Flur drehte er sich um und sagte: »Die Vorladung finden Sie morgen im Briefkasten. Seien Sie pünktlich, Herr Jelonek und Frau Barth.«

*»Denn das Chaos rührt von der Ordnung, die Feigheit rührt von der Tapferkeit, und die Schwäche rührt von der Stärke. Ordnung oder Chaos ist eine Frage der Gliederung, Tapferkeit oder Feigheit eine Frage der Schlagkraft, Stärke oder Schwäche eine Frage der Erscheinung.«*

Matti schaute über den Rand des Büchleins in die Nacht am Schlesischen Tor. Die U-Bahn ratterte zur Warschauer Straße. Eine Menschentraube drängte sich am Hamburger-Stand. Männer torkelten über die Kreuzung, manche zusammen mit Frauen, Flaschen in den Händen. Ein Motorrad röhrte von der Köpenicker in die Schlesische Straße. Matti hatte die Seitenfenster geöffnet und roch und hörte Kreuzberg. Der Asphalt wärmte von der Hitze des Tags. Aus dem U-Bahnhof hallte Musik. Als er Sunzi weiterlesen wollte, klopfte es gegen das Seitenfenster hinter dem Beifahrersitz. Ein Pärchen. Als sie hinten einstiegen, sah er, dass ihre Nase von Piercings perforiert war. Er hatte halb lange schwarze Haare, und auf der Hand, die er auf ihr Knie legte, war ein Pentagramm tätowiert. »Kurzstrecke Richtung Simon-Dach-Straße«, sagte der Typ, legte seinen anderen Arm um ihren Hals und griff in den Ausschnitt ihres schwarzen T-Shirts.

Fast hätte Matti geantwortet, dass sie besser dorthin liefen. Es waren zwei Kilometer für vier Euro. Aber er musste sie fahren. Während das Paar die Rückbank mit einer Diskoknutschecke verwechselte, zockelte er zu einer der übelsten Touristenabfüllstraßen Berlins. Kaum hatte er die Oberbaumbrücke überquert, musste er vor einem Pulk bremsen, der von der U-Bahn zur M 10 drängte. Die eine Hälfte war zu besoffen, um gerade zu laufen, die andere mühte sich noch, diesen Zustand zu erreichen. Im Prenzelberg würde die Straßenbahn sie ausspucken und die Leute in die Kneipen und Diskotheken strömen, um sich den Rest zu geben.

Endlich ging es weiter.

»Hier können Sie halten«, sagte der Typ.

Die beiden sprangen aus dem Taxi und rannten davon. Mattis Fuß wollte das Gaspedal herunterdrücken. Aber es war sinnlos. Die beiden waren schon um die Ecke verschwunden. Und sogar wenn sie in die Simon-Dach-Straße abhauten, würde er sie im Trubel kaum finden. Und wenn doch, hätten sie nie in seinem Taxi gesessen, und mindestens zehn Typen derselben Preislage würden bei der seligen Jungfrau Maria schwören, dass die beiden Fahrpreispreller nicht einmal wüssten, was ein Taxi ist. Er wendete und fuhr zurück zum Schlesischen Tor. Unterwegs funkte er der Zentrale seine Position.

Als er dort ankam, wartete Anja. Sie war in Begleitung eines Manns, vielleicht fünf Jahre älter als sie. Er trug eine Lederjacke und Jeans und sah gut aus. Matti spürte Eifersucht und fand sich lächerlich. Die anderen Taxis waren verschwunden, hatten gewiss Touren nach Zehlendorf oder Spandau bekommen. Anja grinste ihn an und winkte.

Er hielt neben ihnen und fragte durchs Seitenfenster: »Wo wollt ihr hin?«

»Ich wollte dich zu einem Bier einladen«, sagte Anja. »Das ist Christoph.«

Matti winkte Christoph zu. »Kaffee«, sagte er. »Das wär okay.« Er stieß zurück und stellte den Wagen direkt hinter dem Taxiplatz ab.

»Wie hast du mich gefunden?«

»Taxizentrale. Irgendwer hat vor Kurzem das Telefon erfunden.«

Sie gingen zur Pizzeria an der Ecke Falckenstein-/Schlesische Straße. Es war kurz vor Mitternacht. Ein Bus fuhr Richtung Treptow, darin nur eine alte Frau und ein Pärchen, sie trug ein gelb glänzendes Kopftuch mit roten Punkten.

Der Kellner kam gleich. Anja und Christoph bestellten Latte macchiato, Matti einen doppelten Espresso und ein Mineralwasser. Kaum war der Kellner gegangen, klopfte Anja auf den Tisch. »Und was machen wir jetzt?«

Matti musterte Christoph.

»Er ist ein Freund. Promoviert in Jura. Ich dachte … vielleicht kann er helfen.«

Nein, sie sind kein Paar, dachte Matti und staunte über die Erleichterung, die diese Erkenntnis ihm verschaffte.

»Ich glaube nicht, dass uns ein Jurist helfen kann«, sagte er bemüht freundlich. »Wenn wir rauskriegen wollen, was los ist, dann helfen eher nichtjuristische Methoden. *Wenn* wir es rauskriegen wollen.« Er dachte an die Detektei und das Ingenieurbüro, die sie drangekriegt hatten, und an die Typen im Graefekiez, die gerade schlecht schliefen, weil sie ein Mordprozess erwartete. Aber davon hatte die WG nicht viel, die Schweinereien gingen weiter, als wäre nichts geschehen. Kreuzberg wurde gentrifiziert, und die Rüstungsindustrie verkaufte fröhlich Waffen zur gar nicht klammheimlichen Freude der Regierung. Steuersubventionierte atomwaffenfähige U-Boote an Israel und im Zweifelsfall auch an Pakistan. Panzer an Griechenland und in die Türkei, damit die weiter gegeneinander aufrüsten konnten, Pleite hin, Pleite her. Panzer auch an Saudi-Arabien, dessen Militärs die Rebellion in Bahrain plattgewalzt hatten.

»Was ist?«, fragte Anja ungeduldig.

»Ach so, das ist jetzt nicht böse gemeint, aber je mehr von der Sache wissen, desto schwieriger wird es.« Er wusste zwar nicht, was schwieriger würde und ob sie sich überhaupt weiter mit Georgs Leiche beschäftigen sollten. Die Sache hatte mies begonnen und würde mies enden.

»Das kannst du nicht machen«, nölte Anja.

»Wir haben nicht den geringsten Beweis und jetzt schon die Bullen an der Hacke.«

»Du willst dich damit abfinden?«

»Wir haben noch nicht darüber gesprochen. Wir warten die Vernehmung ab, und dann sehen wir weiter.«

»Ich habe noch keine Vorladung bekommen«, sagte Anja beleidigt. »Ich habe vorhin erst mit Kurt telefoniert.«

»Mach dir keine Sorgen.« Matti grinste. »Du wohnst bei deinen Eltern?«

Sie winkte ab. »Nur offiziell.«

Sie hatten in der WG nicht mehr viel gesprochen über die Sache. Aber genug für Matti, um zu wissen, dass Dornröschen und Twiggy keine Lust mehr hatten, Privatschnüffler in einem schlechten Film abzugeben. Doch gab es Georgs Leiche, und es gab Schmelzers Frechheit, und irgendwo spürte Matti auch eine Pflicht, solidarisch mit Georg zu sein. Und mit Anja. Georg war ein komischer Typ gewesen, aber auch ein alter Genosse.

»Und wenn ihr einen Anwalt beauftragt, der den Staatsanwalt unter Druck setzt?«, fragte Christoph fast unhörbar.

»Ja«, sagte Anja. »Das wär doch was.«

»Nicht mit mir«, sagte Matti. »Das kostet und bringt nichts. Der Staatsanwalt wird freundlich lächeln und erklären: keine Leiche, keine Spuren, kein Fall.«

»Das kann doch nicht sein. Wir leben in einem Rechtsstaat«, maulte Anja.

»Wenn du wüsstest, was wir erlebt haben, wärst du vorsichtiger mit solchen Thesen«, erwiderte Matti.

»Du bist auch so ein Geheimnistuer«, sagte Anja. »Und ein toller Genosse, dem es scheißegal ist, dass mein Vater ermordet wurde.«

»Erstens wissen wir nicht, ob Georg wirklich dein Vater war. Er hat das behauptet. Zweitens ist es mir nicht scheißegal. Drittens bin ich kein Ersatzbulle. Viertens hat die WG nicht die Möglichkeiten, die die Bullen haben. Fünftens nutzt es Georg nichts, wenn wir auch umgebracht werden ...«

»Du kneifst«, sagte Anja.

»So ein Quatsch.« Er hätte fast aus dem Nähkästchen geplaudert. Doch dann ärgerte er sich über sich selbst, dass er fast angefangen hätte, Anja seinen Mut beweisen zu wollen. »Wir warten die Vernehmung ab, und dann sehen wir weiter. Ich fühle mich eingeladen«, sagte er, stand auf und ging. In der Tür drehte er sich kurz um und sagte: »Tschüss!«

Es war eine blöde Fahrerei in dieser Nacht. Ihm fiel das Pärchen wieder ein, das ihn um den Fahrpreis betrogen hatte, und er fand, dass die beiden sich glücklich schätzen konnten, ihm in dieser Nacht nicht noch einmal zu begegnen. Als er nach Hause kam, lag schon die Vorladung ins Polizeipräsidium im Briefkasten. Das war die passende Abrundung einer durch und durch verhunzten Nacht.

Zwei Tage später saßen sie in Schmelzers muffigem Büro vor seinem Schreibtisch und er dahinter. Der Jungbulle hockte an der Wand, neben ihm eine strohblonde junge Frau, die sich als Kommissarin Sowieso vorgestellt hatte. Die Augen des Jungbullen klebten an ihrer Oberweite. Anja saß ein wenig eingeschüchtert neben Matti. Sie hatten vorher eilig einen Kaffee getrunken und sich verständigt, dass sie einfach sagen würden, was geschehen war.

»Ich vernehme Sie erst einmal als Zeugen«, sagte Schmelzer. Es klang so, als erwartete er Dankbarkeit. »Aber vielleicht verwandeln Sie sich auch noch in Beschuldigte.« Jetzt klang er fast fröhlich.

»Sie haben doch nicht alle Tassen im Schrank«, sagte Matti. »Wir rufen Sie zu einem Tatort, und Sie wollen uns zu Angeklagten machen …«

»Beschuldigten«, sagte Schmelzer gelassen. »Das ist was anderes.«

»Da freue ich mich aber.«

»Ich bin fast sicher, dass Ihre Freude nicht lange anhalten wird.«

»Sie verschwenden unsere Zeit«, sagte Matti. »Dann wollen wir mal.«

»Ich führe die Vernehmung.«

»Ja, dann tun Sie das endlich.«

Schmelzer fragte alles noch einmal ab: Wann Anja angerufen worden sei, wann sie Matti informiert habe und so weiter. Nach einer knappen Stunde kam er endlich auf den Punkt.

»Sie haben schon einmal Terroristen geholfen …«

»Mein Gott, können Sie mit dieser alten Geschichte nicht mal aufhören? Sie haben keinen einzigen Beweis, und ich werde Ihnen auf diese Fragen nicht mehr antworten.«

»Unterbrechen Sie mich nicht.«

»Wenn Sie Unsinn reden …«

»Wir können auch anders!«

»Ich kann auch anders!«

»Und ich auch!«, schimpfte Anja.

Schmelzer gab dem Jungbullen einen Wink, und der stellte sich neben Anja.

»Kommen Sie mit«, befahl der Jungbulle.

»Nein«, sagte Anja.

»Ich kann Sie auch abführen lassen«, sagte Schmelzer und klang so, als wäre es ihm recht. »Also, nun warten Sie draußen.«

Anja schnaubte, erhob sich und verließ das Büro mit knallender Tür.

Schmelzer grinste. »Wollen Sie der jungen Dame was beweisen?«

»Werden Sie nicht unverschämt. Wenn Sie Fragen haben, stellen Sie die. Jetzt.« Matti fühlte sich getroffen durch Schmelzers Bemerkung.

Der lächelte. »Eigentlich habe ich keine Fragen mehr …«

Matti erhob sich.

»Bleiben Sie bitte noch einen Augenblick sitzen.«

Matti zögerte, aber setzte sich wieder.

»Ich will noch etwas besprechen, das für Sie wichtiger ist als für die Polizei.«

Matti blickte ihn an.

»Ich meine es gut mit Ihnen.«

»Unbedingt«, sagte Matti.

Schmelzer hob die Brauen. »Ich glaube nicht, dass Sie eine Leiche gefunden haben. Sie helfen Ihrem Genossen Westreich, endgültig abzutauchen. Wenn es nach mir ginge, mein Gott, da könnte der zurückkommen und machen, was er will, solange er keine neuen Straftaten begeht. Ich bin dafür, dass wir einen Schlussstrich ziehen. Niemand hat mehr etwas davon, dass wir Leute noch nach Jahrzehnten suchen und vor Gericht stellen, wenn wir sie kriegen. Die Zeit des roten Terrors ist vorbei. Heute haben wir es mit viel schlimmeren Fingern zu tun. Aber ich bin Beamter und unterliege Weisungen. Daher kann ich Ihnen nur sagen: Lassen Sie die Finger von der Sache. Sie hatten zweimal mehr Glück als Verstand. Überreizen Sie Ihr Glück nicht.«

»Darf ich jetzt gehen?«

Schmelzer hob die Hände, ließ sie auf die Tischplatte fallen und deutete zur Tür.

Im Flur schmollte Anja. »Dieses Arschloch!«

Aber Matti dachte: Wir haben unser Glück ausgereizt.

Diesmal würde es schiefgehen.

»Was ist?«, fragte Anja.

»Ich muss mir ein paar Sachen überlegen.«

»Was denn?«

»Ob wir nicht die Finger von der Sache lassen sollten.«

»Das kannst du nicht machen.«

Dornröschen rührte im Topf. »Gib mal die Gewürze.«

Twiggy holte die Tiefkühlkräuter aus dem Eisfach.

Anja saß da und staunte. Robbi lag auf ihrem Schoß und verlangte ihr alles ab.

Matti zog den Korken aus der Flasche Aldi-Rotwein.

Dornröschen rührte die Kräuter in die Dosenravioli.

»Was für einen Krebs hattest du zuletzt?«, fragte Twiggy.

»Gebärmutter«, sagte Dornröschen.

»Klingt gut.«

Anjas Augen wanderten von einem zum anderen.

Matti war entspannt. Dornröschen durchlebte gerade das Endstadium der gnädigen Phase ihrer mauligen Periode. Und Twiggy maulte nicht, obwohl Robbi wieder fremdging. Alles war gut. Dornröschen nahm gewiss Anlauf, wieder einmal tödlich an Krebs zu erkranken, aber noch war es nicht soweit.

Wenn er nur nicht die Leiche gefunden hätte.

»Du musst jetzt leider gehen«, sagte Twiggy.

Anja riss die Augen auf.

»Ja, tut mir leid.«

»Vielleicht …«, sagte Matti.

»Nix vielleicht«, sagte Dornröschen. »Wir schätzen die Eindeutigkeit.«

»Die Eineindeutigkeit«, sagte Twiggy.

»Hä?« Anja starrte Twiggy an.

»Wir haben eine …«

»Geheimsitzung«, sagte Dornröschen. »Es ist besser für dich, nicht zu wissen, was für furchtbare Dinge wir ausbrüten.«

Anja schüttelte den Kopf. Dann setzte sie Robbi auf den Boden. Der war zu verdattert, um zu protestieren. Sie stand auf, schüttelte wieder den Kopf, tippte sich an die Stirn, fixierte Matti, verzog das Gesicht zu einer Grimasse und ging. Leise fiel die Wohnungstür ins Schloss.

Die WG-Genossen reichten sich die Hände, nachdem Dornröschen Meher Baba beschworen hatte, den indischen Guru, der für sein Schweigegelübde berühmt geworden war. Nach ein paar Sekunden erwachten sie aus ihrer Erstarrung, und Matti teilte mit einer Kelle die Ravioli aus. Sie aßen andächtig. Robbi vernichtete währenddessen die traurigen Reste der letzten Thunfische aus den Tiefen der Weltmeere und ließ die Japaner alt aussehen.

»Wir halten uns da raus«, sagte Twiggy. »Es ist niemandem was passiert.«

»Außer Georg«, erwiderte Matti.

»Klar«, sagte Dornröschen mit vollem Mund. »Aber mit dem haben wir nichts zu tun. Und wenn die Bullen die Leiche nicht haben wollen, warum sollten wir sie suchen?«

»Tja«, sagte Matti. »Und Anja ist in den Po gekniffen.«

»Mein Gott«, sagte Twiggy. »Niemand weiß, ob Georg wirklich ihr Vater ist. Und wenn ja, hat er sie elend sitzenlassen. Das Mädchen ist vier Jahrzehnte ohne ihn ausgekommen, da wird sie seine Leiche auch nicht brauchen.«

»Ist ja gut.« Matti kratzte sich am Ohr und lehnte sich zurück, bis der Stuhl nur noch auf zwei Beinen stand.

»Du hast dich in die verguckt«, sagte Dornröschen.

»Quatsch«, sagte Matti.

»Besser, wenn nicht, mit den letzten beiden Damen hatten wir nur Ärger.« Twiggy schob sich einen Löffel in den Mund.

»Du spinnst wohl«, sagte Matti.

»Sorry«, sagte Twiggy schmatzend. »Das war ein bisschen pauschal.«

»Pauschal, pauschal«, schimpfte Matti.

»Er meint es nicht so«, sagte Dornröschen.

»Wirklich nicht«, bestätigte Twiggy. Er sprach wie mit einem auf Zwangsdiät gesetzten Tiger, in dessen Gehege man gefallen war.

»Aber dass wir Anja im Stich lassen …«

»Weißt du, wer sie ist? Ist sie eine Genossin?«, fragte Dornröschen.

»Vielleicht will sie uns linken?«, sagte Twiggy.

»Mit einer Leiche oder was?«

»Und wenn es gar keine war, sondern eine Attrappe?«

»Ich habe sie gesehen, die war echt.«

»Und es war Georg?«, fragte Twiggy.

»Zweifellos.«

»Hm.«

»Wer teilt aus?«, fragte Twiggy, nachdem der Joint die erste Runde gemacht hatte. Die *Zuteilung*, die es nur am Freitagabend gab, wenn sie Dosenravioli kochten und Mau-Mau spielten.

»Der so blöd fragt«, antwortete Dornröschen, um das Zeremonielle zu beenden. Sie spielten Mau-Mau, weil es das einzige Spiel war, bei dem Dornröschen schon einmal verloren hatte. Zweimal, um genau zu sein. Aber das waren Abende gewesen, an denen sie nicht in Form war. Matti träumte davon, sie einmal fertigzumachen, wenn Dornröschen ganz bei der Sache war. So wie jetzt. Dornröschen war in Form, und weil sie das war, gewann sie locker drei Spiele in Folge. Um Twiggy und Matti zu demütigen, beendete sie die letzte Runde mit einer Herz-Sieben, die sie schon früher hätte ablegen können.

»Du hast echt 'ne fiese Art«, sagte Matti.

Robbi maunzte Twiggy an. Der zögerte und setzte ihn dann doch auf seinen Schoß. Aber er winkte mit dem Finger. »Du bist fremdgegangen, du Opportunist.«

»Er ist ein Rechtsabweichler«, sagte Matti. »Und verrät seinen Namen. Wer Robbi heißt …«

»Nun übertreib nicht«, nörgelte Twiggy.

»Anja kommt sowieso nicht mehr, die ist bestimmt beleidigt«, sagte Matti.

»Die will uns in eine Sache hineinziehen, die nur nach hinten losgehen kann«, sagte Dornröschen gut gelaunt. »Wie sollen wir eine Leiche finden, die jemand versteckt hat? Wir haben keine Bullenherden, die wir durch die Wälder scheuchen können.«

»Wir haben auch sonst keinen Ansatzpunkt«, sagte Twiggy. Er startete die Traffic-CD im Gettoblaster, und es erklang *Pearly Queen.*

*I bought a sequined suit from a pearly queen,*
*And she could drink more wine than I'd ever seen,*
*She had some gypsies' blood flowing through her feet,*
*And when the time was right she said that I would meet*
*My destiny.*

Dornröschen blickte Matti an. »Wenn du an ihr interessiert bist, kümmer dich um sie. Aber zieh uns nicht wegen so was in diese Scheiße. Wir hatten lang genug Terrorärger mit den Bullen. Ich habe keine Lust auf eine Neuauflage. Außerdem bin ich mir gar nicht sicher, dass Georg sich stellen wollte. Vielleicht wollte der eine Bank machen, weil ihm die Kohle ausgegangen ist? Hat's auch schon gegeben.«

»Vielleicht, vielleicht«, sagte Matti.

»Nun sei nicht so mies gelaunt«, sagte Twiggy. »Es ist nur ein Spiel.«

»Das ist kein Spiel.«

»Ist ja gut.«

»Wir lassen sie im Stich. Und Georg auch. Ihr könnt sagen, was ihr wollt, er ist ein Genosse.«

»Bist du sicher, dass er noch ein Genosse war?«, fragte Dornröschen.

»Wenn du abtauchen musst, bleibst du es«, sagte Twiggy.

»Keineswegs.« Dornröschen gähnte genüsslich. »Wenn man kapiert hat, dass der bewaffnete Kampf Quark war, dann muss man nicht Genosse bleiben. Mancher schmeißt mit der Knarre vielleicht gleich auch die Gesinnung weg. Dann kann man auch Koksdealer werden oder Waffenhändler oder Börsenzocker.« Sie überlegte einen Augenblick. »Für was hat er sich interessiert?«

»Georg?«

»Wer sonst?«

Matti überlegte. Einmal saßen sie im *Terzo Mondo* zusammen, aßen irgendwas und tranken zu viel. Plötzlich reichte Georg ihm etwas unter dem Tisch. Kalt und schwer, Stahl. Eine Pistole. Matti erinnerte sich, wie er erschrak. Vor allem aber entsann er sich Georgs Augen. Sie leuchteten. Stolz erzählte er, es sei eine Walther P38, die sein Alter aus dem Krieg mitgebracht habe, obwohl es lebensgefährlich gewesen sei, in der Besatzungszeit Waffen zu besitzen. Aber sein Alter sei Nazi gewesen, SS, und er habe die Knarre behalten, weil man nie wisse, ob man sie noch einmal gebrauchen könne. Georg hatte die Pistole auf dem Dachboden seiner Eltern gefunden und eingesteckt.

»Für Gemüse eher nicht«, sagte Matti. »Aber wollen wir uns wirklich gefallen lassen, dass Schmelzer uns lächerlich macht?«

»Das ist mir egal. Der kann sich einen Ast ablachen, der gute Mann«, sagte Twiggy. »Hauptsache, er lässt uns in Ruhe.«

»Mich ärgert es schon, aber nicht genug, um mich schon wieder mit den Bullen anzulegen«, sagte Dornröschen. »Vergiss deinen Beschützerinstinkt.«

Sie hat recht, dachte Matti. Es ist nichts passiert, was die WG auf Trab hätte bringen müssen. Georg ist tot, die Leiche weg. Das betrifft Anja und sonst niemanden. Ihn auch nicht.

»Ist ja gut«, sagte er.

Er träumte von einem Telefon, das ununterbrochen klingelte. Es wurde immer lauter, er drückte sich das Kissen an die Ohren. Dann rief jemand: »Aufwachen! Für dich!«

Twiggy stand neben dem Bett, und der Ton seiner Stimme hätte einem Tauben verraten, dass er stinksauer war. Er hatte mit Robbi Splattervideos geguckt und war gerade erst eingeschlafen.

Matti kroch aus dem Bett und wankte in den Flur. Die Müdigkeit und der Restalkohol hatten sich verbündet. Der Hörer lag neben dem Telefonapparat auf der Kommode. Wer ruft einen noch auf einem Festnetztelefon an?, dachte er, als er den Hörer nahm.

»Ja?«

»Ich bin im Krankenhaus. Jemand hat auf mich geschossen!«, schrie Anja. »Notaufnahme!« Dann heulte sie.

Matti hielt den Hörer ein Stück weg vom Ohr. »In welchem Krankenhaus?«

»Urban!«, kreischte Anja.

»Und wer hat geschossen?«

»Woher soll ich das wissen! Erst haben die versucht mich totzufahren, dann hat es geschossen. Ich bin verletzt!«

»Ich komme«, sagte Matti.

Lance Armstrong hätte ihm nicht folgen können und auch sonst kein biologisches Pharmazie-Endlager. Matti radelte wie auf Speed zum Urban-Krankenhaus in der Dieffenbachstraße. Am Hermannplatz hätte ihn fast ein Lastwagen gerammt, und Matti hörte das Hupen noch bis kurz vor der Kreuzung der Urban- mit der Schönleinstraße. Über die Grimmstraße zog eine Horde besoffener Jungtouristen aus Italien, eine Flasche zersplitterte auf dem Bürgersteig. Links hinein in die Dieffenbachstraße und auf die Auffahrt des Krankenhauses. Zur Notaufnahme hatte er schon einige Fahrgäste gebracht. Der letzte Kandidat hatte japsend auf dem Beifahrersitz gesessen, und er war keineswegs betrunken, wie Matti gefürchtet hatte, sondern erlitt einen Herzinfarkt.

Am Fenster des Warteraums standen ein alter Mann und eine alte Frau. Sie redeten laut auf Arabisch aufeinander ein. Er gestikulierte heftig, sie zeigte ihm nur ihr Profil und brüllte die Wand an, als wollte sie sich jeden Augenblick ganz abwenden. Matti ging am Glaskasten mit dem Aufnahmetresen vorbei und steuerte den Behandlungsraum an. Irgendjemand rief ihm was nach, aber er achtete nicht darauf. Der Behandlungsraum war offen, Anja lag auf einer Pritsche und sah übel aus. Ihr Gesicht war zerkratzt. Am Bein trug sie einen Verband, durch den das Blut gesickert war. Eine Krankenschwester versorgte gerade die Bauchwunde eines Typen, der mit Tattoos übersät war.

»Matti!«, rief Anja.

Die Schwester erschrak und drehte sich um. »Verlassen Sie diesen Raum!«, sagte sie.

»Er ist mein Mann«, jammerte Anja.

Die Schwester blickte sie an, dann Matti, und zuckte mit den Achseln.

Matti stellte sich auf die andere Seite der Pritsche. Hinter ihm lag ein Mann, offenbar bewusstlos. »Was ist passiert?«, fragte Matti.

»Jemand hat sich auf mich gestürzt …« Sie weinte. »Er hat mich geschlagen, und dann gab es einen Knall, unheimlich laut. Und es brannte am Bein!« Ihre Tränenaugen blickten auf den Verband.

»Streifschuss«, sagte die Schwester.

»Es war ein Mann?«

Sie nickte.

»Hast du ihn erkannt?«

»Nein. Er war maskiert. Hatte einen Strumpf über dem Gesicht. Es war schrecklich …« Sie weinte.

In Matti bohrte das schlechte Gewissen. Sie hätten Anja nicht wegschicken dürfen. Er stellte sich vor, sie wäre über Nacht geblieben, aber er verdrängte das Bild. »Tut mir leid«, murmelte er. »Hat der Mann etwas gesagt?«

»Ja. Halt dich raus! Dreimal hat er es gesagt. Halt dich raus! Halt dich raus! Halt dich raus!« Sie wurde mit jeder Wiederholung lauter.

»Hat er gesagt, aus was du dich raushalten sollst?«

»Nein. Aber das weißt du doch.«

»War der Mann jung?«

Sie blickte ihn verzweifelt an. »So wie du vielleicht.«

»Woran hast du das erkannt?«

»An seiner Art.«

»An seiner Art?«

»Ja. Junge Männer sind … geschmeidiger. Irgendwie. Seine Bewegungen waren … alt.«

Matti überlegte, was das noch heißen konnte. »War er schlank oder dick?«

»Schlank.«

»Trainiert? Sportlich?«

Ein Blick auf Matti. »Nein, eher nicht. Er war irgendwie wie … du.«

»Was meinst du damit?«

Die Schwester blickte Matti misstrauisch an.

»Hast du die Bullen gerufen?«

»Nein, ich bin gleich ins Krankenhaus. Mit dem Taxi.«

Ihre Augen folgten Mattis Blick. »Ich hatte es verbunden und eine neue Hose darübergezogen.«

»Das muss wehgetan haben«, sagte Matti.

»Ja.« Sie nickte und weinte noch mehr. Auf einem Stuhl am Kopfende des Betts lag eine Jeans mit Blutflecken.

»Aber Sie müssen die Polizei rufen!«, sagte die Schwester.

»Ja«, sagte Anja.

Matti schnaufte. »Okay, ich mach es. Auf welche Station kommt sie?«

»Auf keine, Sie können Sie nachher mitnehmen.«

»Warum? Gibt's für Streifschüsse keine Fallpauschale? Muss es erst ein Durchschuss sein?«

Die Schwester lief rot an. Es passte gut zu ihren glänzenden schwarzen Haaren. »Auf so etwas antworte ich nicht«, sagte sie mühsam beherrscht.

Matti ging kurz in den Warteraum und rief Hauptkommissar Schmelzer an. »Sie schon wieder«, schimpfte der. Doch Matti gelang es, ihn daran zu hindern, gleich ins Krankenhaus zu kommen. »Sie steht noch unter Schock, sagt der Arzt«, log er. »Morgen Nachmittag können Sie Frau Barth bei uns in der Okerstraße befragen.« Das war ihm spontan eingefallen. Aber er fand es richtig.

Zurück im Behandlungsraum, war Anja fertig verbunden. »Du kommst mit zu uns«, sagte Matti.

Die Schwester guckte ihn misstrauisch an, sagte aber nichts.

Anja lächelte und nickte. Ihr Gesicht glänzte von der Wundsalbe. Über der Nase und am Kinn trug sie Pflaster. »Allein hätte ich Angst, dass er wieder auftaucht.«

Matti rief Dornröschen an und berichtete ihr. Sie akzeptierte, dass Anja erst einmal in die WG zog. »Aber du kümmerst dich um sie«, sagte sie.

»Hast du was gegen Anja?«

»Nein, wie kommst du darauf?«

Warum war Dornröschen so schnippisch? Doch das mochte viele Gründe haben. Manchmal war Matti überzeugt, dass in Dornröschen ein Geheimprogramm ablief und ihr befahl, so oder so gelaunt zu sein. Äußere Reize dagegen schienen sie kaum zu berühren. Sie konnte sich über vieles aufregen, aber den Ablauf ihrer Launenphasen beeinflusste das kaum. Sie regte sich schnell ab und fiel zurück in die Phase, in der sie gerade war.

»Wir sehen uns heute Abend«, sagte Dornröschen. »Kann spät werden, Redaktionsschluss.« Sie zögerte, dann: »Aber in meinem Zimmer schläft sie nicht.«

Ob sie eifersüchtig war? Eine zweite Frau in der WG, wenn auch nur für kurze Zeit? Dann wäre Twiggy eifersüchtig wegen Robbi, und Dornröschen, weil sie um ihre Monopolstellung fürchtete. Aber sie hatte ihre Stellung in der WG doch nicht, weil sie die einzige Frau war. Sondern wegen ihres Kopfes. Manchmal schien sie ihm unerklärlich.

Matti bestellte Aldi-Klaus. Der grinste, als er Anja sah. Matti hätte fast etwas erklärt, aber das hatte ohnehin keinen Sinn. Gegen den Anschein hatte die Wahrheit keine Chance, schon gar nicht nach dem, was Aldi-Klaus mit der WG erlebt hatte.

Aldi-Klaus fuhr das Taxi, als hätte er Eier geladen. Dennoch verzog Anja immer wieder das Gesicht. Sie saß auf dem Beifahrersitz und Matti hinter Klaus. Wer hatte Anja überfallen? »Warum hat der nur einmal geschossen?«

»Ich weiß es nicht«, sagte Anja leise.

»Er wollte dich warnen«, sagte Matti. »Er wollte dich nicht schwer verletzen oder umbringen, er wollte dir einen Denkzettel verpassen.«

»Wahrscheinlich«, sagte Anja.

»Um was und wen geht's?«, fragte Klaus.

»Besser, du weißt es nicht.«

»Dann redet bitte übers Wetter.«

»Die Sonne scheint«, sagte Matti, und Klaus tippte sich an die Stirn.

Sie saßen in der Küche am Tisch. Dornröschen hörte erst nur zu. Anja beschrieb den Überfall genau: Ein Typ hatte ihr aufgelauert, als sie von einem Essen mit Freunden im Prenzelberg nach Hause gekommen war. Sie war mit der U 7 bis zur Gneisenaustraße gefahren. Als sie den U-Bahnhof verließ, fiel ihr nichts auf. Niemand folgte ihr. Es war nur ein Pärchen mit ausgestiegen, aber das verschwand in die andere Richtung. Plötzlich stand der Typ mit dem Frauenstrumpf vor ihr, auf der Höhe des Weinladens in der Mittenwalder Straße.

»*Wein & Vinos*, den kenn ich«, sagte Matti. Ihn traf Dornröschens strenger Blick.

»Den Schuss muss jemand gehört haben«, sagte Twiggy, nachdem Anja berichtet hatte.

»Die Bullen werden die Nachbarn abklappern«, sagte Matti.

Dornröschen gähnte, schloss die Augen, öffnete sie, starrte ins Nirwana und sagte nichts.

Twiggy sagte noch: »Sauerei.« Aber es war nicht klar, ob er Robbi meinte, der wieder fremdging, oder den Überfall.

Matti hörte die Geschichte zum zweiten Mal und überlegte. »Du hast dich mit Georg treffen wollen, aber ihn tot aufgefunden. Sonst hast du nichts gemacht. Irgendjemand hat dich oder Georg beobachtet. Ich nehme an, dass Georg überwacht wurde. Als der Überwacher spitzkriegte, dass Georg sich mit Anja treffen wollte, hat er verhindert, dass die beiden miteinander reden konnten. Also nahm er an, dass Georg oder Anja etwas wussten, das sie dem jeweils anderen nicht verraten sollten.«

»Mach's nicht so umständlich«, sagte Twiggy. »Wenn Anja etwas wüsste, das ihr nicht geheuer vorkommt, hätte sie es längst gesagt. Oder?« Ein fragender Blick zu Anja, ein beleidigter zu Robbi, der es sich auf ihrem Schoß gemütlich gemacht hatte. Er streckte eine Pfote in die Luft und bewegte die Krallen im Milchtritt.

»Du weißt nichts?«, fragte Matti.

Sie schüttelte den Kopf und verzog das Gesicht vor Schmerz.

»Was könnte Georg gewusst haben, das so gefährlich ist, dass er dafür starb?«, fragte Matti.

Twiggy fuhr sich mit der Pranke durch die Haare. Er stand auf und stützte sich auf dem Küchentisch ab. Er sah besonders groß und fett aus heute, und der Blaumann, den er trug, unterstrich den Eindruck nur.

Anja beobachtete ihn genau, und fast schien es, als hätte sie Angst vor ihm. Sie rutschte mit ihrem Stuhl ein paar Zentimeter näher zu Matti, der an derselben Tischecke saß.

Twiggy schaltete die Espressomaschine ein, die er vor einiger Zeit besorgt hatte. Er lehnte sich an die Spüle. »Eine Möglichkeit: Georg wollte auspacken. Doch da gibt es jemanden, dem das nicht passt. Wohl ein lieber Genosse.«

Matti wiegte den Kopf. »Ist die wahrscheinlichste Variante«, sagte er.

Twiggy nickte, während er beobachtete, wie die Espressomaschine Druck aufbaute.

»Aber würde so ein Genosse Anja überfallen? Gibt es dafür ein einziges Beispiel?«, fragte Dornröschen.

»Puh«, erwiderte Twiggy. Er stellte zwei Tassen unter den Ausguss und drückte den Kaffeeknopf. Mit einem Brummen und Zischen lief die braune Brühe in die Tassen. Er stellte eine vor Matti, die andere vor sich. Ein Blick zu Anja, die hob die Hand und sagte: »Nein, danke.« Twiggy setzte sich auf seinen Stuhl, linste grimmig zu Robbi, dem Anja gerade eine Kraulsonderzulage verpasste. »Ich würde mich an eurer Stelle nicht wundern, wenn ich demnächst meine Haare verliere.«

Matti lachte und erntete einen bösen Blick. »So wie Robbi damals, als du den armen Kater vernachlässigt hast?«

Twiggy winkte ab und kreuzte die Arme vor der Brust. »Wenn

es um was Wichtiges geht, dann greifen auch Helden des bewaffneten Kampfes manchmal zu erstaunlichen Mitteln. Ich sage nur, Schmücker, Albartus.«

»Der eine ein Verräter, der andere ein Genosse«, sagte Matti. »Beim Verräter Schmücker hatte der VS die Hand im Spiel. Ob man die Carlos-Leute als Genossen einsortieren sollte, na, da hab ich mehr als nur gelinde Zweifel. Und die tolle Ingeborg, die hat ihre Antibabypillen in einem Hotel vergessen, nachdem sie laut Auskunft der Terrorexperten in den Medien schon seit Jahren tot war. Bleibt nicht viel übrig. Aber wenn Georg und ein paar andere Gangster geworden sind, dann kann man ihnen alles zutrauen.«

Matti fiel ein, wie erschüttert sie gewesen waren, als Gerüchte aufkamen, dass die eigenen Leute Kämpfer töteten, die als Verräter galten. Er hatte beim Schleyer-Mord nicht geweint vor Mitleid, sich auch nicht klammheimlich gefreut, aber er hatte sich eingebildet zu verstehen, dass der ehemalige SS-Mann und Unternehmerboss ein perfektes Feindbild abgab. Doch die eigenen Leute umbringen, wenn sie als Spitzel verdächtigt wurden? »Auch Unbeteiligte wie Anja?«

Deren Blicke folgten dem Gespräch.

»Sie ist nicht unbeteiligt«, sagte Dornröschen. »Nicht mehr. Georg hat sie reingezogen in irgendeine Sache. Womit wir wieder bei der Ausgangsfrage wären. Andere Möglichkeit: Könnte doch sein, dass Georg wirklich eine Bank machen wollte…«

»Oder schon eine gemacht hat, und die Kollegen haben ihn abgeschüttelt. Oder er die Kumpane«, sagte Twiggy.

»Lass uns das systematisch machen«, moserte Matti. »Erstens: Georg will auspacken, die eigenen Genossen bringen ihn um und bedrohen Anja, weil sie glauben, dass Georg ihr was gesagt hat. Hat er das?« Er blickte Anja an. Die schüttelte vorsichtig den Kopf, aber es schmerzte trotzdem.

»Zweitens: Banküberfall, irgendwo, irgendwann, schon passiert oder erst geplant. Derdiedas Kumpane wollen ihn loswerden. Warum auch immer.«

»Drittens«, sagte Dornröschen nachdenklich. »Drittens: Georg will was aufziehen. So eine Art RAF, neue Generation.«

»Ach, du lieber Himmel«, sagte Matti. »Die haben doch kapituliert.«

»Vielleicht nicht alle«, erwiderte Dornröschen. »Wär das nicht die richtige Zeit heute? Durch Anschläge die Leute aufrütteln gegen die Abzockerei der Banken, gegen Millionen-Boni für Versager, gegen die Ausplünderung der Armen, um den Kapitalismus zu retten, nachdem der sich selbst in Grund und Boden gewirtschaftet hat?«

»Oho, die Genossin schlägt aber starke Töne an«, sagte Matti.

»Na ja, damals haben RAF, 2. Juni, RZ und Co. so was von danebengelegen, als sie den drohenden Faschismus mit Bomben verhindern wollten. Vielleicht glauben ja ein paar, dass die alten Rezepte heute gerade die richtigen sind?«

»Wenn Georg umgebracht wurde, weil er etwas verraten wollte, warum haben die dann Anja nicht auch getötet? Sollten sie glauben, sie wisse nun, was Georg wusste? Sonst hätte der Typ Anja nicht überfallen.« Twiggys Finger klopften einen Rhythmus auf den Tisch.

»Stimmt«, sagte Matti. »Das bedeutet, dass Anja in Lebensgefahr ist.«

Anjas Augen weiteten sich, aber sie sagte kein Wort.

Dornröschen schüttelte den Kopf. »Warum hat er sie nicht in der Mittenwalder Straße umgebracht? Er hat sie gewarnt: Halt dich raus, hat er gesagt. Stimmt doch, oder?«

Anja nickte.

»Aber geschossen hat er«, sagte Matti.

»Ohne sie umbringen zu wollen, sonst hätte er sich die Warnung schenken können«, warf Twiggy ein.

»Du hast den Kerl genau verstanden?«, fragte Matti.

Anja nickte. »Er hat's wiederholt.«

»Keine Andeutung, aus was du dich raushalten sollst?«

»Nein.«

»Raushalten klingt nicht nach auspacken«, sagte Dornröschen.

»Raushalten klingt nach einer Aktion. Wenn Georg sich hätte stellen wollen, dann hätte der Typ doch fordern müssen, dass Anja nichts verrät, wenn sie weiß, was Georg den Bullen stecken wollte.«

»Jetzt wird's germanistisch«, sagte Matti. Die Erinnerung an sein Studium keimte auf. Keine gute Erinnerung. Weg damit. »Raushalten kann doch auch heißen: Lass uns in Ruhe. Wir klären Dinge, die dich nichts angehen.«

Dann tauchte Schmelzer auf, im Schlepptau den Jungbullen. Twiggy ließ sie in die Wohnung. Sie standen in der Küchentür, der Jungbulle hatte einen Notizblock gezückt und schrieb mit, was Anja sagte.

»Und Sie sind sicher, dass der Typ Sie nicht vergewaltigen wollte?«, fragte Schmelzer. Matti hörte heraus, dass der Hauptkommissar daran eher nicht glaubte.

»Nein, er hat mich geschlagen und angeschossen. Und gewarnt. Wie oft soll ich das noch erzählen?« Sie klang weinerlich.

Robbi sprang von ihrem Schoß, musterte verächtlich die Bullen und marschierte mit gestrecktem Schwanz in Twiggys Zimmer.

»Aber Sie haben mit Westreich nicht gesprochen?«

»Am Handy. Er hat mir gesagt, wo ich ihn treffen kann. Und als wir uns im Park getroffen haben, klingelte nach der Begrüßung gleich sein Handy.«

Schmelzer und der Jungbulle tauschten Blicke aus. Schmelzer hob und senkte die Augenbrauen. »Die Nachbarn haben wir schon befragt. Ein paar Zeugen haben den Schuss gehört. Aber als sie auf die Straße guckten, war der Täter schon weg.«

»Die werden sich nicht gleich getraut haben«, sagte Matti.

»Natürlich«, sagte Schmelzer. »Wenn auf der Straße geschossen wird, haben die meisten Menschen Angst, getroffen zu werden.« Er überlegte. »Die Hinweise, die wir haben, sind so dürftig, dass wir kaum etwas unternehmen können.«

»Eine verschwundene Leiche und ein Überfall scheinen nicht auszureichen, um den Polizeiapparat in Bewegung zu bringen?«, fragte Twiggy.

»Rechtlich gesehen, sind das nur Behauptungen, die Ihre Freundin ...« Er stockte, dann wandte er sich an Anja: »In welchem Verhältnis stehen Sie zu der Dame und den Herrn?«

»Das ist meine Sache«, sagte Anja. »Freunde«, folgte mit besänftigendem Ton.

»Woher kennen Sie diese ... WG?« Tatsächlich schaltete sich der Jungbulle ein.

»Ich lasse mich schon ein paar Monate von Matti ficken«, sagte Anja.

Der Jungbulle lief rot an.

Matti lachte los, dann auch Twiggy und Dornröschen.

»Sie wollten es wissen, jetzt wissen Sie es«, sagte Matti. Er blickte Anja an, die grinste zurück.

»Sie wollen, dass wir diesen ... Fall, nennen wir es mal so, lösen, lassen uns aber im Regen stehen.« Schmelzer drehte sich um.

»Werter Herr Hauptkommissar, Sie sind doch nur hier, um sich nicht den Vorwurf einzuhandeln, Sie hätten nichts getan. Immerhin geht es um Mord ...«

»Das behaupten Sie«, blökte der Jungbulle. »Weit und breit keine Leiche, und der Überfall auf die ... Dame hier war wahrscheinlich auch getürkt.«

»Das ist eine Unverschämtheit«, sagte Matti. »Bestätigt aber nur, was wir von Ihnen zu erwarten haben. Nichts, wie immer.«

»Wir gehen wohl besser«, sagte Schmelzer.

***

*Ein Sonnenuntergang. Der wievielte? Dreihundertfünfundsechzig mal neunundachtzig, abgezogen die Tage, an denen es scheißegal war, ob die Sonne aufging, schien oder unterging. Du sitzt am Fenster und blickst über den Fluss. Die Sonne färbt ihn rot. Am Gegenhang das Schloss. Rot vom Licht an der einen Seite. Die Nacht schwärzt schon den Rest. Auf der Brücke Autos, klein wie Modelle. Menschen, knopfgroß. Ein Ausflugsschiff fährt zum Rhein. Der Kapitän muss in den Sonnenuntergang schauen. Vielleicht legt er auch schon hier an. Du starrst in die anbre-*

*chende Nacht, die so sein wird wie alle Nächte seit langer Zeit. Du wirst einen Weinbrand trinken, damit du einschläfst. Aber er wird nicht helfen. Du wirst wach liegen, und wenn du doch schläfst, wirst du träumen. Von den Träumen wirst du erwachen. Du wirst pinkeln gehen. Du wirst wach liegen und gegen die Ausläufer der Träume ankämpfen. Du wirst wieder pinkeln gehen. Du wirst einschlafen und träumen. Du wirst aufwachen, weil die Träume dich jagen. Du wirst pinkeln gehen. Wenn der Morgen anbricht, wirst du froh sein. Keine Träume mehr. Dann kommen die Schmerzen. Wenn du laufen kannst, wirst du pinkeln gehen. Du wirst dich waschen und ankleiden. Es wird wehtun. Du wirst frühstücken. Ein Stück Brot mit Marmelade. Ein Glas Wasser. Du wirst, weil heute Mittwoch ist, ein Taxi rufen. Das Taxi bringt dich in die Stadt. Du wirst dich an der Brücke absetzen lassen, kein Trinkgeld geben. Du wirst zum Rathausplatz laufen und dich an den Brunnen setzen. Es wird warm sein. Du wirst das Treiben auf dem Marktplatz betrachten. Touristen werden über die Hauptstraße strömen. Du wirst Frauen sehen. Und niemand wird dich etwas fragen.*

## 3: Who Knows What Tomorrow May Bring?

Also, bei mir kannst du nicht schlafen«, sagte Dornröschen.

»Und bei mir ratzt schon Robbi«, sagte Twiggy.

Anja hatte erklärt, sie wolle nicht zu Hause übernachten. Sie habe Angst, dass der Typ wiederkommen würde. Ihr tue alles weh. Und überhaupt war sie jämmerlich drauf. Bei ihr wechselten die Launen schnell.

»Okay«, sagte Matti. »Ich rolle die Isomatte aus, und du kriegst mein Bett.«

»Manchmal schnarcht er«, lästerte Twiggy.

»Ich schnarche immer«, erwiderte Matti. »Der Sound ist aber einzigartig.«

Anja grinste. Immerhin.

Und Matti dachte, dass er jetzt nicht denken durfte, was er dachte.

Dornröschen fragte: »Noch ein Absacker?«

Matti öffnete eine Flasche Barolo aus der Kiste, die Twiggy vor ein paar Tagen besorgt hatte. »Yuppi-Gesöff«, hatte Dornröschen gelästert, aber dann ließ sie sich auch ein Glas eingießen.

Robbi schien seine Sünden zu bereuen, jedenfalls hatte er sich auf Twiggys Schoß gefläzt.

Dornröschen hob das Glas, und sie stießen an. »Was machen wir jetzt?«, fragte sie.

»Die Bullen lassen Anja hängen, wir nicht«, erklärte Matti und erntete einen dankbaren Blick von ihr.

Dornröschen grinste kurz. »Auf Krimi hab ich aber keinen Bock«, sagte sie.

Twiggy starrte auf die Tischplatte, als erwüchse aus ihr die Weisheit.

»Wir können ja ein bisschen herumfragen«, sagte Matti. Er spürte, dass die Stimmung kompliziert war. Würde er vorpreschen, könnte Twiggy sich genervt fühlen. Er fand es ohnehin nicht toll, dass Robbi auf Anja stand.

»Hm«, sagte Twiggy und trank einen Schluck.

»Georg war ein Genosse«, sagte Matti.

»War er das noch?«, fragte Dornröschen.

Schweigen.

Matti kam ins Grübeln. Vermutlich gehörte Georg zu den Leuten, die ihre Biografien nicht wegwerfen konnten und dies als Charakterstärke empfanden, obwohl sie falsch gelebt hatten. Er kannte es von sich selbst: dass man die übelsten Taten adelte, weil sie doch immerhin einem überragenden Ziel gedient hatten. Es ging um Variationen des Irrtums, wonach der Zweck die Mittel heilige. Die Gesellschaft, in der wir leben, ist ungerecht, sie zerstört, sie stürzt Menschen ins Unglück, sie macht wenige unendlich reich und viele unerträglich arm. Sie führt Kriege und beutet aus. Und weil es so ist, sind alle Mittel erlaubt, die geeignet erscheinen, die Missstände zu beheben. Und wenn sich ein Mittel als untauglich erweist, dann hat man es doch immerhin versucht. Zu Ende gedacht, waren mobile Hinrichtungskommandos moralischer als ihre Opfer. Aber wenn Georg das Ziel längst aufgegeben hatte, blieben die Taten, unverhüllt von allen Paradiesversprechungen. Und es blieb der dämliche Spruch, man habe doch nur das Beste gewollt. Matti wurde unwohl, als er das überlegte. Es ging dabei auch um ihn.

»Wir wissen nicht, was Georg getan hat in den vergangenen, sagen wir mal, dreißig Jahren.« Dornröschen blickte betrübt in die Runde. »Ich kann meine Hand nicht für ihn ins Feuer legen.«

»Er hat dir nicht gesagt, warum er aufgetaucht ist? Keine Andeutung, nichts?«, fragte Twiggy.

Anja schüttelte den Kopf. »Hier ist Georg. Du wirst mich nicht kennen. Ich bin dein Vater … und dann noch der Treffpunkt im Park. Dort Begrüßungsfloskeln. Der Anruf. Fertig.«

»Wir wissen nicht mal, ob er wirklich dein Vater ist«, sagte Dornröschen.

»Meine Mutter kann ich auch nicht fragen. Eigentlich bin ich so was wie ein Waisenkind.« Eine Träne rollte aus dem Auge. Sie wischte sie mit dem Handrücken weg.

Matti überlegte, wie es wäre, ohne Eltern aufzuwachsen. Obwohl, sie hatte doch Eltern, wenn es auch nicht die biologischen waren. Dass Georg aufgetaucht war, hatte sie erschüttert. Hätte es ihn erschüttert? Er versuchte es sich vorzustellen, aber es gelang ihm nicht.

»Ihr müsst mir helfen«, sagte sie. »Ich habe sonst niemanden.«

»Was könnten wir tun, wenn ...?«, fragte Twiggy.

»Wir könnten Georgs alte Kumpel abgrasen. Vielleicht hat er sich bei einem gemeldet«, sagte Matti. Anja lächelte ihn an.

»Hm«, sagte Twiggy.

»Ich geh jetzt schlafen«, sagte Dornröschen. Sie trank den letzten Tropfen aus dem Glas und verschwand in ihrem Zimmer.

Anja blickte ihr traurig nach.

Matti hatte die Isomatte vor seinen Schreibtisch gelegt und war in den Schlafsack gekrochen. Anja kam vom Bad. Sie trug Schlüpfer und T-Shirt und sah gut aus. Sie setzte sich aufs Bett.

»Tut's noch weh?«, fragte Matti.

»Geht schon.« Ihre Hand strich über den Verband am Oberschenkel. Sie stützte die Ellbogen auf die Knie und legte ihr Kinn in die Hände.

Matti drängte es aufzustehen und sie zu trösten. »Versuch zu schlafen«, sagte er.

An der Tür kratzte es. Sie blickte Matti an, er nickte. Sie öffnete die Tür, Robbi sprang mit zwei Sätzen aufs Bett. Anja lachte. »Der ist süß.«

»Der ist ein egozentrisches Monster«, sagte Matti. »Morgen wird Twiggy schlecht gelaunt sein. Au Backe!«

»Soll ich ihn raussetzen?«

»Bringt nichts, dann veranstaltet er ein Spektakel, bis er wieder im Bett liegt.«

Sie kicherte.

Beide schwiegen, während Robbi sich an Anja schmiegte.

»Versuch zu schlafen«, sagte Matti.

Anja legte sich hin und zog die Decke über sich. Robbi kringelte sich in Höhe der Schienbeine auf die Bettdecke und schnurrte laut.

Durch die Wand tönte wie weit entfernt Twiggys Fernseher. Der guckte Al-Dschasira. Matti hörte Geschrei.

»Kennst du noch alte Kumpels von Georg?«, fragte Anja.

»Ja«, sagte Matti. »Aber nicht viele. Manche sind abgetaucht, andere tot, aber ein paar leben noch.«

»In Berlin?«

»Glaub schon«, sagte Matti.

»Können wir die mal fragen?«

»Wenn wir sie finden«, sagte Matti.

»Du hast keinen Kontakt mehr mit denen?«

»Schon lange nicht mehr.«

»Warum nicht?«

»Na, die haben die Sache durchgezogen.«

»Und du nicht?«

»Wir sind knapp davor ausgestiegen.«

»Hattet ihr Angst?«

»Nein.« Hatte er wirklich keine Angst gehabt damals? Er konnte sich nicht an Angst erinnern. Er sah sich in der Heldenpose. Lederjacke, schnelle Autos, Guerilleros, die Bewunderung in der Szene. Er sah Waffen, die einen antörnten genauso wie das Gefühl der Macht, die in den Gewehrläufen steckte. Es macht manchen stark, die Pistole im Gürtel zu tragen. Daran erinnerte er sich. Nicht an Angst.

»Komisch«, sagte Anja.

»Ja«, sagte Matti. »Wir hätten allen Grund gehabt, uns in die Hose zu machen. Vermutlich haben wir es auch, und ich hab's vergessen.«

»Aber du guckst morgen mal, ob du welche findest, ja?«

»Versprochen«, sagte Matti. »Aber erst muss ich eine Schicht fahren.«

Sie kroch aus dem Bett, kniete sich zum ihm und küsste ihn auf den Mund. Robbi maunzte, und sie kroch zurück.

Ülcan war noch mieser gelaunt als sonst. Die Ungläubigen vom Finanzamt besaßen die Frechheit, ihm eine Betriebsprüfung anzukündigen. Was bedeutete, dass Mattis Chef all die Scheißakten zusammensuchen musste, in denen die Faulheit seiner Fahrer dokumentiert war. Detlev schoss aus dem Büro, als Matti angeradelt kam. Detlev wedelte mit der Hand vorm Gesicht. »Pass auf, gleich explodiert er.«

Doch dieser Aggregatzustand war bei Ülcan nicht selten, und Matti kannte den Chef seit Jahrhunderten. Ihn konnte nichts mehr beeindrucken. Außer Ülcan säße eines Tages fröhlich hinter seinem Schreibtisch, böte Tee an und würde seinen Fahrern eine Tageseinnahme schenken. Auf diesen Schrecken musste Matti sich aber nicht vorbereiten. Suchte man die ultimative Metapher für das Wort »unmöglich«, so wäre sie in Ülcans Verhalten gefunden.

Kaum hatte Matti den Benz auf die Manitiusstraße gelenkt, lotste ihn der PDA zur Ecke Fasanen-/Hardenbergstraße, wo ein Fahrgast unbedingt mit ihm fahren wollte. Das gab es manchmal, aber Matti gehörte nicht zu den Lieblingsfahrern Berliner Seniorinnen, er hatte das bisher nur einmal erlebt. Da hatte er in einem Anfall von Mitleid einer alten Dame im Westend den Koffer in den vierten Stock getragen. Sonst pflegte Matti in vergleichbaren Fällen freundlich zu erklären, dass man nur packen möge, was man tragen könne.

In der Hardenbergstraße wartete keine Oma auf ihn. Da stand ein mittelgroßer Mann zwischen fünfzig und sechzig mit kurz geschnittenen weißen Haaren und einer Sonnenbrille. Er trug einen schwarzen Anzug und ein schwarzes Hemd. Wahrscheinlich ist auch seine Unterhose schwarz, dachte Matti. Und fragte sich, warum der Typ sich ihn als Fahrer ausgesucht hatte. Vielleicht eine Empfehlung. Wenn Sie eine Art Reiseführer brauchen, also einen Typen, der sich in Westberlin auskennt, in Ostberlin außerhalb Friedrichshains allerdings weniger, dann rufen Sie den Herrn Jelonek vom Taxibetrieb Ülcan Türkkan in Kreuzberg 36. Matti erinnerte sich an Fahrgäste, die ihn Umwege kurven ließen, um sich zeigen zu lassen, wo Bachmann auf Dutschke geschossen hatte oder wo die Neue Reichskanzlei mitsamt dem Führerbunker gelegen hatte.

Der Typ sah nicht nach Sightseeing aus.

Er stieg hinten ein, schnallte sich an und verströmte ein dezentes, kühles Rasierwasser. »Fahren wir in Richtung Tegel«, sagte er.

Über den Ernst-Reuter-Platz, Bismarck- und Sophie-Charlotten-Straße auf die Stadtautobahn. Keine große Sache. Nur würde er nachher in Tegel herumstehen, wenn er sich nicht was anderes suchte. Der Mann schwieg, bis er kurz vor dem Flughafentunnel erklärte: »Fahren Sie zum Kurt-Schumacher-Platz.«

Matti zuckte innerlich die Achseln.

»Und dann in die Straße 462, und dort halten Sie bitte.« Der Mann schnallte sich ab. Als Matti gehalten hatte, drehte er sich um. Die Hand des Manns griff ins Jackett und zog eine Pistole mit Schalldämpfer hervor. Der Mann richtete die Pistole auf Mattis Bauch.

»Was soll das?«, schnauzte Matti gegen seinen Schrecken an. Er überlegte, ob er sich aus der Tür fallen lassen sollte.

»Die Sache ist ganz einfach«, sagte der Mann ruhig. »Du fährst Taxi, in deiner Freizeit liest du, hörst Musik, fickst deine Freundin oder gehst spazieren. Und sonst machst du gar nichts. Vor allem: Sei nicht neugierig. Kümmer dich nur um deine Angelegenheiten. Dann geschieht dir und deiner kleinen Freundin nichts. Verstehst du mich?«

Matti nickte.

»Wirklich?«

Matti nickte und war überzeugt, dass er sich an die Regeln des Typen halten würde. Nichts würde ihn davon abbringen. Merkwürdig, dachte er, merkwürdig, dass ich an meinem Scheißleben hänge.

»Bist ein kluger Kerl«, sagte der Mann.

»Was war das mit Georg?«, fragte Matti.

Der Typ staunte. »Welcher Georg?«, fragte er und stieg aus.

»Du hast nicht bezahlt«, sagte Matti.

Der Typ steckte die Knarre ein und marschierte zur U-Bahn, als wäre nichts gewesen. Matti überlegte, ob er die Polizei rufen sollte. Es hat keinen Sinn, dachte er. Bis die Bullen angerückt sind, ist der Typ über alle Berge. Schmelzer hält mich sowieso für verrückt und dann für noch verrückter.

Wie in Trance brachte Matti seine Schicht zu Ende. Während er ein Yuppi-Paar durch Kreuzberg fuhr und er ihr unbedingt die Oberbaumbrücke zeigen musste, wälzte Matti die Geschichte mit dem Knarren-Typen hin und her. »Hier strömen am Wochenende die Massen, echt super«, jubelte der Typ, und sie himmelte ihn an, wie Matti nebenbei im Rückspiegel verfolgte. »Berlin wird immer internationaler«, sagte der Yuppie, und seine Anbeterin rückte näher an ihn heran.

Er hatte diesen Knarren-Typen noch nie gesehen. Der war etwa so alt wie Georg gewesen. Und wie Matti. Aber so durchgestylt, wie der war, passte es nicht. Georg hatte nie Wert auf schicke Klamotten gelegt. Der Knarren-Typ dagegen war wie aus dem Ei gepellt. Wenn der was mit Georg zu tun hatte, dann hatte Georg sich vielleicht geändert. Oder es war Tarnung.

Er setzte das Yuppie-Paar in der Falckensteinstraße ab, grinste innerlich, während der Mann demonstrativ viel Trinkgeld gab, und rief Anja an. Sie war gleich dran.

»Wie geht's?«, fragte Matti.

»Ich unterhalte mich gerade mit Robbi«, sagte sie lachend.

»Pass auf, dass er dich nicht überfordert.«

Sie gluckste.

»Sag mal, was hatte Georg an?«

»Klamotten? Du hast ihn doch gesehen!«

»Ich kann mich nicht mehr erinnern.« Er hatte das Loch im Kopf vor Augen. Sonst nichts.

Sie überlegte. »Eine Jeans, T-Shirt, Weste.«

»Schicke Klamotten?«

»Uralt. Gammlig.«

»Und die Schuhe?«

»Turnschuhe.«

»Marke?«

»Keine Ahnung. Warum fragst du das?«

»Ich will wissen, ob Georg sich verändert hat.«

»Ach so.«

»Bei vielen Leuten kann man das sehen.«

»Scharfe Theorie.«

»Unbedingt.«

»Wann kommst du?«

»Bald«, sagte Matti. Ihn rührte es, dass sie fragte. »Ich will heute Abend zu Robert. Kommst du mit?« Bis dahin hatte er den alten Genossen allein besuchen wollen.

Seine Hand begann zu zittern. Als begriff er erst jetzt, dass vorhin ein Typ mit einer Pistole auf ihn gezielt hatte. Er saß eine Weile da und starrte hinaus. Als ein Mann die hintere Tür öffnete und einsteigen wollte, winkte er ab. »Bin schon besetzt.« Er schaltete das Taxilicht auf dem Dach aus und nahm das Buch.

*»Marschiert die Truppe durch schwieriges und unwegsames Gelände mit feuchten Niederungen und Schilfrohr oder durch Berge und Wälder mit dichtem Unterholz, ist größte Vorsicht geboten und die Umgebung immer wieder zu durchkämmen, denn dies sind die Orte, an denen Hinterhalte gelegt werden und Kundschafter lauern.«*

Robert empfing sie freundlich. Er wohnte in der Dudenstraße in Tempelhof, quasi gegenüber von der Okerstraße, sah man davon ab, dass ein stillgelegter Flughafen zwischen ihnen lag. Er war dick geworden, sein Gesicht rundlich, gerahmt von einem Backenbart. Er trug eine Lesebrille und hatte braune Zähne. Es roch nach Rauch und Kaffee. Die Wohnung hatte zwei Zimmer. Robert führte sie ins Arbeitszimmer, das auch als Wohnzimmer diente. Es war alles dunkelbraun, der Schreibtisch, die vollgestopften Regale, der Couchtisch und der Sessel. Nur die Vorhänge waren früher weiß gewesen, hatten sich aber inzwischen farblich angepasst. Neben dem Fenster war eine Glastür, die führte auf einen kleinen Balkon, der vollgestellt war mit Blumentöpfen. Außerdem entdeckte Matti, als er hinaussah, noch einen zerfetzten Regenschirm, einen Federballschläger, einen Drehaschenbecher und einen Plastikklappstuhl.

»Ich hab mal Kaffee gekocht«, sagte Robert. »Wenn ihr einen wollt …«

Auf dem Tisch standen eine Glaskanne aus der Kaffeemaschine und drei Becher, Zucker und eine Packung H-Milch.

»Bist du noch an der Uni?«, fragte Matti und goss Anja und sich Kaffee ein.

»Klar.«

»FU?«

»OSI«, sagte Robert. »Bin dort das Faktotum.«

Matti hatte die Leute am Otto-Suhr-Institut immer bewundert und vor allem die, welche das Studium abgeschlossen hatten, im Gegensatz zu ihm. Das OSI war ein Zentrum der Revolte gewesen, Dutschke hatte dort studiert und noch ein paar andere. Und Robert Melchinger hatte sie alle gekannt.

»Mensch, dass ich dich noch mal treffe!«, sagte Robert. »Was machste denn?«

»Taxi fahren.«

»Willste Außenminister werden?«

Matti winkte ab.

»Fragt jeder, was?«

»Fast«, sagte Matti.

Robert lachte.

»Und wer ist die Schönheit?« Er lachte wieder. Es klang ein wenig wie Ziegenmeckern.

»Anja … eine Freundin.«

Robert hob die Augenbrauen und zeigte seine Zähne. Er zündete sich grinsend eine Zigarette an.

»Eine Freundin. So, so.«

Er musterte Matti, immer noch grinsend.

»Du hast doch Georg gekannt«, sagte Matti. Ihm ging der Kerl schon auf die Nerven.

»Westreich?«

»Ja.«

»Puh.« Er zog an seiner Zigarette. »Dass die keine gescheiten Zigaretten mehr herstellen. Blonde Gauloises und Gitanes … lächerlich. Ein Kulturbruch. An solchem Schwachsinn geht die Welt zugrunde.«

Matti erinnerte sich an die in Maispapier gewickelten schwarzen Gitanes, die einem den Atem nahmen, wenn man kräftig zog. Die einen schwindlig machten. »Stimmt.«

Anja folgte dem Gespräch mit den Augen.

»Georg«, sagte Robert. »Georg.« Er versank in sich. Dann sagte er: »Ist lange her.«

»Lange«, sagte Matti.

Anja legte ihre Stirn in Falten.

»Ich hab den ewig nicht mehr gesehen.«

»Klar.«

Die Falten vertieften sich.

»Puh«, sagte Robert. »Das ist eine Geschichte.«

»Das ist eine Geschichte«, wiederholte Matti.

Anja zog eine Grimasse. Matti blickte sie an und lächelte. Anja streckte ihm die Zunge raus. Robert versank in sich.

»Was war denn das?«, schimpfte sie, als sie wieder im Taxi saßen.

»Ich nenne das affirmative Gesprächskontrolle.«

»Hä?«

»Ganz einfach. Ich sage immer ja, bestätige und wiederhole, was mein Gesprächspartner sagt, und der fühlt sich wohl und verstanden …«

»Und sagt dann gar nichts mehr. Warum hast du ihn nicht geweckt?«

Robert war irgendwann eingeschlafen. Einfach so. Matti und Anja hatten sich angestaunt. Als Robert anfing zu schnarchen, hatten sie die Wohnung verlassen.

»Würdest du einen Löwen wecken?«

Sie guckte ihn verdutzt an. Ihre Mimik spiegelte ihre Ratlosigkeit. Endlich fing sie an zu lachen, hell, fast kreischend. Draußen ging ein Mann am Taxi vorbei, glotzte und schüttelte den Kopf.

»Wir müssen noch mal hin«, sagte Matti laut.

Aber sie lachte.

Er griff nach ihrer Schulter, aber sie entzog sie ihm und lachte lauter.

Matti kannte einen Italiener in der Eylauer Straße. Er spendierte Pizza und Cola.

»Also, dieser Robert soll ein Löwe sein.« Sie kicherte, nachdem der superelegante Kellner mit Prandelli-Frisur die Bestellung gebracht hatte. Im Hintergrund dudelte italienische Musik.

»Ist ja gut«, sagte Matti. Er musste grinsen. »Das Bild passt nicht ganz. Bär wär genauer.«

»Ist er so gefährlich?«

»Noch gefährlicher.« Matti lachte und sie auch. »Robert ist früher auch bei Sitzungen eingeschlafen und hat jeden angeknurrt, der es wagte, ihn zu wecken. Wenn er wach war, hat er abgestritten, überhaupt geschlafen zu haben. Und wehe, man widersprach ihm. Dann hat er geschimpft und nicht mehr aufgehört. Also reiß dich nachher zusammen.«

Sie guckte ihn ungläubig an und schlug die Hand vor den vollen Mund, als sie wieder einen Lachanfall bekam. Plötzlich hörte sie auf zu lachen und starrte ihn ernst an. Eine Lachträne glitzerte im Augenwinkel.

»Ja«, sagte er. »Wenn er beleidigt ist, schweigt er. Davon haben wir nichts.«

»Gut«, sagte sie. »Ich werde brav sein.« Sie legte ihr Kinn auf die gefalteten Hände. »Warum machst du das eigentlich?«

»Was?«, fragte er, obwohl er es wusste.

»Zum Beispiel Robert fragen.«

»Weil ich es nicht mag ...« Aber er sprach nicht weiter. Wenn er Anja von dem Mann erzählte, der ihn bedroht hatte, bekäme sie Angst. Oder? Vielleicht konnte sie mit der Personenbeschreibung was anfangen. Sie starrte ihn erwartungsvoll an. »Hast du schon mal so einen Typen gesehen, der sich schwarz gekleidet hat. Vollkommen schwarz? Nur die Haare, kurz geschnitten, weiß.«

Sie blickte verwirrt. »Was meinst du?«

»Na, ob du schon mal so einen Typen gesehen hast.«

Anja überlegte. »Nein.«

»Vielleicht im Park? Oder im Café Schoenbrunn?«

Sie schüttelte den Kopf. »Was meinst du damit?«

»Ich hatte heute Nachmittag so einen Schwärzling im Taxi sitzen. Sagte, ich soll aufhören zu schnüffeln.«

»Einfach so?«

»Der ist ins Taxi gestiegen und hat gesagt: Hör auf zu schnüffeln.«

»Echt?«

Matti nickte.

»Und sonst hat er nichts gesagt?«

Matti dachte an die Pistole mit Schalldämpfer und schüttelte den Kopf. »Du hast nicht die geringste Erinnerung daran, wie der Typ aussah, der dich überfallen hat?«

Sie nickte wie in Zeitlupe. »Schwarz war er. Also schwarz gekleidet. Jetzt, wo du es sagst.«

»Dann war es doch derselbe! Alles andere wär mehr als ein blöder Zufall.«

Jetzt nickte sie heftig. »Aber auf dich hat er nicht geschossen.«

»Na, so mitten am Tag am Kurt-Schumacher-Platz wär das auch keine geniale Idee gewesen.«

»Aber es ist bestimmt derselbe Typ. So viel Zufall gibt's nicht.«

Nein, so viel Zufall gab es nicht. »Und der Typ hat wohl auch Georg umgebracht.« Er überlegte, was es bedeuten könnte. Dann rief er Prandelli.

»Warum seid ihr einfach abgehauen?«, fragte Robert, nachdem er Matti und Anja eingelassen hatte.

»Hunger«, sagte Matti. »Waren beim Italiener.«

»Der ist gut«, sagte Robert. »Und der Chef hat die gleiche Frisur wie dieser italienische Fußballtrainer. Wie heißt der noch mal?«

»Keine Ahnung«, sagte Matti.

Sie setzten sich ins Arbeitszimmer.

»Georg Westreich«, sagte Robert nachdenklich. »Komischer Typ irgendwie.«

»Inwiefern?«, fragte Anja.

Robert warf ihr einen Blick zu, räusperte sich, zündete sich eine Zigarette an und schwieg.

»Wann hast du den zum letzten Mal gesehen?«, fragte Matti.

»Warum willst du das wissen?«

»Weil … es sein könnte, dass er in Berlin aufgetaucht ist.«

»Na und? Würd ich an seiner Stelle aber lassen. Die Bullen suchen ihn bestimmt immer noch.«

»Bei dir hat er sich nicht gemeldet? Ihr wart doch früher zusammen unterwegs.«

Robert schüttelte den Kopf. »Gott sei Dank nicht. Und so oft waren wir nicht unterwegs.«

»Warum Gott sei Dank?«

»Du kennst doch noch die Frage: Was würdest du machen, wenn Ulrike Meinhof vor der Wohnungstür steht?«

Matti nickte.

Anja blickte ratlos von einem zum anderen.

»Du meinst, Georg würde sich nicht bei dir melden, weil …«

»Weil ich meinen Job nicht verlieren will. Mann, ich bin unkündbar und hab Pensionsansprüche. Darüber haben wir früher nur gelacht. Aber schau mich an: Wer würde mich heute noch einstellen? Auf Hartz IV hab ich keinen Bock. Schon gar nicht wegen eines Bekloppten.«

»Du würdest ihn also verpfeifen?«

»Ich würde ihm sagen, er soll sich stellen, sonst helf ich nach.«

Schweigen.

Robert hob beide Arme und ließ sie auf seine Knie sinken. »Ich kann nichts dafür, dass der Idiot den Helden spielen musste. Man kann nicht in der Gegend rumballern und glauben, dass alle es toll finden.«

»Er hat niemanden umgebracht«, sagte Anja.

»Wie schön, dass du das weißt.« Robert stöhnte leise.

»Wir können das nicht wissen«, sagte Matti. »Es sind so viele Fälle unklar.« Ein Seitenblick zu Anja. »Aber ich glaub es nicht.«

Anja nickte.

»Ich will dir deinen Glauben nicht nehmen«, sagte Robert. »Wenn er dir Freude macht.«

»Ich glaube, Georg hat im Nahen Osten gelebt, aber nun hat er die Schnauze voll von den Palis.«

»Und diese These falsifizieren wir jetzt mal«, sagte Robert resignierend.

»Mann, das ist kein Laborversuch, sondern ...«

»Ein großes Ratespiel, leider ohne Gewinn. Oder springt was raus dabei?« Robert fixierte erst Matti, dann Anja.

»Also, bei dir hat er sich nicht gemeldet«, sagte Matti ungeduldig.

»Nein, hat er nicht.«

»Bei wem könnte er sich gemeldet haben, wenn er sich überhaupt bei jemandem gemeldet hat?«

»Das, lieber Genosse Jelonek, hängt nicht zuletzt davon ab, was er hier vorhatte. Stell dir vor, er brauchte Kohle und wollte eine Bank ausnehmen. Dann hat er sich bei jemandem gemeldet, der ihm dabei helfen kann und dem er zutraut, so'n Ding zu drehen. Du verstehst?«

»Ist ja gut. Und wenn er sich stellen wollte, hat er einen Anwalt kontaktiert«, ergänzte Matti.

»Reden ist immer besser als schießen«, sagte Robert.

»Also, welchen Anwalt hatte er?«, fragte Anja genervt.

»Woher soll ich das wissen?«, fragte Robert zurück.

Matti schüttelte nur den Kopf.

»Frag doch Ingrid«, sagte Robert. »Ich hab gerade gelesen, dass die wieder raus ist aus'm Knast und in Berlin wohnt. Die ist doch damals mit ihm abgetaucht.«

Stimmt, dachte Matti, die schöne Ingrid hatte er vergöttert damals. Er wollte ihr zeigen, was für ein Freiheitskämpfer er ist. So muss es gewesen sein. Auf Ingrid waren damals so ziemlich alle scharf gewesen. Sie trug lange blonde Haare und hatte eine sagenhafte Figur gehabt. Und sich immer so gekleidet, dass es auch jeder sah. Wegen Ingrid hatte Georg seine damalige Freundin verlassen. Aber zwischendrin mit Ingeborg noch schnell ein Kind gemacht. Später ist die auch ab-, aber nie mehr aufgetaucht. Zu dritt gingen sie in den Untergrund. Bestimmt hat er Ingeborg wieder getroffen, und sie waren vielleicht eine Zeit zu dritt zusammen, Ingrid, Ingeborg und Georg. Vielleicht ist Ingeborg wegen Georg in den Untergrund gegangen. Oder auch wegen Ingrid.

»Weißt du, wo die wohnt?«, fragte Matti.

»Bei ihrer Schwester, hab ich gelesen. Wie hieß die noch mal? Kohlmeier. Die hatte so einen komischen Namen, war ein Jahr jünger und sah ganz anders aus. Die hätte niemand als Schwestern erkannt.« Er murmelte es vor sich hin. »Wilhelmina, ich hab's. Irgendwer hat mir erzählt, die wohnt jetzt am Moritzplatz … wozu hat der Mensch das Telefonbuch erfunden? Gib mir das mal.« Er deutete auf eine kleine Kommode, auf dem das Telefon stand. Matti reichte ihm das Telefonbuch. Es war uralt. Robert blätterte, dann pfiff er leise. »Hab ich's doch. W. Kohlmeier, Prinzenstraße 81d. Das sind diese Blocks direkt am Moritzplatz, du kennst die.«

Auf der Straße schüttelte Anja sich. »Ich musste mich echt zusammenreißen!«, stöhnte sie. »Der Typ ist ja krass.«

Matti fragte sich, ob sie ihn auch krass fand.

»Wir fahren da gleich hin«, sagte Anja.

Matti blickte auf die Uhr. »Ich muss das Taxi wegbringen, sonst krieg ich Ärger. Also noch mehr Ärger.«

Sie blickte ihn enttäuscht an.

»Hast du keine Angst, wieder überfallen zu werden?«, fragte Matti.

»Nicht, solange du da bist.«

Die hat echt Nerven, dachte Matti. Aber er fühlte sich geschmeichelt.

Er kutschierte sie in die Okerstraße und brachte dann das Taxi weg. Ülcan war nicht da, auch sonst niemand, den er hätte fragen können, was mit dem Chef los war. Dass der sich mal nicht hinterm Schreibtisch einräucherte, kam selten vor, eigentlich nie. Er saß immer noch da, wenn die Nachtschicht losfuhr.

Matti radelte nach Hause und traf vor dem Haus Dornröschen. Sie schien auf ihn zu warten. »Ein kleiner Spaziergang?«, fragte sie. Das hatte sie ihn noch nie gefragt.

Matti kettete das Rad im Hof an, dann gingen sie in Richtung Tempelhofer Feld. Erst als sie auf dem alten Flugplatz standen, sagte Dornröschen: »Du hast dich in die verknallt, stimmt's?«

»Nein ... ich weiß nicht ...«

»Also ja«, sagte Dornröschen. Sie blickte ihn an.

Aber Matti sagte nichts.

»Das ist auch in Ordnung so. Also, im Prinzip.«

»Was für ein Prinzip?« Er begann sich zu ärgern. Was ging die das an?

»Du glaubst ihr die Geschichte?«

Er nickte. »Ja, was spricht dagegen?«

»Dass alles anders sein kann. Die Leiche hast du mit eigenen Augen gesehen?«

»Ja.« Er schüttelte den Kopf. »Hältst du mich für bescheuert?«

»Nun sei nicht gleich beleidigt. Ich mach mir Sorgen um dich. Und um uns auch.«

»Warum?«

Ein Skateboarder rauschte auf dem Asphalt vorbei.

»Ich will nicht wieder reingezogen werden in so eine ... Sache. Wir hatten tierisch Glück, verstehst du? Ich hab viel nachgedacht. Wir hatten mehr Glück als Verstand. Eigentlich sind wir alle tot.«

Sie hat recht, dachte Matti. Er hatte auch nachgedacht. Es war ein paarmal haarscharf gewesen. »Wenn ich ihr nicht helfe, zieht sie allein los«, sagte Matti.

»Sie ist erwachsen. Sie darf das.«

»Sie weiß nicht, auf was sie sich einlässt.«

»Sie hat das Recht, es nicht zu wissen. Und deine Pflicht ist nur, ihr deutlich zu erklären, wie gefährlich das werden kann. Aber sie weiß es doch. Immerhin wurde sie überfallen.«

»Sie ist hart im Nehmen«, sagte Matti. »Das macht mir Angst.«

»Ein Typ greift sie an, schießt auf sie, und sie tut so, als wäre nichts geschehen. Vielleicht ist nichts geschehen?«

»Du spinnst. Sie macht uns nichts vor.«

»Ich bin mir nicht sicher«, sagte Dornröschen.

»Du meinst, Anja schießt sich mit Absicht ins Bein?«

Dornröschen schüttelte den Kopf. »Irgendwas ist faul.«

»Klar ist was faul. Eine Menge. Ein Terrorist taucht auf. Eine Leiche im Park. Ein Überfall auf Anja.«

»Wenn wir wüssten, warum Georg aufgetaucht ist. Dann wüssten wir vielleicht auch, an wen er sich sonst noch gewendet haben könnte.«

Matti grinste. Neugierig war sie schon. »Ich habe Robert gefragt, aber der weiß nur, dass Ingrid aus'm Knast raus ist.«

»Die schöne Ingrid«, sagte Dornröschen nachdenklich. »Die war richtig schlau, die Ingrid.«

»So schön wird sie nicht mehr sein«, sagte Matti.

»Aber noch so schlau. Kennst du die?«

»Georg hat sie mir damals vorgestellt. Er war scharf auf sie. Und sie war scharf« – ein tadelnder Blick von Dornröschen – »wie ein Politkommissar. Ein falsches Wort, und sie hat einen zugetextet.« Er hatte das Bild vor Augen: Sie standen vor der FU-Mensa, Ingrid, Georg, Matti, Robert. »Der Baader ist doch ein Schauspieler, und ein schlechter dazu«, hatte er gesagt. Das war, als in den RAF-Texten der Personenkult um ihn begann, den großen Chef, den Guerillakämpfer neuen Typs, den Idealmenschen. Ingrid faltete Matti zusammen. Solidarität mit den Stammheimern und so weiter. Sie riss die Augen auf, wenn ihr was wichtig war. »Vielleicht weiß Ingrid was über Georg?«

»Du hast bestimmt schon ihre Adresse rausgekramt.«

»Klar.«

»Natürlich könnt ihr jetzt mit Ingrid reden, und bestimmt ist das völlig ungefährlich. Aber ich weiß, wie es endet.«

»Sagte die Prophetin.«

»Verliebtheit und Helfersyndrom, tolle Mischung.«

»Du sagst selbst, Ingrid fragen sei kein Problem.«

»Und dann fragt ihr noch einen, bei dem es kein Problem ist, und noch die, bei der es kein Problem ist, und endet mit ein paar Kugeln im Bauch in der Spree.«

»Landwehrkanal«, sagte Matti. »Wennschon – dennschon.«

»Idiot, größenwahnsinniger.« Dornröschen lachte.

»Wir fragen Ingrid, wenn sie uns überhaupt sehen will, und dann machen wir 'ne ZK-Sitzung. Okay?«

»Na gut«, sagte Dornröschen. »Ach ja, ich find die Kleine auch ganz nett.«

***

*Wenn dich das Lesen ermüdet, und das geschieht bald, nimmst du das Fotoalbum und blätterst. Du siehst dich, wie du jung warst. Du warst stark, du hast gut ausgesehen, die Mädchen haben dich gemocht. Du hast durchgehalten. Du hast alles ausgehalten. Niemand hat dich je schwach gesehen. Am Ende bist du aufrecht geblieben. Immer aufrecht. Du hast nie gewankt. Deine Freunde, die wirklichen Freunde, haben dich bewundert. Du warst ihr Vorbild. Aber die Freunde sind tot. Als letzter starb Fred. Er hieß Friedrich und war Bauer. In einem Dorf zwischen Karlsruhe und Baden-Baden. Du hast ihn dort besucht. Das letzte Mal vor fünf Jahren. Da hat Fred vor der Tür auf dem Schemel gesessen. Der Sohn hatte den Betrieb längst übernommen. Das Alter war die einzige Zeit, in der Fred nicht arbeiten musste. Nur im Krieg hatte Fred Urlaub, aber dann hat er auf dem Hof geschuftet. Fred hatte nie viel gefragt. Er hatte alles getan, was ihm aufgetragen wurde. Solche Leute wie ihn gibt es nicht mehr. Die sich auf andere verließen. Ihre Vorgesetzten, Freunde. Und auf die einer sich verlassen konnte. Fred saß vor der Haustür mit seiner Cordmütze und den Hosenträgern. Er trug immer Schnürstiefel. Die Sonne hatte ihm eine Lederhaut gegerbt. Kleine Augen, ein Büschel kräftiger Haare. Ein Herzinfarkt, schnell und gut. Fred hatte das verdient.*

*Warum machst du nicht allem ein Ende? Springst vom Balkon. Gehst in den Fluss. Schießt dir in den Kopf. Weil du Angst hast. Du hattest vor nichts Angst. Außer vor dir.*

*Du betrachtest eine Busladung Japaner. Kleine Menschen mit Kameras. Sie wuseln umher. Bleiben immer in der Gruppe. Sind diszipliniert. Sie ziehen zum Schloss, keiner sondert sich ab. Du findest das gut.*

*Du blickst dich um, weil du glaubst, dass jemand dir folgt. Aber du erkennst niemanden. Das ist nur ein Beweis, dass die Verfolger gut sind. Vom Fach. Das Gefühl trügt dich nicht. Was wollen diese Leute? Warum geben sie sich diese Mühe, seit einiger Zeit schon? Du hast all die Jahre den Rächer gefürchtet. Jetzt, kurz bevor es zu Ende geht, jetzt erst soll er kommen? Das glaubst du nicht. Aber wer verfolgt dich dann?*

## 4: Am I What I Was Or Am I What I Am?

An ihrer Stimme hätte er sie nie erkannt. Die war krächzig, wehleidig, undeutlich. Wilhelmina war misstrauisch gewesen, als Matti angerufen hatte. Doch sie gab den Hörer an Ingrid weiter. Sie erinnerte sich sofort. »Na, denn kommt mal.«

Wilhelmina wohnte im dritten Stock. Plüsch, überall. Auf dem Sofa lungerte eine verfettete rotfellige Katze, die nicht mal den Kopf hob, als Matti und Anja eintraten. Ingrid saß auf dem einzigen Sessel, vor sich einen Teller mit Schokoladenkeksen. Matti versuchte sich den Schock nicht anmerken zu lassen. Das musste Ingrid sein, wer sonst? Sie hatte sprödes Haar und die Haut einer Toten. Weiß, faltig, wie erstarrt. Die Augen waren leer.

»Glotz nicht so«, sagte Ingrid heiser. »So sieht man aus nach zwanzig Jahren Knast.«

Sie standen nahe der Tür, und Matti wäre fast geflohen. Sein mögliches anderes Leben stand ihm vor Augen. Das, worauf er sich fast eingelassen hätte.

»Setzt euch«, sagte Wilhelmina aufgesetzt freundlich.

Beide quetschten sich neben der Katze aufs Sofa. Die regte sich immer noch nicht.

»Na, Matti«, sagte Ingrid, »immer noch gut dabei?«

»Ja«, sagte Matti. »Immer noch.«

»Nur gehört hab ich nichts mehr von dir, nachdem ich eingefahren war in Stammheim.«

»Ich hab demonstriert für euch«, sagte er.

»So, demonstriert.« Ingrid machte kaum den Mund auf, wenn sie sprach.

»Gegen Isolationshaft und so.«

»Und so.«

Matti erinnerte sich der RAF-Freunde, schwarz gekleidete Gestalten, die mehr jammerten als redeten über die Folterknäste, in denen die politischen Gefangenen gequält würden. Immer dicht am Heulen. Und jeder, der nicht bedingungslos half, lieferte Ulrike und Andreas und Gudrun und Jan ihren Henkern aus. Zu denen hatte er nicht gehört.

»War nicht das Gelbe vom Ei, damals«, sagte Matti.

»Besser, man tut was und irrt sich, als dass man nichts tut und sich nicht irren kann.«

»Besser, man tut was Richtiges«, sagte Anja.

»Wer bist du denn?«, fragte Ingrid. Sie steckte sich eine Selbstgedrehte an.

»Anja. Ich bin Georgs Tochter.«

Jetzt wurden die Augen doch größer, fast wie früher. Doch sie blieben leer. »So, so.« Sie zog an ihrer Zigarette. »Wie hat der das denn hingekriegt?« Sie lachte, und Matti sah eine Zahnlücke zwischen schwarzbraunen Stummeln.

»Georg hat das behauptet«, sagte Matti.

»Wann?«

»Vor ein paar Tagen.«

Ingrid schüttelte den Kopf.

Matti fiel ein, dass es vielleicht kein Zufall war, dass Georg in Berlin auftauchte, als Ingrid entlassen wurde. Ob sie mit ihm etwas unternehmen wollte? Eine Bank und dann ab in den Süden?

»Hat sich Georg bei dir gemeldet?«, fragte Matti.

Sie hob die Augenbrauen und zog an der Zigarette. »Nein.«

»Wann hast du das letzte Mal von ihm gehört?«

»Wird das ein Verhör?«

»Quatsch. Georg ist in Berlin aufgetaucht und hat Anja erzählt, er sei ihr Vater. Dann wurde er ermordet. Das ist die Kurzversion.«

»Echt? Warum?«

»Keine Ahnung.«

Und wie geht die Langversion?«

»Nicht viel anders.«

Ingrid grinste müde. »Ich hab ihn das letzte Mal ein paar Tage vor meiner Verhaftung gesehen. Rechne es dir selbst aus.«

»Danach kein einziges Zeichen von ihm?«

Sie schüttelte den Kopf. »Nein. Ich weiß nicht mal, ob er ein Schwein geworden ist.«

Bullen sind keine Menschen, sondern Schweine. Sie dürfen erschossen werden. Das hörte Matti in dem Satz.

»Hätte er sich an dich gewendet, wenn er gewusst hätte, dass du rauskommst?«, fragte Anja.

»Einmal zu viel ›hätte‹«, erwiderte Ingrid. »Was weiß ich?«

»Stell dir vor, Georg wollte sich stellen, an wen hätte er sich gewendet?«, fragte Matti.

»Stellen?« Sie starrte eine Weile vor sich hin. Die Asche ihrer Zigarette war gefährlich lang geworden.

»Woher willst du das wissen? Du hattest keinen Kontakt zu ihm?«, fragte Anja.

Ingrid drückte die Zigarette aus und erhob sich. Sie trat ans Fenster und nahm das Blatt einer Zimmerlinde zwischen Daumen und Zeigefinger. »Tja«, sagte sie. Sie schaute hinaus.

»Traust du Georg das nicht zu?«, fragte Matti.

»Tja«, sagte Ingrid. Sie atmete einmal durch. »Eigentlich traut man es keinem zu. Aber es kommt vor. Welche sind zu den Bullen gerannt und haben ausgepackt. Ein paar haben bei der Stasi ausgepackt. Das hat der VS sich abholen können.«

»Also, wenn er auspacken wollte, dann heißt es ja nicht, dass er jemanden verraten wollte.«

»Auf jeden Fall sich selbst. Das eigene Leben. Das kann man auch verraten. Und wenn sie ihn verknacken, dann kriegt er Rabatt, wenn er andere verrät.«

»Das ist so lange her«, sagte Matti.

»Das ist nicht her, das ist noch«, sagte Ingrid leise. Sie zog ein Papiertaschentuch aus der Jeanstasche und wischte sich das Auge. Sie drehte sich um und blickte Matti lange an.

»Unterstellt, er wollte aussagen. Dann hätte er sich doch einen Anwalt genommen«, sagte Matti.

Sie nickte.

»Und welchen?«

»Kronawitter, Hans-Rudolf Kronawitter. Den flinken Rudi.«

Sie radelten zurück. Anja hatte im Hinterhof der Okerstraße ein Fahrrad gefunden. Auf dem Kottbusser Damm, kurz nach dem U-Bahnhof Schönleinstraße, rief sie von hinten: »Noch ein Bier?«

»Okay!«

Über den Hermannplatz auf die Hermannstraße. Nach einer Weile hielt Matti an. »Hier!«, rief er nach hinten.

Sie bremste quietschend. »Wo?«

Matti deutete zur Kneipe.

»*Bäreneck*«, las Anja. »Ach, du lieber Himmel. Krass!«

Am Tresen saß der unvermeidliche Typ mit der Eisbärenmütze. Neben ihm eine Frau. Sie sahen aus, als hätten sie in den letzten Jahren allein die Hälfte der Schnapsbestände in der Kneipe vernichtet. Beide hatten Zigaretten in den Händen. Der Eisbärentyp gestikulierte wild und lallte. Aus den Lautsprechern hinter dem Tresen dröhnte Schlagermusik. Die Wirtin hatte sich richtig Mühe gegeben mit ihren Haaren. Auf der Hochsteckfrisur glitzerte es. Sie erkannte Matti wieder und lächelte sogar.

Matti und Anja setzten sich an einen freien runden Tisch am Fenster. Gegenüber blinkte ein Spielautomat.

»Was darf's denn sein?«, fragte die Wirtin, als sie sich zum Tisch bewegt hatte.

»Zwei Bier, einen Korn«, sagte Matti.

»Trinkst du keinen Korn?«, fragte Anja.

»Zwei Korn!«, rief Matti der Wirtin nach. Die nickte, ohne sich umzudrehen.

»Wie schön, dass du weißt, was ich trinke und was nicht«, sagte Anja.

»Wegen des Korns tut's mir leid«, erwiderte Matti. »Aber wer hier was anderes trinkt als Bier, ist verrückt.«

Sie grinste. »Kronawitter?«

»Ist ein Immobilienhai. Hat er geerbt und noch einiges dazu gekauft. Und ist linker Anwalt.«

»Was es alles gibt. Hat er Ingrid verteidigt?«

»Nein, aber ein befreundeter Anwalt. Die Typen kennen sich untereinander gut. So viele linke Anwälte gibt es nicht mehr. Und Ströbele ist in der Politik.«

»Der radelt hier immer rum.«

Matti nickte.

Die Wirtin trug ein Tablett mit den Getränken heran und stellte sie auf den Tisch. »Zum Wohlsein!«

Matti nahm das Schnapsglas und hielt es vor Anja.

Die stieß mit ihm an und trank es aus.

Er tat es ihr nach und grinste.

»Wann rücken wir dem Kronawitter auf die Pelle?«, fragte sie.

»Am besten gar nicht«, sagte Matti.

»Matti, willst du schon wieder kneifen?«

»Wie bitte?«

»Hast du keine Lust mehr? Oder Angst?«

»Wer sich mit Mördern einlässt und keine Angst hat, ist irre.«

Sie winkte ab, trank einen großen Schluck Bier. »Ist ja gut. Aber du darfst dich nicht beherrschen lassen von der Angst.«

»Danke für die Vorlesung«, sagte Matti.

Sie legte ihre Hand auf seinen Unterarm. »Eigentlich finde ich dich ja toll. Die ganze WG finde ich toll.«

»Du bist ein ausgekochtes Miststück«, sagte er.

Sie blickte ihn verdattert an, dann lachte sie. »So kann man es sehen.« Ihre Hand lag noch immer auf seinem Arm. »Es ist doch kein Risiko, den Kronawitter zu besuchen. Der sitzt in Berlin, was soll's?«

»Ich will dir sagen, was das Risiko ist. Nicht der Kronawitter, sondern dass wir so lange rumfragen, bis es auch der Letzte weiß. Vor allem der Typ, der Georg getötet hat. Ich überlege mir, was wir davon haben, wenn wir herausfinden, wer Georg umgelegt hat. Verstehst du das?«

Sie zog die Hand weg. »Wir reden über meinen Vater. Kannst

du nicht begreifen, dass mir das nahegeht?« Eine Träne zog ihre Bahn vom Augenwinkel zum Kinn.

Sie tranken, und Matti bestellte per Fingerzeig zwei neue Bier.

»Komm, wenn der Kronawitter sagt: Okay, Georg war bei mir. Er wollte sich stellen, aber vorher noch eine Familiengeschichte klären. Gut, dann lass ich dich in Ruhe. Und den Mörder sollen die Bullen suchen.«

»Die Bullen«, sagte Matti, »die suchen gar niemanden.«

Das Bier kam, beide tranken ihre ersten Gläser leer.

»Hier geht es flott«, sagte die Wirtin.

Als sie wieder hinterm Tresen stand und sich von dem Pärchen anlallen ließ, sagte Anja. »Ist schon komisch, plötzlich einen neuen Vater zu haben. Und schon ist er tot.« Wieder eine Träne.

Matti streichelte sie an der Schulter. »Versteh ich«, sagte er. Aber so richtig verstand er es nicht.

»Komm, wir besuchen noch den Kronawitter. Und dann geb ich Ruhe.«

Matti kratzte sich am Ohr. »Na gut.«

Sie neigte sich zu ihm und nahm ihn in den Arm. Ihr Kopf lag an seinem Hals. Das Haar kitzelte. So saßen sie eine Weile, und Matti wurde warm. Sie setzte sich wieder gerade hin, wischte sich die Träne aus dem Auge und blickte Matti an. »Danke.«

Sie tranken schweigend aus. Matti zahlte. Als sie draußen waren, wankte Anja. »Lass uns laufen, ist nicht weit.«

Sie schoben die Fahrräder die Hermannstraße entlang. Sie lag im Dämmerschein der Laternen und der wenigen Schaufenster, die beleuchtet waren. An einem Türkenimbiss stand eine Gruppe junger Männer mit Baseballkappen, umgekehrt aufgesetzt. Neben dem Eingang der Apotheke in der Kienitzer Straße saß ein alter Mann mit Hut auf dem Boden, einen Pappbecher zwischen den Beinen. »Halt mal«, sagte Anja und gab Matti das Rad. Sie warf ein Geldstück in den Becher, der Mann hob nicht einmal den Kopf.

»So möchte ich nicht enden«, sagte sie, nachdem sie ihr Rad wieder neben ihm schob.

»Der Mann wollte auch nicht so enden. Es ist Pech, es kann jeden treffen. Heute, morgen …«

Sie schwiegen bis zum Hauseingang in der Okerstraße.

Twiggy saß in der Küche, Dornröschen tippte in ihrem Zimmer. Es klapperte leise. Twiggy unterhielt sich mit Robbi, der sich darauf beschränkte zu schnurren. Obwohl die WG es manchmal hoffte, wussten doch alle, dass Robbi sein Schweigegelübde nie brechen würde. Der Kater hatte eben Charakter.

»'n Abend«, sagte Matti.

»'n Abend«, antwortete Twiggy, ohne hochzuschauen.

Matti und Anja setzten sich an den Tisch.

»Ihr habt 'ne Fahne«, sagte Twiggy.

»*Bäreneck*«, sagte Matti.

»Um Gottes willen.«

Anja fummelte an der Espressomaschine rum. Twiggy zeigte mit dem Finger. »Erst da drücken, dann da. Vorher Kaffee ausklopfen.«

Es hörte auf zu klappern, als die Maschine zu spotzen begann. Dornröschen stand in der Tür. Sie lehnte sich an den Türrahmen, die Brille war auf die Nasenspitze gerutscht. »Na, wie geht's Ingrid?«

Matti fasste zusammen, was sie mit Ingrid erlebt hatten. »Die ist echt fertig.«

»Klar«, sagte Dornröschen. »Aber es sind nicht alle fertig, die rauskommen.«

»Woran liegt es?«, fragte Anja.

»Wahrscheinlich an dem da drin«, brummte Twiggy und tippte sich an die Stirn.

»Nicht jeder verträgt den Knast gleich schlecht«, sagte Dornröschen. »Vielleicht, wenn man mit sich im Reinen ist …«

»Schluss mit der Küchenpsychologie«, sagte Twiggy. »Haben Holmes und Watson eine Spur entdeckt?«

»Idiot«, sagte Matti.

Twiggy lachte.

»Was hat's gebracht?«, fragte Dornröschen.

»Wir sollen Kronawitter fragen«, sagte Anja.

Dornröschen stieß einen schrillen Schrei aus, dann fing sie an zu lachen. Als sie wieder sprechen konnte, sagte sie: »Diesen Pfau! Macht das, es wird lustig. Darf ich mit?«

»Was hast du denn mit dem Kronawitter?«

»Der hat mich und ein paar Genossen mal vertreten, als die Bullen uns im Sack hatten wegen Hausbesetzung, ein paar Mollies und staatlicherseits weniger geliebten Übernachtungsgästen.«

»Ist doch gut«, sagte Anja.

Dornröschen lachte wieder auf. »Das ist noch besser. Mein Gott, war der schnieke. Die Sprache, du fällst hinten runter. Die Klamotten, echt spitze. Und weißt du, warum der das gemacht hat?« Sie wartete nicht auf die Antwort. »Weil er es schick fand. Von uns und unseren Missetaten konnte er auf der nächsten Immohai-Abendgesellschaft in der Grunewalder Nobelvilla Abenteuergeschichten erzählen. Solche Geschichten hatte bei denen sonst keiner drauf. Leute wie uns zu vertreten, war für den wie auf Safari gehen. Kostenlose Beigabe: ein gutes Gewissen.«

»Ist doch egal, warum so einer was macht, wenn er was Richtiges macht«, sagte Twiggy.

Der war auch schon mal besser gelaunt, dachte Matti. »Komm doch mit zum flinken Rudi, fänd ich gut.«

Matti hatte mit Detlev die Nachtschicht getauscht. Der Herr Anwalt empfing nur am Tag. Da aber hatte Matti keine Schwierigkeiten, einen Termin zu bekommen.

Die Kanzlei lag in der Mommsenstraße. Ruhig, grün, ein paar Minuten entfernt vom Ku'damm, perfekte Lage. Und teuer. So was wie einen Sozius hatte Kronawitter nie gehabt. Im Vorzimmer saßen zwischen hypermodernem Mobiliar zwei hypergestylte junge Frauen. Als Matti, Dornröschen und Anja auftauchten, kramte ein junger Typ im Anzug an einem Wandregal herum.

»Sie sind Herr Jelonek, stimmt's?«, lächelte ihn eines der Bürogeschöpfe an.

»Genau.«

An der Wand ein Gemälde, von dem Matti schon mal einen Druck in einer Zeitschrift gesehen hatte.

»Herr Kronawitter hat gleich Zeit für Sie.« Sie zeigte auf eine Sitzecke neben der Tür. Dunkelbraunes Leder, Chrom, im Teppich konnte ein Zwerg versinken.

Die beiden Geschöpfe tippten und telefonierten. Der Typ hatte ausgekramt und verschwand durch eine andere Tür. Matti stellte sich vor, dass der Typ Vorwände suchte, um die Geschöpfe anzugraben. Dass die ihn aber übersahen.

Eine dritte Tür wurde aufgerissen. Heraus stürzte Kronawitter. Fast im Sprint eilte der kleine Mann zu seinen Gästen. »Mensch, Dornröschen, dass ich dich mal wiederseh, und das hier und nicht im Knast. Was für eine Freude!« Er trug eine glänzende dunkelgraue Hose und einen Kaschmirpulli. Kein graues Strähnchen verunzierte das schwarze Haar. Er ruckte den Kopf zur Seite, um die Tolle aus den Augen zu wippen.

»Na, dann kommt mal mit«, sagte er, als er allen die Hand gegeben hatte. Er rannte voraus in sein Büro, das in Wahrheit ein Saal war. Holzboden, darauf ein riesiger orientalischer Teppich, in der Ecke der antike Schreibtisch als Kontrast zu allem anderen Gemöbel, das so funktional wie teuer war.

»Setzt euch! Setzt euch!«

Eine Art Konferenztisch stand im Raum. Sie setzten sich an den Seiten auf die Schwingstühle, Kronawitter an den Kopf.

»Mit was kann ich euch helfen?«

»Du erinnerst dich an Georg Westreich?«, fragte Dornröschen.

Kronawitter nickte hektisch. »Den suchen sie immer noch. Die Sache mit dem Richter. Mord und dies und das.«

»Hat er sich bei dir gemeldet?«

»Wann?«

»In den letzten Monaten?«

»Warum willst du das wissen?«

»Weil wir ihn gesehen haben«, sagte Matti.

Kronawitter blickte ihn ernst an.

»Vielleicht wollte er sich stellen«, sagte Dornröschen.

»Ach so. Da wär ein Anwalt nützlich«, sagte Kronawitter.

»Genau.« Matti nickte.

»Wenn er bei mir gewesen sein sollte, würde ich euch das nicht auf die Nase binden. Ihr versteht?«

»Außer er ist tot«, sagte Matti.

Kronawitter riss die Augen auf. »Tot?«

»Ermordet«, sagte Anja.

»Wann?«

Matti erzählte es ihm.

»Wart mal einen Augenblick.« Kronawitter hechtete zum Schreibtisch und drückte einen Knopf. »Krieg doch mal den Schraub ans Telefon, Schätzchen.« Er wartete, bis es klingelte. »Hei, Schraub, alter Oberbulle ... hast du schon mal probiert? ... Nein? ... Du weißt nicht, was dir entgeht.« Er hörte eine Weile zu. »Du darfst das annehmen. Von mir schon. Bist doch sowieso der korrupteste Bulle von Berlin, da kommt's auf einen alten Bordeaux nicht mehr an.« Kronawitter lachte scheppernd. »Pass auf, es geht um einen ... merkwürdigen Todesfall, vielleicht Mord. Georg Westreich, sagt dir der Name was?« Kronawitter hörte eine Weile zu. Dann bedankte er sich wortreich und legte auf.

»Also, die gehen davon aus, dass es keine Leiche gibt.«

»Sie werden nicht ermitteln?«, fragte Anja bang.

»Was sollen sie ermitteln? Wo es keine Leiche gibt und keine Zeugen außer euch, denen sie nicht glauben.«

»Könntest du mal ein paar Kollegen fragen, ob sich Georg bei ihnen gemeldet hat?«, bat Dornröschen.

Kronawitter nickte. »Kann ich machen. Dauert aber ein bisschen.«

»Danke«, sagte Dornröschen. »Dann wollen wir dich nicht weiter aufhalten.«

»Ihr haltet mich nicht auf«, sagte er nachdenklich. »Ich würde am liebsten nur für so Leute wie euch arbeiten. Da geht es noch um was. Ich werdet es nicht glauben, aber reich geboren zu werden und nicht den Mut zu haben, die ganze Scheiße wegzugeben ...«

Matti grinste.

»Lach nicht«, sagte Kronawitter.

»Nein«, sagte Matti, »niemals. Ich bin glücklich, arm zu sein. Jetzt noch mehr.«

»Raus!«, schnauzte Kronawitter. Dann lachte er, gab jedem die Hand. Nur Matti stieß er den Ellbogen in die Rippen.

»Ich kann euch jetzt schon sagen, was rauskommt«, sagte Dornröschen. »Gar nichts.«

Sie saßen im *Las Primas* an der Ecke Wrangel-/Falckensteinstraße und hatten den Tisch mit Tapas überhäuft. Anja hatte sie eingeladen. Und Matti freute sich, dass Noria kellnerte.

Matti und Anja saßen nebeneinander und tranken Egiarte Tinto, Twiggy ein großes Bier und Dornröschen einen Tee. Twiggy mampfte sich durch alle Teller.

»Und was heißt das?«, fragte er.

»Das heißt, dass die Sache beendet ist. Es sei denn, es taucht was auf.«

»Auftauchen? Was soll auftauchen?«, fragte Anja.

»Irgendwas, das Georgs Tod beweist.«

Anja schüttelte traurig den Kopf.

Matti streichelte ihr die Schulter.

»Ich will doch, dass er lebt. Ich komm mir schon vor wie jemand …« Ihre Augen glänzten. Sie senkte den Blick auf die Tischplatte.

»Guck mal, wir haben jetzt Robert gefragt und Ingrid und den flinken Rudi. Und der fragt ein paar Kollegen, ob Georg sich bei ihnen gemeldet hat.«

Anja nickte, den Blick weiter gesenkt.

»Entweder die anderen Anwälte wissen was …«, sagte Twiggy mit vollem Mund.

»Vielleicht hat er einen Anwalt beauftragt, den keiner von euch kennt?«, fragte Anja. Sie wischte sich die Augen trocken.

»Möglich ist alles«, sagte Dornröschen. »Aber verrat mir doch mal, was für ein Interesse wir haben sollten, für die Bullen einzuspringen?«

Anja blickte sie traurig an. »Keines«, sagte sie nach einer Weile. Sie griff nach Mattis Hand und hielt sie fest. »Du warst sein Freund.«

»Er war vor hundert Jahren so was wie sein Freund«, sagte Twiggy.

Matti nahm ein Stück Tortilla und kaute lang. Dornröschen und Twiggy hatten recht. Warum sollte die WG irgendwas unternehmen? Georg war tot, das war schlimm oder weniger schlimm. Äußerlich hatte er sich nicht verändert. Aber was heißt das schon? »Nach dreißig Jahren ist das schwer zu sagen. Bei mir hat er sich nie gemeldet.«

»Ist doch klar, warum nicht«, sagte Anja.

»Mag sein, aber das bringt jetzt nichts.«

Sie verzog ihr Gesicht. »Dass ihr den Bullen nicht helfen wollt, finde ich okay. Aber es geht um einen alten Freund.« Sie legte ihren Kopf an Mattis Schulter.

»Dem wir jetzt nicht mehr helfen können«, sagte Twiggy trocken. »Entschuldigung!«

Matti umarmte Noria zum Abschied, was ihr einen dunklen Blick von Anja eintrug. Als sie in der Okerstraße die Treppe hochgestiegen waren, nahm sie Matti an der Hand und zog ihn in sein Zimmer.

Als er aufwachte, blinzelte sie ihn an. Er schloss die Augen, als er ihre Hände spürte. Sie wanderten geduldig über seinen Körper und fanden nach Umwegen ihr Ziel. Bald verschwand ihr Kopf unter der Decke.

Als er wieder auftauchte, lagen sie eine Weile still. Draußen klapperte es. Im Hinterhof schrie ein Kind. Eine Dose schepperte über den Asphalt.

»Wann, glaubst du, meldet sich der flinke Rudi?«, fragte sie. Anja drehte sich auf die Seite und blickte ihn an.

»Bald. Er verdient sich jedes Mal seinen Namen aufs Neue.«

Ihr Lachen klang entspannt.

»Aber er wird keinen finden …«

»Glaube ich auch nicht.«

»Und dann?«

»Was dann?«

»Du weichst aus.« Sie streichelte ihm über die Stirn.

»Nichts dann.«

»Und wenn ich dich bitte, vielleicht doch noch einen Versuch zu machen? Einen einzigen?«

»Was meinst du damit?«

»Noch jemanden zu fragen.«

»Einfach so?«

»Einfach so.«

»Das bringt doch nichts.«

»Was kann ich sonst tun?«

»Du solltest nichts tun, jedenfalls nichts in dieser Sache.«

»Das glaubst du doch selbst nicht.«

»Was?«

»Dass ich nichts tue. Wenn ihr nicht mitmacht, suche ich allein.«

»Aber du hast Georg doch nicht gekannt. Du hast mit ihm telefoniert, das ist alles. Warum bist du so versessen darauf, seinen Mörder zu finden?«

»Das weiß ich auch nicht so genau. Aber ich will ihn … kriegen.«

»Damit er dir noch eine Abreibung verpasst? Oder dich umbringt?«

»Natürlich nicht. Das verstehst du nicht. Ich habe meinen Vater gefunden und ihn gleich wieder verloren.«

»Aber du hast bis vor ein paar Tagen gar nicht gewusst, dass dein Vater ein anderer ist. Man könnte fast glauben, deine Gene beherrschen dich …«

»Und nicht mein Hirn, willst du sagen?«

»Nein. In Wahrheit hast du einen Vater. Und dass Georg nun seinen Schwanz in deine Mutter gesteckt hat, ist das nicht scheißegal?«

Sie legte sich auf den Rücken.

»Außerdem hat er das nur behauptet«, fuhr Matti fort.

»Wenn ich seine Leiche nicht finde, gibt's keine DNS-Spuren. Und ohne die kann niemand gar nichts beweisen.«

Er ließ seine Hand über ihre Brüste streichen und über den Bauch. Als er ihre Schamhaare berührte, stieß sie ihn weg und drehte ihm den Rücken zu. Sie schwiegen lang, dann hörte er sie leise schluchzen. Er wandte sich zu ihr. »Gut, noch einen Anlauf. Zufrieden?«

Sie schniefte und drehte sich zu ihm. Dann legte sie ihren Arm um seinen Hals und küsste ihn.

»Ihr müsst nicht mitmachen«, sagte Matti.

Sie saßen am Frühstückstisch. »Und wem willst du auf die Pelle rücken?«, fragte Twiggy.

Dornröschen versteckte ihr Gesicht hinter der Zeitung.

»Wer waren Georgs Spezis?«, fragte Matti.

»Du auf jeden Fall.«

»Ich war bestenfalls ein Nebenspezi.«

»Aber du hast ihn gekannt, kurz bevor er abtauchte. Mit wem war er zusammen?«, fragte Twiggy.

Matti kramte in seiner Erinnerung. Die kam ihm vor wie ein Dämmern in der Nacht. Er sah Schemen, aber kaum Konturen. Und die löchrigen Umrisse waren nicht gefüllt.

»Was hat er denn gemacht damals, um Geld zu verdienen oder so?«

»Er hat in einer Druckerei gearbeitet, jobmäßig. Als Setzer, das hatte er sich beigebracht.«

»Wie hieß die Druckerei?«

Matti kramte und fand: »Linksdruck.«

»Und wie hieß der Chef?«, fragte Anja.

»So was gab's damals doch nicht.« Twiggy war ein bisschen empört.

»Es waren Kollektive«, erklärte Matti.

»Die haben über jeden Scheiß diskutiert, gern bis spät in die Nacht«, sagte Dornröschen, ohne die Zeitung vom Gesicht zu nehmen. »So kommen wir nicht weiter. Matti muss sich erinnern, wovon Georg erzählt hat. Nimm dir ein Blatt Papier und schreib Namen auf, die dir einfallen.«

»Ja, Frau Generalsekretärin. Und du leg die Zeitung weg, wenn du mit uns redest. Es gibt auch so was wie Höflichkeit.«

»Wo?«, fragte Dornröschen und warf die Zeitung neben die Spüle.

Robbi spazierte aus Twiggys Zimmer in die Küche, peilte im Türrahmen die Lage, maunzte, setzte sich vor seinen Napf und begann zu schmatzen.

Anja holte einen Block und einen Kuli aus Mattis Zimmer und legte sie vor ihn auf den Tisch.

»Hast du mal mit Georg und anderen was unternommen?«, fragte Dornröschen.

Matti wurde es warm. Da war etwas, das er verdrängt hatte. Er nickte.

»Und was?«, fragte Anja.

Matti suchte die Fetzen zusammen.

Im Treppenhaus schrie ein Kind, gleich begann die Mutter zu schimpfen. Irgendwer schrie: »Ruhe!«

Matti fand Bilder. Georg und er in der Pizzeria.

*»Linksdruck ist pleite«, sagte Georg.*

*Matti reagierte nicht. Die waren schon hundertmal pleite gewesen.*

*»Diesmal wirklich«, sagte Georg.*

*»Und warum?«*

*»Weil die lieben Genossen ihre Rechnungen nicht bezahlen. Und weil wir manchen gar keine Rechnung schicken. Wir sind wie die Scherben, nur machen wir keine Musik. Alles umsonst, sind ja Genossen. Und am Ende wundern sich alle, dass wir keine Kohle haben.«*

*»Und nun?«*

*»Die Papierlieferanten haben uns eine Frist gesetzt. Der Gerichtsvollzieher war schon da. Wenn wir in einer Woche die Kohle nicht haben, ist es aus.«*

*»Scheiße.«*

Wie ging es weiter? Die anderen schauten Matti beim Denken zu. Anja streichelte ihm den Rücken. Wie ging es weiter?

*»Aber wir wehren uns«, sagte Georg. »Machst du mit?«*

*»Klar«, sagte Matti.*

*»Wir treffen uns mit Martin und Pfeifen-John, dann bereden wir die praktischen Sachen.« Georg beobachtete die Umgebung. Aber da waren nur drei Studentinnen in der anderen Ecke, die so laut waren, dass sie nichts mitkriegten. Der Wirt stand hinterm Tresen, aber der würde sowieso niemanden verpfeifen.*

Robbi zerrte an Anjas Hose. Twiggys Blick verfinsterte sich.

»Und was habt ihr dann bekakelt?«, fragte Dornröschen. Sie gähnte und sagte: »Ich ahne es. Au Backe.«

*Als Erster kam Pfeifen-John zum Treffen in Georgs WG-Zimmer. Pfeifen-John hieß in Wahrheit Hans, aber er hatte meistens eine Pfeife im Mund und einen England-Fimmel. Ohne Queen, versteht sich. Ihm hatte es die Bergarbeitergewerkschaft und deren Chef angetan, beinharte Jungs. Außerdem hatte er passenderweise rote Haare. Martin bewies, dass er pünktlich sein konnte, wenn es um große Projekte ging. Er schlüpfte mehr, als dass er ging, in den Raum. Wahrscheinlich hätten sie die Tür gar nicht öffnen müssen, weil das Schlüsselloch gereicht hätte. Beide waren im Linksdruck-Kollektiv.*

*»Wir machen die Sparkasse in der Fasanenstraße«, sagte Georg. »Ich hab mir die angeguckt. Gute Fluchtwege.«*

*»Das merken die doch. Heute sind wir pleite. Morgen bezahlen wir alle Schulden. Und zwischen heute und Schulden blechen liegt ein Banküberfall.« John zog an seiner Pfeife, stopfte nach und schüttelte missmutig den Kopf.*

*»Nee«, sagte Georg. »Wir machen doch diese Spendensammlung. Die läuft gar nicht schlecht. Plötzlich kriegt einer mit viel Kohle ein schlechtes Gewissen und spendet einen Batzen.«*

*»Ein anonymer Spender, genial«, sagte Martin. »Was meinst du dazu, Matti?«*

*Der saß auf dem Bett. An der Wand stand Lenin auf einem Lastwagen und redete. Der Schreibtisch war überladen mit Büchern und Zeitschriften. Viele waren auch auf dem Flokati verstreut. Die Bude stank nach Rauch und Joints. In einem anderen Zimmer lief* Paper Sun *von Traffic.*

*»Klingt gut«, sagte Matti.*

»So, so«, sagte Anja. »Matti der Bankräuber.«

Der hob die Hände. »Wart's ab.«

»Die Geschichte kenn ich noch nicht«, sagte Twiggy.

»Damals kannte ich euch nicht.«

»Kaum lässt man ihn mal was allein entscheiden«, sagte Dornröschen.

Matti grübelte. Er holte alles aus großer Tiefe heraus. In ihm sträubte es sich. Eine Stimme sagte ihm: Lass es in Ruhe versinken. Doch er bohrte tiefer.

*»Wir brauchen Knarren«, sagte Martin.*

*»Klar«, erwiderte Georg. Er öffnete die Schublade einer Kommode und nahm drei Pistolen und einen Revolver heraus.*

*»Aber wir laden die nicht«, sagte Matti. Eine Sache kam näher, die er nicht mehr kontrollieren konnte. Wenn du mal eine Waffe in der Hand hast.*

*»Nur auf Bullen«, sagte Georg.*

*Martin nahm den Colt. Er sah riesig aus in seiner kleinen Hand. Er drehte die Trommel, blickte ins Patronenlager, spannte den Hahn und drückte ab. Es klickte. »Geil!«*

*Georg legte ein Papier auf den Teppich. Es war eine Strichzeichnung. Georg erklärte: »Hier ist der Eingang.« Er tippte mit dem Bleistift drauf. »Da liegt die Kasse. Es gibt zwei Kassierer, manchmal ist nur die eine Seite besetzt. Am wenigsten ist morgens los, kurz nach der Öffnung, und nachmittags, kurz vorm Schließen.«*

*»Es werden aber Kunden da sein«, sagte John.*

*»Wir müssen mit Leuten rechnen. In der Bank arbeiten maximal sechs Leute, jedenfalls im Schalterraum. Dazu kommen nicht mehr als fünf Kunden, eher weniger, vielleicht keiner. Wir sind zu viert und haben Waffen.«*

*»Ich krieg den«, sagte Martin. Er hatte den Colt immer noch in der Hand.*

*»Also, wir gehen rein. Martin bleibt an der Tür, Matti sichert im Schalterraum, John und ich kümmern uns um die Kassierer. Wenn's Ärger gibt, ein Schuss in die Decke. Dann ist Ruhe im Karton. Klar, Matti?«*

*Matti nickte. »Klar.« Also doch geladen.*

*»Und den Safe?«, fragte John.*

*»Wenn's zu lange dauert, lassen wir den«, sagte Georg. »Das entscheide ich vor Ort.« Er blickte Matti an. »Du kontrollierst den Schalterraum. Da ist an der Wand eine Uhr. Ich bin die Strecke vom Polizeirevier zur Sparkasse abgefahren. Wir haben vier, höchstens fünf Minuten Zeit.«*

*»Und wenn eine Streife reinregnet?«, fragte John.*

*Georg deutete auf die Waffen.*

*»Wann?«, fragte Martin.*

*»Morgens oder abends?«, fragte Georg zurück.*

*Sie guckten sich an. »Abends, ist so ein Gefühl«, sagte John.*

*Martin nickte.*

*Georg wandte sich an Matti. »Okay?«*

*Matti murmelte: »Okay.«*

*»Hast du an Fluchtwege gedacht?«, fragte John. »Haben wir ein Auto?«*

*»Verfolgungsjagd auf dem Ku'damm?«, fragte Martin.*

*»Wir nehmen Fahrräder. Zaster in Rucksäcken. Zwei fahren über die Kantstraße zum Bahnhof Zoo, zwei über den Ku'damm. Die werden vier Leute suchen. Und am Bahnhof stellen wir die Räder ab und fahren mit der U-Bahn.«*

*Das leuchtete ein. Ein einfacher Plan. Ruckzuck rein, ruckzuck raus, Fahrrad, U-Bahn, fertig. »Wann?«, fragte Matti.*

*»Wir haben es eilig«, sagte Martin.*

*»Dann geht's gleich morgen los. Bevor sich einer in die Hose macht.«*

»Und wo hast du die Kohle?«, fragte Twiggy.

Matti seufzte.

Anja starrte ihn von der Seite an.

Matti überlegte, ob er ehrlich war zu sich. Da war noch eine Geschichte, und die durfte er sich nicht zurechtlegen. Wenn sie in früherer Zeit aufgestiegen war ins Bewusstsein, hatte er immer eine Erklärung gefunden. Eine, die nicht so wehtat.

Dornröschen fixierte ihn. Ihm schien es, als guckte sie traurig. Vielleicht ahnte sie das Ende der Geschichte.

»In der Nacht hab ich kaum geschlafen«, sagte Matti. »Ich hatte die Knarre mitgenommen und die Munition unters Bett gelegt. Wenn ich eindöste, träumte ich, wie so eine blöde Streife, die ein bescheuerter Zufall im falschen Augenblick vor die Bank geführt hat, wie also zwei Bullen reinkommen, und ich fang an zu ballern. Ich sehe, wie sie umfallen. Ich seh auch die Einschusswunden. Dem einen schieß ich den halben Kopf weg, den andern treff ich im Bauch. Der schreit wie irre.«

Anja wischte sich im Auge.

Twiggy sagte nur: »Ja.«

»Das ist gut, Matti. Wenn man so ein Ding in die Hand nimmt bei einem Banküberfall, muss man sich genau das ausmalen. Genau das«, sagte Dornröschen.

»Ihr müsst das verstehen.«

»Ist gut«, sagte Dornröschen.

»Und die anderen haben es durchgezogen?«, fragte Twiggy.

»Klar«, sagte Matti. »Es lief perfekt. Die Bullen stehen heute noch auf dem Schlauch. Die glauben bestimmt immer noch, das wäre ein ganz normaler Überfall gewesen. Von Kriminellen. Nicht mal die Zeitungen haben was spitzgekriegt. Es wurde nicht geschossen. Die Bullen sind hinter einem Unfall hängen geblieben. Die Genossen haben die Kohle gespendet, und jeder in der Szene hat gedacht, dass irgendein Superkapitalist ein schlechtes Gewissen gekriegt hat.«

»Das soll es geben.« Twiggy grinste.

»Ich finde das völlig richtig, dass du nicht mitgemacht hast, Matti«, sagte Dornröschen. Natürlich wusste sie, dass er sich quälte, weil er die Genossen im Stich gelassen hatte.

»Wir müssen also mit John und Martin reden«, sagte Anja.

»Martin gibt's nicht mehr«, sagte Twiggy. »Ich hab den auch gekannt. Den haben später die Bullen umgelegt. Am Bethanien …«

»Ja«, sagte Dornröschen.

»Und John?«, fragte Anja.

»John habe ich nach dem Überfall noch zwei-, dreimal gesehen, zufällig. Er hat mich nicht mal gegrüßt. Ich glaube nicht, dass es einen Sinn hat, den zu besuchen. Wenn er überhaupt noch in Berlin wohnt.«

»Das ist doch so lange her«, nörgelte Anja.

»Also abgetaucht ist der damals nicht. Das wüssten wir«, sagte Dornröschen.

»Der will mich bestimmt nicht sehen.« Matti fühlte sich sauelend, als wäre die Geschichte gerade erst geschehen.

»Mehr als Nein kann er nicht sagen«, widersprach Anja.

Matti begann zu schwitzen. Er hatte versagt. So sah er das. Wäre er gegen die Aktion gewesen, hätte er gleich sagen können, dass er nicht mitmacht. Hatte er aber nicht. Stattdessen hatte seine Angst sich in diesen Albtraum verwandelt. Die Angst, ein für allemal als Mörder herumlaufen zu müssen. Die Angst verstärkte sich im Rückblick, wenn er an die Genossen dachte, die Bullen oder Leibwächter oder Fahrer erschossen hatten oder einen ahnungslosen Ami-Soldaten, weil sie dessen Dienstausweis brauchten. Manche rannten den Rest ihres Lebens vor sich selbst weg. Sie versteckten ihre Seelennot hinter Phrasen und so ausgeklügelten wie schwachsinnigen Argumenten, die sie sich insgeheim selbst nicht glaubten. Jedenfalls nicht nachts.

Hans Huppert zu finden war einfach gewesen. Er besaß einen Weinladen in der Charlottenburger Schlossstraße. Und er rauchte immer noch Pfeife. Als Anja und Matti den Laden betraten, glaubte er, sie wären Kunden. Bis Matti ihn als »Pfeifen-John« ansprach, was in dessen Gesicht erst ein Rätseln, dann eine Erkenntnis spiegeln ließ.

»Mensch, Matti!« Er reichte Matti die Hand und drückte sie fest. Genauso begrüßte er Anja. Sein Blick blieb ein paar Momente länger an ihr hängen. Als John wieder Matti anschaute, sah der die Angst in Johns Augen. Matti wusste etwas über ihn. Sein Leben hing daran, dass Matti weiterhin schwieg.

»Keine Sorge«, sagte Matti. »Ist außerdem verjährt.«

»Wenn jemand hier mitkriegt …« John winkte ab. Er atmete einmal tief durch. »Wollt ihr was trinken? Ich habe hier einen Bordeaux, der zieht euch die Schuhe aus.« Schon wieder Bordeaux. Matti lag es auf der Zunge, Hans zu fragen, ob er den schnellen Rudi belieferte.

»Danke, lieber nicht. Können wir irgendwo ungestört reden?«

Es klingelte, als sich die Tür öffnete. Ein älterer Mann im Anzug erschien und war hektisch.

»Entschuldigt«, sagte John.

»Wann schließt du?«

John blickte auf die Uhr. »In anderthalb Stunden.«

Sie setzten sich auf eine Bank auf dem Mittelstreifen der Schlossstraße. Zwei Fahrbahnen, dazwischen eine Grünanlage. Boulespieler, Frauen mit Kinderwagen, eine Kindergartengruppe lärmte vorbei, dirigiert mit lauten Rufen von zwei drahtigen Frauen, die eine rothaarig und bleich, die andere blond, klein und mager. Am Himmel fraßen sich Wolken. Weiß auf Blau. Eine Brise kühlte mild. Anja legte ihre Hand in seine und lehnte ihren Kopf an seine Schulter.

»Der hat die Hosen voll«, sagte sie.

»Klar. Hätt ich auch.«

»Du Held.«

»Ach Quatsch. Ich möchte nicht wissen, wie viele Leute rumlaufen, die Angst haben müssen, dass etwas über sie herauskommt.«

»Du auch?«

»Lass mal.«

»Jetzt wird es interessant. Gestehe!«

»Magst du mich?«, fragte Matti ernst.

»Nein«, sagte Anja. »Du bist mir zuwider.«

»Dann frag nicht.«

Sie blickte ihn neugierig an, öffnete den Mund und schloss ihn wieder. »Das Vogelgezwitscher kann einem echt auf die Nerven gehen«, sagte sie. Sie imitierte die Sprechweise einer feinen Dame.

»John weiß nix«, sagte Matti.

»Aber wir fragen ihn, du Weichei.«

Er stieß ihr mit dem Ellbogen gegen die Schulter.

»Typisch, vor den Starken drückt er sich, aber Gewalt gegen Frauen.«

John stand unschlüssig vor dem Weinladen, dann sah er Matti und Anja. John hatte eine Pfeife im Mund, nahm sie heraus und winkte, als er die beiden kommen sah.

»Lass uns ein paar Schritte gehen. Da vorn ist ein Lokal, wo man draußen sitzen kann.«

Als sie sich unter einer riesigen Kastanie mit schon welken Blättern gesetzt hatten, klopfte John die Pfeife aus und grüßte den Kellner, der heraneilte. »Tag, Igor.«

»Tag, Hans«, sagte Igor. Er trug seine Glatze mit Stolz.

»Trinkt ihr ein Glas Wein mit?«, fragte er und bestellte, ohne die Antwort abzuwarten. »Von dem Roten, du weißt schon.« Als Igor zum Gastraum trippelte. »Was gibt mir die Ehre?«

»Wir müssen über Georg reden.«

John streckte den Rücken und blickte zum Himmel. »Gehört nicht zu meinen Lieblingsthemen.«

»Zu meinen auch nicht«, sagte Matti. Er deutete auf Anja. »Das ist seine Tochter.«

John musterte Anja. »Keine Ähnlichkeit.«

»Gott sei Dank«, sagte Matti.

John lächelte. Er stopfte sich die Pfeife mit einem englischen Tabak.

Ein Moped kreischte vorbei. Als das Geknatter verklungen war, sagte Matti: »Hat Georg Kontakt aufgenommen zu dir?«

»Wenn er es hätte, würde ich es nicht sagen.«

»Kannst es ruhig sagen. Georg ist tot.«

»Was?« John richtete sich auf und starrte Matti an. »Bist du sicher?«

»Ich habe seine Leiche selbst gesehen.«

»Ach, du Scheiße.« John schüttelte den Kopf und verschluckte sich. Er hustete wie ein Irrer, sein Gesicht lief rot an, und als er zu würgen begann, hörte es schlagartig auf. »Entschuldigung«, sagte er heiser. »Ist noch was Allergisches dabei.«

»Also hat sich Georg bei dir gemeldet«, sagte Anja.

John guckte sie überrascht an, dann schüttelte er den Kopf.

Matti war enttäuscht, aber auch ein wenig erleichtert.

»Bestimmt nicht?«, fragte Anja.

Igor brachte den Wein und ging. John hob sein Glas, sie stießen an. »Ist nett, dich wieder mal zu treffen, Matti.« Er warf einen Blick auf Anja. »Was weiß sie?«

»Ein bisschen.«

Matti sah, wie Anjas Laune sank. Auch John guckte nicht begeistert. »Keine Sorge«, sagte Matti.

»Ich mach mir immer Sorgen«, erwiderte John.

»Ist verjährt.«

»Aber wenn's rauskommt, bin ich trotzdem ruiniert. Die werden mich in *Bild* als Terroristen und Bankräuber fertigmachen. Wenn ich nur daran denke, wie sie Martin durch den Dreck gezogen haben. Und jetzt ist Georg dran.«

»Ich weiß.« Matti legte ihm die Hand auf den Arm. »Dir wird nichts passieren.«

»Das sagen sie immer, bevor es passiert. Ich glaub es erst, wenn ich in der Grube liege.«

»Ob sie Georg durch den Dreck ziehen, weiß ich nicht. Seine Leiche ist verschwunden. Die Bullen glauben nicht mal, dass er tot ist.«

»Auch das noch.« Matti konnte an Johns Gesicht ablesen, wie dessen Stimmung sich weiter verschlechterte.

Matti nickte und trank einen Schluck. »Haben die das Zeug von dir?«

John nickte. »Was machst du so?«

»Ich bin Taxifahrer.«

»Du bist Taxifahrer, ich bin Weinhändler. Das ist also aus uns geworden.«

Am Morgen klingelte das Telefon. Matti hob ab. Schmelzer sagte: »Wir haben einen Beweis gefunden, dass es sich bei der Leiche, die Sie gefunden haben, um Georg Westreich handelt.«

»Moment, Moment. Bisher gab es keine Leiche.«

»Sie sind Zeugen. Sie und Frau Barth. Wir haben den Tatort noch einmal gründlich untersucht und dabei eine Brieftasche gefunden. Sie gehörte Westreich.«

»Nicht so schnell, Herr Kommissar.«

»Kommen Sie aufs Präsidium. Am besten gleich.«

Anja stand im Türrahmen. Sie trug Slip und T-Shirt. »Was ist?«

»Zieh dich an. Wir müssen zu den Bullen. Sie haben was gefunden.«

Anja verschwand im Zimmer und kehrte nach weniger als einer Minute angezogen zurück.

Der 104er-Bus brachte sie zum Platz der Luftbrücke. Schmelzer und der Jungbulle saßen am Schreibtisch des Hauptkommissars, vor sich zwei Plastiktüten.

»Nehmen Sie Platz«, sagte Schmelzer, ohne aufzustehen.

Matti holte zwei Stühle, die vor dem Jungbullenschreibtisch standen.

»So«, sagte Schmelzer. »Gestern Abend hat jemand angerufen. Er habe einen Schlüsselbund gefunden neben dem Großen Teich. Die Kollegen von der Zentrale haben gebeten, den Schlüssel an der Pforte abzugeben.« Schmelzer schob eine Plastiktüte zu Matti. Darin lag ein Schlüsselbund mit einem Etui. Auf dem Etui stand *G. Westreich.*

»Wer hat den abgegeben?«

»Ein Mann. Er hat seinen Personalausweis zeigen müssen. Der Name lautet *Konrad Abt.* Es war ein alter Ausweis, aber noch nicht abgelaufen. Das wäre auch nicht das Problem. Das Problem ist, dass der Ausweis gefälscht ist.«

»Haben Sie den?«, fragte Anja.

Schmelzer schüttelte überlegen lächelnd den Kopf. »Es ist eine Doublette. Dem Kollegen in der Zentrale fiel ein, dass wir eine Fahndung laufen haben nach Westreich, und da hat er den Schlüsselbund mit dem Protokoll hochgeschickt. Und der Kollege Baum« – ein Blick zum Jungbullen – »hat versucht, den Finder anzurufen. Das geht aber nicht. Der ist nämlich tot. Und das seit gut acht Jahren.«

»Und wo ist er gestorben?«, fragte Matti.

Der Jungbulle ging zu seinem Schreibtisch und schnappte sich eine schmale Akte. Er schlug sie auf und sagte: »Konrad Abt, umgekommen bei einem Verkehrsunfall, 13. April 2004, Beirut. Dort bestattet.«

»Ich weiß nicht, was eine Todesbescheinigung in Beirut …«

Schmelzer unterbrach Matti mit einer energischen Geste. »Nun halten Sie uns nicht für blöd. Wir haben das natürlich überprüft. Dieser Abt hat in Hannover gewohnt. Seine Firma hat ihn nach Beirut geschickt. Die handeln mit Autoersatzteilen. Er sollte dort drei Wochen bleiben, neue Kunden finden, und dann zurückkommen. Er hinterlässt eine Frau und zwei Kinder.«

Matti überlegte, während Schmelzer ihn anguckte. »Was hat dieser Schlüsselbund zu bedeuten?«

»Dass die Kollegen von der Spurensicherung geschlampt haben«, sagte der Jungbulle.

Er erntete einen strafenden Blick von Schmelzer. »Sie kennen dieses Unterholz dort. Es geht steil den Hang hinauf. Da liegt alles Mögliche rum.«

»Aha«, sagte Matti. »Und was noch?«

»Westreichs Jacke.«

Matti blickte über den Tisch. Im anderen Plastikbeutel lag ein Reisepass.

»Den haben wir in der Jacke gefunden.«

»Und woher wissen Sie, dass es Georg Westreichs Jacke war?«

Schmelzer blickte ihn ungläubig an. »Weil sein Pass drin war.«

»So einen alten Pass trägt er mit sich rum? … Haben Sie sonst was an oder in der Jacke gefunden?«

»Wenig.«

»Keine Haarschuppe, kein Fussel, nichts?«

»Doch, doch, ein paar Haare.«

»Dann machen Sie einen DNS-Test mit den Haaren und vergleichen ihn mit der DNS von Anja.«

»Huch«, sagte Anja.

»Wenn er dein Vater ist, gibt es eindeutige Übereinstimmungen.«

Schmelzer nickte. »Wenn Sie einverstanden sind?«

Anja nickte, erst bedächtig, dann heftig. Sie war blass geworden. Matti nahm ihre Hand und drückte sie.

»Es ist schon unheimlich«, sagte sie.

»Eine Art Vaterschaftstest«, sagte der Jungbulle.

***

*Du hast gezögert, ob du das Buch lesen sollst. Das Buch hat dir jemand geschenkt. Du weißt nicht mehr, wer. Es liegt schon lange auf der Kommode. Es schaut dich an. Es sagt: Ich verrate dir, wie es war. Aber wie kann es das verraten, wo du doch weißt, wie es war? Wer soll es besser wissen als du? Alle anderen sind tot, zuletzt Fred. Du weißt, was war. Die Träume bestrafen dich. Dabei hast du nichts falsch gemacht. Das ist ungerecht. Die Zeiten haben sich geändert, du nicht. Sollen doch die Zeiten bestraft werden.*

*Heute regnet es. Wenn es regnet, denkst du an den Ort. Der Ort, der grau war. Wo es oft geregnet hat. Wo der Boden aufgeweicht war. Du hast nasse Füße bekommen. Pfützen. Grauer Himmel, Wiese, Bäume, nichts sonst am Horizont. Du liebst den weiten Blick. Grenzenlos. Hier endet dein Blick am Gegenhang. Wenn du aber dem Fluss nachschaust im Tal, dann scheint es auch grenzenlos.*

*Das Buch wirst du vielleicht später lesen. Es wird dich nicht verwirren. Du bist anständig geblieben in dieser Zeit. Niemand hat dir etwas vorgeworfen.*

*Du hast lang am Fenster gestanden. Die Männer waren wieder da. Sie haben sich abgelöst und versucht, es zu tarnen. Wen überwachen sie? Sie verbergen ihr Ziel. Das ist geschickt. Du hast gegrübelt, ob sie dich meinen. Aber warum? Und wer sind diese Männer? Polizei? Wenn sie dich meinen, können sie nicht von der Polizei sein. Dann würden sie dir eine*

*Vorladung schicken oder dich holen. Aber das werden sie nicht tun. Das ist sicher. Wenn sie dich meinen, sind es keine Polizisten. Auch kein Geheimdienst. Ich habe nichts zu verbergen. Das Wichtigste war bekannt. Das konnte jeder nachlesen. Nein, sie meinen nicht dich.*

*Und wenn doch? Wer sind dann diese Männer? Und diese blonde Frau, die du schon zweimal gesehen hast. Wer ist das? Gehört sie zu ihnen?*

## 5: No Face, No Name, No Number

So ein Vaterschaftstest dauert«, sagte Twiggy.

»Woher weißt du das denn? Hast du uns deine Vierlinge verschwiegen?«, fragte Matti.

»Pah«, erwiderte Twiggy. Er war gut gelaunt. Robbi saß auf seinem Schoß.

Anja war im Kopf woanders. Sie rührte in ihrer Teetasse. »Ich dreh eine Runde«, sagte sie.

Matti hatte sich halb erhoben, als sie hinzufügte: »Allein, bitte!«

Matti setzte sich wieder.

Anja verließ die Küche und ging in Mattis Zimmer. Dann stand sie im Türrahmen. Sie blickte Matti in die Augen. »Ich melde mich morgen.« Und als er etwas sagen wollte. »Versprochen.«

*»Der umsichtige Feldherr lässt sich in seinen Bewegungen niemals beirren und in seinen Handlungen niemals in die Enge treiben.«*

Der alte Chinese hatte gut reden. Matti klappte das Buch zu und starrte aus dem Fenster. Die Scheibenwischer plagten sich mit den Wassermassen. Was draußen lag, sah Matti wie im Nebel. Die Klimakatastrophe hatte beschlossen, ein Tropengewitter auf die Stadt loszulassen. Es schickte Blitze hinunter, tausende. Es krachte von allen Seiten wie auf einem Schlachtfeld. Die hintere Tür wurde aufgerissen und gleich zugeknallt, und es saß eine junge Frau auf der Rückbank.

»Wo geht's denn hin?«, fragte Matti, während er sie im Spiegel musterte.

Sie zog die Kapuze weg. Schwarze Haare kräuselten sich über einem sonnengebräunten Gesicht. »Ins Trockene«, sagte sie.

Matti musste lachen. »Und wo liegt das?«

»Keine Ahnung.«

Sie erinnerte ihn an Lara, die er nur einen Tag geliebt und dann verloren hatte. Das würde er nie verdrängen können, die Explosion, das Taxi, das in die Luft flog, Laras schwarz verbrannte Leiche. Er riss sich aus der Trübsal.

»Was lesen Sie da?«, fragte sie. Die Augen trafen sich im Spiegel. Ihre waren schwarz.

»Sunzi.«

»Kenn ich. Der alte Stratege aus China. Manche Dinge ändern sich nie.«

»Leider ändern sich die falschen Dinge, und die falschen Dinge ändern sich nie.«

Sie stutzte, dann lachte sie. »Du bist auch ein Philosoph.«

»Überhaupt nicht. Hin und wieder rutscht mir was raus, und danach fällt mir ein, dass es auch eine … andere Bedeutung hat. Ein blindes Huhn findet auch mal ein Korn.«

»Geht mir ähnlich«, sagte sie.

Es blitzte, knatterte und donnerte höllisch.

»Wenn du fahren musst, weil ich hier sitze, immer zu«, sagte sie.

»Ich fahr lieber nicht.« Er zeigte auf die Windschutzscheibe. Als bestünde sie aus Milchglas.

Draußen heulten Sirenen, das rote Zucken der Alarmlichter brach sich in der Sturzflut vom Himmel.

»Weltuntergang«, sagte sie.

»Mindestens.«

»Warst du immer Taxifahrer?«

»Fast immer.«

»Ach so.«

»Und du?«

»Ich war fast immer Journalistin.«

»Für wen?«

»Mal diesen, mal jenen.«

Irgendwoher kam ein Dröhnen, es zog vorbei und verklang. Die Scheiben waren so beschlagen, dass sich Rinnsale bildeten. Matti öffnete das Fenster einen Spalt weit. Sofort spritzte es auf sein Hosenbein.

»Wohnst du in Berlin?«

»Neukölln.«

»Ich auch. Weichselstraße.«

»Okerstraße.«

»Das ist am Flughafen?«

»Ja.«

»Da gehen wir öfter spazieren, auf dem Gelände. Also, ich und meine Tochter.«

Matti schien es, dass der Weltuntergang noch einmal aufgeschoben war. Feine Lichtstrahlen brachen durch die schwarzen Wolken. Der Regen ließ nach, die Scheibenwischer hatten wieder eine Chance.

»Fahr mich heim«, sagte sie. »Nummer 48d.«

Er fuhr langsam. Pfützen, kleine Seen, Böen trieben Zweige und Plastikteile vor sich her. In der Blücherstraße wich er einer Mülltonne aus, die quer lag.

»Vielleicht treffen wir uns mal auf dem Tempelhofer Feld«, sagte sie. »Wie heißt du?«

»Matti.«

»Du hast bestimmt einen Nachnamen.«

»Je … spers.«

»Kann ich mir merken. Ich heiße Sara Kurz.«

»Kann ich mir auch merken.«

»Ich steh im Telefonbuch.«

Matti nickte. »Der Name passt jedenfalls.«

Sie überlegte einen Augenblick. Dann lachte sie.

Er bog in der Sonnenallee links in die Weichselstraße.

»Hier«, sagte sie.

Er bremste. Sie drückte ihm einen Zwanzig-Euro-Schein in die Hand.

Als er nach seinem Geldbeutel griff, sagte sie: »Später. Hab keine Zeit mehr.« Weg war sie.

Bis zum Ende der Schicht überlegte er, was die Begegnung bedeutete. »Nun passen Sie doch mal auf!«, schnauzte ihn eine alte Dame an, die er ins Westend fuhr. Sie hatte ihm die Abbiegung in die Badenallee genannt, doch er war vorbeigerauscht wie im Blindflug. Was hatte ihn an Sara angesprochen? An den paar Sätzen? Vielleicht, dass sie trafen, als würden sie sich schon lange kennen. Die Sätze, die sie austauschten, schienen zu einer einzigen Konstruktion zu gehören.

Am späten Nachmittag drängte sich Anja wieder in seine Gedanken. Ihr merkwürdiger Abgang. Ihr Gesicht, das so bleich gewesen war. Vielleicht hatte sie Angst vor dem Vaterschaftstest. Aber warum? Dass sie Georgs Tochter war? Dass sie's nicht war?

Am Reuterplatz stieg ein Mann ein, der an der Straße gewinkt hatte. Er wollte nach Friedrichsfelde, Am Tierpark. Matti kannte die Plattenbaublöcke. Der Typ war auf dem Weg zum Schmerbauch, trug kurz geschnittene graue Haare, und auf einem kurzen Hals saß ein viereckiger Schädel. Kaum war Matti losgefahren, fing der Kerl an zu mosern. Über Wowereits Niedergang wegen des Flughafenchaos, die Fehler bei der Euro-Rettung, die den Namen nicht verdient habe, über die Chinesen, die bald die Welt beherrschten. »Das ist Ihnen wohl egal, was ich sage«, knurrte er, als Matti schwieg.

»Ich konzentriere mich auf den Verkehr«, sagte Matti. Die Straßen waren nass, Pfützen standen.

»Typisch für die Leute heute. Alles egal, was?«

»Ich werde fürs Fahren bezahlt.«

»Typisch. Jeder denkt nur an seinen Kram.« Er schwieg eine Weile. Matti sah im Rückspiegel, wie er sich immer wieder an der Backe kratzte.

»Es ist Ihnen wahrscheinlich auch egal, dass wir Berliner vom Senat geplündert werden. Die Wasserpreise steigen, die Gaspreise steigen, die Strompreise …«

»Ich bin keine Wortmülltonne, sondern Taxifahrer«, sagte Matti.

Auf der Karl-Marx-Allee staute sich der Verkehr an den Baustellen. Es war kein Trost, dass der Himmel aufbrach und die blauen Inseln im schwarzen Wolkenmeer wuchsen. Eine Lastwagenhupe dröhnte, ein Personenauto hupte zurück, ein drittes fiel ein. Drei Jugendliche hetzten über die Fahrbahn, ein Rollerfahrer quetschte sich durch die Lücken zwischen den Autos.

Der Typ brabbelte vor sich hin. »Überall Chaos«, maulte er. »Gibt's hier keinen anderen Weg? Sie behaupten doch, Sie seien Taxifahrer.«

Matti drehte sich um und fixierte den Mann. »Soll ich fliegen?«

Der Mann blickte nach allen Seiten und zuckte mit den Achseln. Er brabbelte wieder irgendein Zeugs. Dann zog er eine *Bild*-Zeitung aus der Innentasche und rollte sie auf. Er las und redete vor sich hin. Dann wurde er laut: »Die Griechen sind eine Saubande!« Er brabbelte. Wieder laut: »Die verprassen unser Geld!« Er nuschelte was und stieß mit dem Finger auf die Zeitung: »Haben Sie das gelesen?« Ohne eine Antwort abzuwarten: »Romabanden rauben Berliner aus!« Seine Gesichtsfarbe rötete sich. »Vergasen, alle vergasen!«

Matti stieg aus, ging zur Tür hinterm Beifahrersitz und öffnete sie. »Raus!«, schnauzte er. Als der Typ nicht verstand, packte er ihn am Jackett und zog kräftig.

»Lassen Sie mich! Was soll das?«

Matti zog stärker, der Typ klammerte sich am Griff über der Tür fest. Matti riss die Hand los und zog den Kerl auf die Straße. Der verlor das Gleichgewicht und stürzte gegen ein Auto. Die Beifahrerin im Auto schlug sich die Hand vor den Mund und lehnte sich zur Seite, als würde der Typ durchs Fenster ins Auto fallen.

Matti schlug die Tür zu, umrundete das Heck und stieg wieder ein. Der Typ rappelte sich hoch, glotzte in alle Richtungen. Er zögerte, und gerade als die Schlange sich ein Stück weiterwälzte, nahm er Anlauf, um gegen das Taxi zu treten. Doch seine Ausholbewegung fror ein. Er stand einige Sekunden auf einem Bein, dann stampfte er mit dem Fuß auf den Boden. Ruckartig drehte er ab und suchte sich seinen Weg durch die Blechkolonnen.

»Wie war der Tag?«, fragte Twiggy.

»Beschissen«, sagte Matti.

»Du hast Post.« Twiggy zeigte auf einen Briefumschlag neben der Espressomaschine.

Matti holte ihn. Er war mit der Hand adressiert und ohne Absender und Briefmarke. Er riss den Umschlag auf.

*Lieber Matti,*

*ich danke dir für alles, was du für mich getan hast. Ich hatte dir versprochen, mich wieder zu melden. Leider auf diesem Weg. Es ist besser für uns, wenn wir uns nicht mehr sehen.*

*Alles Gute,*
*Anja*

Matti las die Zeilen dreimal, dann legte er den Brief auf den Küchentisch.

Twiggy zog ihn vorsichtig zu sich rüber. »Ach, du Scheiße.« Dann schob er ihn zurück zu Matti. Er blickte den Freund an und schnaufte. »Und warum? Hattet ihr Zoff?«

Matti schüttelte den Kopf. Warum musste immer ihm so etwas passieren?

»Du hast echt Pech«, brummte Twiggy.

Erst Lily, dann Lara, jetzt Anja. Ganz unterschiedlich, aber jedes Mal eine Katastrophe.

»Und wenn sie erpresst wird?«, sagte Twiggy.

Ein Lichtblick, wenn auch ein abseitiger. »Möglich.« Das wäre eine Erklärung. »Aber dann ist sie in Gefahr.«

Die Wohnungstür klapperte. Dornröschen schlich zur Küche. »Tisch gedeckt? Wo sind die Ravioli?«

»Wir müssen erst was bereden«, sagte Twiggy und tippte auf den Küchentisch. Dornröschen stellte sich neben Matti und nahm das Blatt. »Das muss doch echt nicht sein«, sagte sie.

Sie setzte sich zu den anderen.

»Und jetzt?«, fragte Twiggy.

»Ich weiß, wo sie wohnt. Ich werden morgen hinfahren und sie fragen, was los ist.«

»Gute Idee«, sagte Dornröschen. »Vermutlich hat sie Schiss vorm Vaterschaftstest. Kann ich auch verstehen. Sie bildet sich fest ein, dass Georg ihr Vater ist.«

»Was hat sie davon, wenn es so ist?«, fragte Twiggy.

»Überleg mal. Da gibt es Waisenkinder, die suchen nach zwanzig Jahren bei den Adoptiveltern ihre biologische Mutter. Würde ich nie tun. Ich würde es akzeptieren, wenn meine biologische Mutter mich weggegeben hätte. Sie wollte mich nicht. Warum sollte ich sie wollen? Und wenn man halbwegs vernünftige Adoptiveltern hatte, geht's einem viel besser als Kindern im Waisenhaus.«

»Manche glauben, sie fänden so ihre Identität«, sagte Matti.

»Definieren die aber biologisch«, erwiderte Dornröschen.

»Na ja, man erbt doch einiges.«

»Biologist«, schimpfte Twiggy.

Matti lächelte. Aber lachen konnte er nicht.

»Na ja, du wirst es erfahren. Vielleicht.«

Dornröschen stellte zwei Ravioli-Dosen vor Twiggy, damit der sie öffnete. Und dann begann das übliche Prozedere am Freitagabend. Es endete wie immer: Dornröschen gewann locker und grinsend, die beiden Jungs versuchten die Fassung zu wahren und schworen Rache. Der Geruch des Joints füllte die Küche.

Matti stand zeitig auf und radelte zur Mittenwalder Straße 61. Es war ein herrlicher Morgen mit strahlend blauem Himmel, und keine Wolke wagte es, die Einfarbigkeit zu stören. Fünf Stockwerke und eine Dachwohnung. Links im Hochparterre ein kleiner Bioladen. Der hellgraue Putz verunstaltet mit miesen Graffiti. Der Verkehr auf der Blücherstraße rauschte. Matti las die Klingelschilder, fand aber ihren Namen nicht. Vermutlich lebte sie in einer WG, die es nicht für nötig hielt, das Klingelschild anzupassen an Aus- und Einzüge. Es war ein Elend. Matti klingelte unten bei *L. Müller*. Nichts rührte sich. Dann *Frowein*. Die Tür öffnete sich. Er betrat den Flur, ging vorbei an den Briefkästen und stieg die Treppe hoch zum ersten Stock. Eine Frau mit fettigen Haaren stand in der Tür, in der Hand eine Zigarette.

»Guten Tag, Jelonek. Ich suche eine Anja Barth, die wohnt in dem Haus. Ihr Name findet sich aber nicht auf den Klingelschildern.«

Die Frau zuckte die Achseln, trat zwei Schritte zurück und knallte die Tür zu.

Matti klingelte gegenüber. Auf der Fußmatte stand *Haxen abtreten*. Er wollte schon ins nächste Stockwerk steigen, als er Klopfgeräusche hörte. Ein Greis öffnete, die Türklinke in der einen, den Stock mit Silberknauf in der anderen Hand. »Ja, bitte?«, krächzte er.

»Ich suche eine Frau.«

»Ich auch«, sagte der Mann und guckte neugierig.

»Nein, Entschuldigung … sie heißt Anja Barth und wohnt hier. Ihr Name steht aber auf keinem Klingelschild.«

Der Mann schüttelte den Kopf. »Ist sie hübsch?«

»Ja, sehr.« Matti beschrieb sie.

Der Mann überlegte und schüttelte fortlaufend den Kopf. »Nein, hab ich nicht gesehen. Heißt aber nichts, da oben« – der Stock zeigte nach oben – »wohnen viele junge Leute.«

Matti bedankte sich und stieg die Treppe hoch. Aus einer Wohnung erklang Musik, irgendwas von Dinosaur Jr. Er klingelte. Als sich nichts tat, klopfte er kräftig gegen die Tür.

Die wurde aufgerissen von einem Mann in einem verschwitzten T-Shirt. »Ja?«, fragte er unfreundlich.

Die Musik war jetzt laut.

Matti beschrieb Anja.

Der Mann schüttelte den Kopf und schloss die Tür. Die Musik war leiser.

Gegenüber öffnete niemand, in der Etage darüber verrieten die Klingelschilder, dass hier zwei WGs waren. Matti klingelte an einer Tür, auf der ein roter Stern befestigt war, der aber die Gesinnung dieser WG vermutlich genauso demonstrierte wie Che Guevara auf T-Shirts. Als sich nichts tat, klingelte er länger. Er hörte einen Fluch, Schritte, und die Tür wurde aufgerissen. Haare und Gesichtsausdruck verrieten, dass der Typ geschlafen hatte und sich ärgerte. Die Augen verrieten, dass die Nacht hart gewesen war. Hinter ihm tauchte eine kleine Rothaarige auf, verstrubbelt und bleich, bekleidet mit Turnhose und ärmellosem Unterhemd. »Was is'n?«

Matti fragte nach Anja.

Der Typ kratzte sich auf dem Kopf. Die schwarzen Haare standen wirr. »Hm?«

»Vielleicht oben?« Sie deutete zur Decke.

»Stimmt. Romeo, da oben könnte Julia wohnen. Aber vielleicht will sie dich nicht sehen.«

»Julia wollte Romeo immer sehen. Nur durfte sie das nicht«, sagte Matti. »Danke für den Tipp.« Sie schlurfte weg, er drückte die Tür ins Schloss. »Scheiße«, klang es nach draußen.

Gegenüber öffnete niemand.

Matti stieg in den vierten Stock. Einmal klingelte er umsonst, an der anderen Tür wurde mit einer Karikatur vor einem Hund gewarnt. Aber es kläffte nicht, eine junge Frau öffnete, Typ Studentin im vierten Semester. Klein, ganz hübsch, dunkelbraune Haare, Pferdeschwanz. Als Matti sein Sprüchlein aufgesagt hatte, zog sie ihre Nase hoch und sagte zögernd. »Die Beschreibung könnte passen. Was willst du von ihr?«

»Sag ihr einfach, dass Matti mit ihr reden will.«

Die Studentin schloss die Tür. Matti spürte, wie er nervös wurde. Was sollte er sagen? Als sich die Tür wieder öffnete, stand eine große, schlanke Frau vor ihm, blond und mit einem unsicheren Lächeln auf dem Gesicht, das erstarb, als sie ihn sah. »Ich glaube, wir kennen uns nicht«, sagte sie.

»Entschuldige die Störung«, sagte er und stieg die Treppe hinunter.

Im zweiten Stock fiel ihm ein, dass es noch eine Dachwohnung gab. Er überlegte eine Weile, dann stieg er die Treppe ganz nach oben. Dort erwartete ihn ein Jungdynamiker, der grinsend erklärte: »Wenn du sie findest, die würde ich auch ganz gern kennenlernen.«

Matti hätte ihm am liebsten eine gescheuert, riss sich aber zusammen und ging hinunter. Er schaute sich die Briefkästen noch einmal genau an, aber es gab wirklich keine Anja und keine Barth. Er stand noch eine Weile vor dem Haus und grübelte. Auch wenn er nicht alle Bewohner angetroffen hatte, war er sicher, dass sie nicht in diesem Haus wohnte. Sie hatte ihm die falsche Adresse gegeben. Als ihm so etwas das letzte Mal passiert war, fand er den Grund nicht heraus. Lara war tot, bevor er sie fragen konnte. Aber er vermutete, dass sie sich schützen wollte. Vielleicht hatte sie mal den falschen Typen kennengelernt. So eine Erfahrung kann einen prägen.

Aber Anja? Sie hatte keinen Grund abzutauchen. Es gab keine Misshelligkeit, nichts. Ihre Stimmung hatte sich schlagartig verändert, als Schmelzer den Vaterschaftstest erwähnte. Oder war das ein zufälliges Zusammentreffen? Oder lag der Stimmungsumschwung daran, dass die Bullen Georg nun doch für tot hielten.

Er setzte sich auf sein Fahrrad und radelte zurück auf die Gneisenaustraße, dann in die Zossener. Am Taxistand winkte er einem Kollegen zu, mit dem er zwei- oder dreimal gequatscht hatte, während sie auf Fahrgäste warteten. Er fuhr zur Bergmannstraße und setzte sich vors *Felix Austria*, gegenüber der Marheinekehalle. Dort bestellte er ein opulentes Frühstück und grübelte weiter.

Er versuchte, seine Fragen zu ordnen.

Erstens: Hatte sie ihn benutzt?

Eins A: Wofür?

Eins B: Was hätte sie ohne ihn nicht geschafft?

Antwort: die Gespräche mit Robert und den anderen. Die kannte sie nicht. Aber bei den Gesprächen war nichts herausgekommen.

Zweitens: Sie hatte ihn nicht benutzt. Sie flieht vor dem Vaterschaftstest. Warum?

Zwei A: Wenn Georg ihr Vater ist, heißt das erst mal gar nichts.

Zwei B: Wenn er es nicht ist, heißt das auch nichts. Dann hat Georg gelogen oder sich was eingebildet.

Zwei C: Sie ist gar nicht wegen des Vaterschaftstests abgehauen, sondern weil sie die Nase voll hatte von Matti.

Zwei D: Sie ist abgehauen, weil sie mit einem anderen zusammen war und bleiben wollte. Affäre vorbei.

Drittens: Warum ist Georg aufgetaucht?

Drei A: Er wollte sich stellen.

Drei B: Er plante einen Banküberfall, weil er kein Geld mehr hatte.

Drei C: Er hat den Nostalgischen gekriegt, wollte die Tochter sehen.

Die Kellnerin kam mit dem Frühstück. Er nahm es kaum wahr. Als sie Tasse und Teller abgestellt hatte, ließ er beides unberührt, um nicht aus dem Denktakt zu geraten.

Viertens: Warum wurde Georg ermordet?

Vier A: Er wollte auspacken, aber es gab jemanden, der es verhinderte.

Vier B: Er wollte eine Bank überfallen, hatte einen Plan, den ihm aber Komplizen geklaut haben.

Matti zögerte, das schien ihm zu verwickelt. Vier B könnte auch sein: Georg hat sich mit Kumpanen zerstritten.

Vier C: Georg wurde versehentlich ermordet. Matti strich diesen Gedanken gleich wieder. Denn wenn es so gewesen sein sollte, wäre der Täter völlig durchgeknallt, sein Opfer auch noch im Park vorzuzeigen und es dann verschwinden zu lassen.

Er biss ins Brötchen und trank einen Schluck vom kleinen Braunen.

Fünftens: Warum wurde die Leiche vorgeführt?

Fünf A: Um irgendjemandem zu beweisen, dass Georg tot war.

Fünf B: ... Matti stockte. Da fiel ihm nichts ein. Doch: Anja hatte die Leiche gefunden, bevor der Mörder sie beseitigen konnte. Und der hat dann die Lage genutzt, um sie doch noch verschwinden zu lassen.

Wieder ein Bissen und ein Schluck.

Sechstens: Warum hat der Mörder … war es der Mörder? … Alles andere war Quatsch … vielleicht war es ein Komplize des Mörders … aber das war jetzt egal. Also: Warum hat der Mörder die Leiche verschwinden lassen?

Sechs A: Um Spuren zu verwischen. Spuren, die ihn als Mörder enttarnt hätten.

Matti bedachte das und war überzeugt, dass es keinen anderen Grund geben konnte. Solange man Perversion und ähnlichen Quatsch ausschloss.

Durch die Scheiben der Halle konnte er den Trubel beobachten. Vor der Glaswand waren Tische und Stühle aufgebaut. Überall standen Fahrräder, auch Motorräder und Roller. Der Radweg bestand aus zwei Fahrbahnen. Ein langer Typ auf einem Rennrad raste wie ein Hirnloser bis zur Ampel. Ein kleiner Peugeot-Lieferwagen rangierte in einen engen Parkplatz. Irgendwoher tönten Musik, Gitarre und Akkordeon.

Matti mühte sich, alles in Erinnerung zu rufen, nichts zu vergessen. Als sie anrief, als er sie zum ersten Mal sah, als sie mit der Geschichte herausrückte, dass Georg ihr Vater sei.

Sein Handy klingelte, *Dornröschen* stand auf der Anzeige. »Es ging flott mit dem DNS-Test. Georg ist Anjas Vater, zu neunundneunzigkommairgendwas Prozent.«

»Dann hat sie da immerhin nicht gelogen.«

»Wo bist du?«

»*Felix Austria.*«

»Bleib da, wir kommen vorbei.« Sie trennte das Gespräch.

Er marterte sein Hirn weiter. Aber er fand keinen Sinn in Anjas Verhalten. Jetzt noch weniger. Sie war Georgs Tochter. Matti glaubte, dass sie es auch sein wollte, warum auch immer. Aber sie tauchte ab vor dem Vaterschaftstest, obwohl der bewies, was sie behauptet hatte. Wie soll man so was verstehen?

Er trank einen zweiten Kaffee, als Dornröschen angeradelt kam. Sie hatte ein Heidentempo drauf, die roten Haare wehten im Fahrtwind. Sie bremste knapp vor Mattis Stuhl, klappte den Fahrradständer aus und schloss das Rad ab. Sie setzte sich neben Matti und schnaufte ein Weilchen. Als sie einen Kaffee und ein Glas Leitungswasser bestellt hatte, drehte sie sich zu ihm.

»Fällt dir was dazu ein?«, fragte sie. »Ich hatte gedacht, sie linkt uns. Hat sie aber nicht.«

»Was ich nicht kapiere: Was wollte sie von mir, von uns?«

»Keine Ahnung. Ich kapier genauso wenig, was das mit der Leichenverschwinderei soll.«

»Da wüsste ich einen Grund: Anja hat den Mörder gestört, und als sie weg war, hat er getan, woran sie ihn gehindert hatte.«

Dornröschen nickte und bestellte einen Tee. »Das kann heißen, dass Anja was passiert ist. Entführung …«

»Oder noch ein Mord. Wer einmal mordet …«

Dornröschen wählte eine Nummer auf ihrem Handy. »Tag, Herr Schmelzer … ja, ich schon wieder … wir fürchten, dass unserer Freundin Anja Barth was Schlimmes passiert ist. Sie ist ja Zeugin eines Mordes, und der Mörder … ja, mein *Genosse* ist genauso gefährdet … vielleicht … für Polizeischutz reicht es nicht … den wollen wir auch nicht, diese Art von Schutz haben wir zu oft genossen.« Sie legte das Handy auf den Tisch und sagte: »Schmelzer kapiert es nicht.«

»Auch nichts Neues.«

»In einem Punkt hat er aber recht. Wenn Anja in Gefahr ist, bist du es auch.«

Matti schüttelte den Kopf. »Ich bin erst später gekommen. Glaub nicht, dass der Mörder weiß, wer ich bin …«

»Wenn er Anja entführt hat, weiß er es, jede Wette.«

Matti schloss die Augen. Nein, diesen Gedanken wollte er nicht an sich herankommen lassen. Und die Angst schon gar nicht.

»Wenn sie aber … umgebracht wurde, kennt er dich vielleicht nicht.«

Dornröschen kann eiskalt sein, dachte Matti. Logik, kein Gefühl. Aber sie hatte recht. Daran mussten sie denken. Dass der Mörder sie gezwungen hatte, den Abschiedsbrief zu schreiben. Dass Anja tot war. Genauso wie ihr Vater. »Wir müssen sie suchen«, sagte er.

»Ich weiß«, erwiderte Dornröschen. »Wenn wir es nicht machen, ziehst du allein los.« Sie guckte zur Halle hinüber. Kindergeschrei. »Vielleicht ist sie auch nur abgetaucht. Dafür spricht, dass sie dir die falsche Anschrift genannt hat.«

Matti schlug sich mit der Hand gegen die Stirn. »Sie wurde in der Mittenwalder Straße überfallen, auf dem Nachhauseweg. Die wohnt in der Straße …«

»Aber in einer anderen Hausnummer«, ergänzte Dornröschen versonnen.

»Aber selbst wenn nicht, es kann verschiedene Gründe geben, eine falsche Adresse zu nennen. Mag doch sein, sie hätte mir ihre richtige genannt, wenn sie keine Angst gehabt hätte. Wir klappern einfach die Straße ab …«

»Pfff«, sagte Dornröschen. »Nachher heißt sie Schmidt und nicht Barth.«

»Und stattdessen?«

»Fragen wir den Pseudo-Papa.«

Twiggy kam an. Er war außer Puste. Nachdem er das Rad abgestellt hatte, versank er schwer atmend und schwitzend im Stuhl gegenüber von Matti.

Dornröschen erklärte ihm kurz, was sie mit Matti besprochen hatte.

»Klar«, sagte Twiggy. »Kennen wir den Pseudo-Papa?«

»Im Prinzip ja, der war mit Ingeborg Barth zusammen, bis sie gemeinsam mit Georg in den Kampf gezogen ist«, sagte Dornröschen. »Matti, du musst den kennen.«

Matti überlegte. Verdammt, es war ewig her. Er hatte mit Ingeborg wenig zu tun gehabt. Sie war damals in ihren Kreisen richtig prominent gewesen und er der Revolutionslehrling vom Dorf. Er hatte Ingeborg bewundert wie fast alle anderen. Aber sie war unnahbar gewesen. In der Szene wurden einige auf Sockel gestellt. Die mal im Knast gesessen oder zumindest vor Gericht gestanden hatten. Die die theoretischen Artikel schrieben, möglichst abgehobenes Zeug, das nur Erlesene begriffen. Die den Ton angaben auf den Versammlungen und die bei Demos redeten. Es gab die Leute vor dem Megafon und die dahinter. Die einen sprachen, die anderen hörten zu. Von wegen herrschaftsfrei.

»Hast du eine Ahnung, wie lange sie mit Anjas Vater zusammen war, also dem falschen Vater?«, fragte Twiggy.

»Nein, aber die waren ein Paar. Ich bilde mir ein, mit Vornamen hieß der Volker oder so.«

»Wer weiß so was?«

»Edeltraut vom Buchladen«, sagte Dornröschen. Sie nahm ihr Handy und wählte. »Heinz, hier Dornröschen, sag mal, ist Edeltraut da? ... Gibst du sie mir bitte mal?« Mit den Fingern zeigte sie Matti, dass sie Papier und Stift brauchte. Matti deutete auf Twiggy, der holte einen Kuli aus der Brusttasche seines Blaumanns, und in einer anderen Tasche fand er einen zerknüllten Zettel.

Dornröschen klemmte sich den Zettel unter den Ellbogen des einen Arms, mit der anderen Hand schrieb sie eine Nummer auf. »Danke, Heinz! Bis bald!«

»Die ist krank«, sagte Dornröschen und tippte die Nummer ein.

»Edeltraut? Geht's einigermaßen? ... Dürfen wir dich trotzdem besuchen? ... Danke, das ist nett ... Sollen wir was mitbringen? ... Wirklich nicht?«

Sie legte das Handy auf den Tisch. »Gegen vierzehn Uhr«, sagte sie. »Raoul-Wallenberg-Straße ...«

»Ach, du lieber Himmel«, sagte Matti. »Marzahn. Wie kommt die denn dahin?«

»Durch 'nen Umzug«, sagte Twiggy.

Dornröschen überlegte. »U 8 bis Jannowitzbrücke, dann die S-Bahn Richtung Osten, schon sind wir da.«

»Ruf doch noch mal an und frag, ob sie den Namen so rausrückt«, maulte Twiggy.

»Besser nicht. Die freut sich auf Besuch. Mich kennt die bestimmt noch, wir waren zusammen in einer Frauengruppe. Die wär beleidigt, wenn wir nicht vorbeikämen.«

»Wenn du nicht vorbeikämst«, murrte Twiggy.

»Sie schließt euch gern in ihre Zuneigung mit ein.« Dornröschen gähnte. Dann grinste sie.

Das Wohnzimmerfenster zeigte auf einen anderen Plattenbau. Marzahn war der Inbegriff des DDR-Wohnungsbaus, industriell gefertigte Wohnungen aufeinandergestapelt und mit Zement und Stahl verbunden. Obwohl die Fassaden verschönert worden waren, blieben die Klötze Monstren. Matti stellte sich vor, dass es in Nowosibirsk ähnlich aussehen musste.

Edeltraut ging nicht, sie watschelte. Um den Hals einen Schal, obwohl es in der Wohnung stickig-warm war. Sie hatte einen Tee gekocht und auch schon Tassen und Gebäck auf den Wohnzimmertisch gestellt. Das Mobiliar war alt und verschlissen. An der Wand hing ein Foto, das eine Steilküste zeigte, vielleicht auf Rügen.

»Dass ich dich mal wiedersehe«, sagte Edeltraut und umarmte Dornröschen.

Auf der Fahrt hatte Dornröschen erzählt, dass sie Edeltraut beim Studium kennengelernt hatte. Nachdem Ingeborg abgetaucht war. Sie habe sich an Dornröschen gehängt und so von deren Kontaktfreude und Anerkennung profitiert. Als Dornröschens Freundin war man ein bisschen wer. Edeltraut hatte sich durchs Studium gewürgt, aber damals fiel niemand durch, wenn man denn erschien. So hatte auch sie ihr Politologiediplom geschafft. Und dann war sie verschwunden. Nicht nur von der Uni, sondern aus allen Kreisen und Organisationen. Jahre später hatte Dornröschen Edeltraut wiedergetroffen. Sie hatte geheiratet, ihr Mann war Abteilungsleiter bei der Dresdner Bank – »oder war's die Commerzbank?« –, mit der Revolution jedenfalls war es Essig für Edeltraut. »Sie hatte da sowieso nur mitgemacht, weil es schick war«, sagte Dornröschen, doch blieb ihr Ton auffällig mild. Für andere, die ausgestiegen waren, hatte sie nur Verachtung übrig. Nicht für Edeltraut. »Sie war nie Revolutionärin, da kann ich ihr schlecht vorhalten, dass sie es nicht mehr ist. Logo?«

Matti hatte grinst, und Dornröschen hatte getan, als boxte sie ihn.

Sie setzten sich. Edeltraut sagte mit weinerlicher Stimme. »Tut mir leid, dass ihr herkommen musstet, aber …« Sie deutete auf ihren Hals.

»Wie geht's dir denn?«, fragte Dornröschen.

»So lala.«

Dornröschen zog eine Mitleidsmiene. »Warum wir gekommen sind: Du kanntest doch Ingeborg …«

»Barth?«

»Genau.«

»O weh«, jammerte Edeltraut.

»Mit wem war die zusammen, bevor sie untertauchte?«

Edeltraut überlegte. »Klaus … nee, das war nur kurz … dieser Philipp, erinnert ihr euch an den?«

Matti hatte ihn vergessen. Jetzt entsann er sich. Ein dünner, kleiner Typ, frühe Halbglatze, immer ein bisschen abwesend. Gebildet. Aber einer, der einem nicht in die Augen sah. Der so mitlief. Und der sollte was mit Ingeborg gehabt haben? Das passte nicht.

»Und dann war da noch dieser … ah, Volker hieß er.«

»Warst du damals befreundet mit Ingeborg?«, fragte Matti.

»Nein, eigentlich nicht.« Edeltraut schüttelte den Kopf und guckte traurig. »Aber ich war mit ihr in der ROTZEG am OSI, und da merkte man, mit welchen Leuten die Genossinnen und Genossen herumgezogen sind.« Ihre Eifersucht klang nach.

»Stimmt«, sagte Dornröschen, »davon hast du mir erzählt.«

»Das waren Zeiten«, stöhnte Edeltraut. Sie hob die Arme ein paar Zentimeter und ließ sie auf die Oberschenkel fallen.

»Und was machst du jetzt?«, fragte Dornröschen.

Matti ärgerte sich, dass sie einen Umweg nahm.

»Ich bin Frührentnerin. Zuletzt hab ich in der Bank gearbeitet, aber …« Wieder die Arme. »Ach«, sagte sie. »Jetzt helf ich manchmal im Buchladen.«

In der Glasvitrine in der Ecke standen Grimms Märchen und ein paar Romane.

Twiggy räusperte sich. »Weißt du noch, mit wem Ingeborg zuletzt zusammen war?«

Edeltrauts Gesicht richtete sich ruckartig auf Twiggy, als würde sie den erst jetzt bemerken. »Volker, der schöne Volker … alle haben ihn angehimmelt.«

Und sie am allermeisten, dachte Matti.

»Weißt du, was der heute treibt?«, fragte Dornröschen.

Edeltraut schüttelte den Kopf.

»Wie heißt der mit Nachnamen?«

Edeltraut kratzte sich auf dem Halstuch. »Irgendwas mit 'ner Frucht. Braunbeere … nee, Rotkirsch.« Sie war stolz, sich an ihn zu erinnern. »Volker Rotkirsch, der konnte gut reden, da gibt es heute keinen mehr, der das so gut kann.« Wieder ein Grund zu jammern.

Matti erinnerte sich, dass von Volker die Rede gewesen war. Aber was über ihn gesagt wurde, wusste er nicht mehr. »Der muss in Berlin wohnen. Hat jedenfalls Anja behauptet.«

»Dann wird's ja stimmen«, erwiderte Twiggy trocken.

»Ich glaube, seine Eltern hatten eine Firma. Also, er hat bestimmt was geerbt.«

Von dem hatte Matti auch gehört. Volker Rotkirsch war fast so was wie eine Legende. Immer vorneweg. Aber als Matti nach Westberlin kam, war Rotkirsch schon auf dem Absprung. Fertig mit dem Studium und vielleicht auch fertig mit der Revolution. Edeltraut war älter als Matti, und sie hatte offenbar lange studiert.

»Du weißt bestimmt nicht, wo wir den finden«, sagte Twiggy.

»So häufig ist der Name nun nicht«, erwiderte Edeltraut. »Gib mir mal das Telefonbuch.« Twiggy reichte ihr das Telefonbuch vom Beistelltisch neben der Couch. Edeltraut blätterte. »Hier ist er, ganz einfach. Schleinitzstraße 10b …«

»Ach, du lieber Himmel«, entfuhr es Matti. »Das ist im Grunewald.«

»Einen anderen Volker Rotkirsch gibt es hier aber nicht.« Sie tippte aufs Telefonbuch. Endlich nichts zu jammern.

»Meinst du, der erinnert sich an dich? Du könntest ihn anrufen…« Während Matti es sagte, wusste er, dass es zwecklos war.

»Der hat mich längst vergessen.« Ein Grund mehr, traurig zu sein.

Dornröschen zückte ihr Telefon und nahm das Telefonbuch von Edeltrauts Schoß.

»Damaschke, guten Tag. Ich würde gern Herrn Rotkirsch sprechen… Warum?… Ich bin eine alte Freundin von Volker… er ist verreist?… Er kommt morgen wieder…«

Man musste kein Kunstkenner sein, um zu ahnen, dass an den Wänden ein Vermögen hing. An der mit einer Kamera bewachten Tür der Villa hatte ein Mann in einem grauen Anzug geöffnet. Er stellte sich vor als Privatsekretär von Dr. Rotkirsch. Es ging über einen Flur, der einer Halle glich, in ein Zimmer, das wohl als Büro diente. Alles antik. Eine Wand war bedeckt von einem Regal mit alten Büchern. In der Ecke gegenüber stand ein Schreibtisch mit einem Lederchefsessel. Das einzig Moderne war die Schreibtischlampe mit einem gelb getönten Milchglasschirm. An einem Tisch standen vier Stühle. Matti kam es muffig vor, und es passte nichts zusammen. Das Einzige, was die Einrichtung gemein hatte, war ihr Preis.

Sie mussten nicht lange warten, bis Volker erschien, die Arme ausbreitete und Dornröschen eher symbolisch umarmte. »Wie schön, dich wieder einmal zu sehen.«

Dornröschen war verdattert.

Volker sah immer noch verdammt gut aus. Matti unterdrückte den Neid, den er in sich spürte. Er hatte nur wenig Falten und sah aus ein paar Metern immer noch aus wie ein jugendlicher Held im Theater. Oder im Film. Ein bisschen James Dean, nur mit schwarzen, lockigen Haaren.

»Was kann ich für euch tun?« Er breitete die Arme aus. »Nehmt irgendwo Platz!«

Sie setzten sich an den Tisch. Matti entdeckte im Regal eine Statuette von Mao.

»Es ist immer schön, alte Genossen zu treffen.«

»Und was machst du so?«, fragte Twiggy.

»Ich schlage mich als Künstler durch, mehr schlecht als recht.«

»Was für Kunst?«, fragte Matti.

»Von allem ein bisschen.«

»Aha.«

»Darf ich euch was anbieten?«

»Nein, danke.« Dornröschens Finger klimperten auf dem Tisch. »Erinnert du dich an Ingeborg?«

»Na klar.«

»Sie ist doch Anjas Mutter, oder?«

Matti bewunderte Dornröschen, sie kam über die Ecke. Fast heimtückisch.

Volker nickte langsam. »Ja.« Er zog die Schultern hoch. »Was sollen die Fragen? Ich dachte, ihr kommt, um über alte Zeiten zu reden.«

Twiggy spielte mit seinem Smartphone.

»Wir reden über alte Zeiten. Über Georg, Ingeborg, Ingrid.« Dornröschen schaute ihn an.

Er spielte mit seinen Fingern. »Ich … also, ich dachte …«

»Wir suchen Anja«, sagte Matti.

»Ja?«

»Du bist doch ihr Vater, oder?«

Er nickte bedächtig. »Oder Georg?«, fragte Matti.

Twiggy hatte irgendwas mit seinem Handy. Er tippte mit seinen Pranken auf dem Display, seine Augen waren gebannt von der Anzeige.

Volkers Gesicht färbte sich ins Weiße. »Hat Anja es euch erzählt?«

Matti nickte.

»Ja, Ingeborg hat es mir verraten, kurz bevor sie … verschwand. Ich habe es Anja nicht erzählt. Jemand muss es ihr verraten haben. Oder sie hat … geschnüffelt.«

»Weißt du, wo Anja ist?«

»Nein, keine Ahnung.«

»Kein Kontakt?«

»Nein.« Er sah traurig aus.

Matti überlegte, warum Anja es ihm nicht erzählt hatte.

»Aber du hast dich um Anja gekümmert?«

Die Tür öffnete sich. »Oh, du hast Besuch«, sagte eine Frau. Sie trug lange schwarze Haare und einen Hauch von einer Brille auf der Nase.

»Es geht um Anja«, sagte Volker.

Die Frau schaltete auf traurig um. Matti glaubte ihr keine Miene. Natürlich hatte sie gewusst, dass sie Volker besuchen würden.

Twiggy guckte, grinste und beschäftigte sich weiter mit seinem Smartphone.

»Ja, Anja ... das ist so ein Fall.«

»Das ist kein Fall, sondern meine Tochter«, sagte Volker.

Sie guckte ihn pikiert an. »Na, dann geh ich mal wieder.« Drehte sich um und verschwand.

»Wo wohnt Anja?«

»In der Mittenwalder Straße.«

»Nummer 61?«

»Ja.«

»Da wohnt sie nicht oder nicht mehr«, sagte Matti.

Volker guckte ihn ratlos an. »Ja ...«

»Keine Ahnung, wo sie sein könnte?«

»Eine Freundin, ein Freund, irgendwer, der das wissen könnte?«, fragte Dornröschen ungeduldig.

»Ich muss mal nachdenken.« Sein Gesicht zeigte ein paar Falten mehr.

Als er nicht antwortete, fragte Matti: »Du hast schon länger keinen Kontakt mehr zu ihr, oder?«

Volker nickte traurig.

»Warum?«

»Ich weiß nicht.«

»Könnte es sein, dass Anja herausgekriegt hat, dass du gar nicht von deiner Kunst lebst? Dass die nur Fassade ist?« Twiggy donnerte die Frage in den Raum.

Alle erschraken und starrten ihn an.

Volker wurde bleicher. Er presste die Lippen zusammen.

Matti erwartete, dass Volker sie rausschmiss. Aber der schien zu nichts mehr imstande zu sein.

Twiggy warf einen Blick aufs Smartphone. »Er ist Anteilseigner bei Schultze-Fortmann«, sagte Twiggy.

»Was?« Dornröschen schüttelte den Kopf. »Das kann nicht sein.«

Volker sagte immer noch nichts.

»Du hast Aktien von dieser Schweinefirma? Verdankst du das hier Panzern und Kanonen?«

»Ich bin gegen Exporte in Nicht-NATO-Länder«, sagte Volker.

Dornröschen hatte die Fassung noch nicht wiedergewonnen.

»Könnte es sein, dass Anja keine Lust hatte, sich von einem Rüstungskonzern pampern zu lassen?«, fragte Matti.

Volker schüttelte den Kopf. Er guckte energisch. »Ich habe mit den Geschäften nichts zu tun. Ich habe nichts zu sagen in dem Konzern. Und hätte ich es, dann würde ich darauf verzichten.«

»Aber auf die Panzer-Millionen verzichtest du nicht. Warum verkaufst du nicht deine Anteile, um was Vernünftiges damit zu machen wie der Zigarettenfritze in Hamburg?«

»Davon versteht ihr nichts.« Er hatte sich wieder im Griff.

»Und Anja?«, fragte Matti. »Hat sie es gewusst?«

Volker nickte. »Ich muss mich nicht rechtfertigen. Aber damit das klar ist. Ich habe von Anfang an gewusst, dass Anja nicht meine leibliche Tochter ist. Ich habe ihr eine erstklassige Ausbildung bezahlt. Und nicht nur das. Sie war in den USA und Japan, sie hatte nie unter Geldmangel zu leiden, sie erbt später alles. Und jetzt wollt ihr vielleicht behaupten, ich sei ein schlechter Vater gewesen?«

»Das muss Anja entscheiden. Ich weiß nur, dass man sein Geld auf anständige Weise verdienen kann.« Matti mühte sich, seinen Zorn zu dämpfen.

»Das ist doch romantisches Geschwätz.« Jetzt kam Volker in Fahrt. »Es ist doch besser, ich benutze das Geld als irgend so ein Kapitalist.«

»Wie bitte?«, fragte Dornröschen.

»Ich spende einen Haufen an Amnesty, Greenpeace und so weiter …«

»Und büßt durch Armut«, sagte Matti.

Volker wischte es weg.

»Lassen wir das«, erklärte Dornröschen. »Du kennst keinen Freund, keine Freundin? Ich dachte, du wärst ein guter Vater.«

»Sie ist vor zwölf Jahren ausgezogen. Seitdem hat sie uns immer besucht, mindestens alle vier Wochen. Aber sie hat nie jemanden mitgebracht.«

»Vielleicht hat sie sich geschämt«, sagte Matti.

Volker schüttelte unwillig den Kopf. »Lange Rede, kurzer Sinn: Ich kenne keinen ihrer Freunde.«

»Und du machst dir keine Sorgen um sie?«, fragte Dornröschen.

»Ich mach mir keine Sorgen. Sie ist erwachsen und weiß, was sie tut.«

»Hast du ein Bild von ihr?«, fragte Twiggy.

Volker stutzte. Er stand auf und ging zum Schreibtisch. Er wühlte in den Schubladen, bis er etwas fand. Zwei Fotos, die er auf den Tisch legte. »Könnt ihr mitnehmen.«

»Willst du eine Vermisstenanzeige aufgeben?«, fragte Matti.

»Quatsch! Ich mach mich doch nicht lächerlich. Die Polizei sucht niemanden, der verreist ist.«

»Und jetzt?«, fragte Dornröschen, als sie zu Hause in der Küche waren.

Auf dem Rückweg hatten sie versucht, Volker zu begreifen. Aber es war ihnen nicht gelungen. Sie hätten leichter einen Wackelpudding an die Wand genagelt. Er hatte sie nicht einmal rausgeworfen.

Twiggy fummelte an der Espressomaschine herum. Die zickte manchmal, aber Twiggy kriegte sie immer wieder dicht.

»Ich weiß auch nicht«, brummte er.

Robbi stakste in die Küche, musterte sein Personal und widmete sich schmatzend dem Thunfischkatzenfutter.

»Christoph«, sagte Matti.

»Hä?« Twiggy klapperte an der Maschine.

»Anja hatte einmal einen Freund dabei, als ich sie traf.«

»Die hat einen Geliebten?«

»Nein, eher nicht. Ein Freund. Christoph promoviert, Jura.«

»Stand die auf junge Typen?«, fragte Twiggy.

»Das ist doch jetzt egal«, sagte Matti.

»FU, HU?«, fragte Dornröschen.

»Keine Ahnung«, sagte Matti.

»Na, toll.«

»Wir rufen im Fachbereich an«, sagte Twiggy.

»Quatsch, die rücken nichts raus.« Matti tippte sich an die Stirn.

»Googeln?«

»Ach, du lieber Himmel. Suchbegriff: ›Christoph‹ und ›Christof‹ mit F, ›Promotion‹, ›Jura‹?«

Dornröschen überlegte, dann sagte sie: »Wir klappern die ab.«

***

*Du hast Angst gehabt, wenn sie Kameraden vor Gericht gestellt haben. Wenn sie ihnen vorgeworfen haben, dass sie ihre Pflicht erfüllten. Sich an Gesetze und Befehle hielten. Obwohl es oft schwer war, obwohl es den ganzen Mann gefordert hat. Dann hast du gefürchtet, dass sie bei dir klingeln würden. Jedes Mal, wenn der Postbote kam, bist du erschreckt. Die Zeitungen waren erst voll, dann leerten sie sich. Und deine Angst ließ nach, ohne aber je zu verschwinden. Wenn du Angst hast, bist du auch empört.*

*Heute regnet es wieder, und der Blick ist weich gezeichnet. Die Stadt da unten ist schon lieblich genug. Sie gibt sich gern so. Dabei ist sie hart wie andere Städte. Dir geht es gut, du bekommst eine Pension. Du hast geerbt. Du hast das verdient. Aber in der lieblichen Stadt lungern die Bettler auf den Straßen. In den Seitengassen torkeln und grölen die Betrunkenen. Suchen die Flittchen Freier. Rauben dich die Zigeuner aus. Dir haben die Zigeuner das Portemonnaie gestohlen. Und sie haben es noch einmal versucht. Du hasst es, wenn sie dir nah kommen. Sie stinken faulig. Wenn sie dich anfassen, machen sie dich schmutzig.*

*Es sind drei Männer und eine Frau. Sie lösen sich ab. Ihr Auto steht am Straßenende. Du bildest dir ein, dass dir jemand folgt, wenn du in die Stadt gehst. Aber welchen Sinn soll es haben, dich zu beschatten? Du machst immer das Gleiche. Und nichts, was irgendwie besonders wäre. Die meinen bestimmt einen anderen. Warum dieser Aufwand? Mindestens vier Leute, jeden Tag. Was das kostet!*

## 6: Empty Pages

Danke, dass ihr mitmacht«, sagte Matti.

»Was bleibt uns übrig? Wenn wir dir nicht Händchen halten, kommst du in Teufels Küche«, sagte Dornröschen.

Sie standen vor dem Fachbereich Rechtswissenschaften der FU in der Kaiserswerther Straße in Dahlem. Grauer Beton und rote Klinker.

»Die Rechtsverdreher haben sich ein schönes Eckchen ausgesucht«, sagte Twiggy.

»Die Aufklärung ist ein unabdingbares Element der Kriegführung«, sagte Matti.

»Sunzi?« Twiggy grinste.

Matti nickte.

»Was wären wir ohne seine und Mattis Weisheiten?«, lästerte Dornröschen. Ihrer Stimme hörten sie an, dass sie nervös war. Obwohl sie geübt und Paragrafen-Gerd ausgequetscht hatten, was man bei den Juristen so sagt, wenn man sich nicht blamieren will.

»Und was wollt ihr da?«, hatte Gerd gefragt, als sie sich von ihm im *Molinari* einladen ließen.

»Wir suchen jemanden«, hatte Dornröschen ihn beschieden.

»Und wenn's schiefgeht, darf ich euch wieder raushauen«, erwiderte Gerd. Er spielte den Genervten.

»Eine neue juristische Heldentat«, sagte Twiggy.

Gerd drohte mit der Faust. Aber er hatte sie gut präpariert. Und sie gemahnt, sich dezent vornehm zu kleiden.

Dann hatte Dornröschen am Fachbereich angerufen. »Kalinke vom *Tagesspiegel*, guten Tag. Ich habe da eine Frage. Bei Ihnen sollen in letzter Zeit überdurchschnittlich viele Lehrveranstaltungen ausfallen. Stimmt das? Und wenn ja, warum?«

Die Frau am Telefon stotterte etwas, dann verband sie Dornröschen mit dem Sekretariat des Fachbereichs. Dörnröschen wiederholte die Frage.

»Nein, das stimmt nicht«, erwiderte eine Frauenstimme resolut. »Wer behauptet das?«

»Quellenschutz«, sagte Dornröschen. »Ich darf Sie also zitieren mit dem Satz: Am Fachbereich fallen keine Lehrveranstaltungen aus ... wie war Ihr Name?«

»Nein, so habe ich das nicht gesagt. Ich verbinde Sie jetzt weiter an Professor Gutscheidt, das ist unser Dekan.«

»Tun Sie das. Wenn es bitte bald ...«

Es klickte. Keine Minute später. »Gutscheidt!« Eine kräftige Stimme.

»Kalinke, *Tagesspiegel*. Wir arbeiten an einem Artikel über Ausfälle von Lehrveranstaltungen an den Berliner Hochschulen. Wir haben erfahren, dass an Ihrem Fachbereich viele Vorlesungen und Seminare ausfallen.«

»Wer sagt das?«

»Quellenschutz. Ich kann Sie also zitieren mit dem Satz: Bei uns fallen keine Veranstaltungen aus.«

»So stimmt das nun auch nicht. Natürlich wird mal jemand krank. Aber dann versuchen wir Vertretungen zu beschaffen.«

»Sehr gut. Wie ist die Lage heute?«

»Nun gut ... die Vorlesungen zum Zivilrecht wurden verschoben. Der Kollege hat sich krank gemeldet.«

»Wie heißt der Kollege?«

»Na, ich weiß nicht ... aber Sie können das ja im Vorlesungsverzeichnis ... kürzen wir es ab. Krüger.«

»Wann kann der Herr Professor Krüger wieder lesen?«

»Nicht vor kommender Woche.«

»Haben Sie etwas dagegen, wenn ich den Herrn Professor Krüger noch befrage?«

»Nein, gar nichts. Aber ich fürchte, er wird nicht mit Ihnen sprechen können. Er hat wohl eine Mandelentzündung. Aber das habe ich nicht gesagt.«

»Natürlich nicht. Ist das die einzige Vorlesung, die ausfällt?«
»Ja.«
»Herr Professor Gutscheidt, das ist ja großartig. Ich freue mich immer, wenn ich etwas Positives schreiben kann.«
»Wann erscheint Ihr Artikel?«
»Frühestens Ende nächster Woche. Die Recherche ist ganz schön umfangreich.«

Twiggy drückte die schwere Doppelflügeltür auf. Sie fanden gleich den *Lehrstuhl für Zivilrecht Professor Krüger* im ersten Stock. Dornröschen klopfte an der Tür des Sekretariats und öffnete sie sofort.
»Guten Tag, Frau …?«, sagte Dornröschen, während Matti und Twiggy sich hinter ihr aufbauten.
»Schnabel«, sagte die Mittvierzigerin. Sie hatte graue Strähnen im Haar und eine Warze neben der Nase.
»Entschuldigen Sie mich. Ich bin ein bisschen spät.« Ein nervöser Blick auf die Armbanduhr.
Frau Schnabel guckte verwirrt.
»Karger mein Name. Ich habe eine Verabredung mit dem Kollegen Krüger. Ich hoffe, er ist mir nicht böse. Immer diese Zugverspätungen.«
Frau Schnabel blätterte in einem Tischkalender. Sie blickte Dornröschen unsicher an. »Ich habe hier nichts stehen. Sind Sie sicher?«
»Aber ja. Herr Krüger hat mich letzte Woche angerufen. Er interessiert sich für unsere Promotionsförderung Zivilrecht. Ach so, wenn ich mich richtig vorstellen darf … Entschuldigung, ich falle mit der Tür ins Haus … das ist wirklich unhöflich.« Sie zückte eine Visitenkarte. »Dorothea Karger, Max-Planck-Institut Hamburg …«
Frau Schnabel nahm die Visitenkarte und las halblaut: »Prof. Dr. Dorothea Karger, Max-Planck-Institut für ausländisches und internationales Privatrecht, Mittelweg 187, 20148 Hamburg.« Sie blickte Dornröschen an, dann die Karte und wieder Dornröschen.

»Frau Professor Karger, es tut mir sehr leid, aber der Herr Professor ist krank. Offenbar hat er vergessen, es Ihnen mitzuteilen.«

»Das ist aber ärgerlich«, sagte Dornröschen. »Ob ich ihn vielleicht anrufen könnte?«

»Das geht leider nicht«, sagte Frau Schnabel.

Dornröschen guckte sehr betrübt. Sie wandte sich an Matti, der steif hinter ihr stand. »Herr Dr. Matthiesen, jetzt haben wir ein Problem ...«

Matti runzelte die Stirn. »Ja, in der Tat. Die Frist läuft morgen ab. Ärgerlich, dass Professor Krüger nun krank ist.«

»Ob ich Ihnen helfen kann?«, fragte Frau Schnabel ein wenig ängstlich.

»Ich weiß nicht«, sagte Dornröschen.

»Es könnte datenschutzrechtliche Probleme geben«, ergänzte Matti.

»Vielleicht finden wir einen ... unbürokratischen Weg ...« Twiggy sah nachdenklich aus.

»Herr Dr. Kronenberg, wie könnte das aussehen?«

»Na ja, vielleicht ... also wenn Frau Schnabel vielleicht die Namen und Adressen ...«

Dornröschen wiegte ihren Kopf und schnalzte leise mit der Zunge. Sie atmete einmal durch und sagte: »Wenn wir sorgsam mit den Daten umgehen. Vielleicht könnten Sie ...«

»Ja?«, sagte Frau Schnabel.

»Der Kollege Krüger wird es Ihnen danken«, sagte Dornröschen.

Frau Schnabel blickte sie erwartungsvoll an.

»Vielleicht sollte ich einige erklärende Worte ...«, sagte Matti.

Frau Schnabels Blick wechselte zu ihm.

»Wir von der Max-Planck-Gesellschaft legen ein Programm auf, um Doktoranden zu fördern. Wir machen das nicht ganz« – Matti lächelte – »uneigennützig. Ich will da ehrlich sein. Wir suchen ja immer nach qualifizierten Juristen, und bei einem solchen Programm können wir uns mögliche Kandidaten ein bisschen anschauen. Und die Kandidaten können uns ein bisschen anschauen. Sie verstehen …« Matti blickte sie bedeutungsvoll an.

Frau Schnabel nickte.

»Voraussetzung ist, dass die Kandidaten, die für eine Förderung infrage kommen, fachlich zu unserem Anforderungsprofil passen«, ergänzte Dornröschen.

»Natürlich«, sagte Frau Schnabel.

»Deshalb wollte der Herr Kollege Krüger uns eine Liste der Promotionsstudentinnen und -studenten geben«, sagte Matti.

»Natürlich«, wiederholte sich Frau Schnabel. »Er ist ja so gut zu seinen Studenten.« Sie kramte in einer Schreibtischschublade.

Die Tür ging auf, ein junger Mann schaute hinein. »Oh, Entschuldigung, ich komme nachher noch einmal.« Er schloss die Tür.

Frau Schnabel kramte weiter. »Wenn Sie mir vielleicht eine Mail-Adresse …«

Dornröschen guckte zerknirscht. »Wir sind jetzt gleich an der Humboldt. Ich fürchte …«

»Die Frist«, sagte Matti bedauernd.

Frau Schnabel erhob sich und ging zu einem Stahlregal mit Aktenordnern. Sie durchsuchte sie, bis sie endlich Papiere in der Hand hatte. Sie las kurz, dann strahlte sie. »Es kommt nichts weg.« Sie legte die Blätter auf ein Kopiergerät neben dem Regal und drückte auf den Knopf.

Matti kannte ein französisches Café in der Ihnestraße, nahe beim OSI. Sie fanden einen freien Tisch draußen, und als die Bedienung kam, gönnten sie sich ein Frühstück. Dornröschen grinste vor sich hin, Twiggy lächelte in die Sonne, und auch Matti genoss noch den Auftritt bei den Juristen.

»Der Krüger wird wie ein Blöder durch die Gegend telefonieren.« Dornröschen gluckste.

»Und Frau Schnabel wird einen auf die Rübe kriegen«, sagte Matti.

»Sie wird's überleben und nie wieder fremden Leuten persönliche Daten in die Hand drücken. Sieh es als Erziehungsmaßnahme.

Generationen von Sekretärinnen und Doktoranden werden profitieren von unserem heldenhaften Einsatz«, sagte Twiggy.

»Manche Lernerfahrung ist schmerzhaft«, sagte Dornröschen. Sie hörte gar nicht mehr auf zu grinsen. »Aber sie sollte uns dankbar sein. Dann wollen wir uns das mal anschauen.«

Es waren drei Blätter, und es gab zwei Christoph, beide mit ph.

»Bevor wir weitere Lernerfahrungen ermöglichen, schauen wir uns die beiden mal an«, sagte Dornröschen. »Und mit dem fangen wir an.« Sie tippte auf einen Eintrag. »*Christoph Wild*, der wohnt in der Kamillenstraße, und unser Taxifahrer würde sagen, dass es sich um eine Scheißkurzstrecke handelt.«

Sie frühstückten gemütlich zu Ende.

*Wild* stand an der Gartentür. Das Haus war hell verklinkert und am Dachstuhl holzvertäfelt. Efeu bedeckte einen Großteil der Fassade.

»Da sind unsere Klamotten gerade richtig«, sagte Twiggy und klingelte.

Aus dem Fenster neben der Haustür guckte eine Frau hinaus, doch sie betätigte den Summer nicht. Als sie eine Weile vergeblich gewartet hatten, drückte Twiggy noch einmal auf den Klingelknopf.

Endlich öffnete sich die Haustür. Die Frau trat hinaus, blickte zur Gartentür, zögerte, dann kam sie langsam näher. Sie hatte die Haare hochgesteckt und trug eine Schürze mit Blumenmuster. In zwei Metern Abstand vom Tor blieb sie stehen. »Ja?«

»Ist Christoph Wild da, wir kommen vom Fachbereich Jura ...«

»Nein, der Junior ist an der Universität.«

»Wissen Sie, wann er wiederkommt?«

Die Frau schüttelte den Kopf.

»Sagen Sie, haben Sie ein Foto vom Junior? Es handelt sich möglicherweise um eine Verwechslung«, sagte Matti. Bedeutungsschwanger legte er nach: »Es geht um eine Prämie für die Promotion, also die Doktorarbeit, verstehen Sie?«

Dornröschen blickte ihn skeptisch von der Seite an. Doch die

Frau nickte und ging zurück ins Haus. Hoffentlich überlegt sie es sich nicht anders, dachte Matti. Das tat sie aber nicht. Als sie aus der Haustür trat, trug sie ein gerahmtes Bild in der Hand. Wieder zögerte sie zwei Meter vorm Tor. Sie hielt das Bild hoch. Es zeigte einen jungen Mann mit einem hochmütigen Lächeln, in der Hand ein Jagdgewehr.

Der andere Christoph wohnte im Neudecker Weg. Für Twiggy lag Rudow am Arsch der Welt. Auf der einen Seite der Straße vierstöckige Mietshäuser, auf der anderen die Prärie. Darin ein Tümpel. Natürlich war das Klingelschild mit dem Namen *Hannemann* oben aufgeklebt, neben drei weiteren Namen. Die Tür wurde sofort geöffnet. Sie stiegen die Treppen hoch, und oben stand ein Typ und sagte: »Du bist doch Matti, oder?« Und ohne eine Antwort abzuwarten: »Was treibt dich … euch her?« Dann: »Na, kommt erst mal rein.«

Drinnen begrüßte sie winselnd ein Dackel, als hätte er sein Leben lang nur auf die Okerstraßen-WG gewartet. Ein Frau guckte neugierig aus einer Tür, schwarzhaarig, pummlig, klein. Gleich schloss sie die Tür wieder. Christoph führte sie in ein nicht allzu großes Zimmer mit Schreibtisch, einem Bett, zwei Stühlen, einem Sessel. Alles in einem sperrmüllfähigen Alter. Auf dem Boden ein abgetretener Teppich aus der Steinzeit. Ein PC stand auf dem Schreibtisch. Der Bildschirmschoner zeigte eine Wüstenlandschaft.

»Setzt euch, setzt euch«, sagte er.

Twiggy packte sich aufs Bett, Matti und Dornröschen setzten sich auf die Stühle. Christoph nahm neben Twiggy Platz.

»Hast du eine Ahnung, wo Anja steckt?«, fragte Matti.

Christoph schüttelte den Kopf. »Ist sie nicht zu Hause?«

»Wo ist sie denn zu Hause?«

»Mittenwalder Straße …«

»Warst du mal bei ihr?« Bei der Frage spürte er eine Prise Eifersucht.

Wieder Kopfschütteln.

»Aber sie hat dir erzählt, dass sie in der Mittenwalder Str. 61 wohnt.«

Christoph stand auf, nahm vom Schreibtisch ein kleines Buch, klappte es auf und hielt die Seite Matti hin, den Finger auf einer Zeile. *Barth, Anja, Mittenwalder Str. 61, 10961 Berlin, 0179-207685.*

»Hm«, sagte Matti. Er guckte ins Adressbuch seines Handys. Die Nummer hatte er mehrfach versucht zu erreichen. Es klingelte nicht einmal, und den Anrufbeantworter hatte sie nicht eingeschaltet.

»Wann hast du sie das letzte Mal gesehen?«

»Was ist eigentlich los?«, fragte Christoph. In seinem Gesicht wechselten Ärger und Sorge.

»Sie ist verschwunden. Also wann?«

»Als wir zusammen was getrunken haben.«

»Seitdem von ihr gehört?«

»Nein. Aber das ist nicht ungewöhnlich.«

»Habt ihr was miteinander?« Der Ton, in dem er die Frage stellte, gefiel Matti selbst nicht.

Christoph riss die Augen auf. »Nein, nein.«

»Woher kennst du sie?«, fragte Dornröschen.

»Von einer Party, und danach habe ich sie zufällig in der Mensa getroffen. Wir haben uns gleich verstanden. Aber ich hab nix mit ihr. Ich bin schwul.«

»Wie würdest du euer Verhältnis beschreiben?«, fragte Dornröschen.

»Nichts Besonderes. Also, ich fand sie nett und witzig.«

»Aber du weißt, womit sie ihr Geld verdient?«, fragte Twiggy.

Christoph riss wieder die Augen auf. Er dachte nach. »PR-Zeug.«

»Hat sie dich eingeladen?«

»Ja, stimmt.« Er überlegte. »Und sie trug teure Klamotten.«

Das habe ich gar nicht bemerkt, dachte Matti.

»Ist mir auch aufgefallen«, sagte Dornröschen.

»Kommt wohl von Papa«, sagte Twiggy.

»Ist doch jetzt egal«, sagte Matti. »Wo könnte sie sein?«

Christoph schüttelte den Kopf. »Keine Ahnung.«

»Wo arbeitet sie?«, fragte Twiggy.

»Keine Ahnung«, wiederholte Christoph.

»Worüber habt ihr euch unterhalten?«

»Politik, Musik … sie ging gern tanzen.«

»Wo?«

»Kreuzberg, Friedrichshain …« Er klopfte sich mit den Fingerspitzen an die Stirn. »Sie sprach gern über die Oberbaumbrücke. In der Gegend gibt es ja Discos und Clubs und so.«

»Hast du davon was mitgekriegt?«, fragte Dornröschen Matti.

»Nee. Sie hat kein Wort darüber verloren. Auch kein Wort über die Arbeit.«

»Als wollte sie verhindern, dass jemand sie findet«, sagte Twiggy.

»Hat sie dir von Georg erzählt?« Dornröschen guckte Christoph erwartungsvoll an.

»Klar.« Er blickte Matti an, und der nickte.

»Mehr als bei unserem Gespräch?«, fragte Matti.

Christoph überlegte und schüttelte den Kopf. »Nein … doch, dass sie sich freuen würde, wenn Georg ihr Vater wäre.«

»Warum? Sie kannte den doch gar nicht?«, fragte Twiggy.

»Sie … wie soll ich es sagen? … Sie war nicht zufrieden mit ihrem Vater, immer weniger eigentlich.«

»Hat sie das begründet?«

»Sie hat viel über ein verlogenes Leben gesprochen. Sie wird wohl ihren Vater gemeint haben, also, diesen Rotkirsch.«

»Ein verlogenes Leben«, sagte Dornröschen. »Das passt.«

»Rotkirsch gibt den Künstler, sein Geld kriegt er aber nachgeworfen vom Panzerbauer«, erklärte Twiggy.

»Ach so.« Christoph nickte heftig. »Das könnte passen.«

»Und deswegen hat sie auf Georg gehofft. Dass der ihr Vater ist. Lieber einen geständigen Terroristen als so 'nen Oberheuchler.« Twiggy klopfte sich aufs Knie.

»So denkst du, aber ob sie auch so tickt?«, fragte Dornröschen.

»Vielleicht eine Projektion.« Matti überlegte, ob in Anjas Verhalten etwas diese These stützen könnte. Er fand aber nichts.

»Sie ist wie ein leeres Blatt Papier«, sagte Dornröschen. »Sie hat bei uns gewohnt. Wir haben mit ihr geredet. Und wir wissen so gut wie nichts über sie. Nur dass sie einen Arsch als Vater hat. Aber das ist auch kein Alleinstellungsmerkmal.«

»Wo hast du denn dieses Wort her?«, fragte Twiggy.

Dornröschen drohte mit ihrer kleinen Faust.

Christoph lachte. Aber nur kurz. »Wo kann die sein, verdammt? Tut die Polizei nichts?«

»Der Vater gibt keine Vermisstenanzeige auf. Die Bullen würden auch nicht suchen. Die ist in Honolulu und lässt sich den Bauch bräunen. Das werden die sagen.«

»Georg wird ermordet, seine Tochter verschwindet … sie ist doch seine Tochter?« Christoph blickte zu Matti.

»Ja.«

»Das ist doch nicht normal«, sagte Christoph.

»Also, die Bullen glauben inzwischen, dass Georg ermordet wurde. Aber mehr auch nicht.« Twiggy beugte sich nach vorn. »Die sind halt dämlich.«

»Nur ein toter Terrorist ist ein guter Terrorist«, sagte Matti. »Wir können schon froh sein, dass sie Georgs Mörder kein Dankgebet hinterherschicken.«

»Vielleicht machen sie's, nur nicht öffentlich? Sag mal, du kennst keinen Freund, keine Freundin von ihr?«, fragte Dornröschen.

Christoph schüttelte den Kopf.

»Sie hat nie gesagt: Jetzt muss ich aber los, Karl wartet auf mich?«

Christoph schüttelte wieder den Kopf.

Dornröschen gähnte. Wie immer, wenn sie heftig nachdachte.

Matti fragte sich, ob es Anja überhaupt gab. Ob er nicht einer Schimäre aufgesessen war, Einbildung, Halluzination. Aber sie war bei ihm gewesen, und sie hatten miteinander geschlafen. Hatte sie ihm etwas verraten über sich? Aus Versehen? Er versuchte sich alles in Erinnerung zu rufen, was er mit ihr erlebt hatte. Sie hatte kein Wort über Freunde verloren und keines über Orte, außer dass sie über ihre Wohnung gelogen hatte. Sollte er noch einmal hingehen und es bei den Klingeln versuchen, wo niemand geöffnet hatte? Lebte sie unter falschem Namen dort?

»Womöglich habe ich zu früh aufgegeben in der Mittenwalder Straße.«

Dornröschen wählte eine Nummer auf ihrem Handy. »Herr Hauptkommissar«, flötete sie. »Wir suchen Anja Barth … Sie auch? … Das ist gut … Sie wohnt doch in der Mittenwalder Str. 61? … Nein? … Da hat ein verdächtiger Typ herumgeschnüffelt und nach ihr gefragt? Nein, so was! … Wir halten uns da raus … wir dachten nur, dass wir bei ihr vorbeischauen in der Mittenwalder, aber das können wir uns jetzt ja schenken.« Als sie das Gespräch superfreundlich beendet hatte, sagte sie: »Die haben das Haus auf den Kopf gestellt. Anja wohnt da nicht. Sie ist bei ihren Eltern gemeldet. Aber da wohnt sie auch nicht.«

»Der Vater ist nicht der Vater und interessiert sich nicht für sie. Die Mutter ist abgetaucht, der Ersatzmutter ist sie keine Silbe wert. Der Einzige, der sich für sie interessiert hat, ist Georg.«

»Warum der sich für sie interessiert hat, steht auf einem anderen Blatt«, sagte Matti. »Übrigens interessiere ich mich auch für sie.«

»Ihr habt über Politik und Musik gequatscht«, sagte Dornröschen. »Über was genau?«

Christoph überlegte. »Anarchismus hat sie interessiert. Darüber hat sie sogar gelesen, Bakunin und auch modernes Zeug.«

»Ob sie uns angeschwindelt hat und Georg sich schon früher bei ihr gemeldet hat?«, fragte Twiggy.

»Kann sein, muss aber nicht. Sie wird sich auch für ihre Biomutti interessiert haben«, sagte Matti.

»Ob sie abgetaucht ist, um sich zu rächen? Vielleicht will sie Volker in die Luft sprengen oder die Panzerfabrik?«

»Sympathischer Gedanke«, sagte Matti.

»Wenn ihr über Politik gesprochen habt, gibt es irgendeinen Ort, einen Veranstaltungssaal oder so was, den sie erwähnt hat?«, fragte Dornröschen.

Christoph schüttelte den Kopf.

Hinter der Zimmertür klapperte etwas. Gedämpfte Stimmen, dann war es wieder ruhig. Matti stellte sich ans Fenster. Gegenüber lag ein Teich. Ein Schild davor warnte vor irgendwas. Wahrscheinlich davor, dass Wasser nass sein konnte. Wer warnte einen davor, dass Menschen verschwanden? Einfach so. »Es ist das große Verschwinden«, sagte Matti. »Frauen verschwinden, Leichen verschwinden.«

»*Cassiopeia*«, sagte Christoph plötzlich.

Die anderen starrten ihn an.

»Sie hat mal vom *Cassiopeia* gesprochen …«

»Das ist ein Club, Revaler Straße«, sagte Matti.

»Ach, du lieber Himmel«, sagte Twiggy. »Ich ahne schon, was kommt.«

Dröhnende Bässe, zuckende Lichter, tanzende Körper, schemenhaft, irrlichternd, und vorn der Meister des Dröhnens, der DJ am Doppelplattenspieler mit schwarzen Scheiben. Die Elektromusik traf Matti wie ein Schlag. Er war hundert Jahre nicht mehr in einer Diskothek gewesen und davor auch nur, wenn er musste. Sie standen am Eingang und wurden von hinten zur Seite gedrängt. Menschen kamen, Menschen gingen. Alle waren fröhlich, und Matti hatte sich selten so fehl am Platz gefühlt. Die Enge ängstigte ihn. An einem langen Tresen drängten sich die Leute. Enge kurze Röcke, Schminke, Goldkettchen. Der Duft von tausend Deos, Rasierseifen, Haarwassern und Parfüms waberte durch den Saal. Eine Horde lachender junger Frauen strömte vorbei. Fragende Blicke trafen die WG-Freunde.

Dornröschen beäugte die Szenerie, als stünde sie am Ufer des Amazonas, umzingelt von Kannibalen beim Fastenbrechen. Nichts würde sie in einen solchen Club bringen, außer sie musste Matti oder Twiggy retten. Vor Terroristen, Bullen oder dem einstürzenden Himmel. Sie war nach drei Sekunden in dem dröhnenden Gedränge fertig mit den Nerven. In ihren Augen stand nur ein Wunsch: raus hier. Aber sie blieb und steuerte den Tresen an.

Twiggy eilte nach vorn und schob die zuckenden Menschenmassen zur Seite, als teilte er das Meer. Er ließ sich nicht beeindrucken vom Gemotze der Leute. Irgendwo schepperte ein Glas auf den Boden. Aber alle Geräusche wurden übertönt durch das Stampfen der elektronischen Base Drum und des Basses. Die Eingeweide zuckten mit im Rhythmus, Mattis Knie fühlten sich weich an, die Ohren begannen zu schmerzen. Ein Stromausfall wäre eine Erlösung, dachte Matti, während er die Ellbogen ausgeklappt hielt, um die von Twiggy geteilte Masse daran zu hindern, flugs wieder zusammenzudrängen.

Hinterm Tresen arbeiteten zwei Frauen und ein Mann. Die Frauen waren jung, die eine trug Glitzerstoff im Haar. Der Typ war groß und drahtig und schenkte in Ruhe ein, was ihm hektisch zugerufen wurde von der anderen Seite des Tresens, wo sich Gäste hin und her schoben. Twiggy räumte auch das Endstück des Weges frei, indem er eine hysterisch kreischende Gruppe feiner Pinkel zur Seite drückte. In seinem Blaumann über dem Pulli sah er aus wie ein Klempner, den es in die bessere Gesellschaft verschlagen hatte. Aber das scherte ihn nicht. Er legte seinen Körper über den Tresen und rief dem Typen dahinter etwas zu. Matti und Dornröschen standen dicht hinter Twiggy. Matti machte sich breit, damit sie nicht weggeschoben wurden.

Der Typ hinterm Tresen stutzte, dann näherte er sich Twiggy. Er musterte ihn in einer Mischung aus Unverständnis und Unsicherheit. Der DJ steigerte sich in Topform, es jaulte gotterbärmlich. »Was ist?«, rief der Typ hinterm Tresen.

Twiggy zog die beiden Fotos von Anja aus der Tasche und schrie: »Kennst du die?«

»Wer will das wissen?«

Twiggys Faust schoss zum Barfritzen, packte ihn am Kragen und zog ihn einen Millimeter vor Twiggys Gesicht: »Ich!«

Der Typ hob die Hände und schob ein bisschen Luft hin und her, ganz vorsichtig.

Doch Twiggy ließ sich nicht besänftigen.

Die Glitzerfee und ihre Kollegin starrten ängstlich auf die Szene. Dann verschwand die Glitzerfee.

»Beeil dich!«, rief Matti Twiggy zu.

Der nickte. »Also?«, donnerte er. In der einen Hand hatte er den Kragen, in der anderen die Fotos. Die legte er auf den Tresen und tippte darauf. »Und?«

»Weiß nicht«, sagte der Typ. »Echt nicht.«

Es dröhnte und zuckte gnadenlos weiter. Dornröschen drückte sich die Hände an die Ohren.

»So eine schöne Frau willst du nicht gesehen haben?«

»Vielleicht«, sagte der Typ.

»Wann?«, brüllte Twiggy.

»Manchmal.«

»Allein?«

»Ich glaub schon.«

»Was weißt du eigentlich?«, fragte Twiggy. »War sie nun hier oder nicht.«

Der Typ sagte irgendwas.

»Lauter!«, donnerte Twiggy.

»Ja, doch, die war hier.«

»Wie oft?«

»Weiß nicht.«

»Zweimal, zehnmal, jede Nacht?«

»Zweimal, vielleicht dreimal.«

»Und was macht sie, wenn sie hier ist?«

Der Typ glotzte Twiggy an wie einen, der nicht alle Tassen im Schrank hatte. »Abzappeln, was 'n sonst?«

»Ich dachte zum Lesen oder Gedichte vortragen«, schimpfte Twiggy. »An welchen Tagen ist sie gekommen?«

»Keine Ahnung.«

Twiggy schüttelte ihn. »Werktags? Wochenende?«

»Weiß nicht.«

Zwei schwarz gekleidete Testosteronpakete mit raspelkurz geschorenen Haaren wälzten sich zum Tresen. Der eine trug einen Ohrring. Er tippte Twiggy kräftig auf die Schulter. Der ließ den Tresenfritzen los und drehte sich blitzschnell um, die Faust im Anschlag. Dann hatte er plötzlich ein Lächeln im Gesicht und tätschelte dem Muskelpaket die Backe. »Hallo, Fettsack«, rief Twiggy fröhlich.

Der Herkules grinste Twiggy an und boxte ihn auf den Brustkorb. Der zweite Bodybuilder fing an zu lachen. »Hei, Twiggy, du altes Arschloch. Machst du Ärger?« Er drohte mit der erhobenen Hand.

Twiggy klopfte ihm kräftig auf die Schulter, was einen Normalsterblichen im Boden versenkt hätte. Aber der Typ nahm Twiggys Ohren in die Hände und drückte ihn an sich.

Der Typ hinterm Tresen verstand die Welt nicht mehr.

»Rück mal drei Bier raus«, sagte der eine Anabolikabehälter. Der Tresenfritze kriegte flinke Finger und zapfte Bier im Rekordtempo.

Währenddessen tauschten Twiggy und seine beiden Freunde Höflichkeiten aus. »Was machst du Arschloch hier?«

»Die suchen 'nen neuen DJ«, antwortete Twiggy. Sein Daumen zeigte zum Plattenaufleger.

Die Muskelmänner lachten los. »Ich stell mir vor, wie du hinter den Dingern herumhüpfst«, sagte der Ohrring.

Der DJ zappelte wie ein Wilder, aber er hatte den Tresen im Auge. Auch Leute auf der Tanzfläche beobachteten, was passierte.

Twiggy tänzelte und imitierte das Plattenauflegen.

Die beiden Schwarzgekleideten lachten wieder los.

Die drei Bier standen auf der Theke. Jeder nahm sich eins, sie stießen an und tranken. Die beiden Sicherheitsleute nur einen Schluck, Twiggy leerte das Glas in einem Zug.

»Was willste hier?«, fragte der Ohrring.

»Wir suchen eine Frau«, erwiderte Twiggy und zeigte auf Dornröschen und Matti.

Der Ohrring grüßte beide mit einem lässigen Winken und wandte sich gleich wieder Twiggy zu.

»Und was wollt ihr von der?«

»Wir haben ein paar Fragen.«

»Ist ja gut. Ist sie hier?«

»Keine Ahnung. Wir haben noch nicht so richtig gesucht.«

»Aber macht keinen Ärger, okay?«

»Niemals«, antwortete Twiggy, und die beiden Typen lachten wieder fröhlich.

»Verdammt!«, rief Dornröschen.

Sie zeigte zum Eingang. Eine Horde Blauer drängte sich zum Tresen.

»Da!«, rief Matti. Er sah Anja. Sie stand unter dem DJ. Jetzt sah sie auch ihn. Ihr Gesicht zeigte Erstaunen, dann Panik. Sie blickte sich nach allen Seiten um und lief los. In Richtung der Bullen. Matti, Dornröschen und Twiggy trennten sich, liefen auf die Tanzfläche und dann auf krummen Wegen zum Ausgang. Begleitet vom spitzen Geschrei erschrockener Zappelgestalten. Leute stießen andere Leute um, manche fielen hin. Gekreische. Hysterie brach aus, als die Bullen die Tanzfläche eroberten.

»Licht an!«, brüllte einer.

Die Musik stoppte, das Zucken endete schlagartig, extrem helle Lampen flammten auf.

Dornröschen befreite sich energisch von einem Typen, der sich als Amateurbulle aufspielte. Matti kam herangerast und stieß den Kerl weg. Twiggy fing ihn auf, verpasste ihm eine Ohrfeige und schubste ihn auf die Bullen. Zwei fingen ihn auf, ein dritter stolperte, während die Okerstraßen-WG zum Ausgang rannte. Die Glitzerfee hinterm Tresen kreischte auf und zeigte hektisch auf die drei. Sie sprangen durch die Tür, Twiggy vorneweg.

Und landeten in einem Haufen Bullen.

Sie sahen noch, wie eine Frau die Revaler Straße in Richtung Warschauer Straße entlangrannte. Sie war schon weit weg. Anja. Matti hatte keinen Zweifel.

Bullenautos überall. Blaulicht, Absperrbänder.

Die Polizisten umklammerten das Trio, und bald erkannten Dornröschen, Twiggy und Matti, dass es zwecklos war, sich zu wehren.

»Rufen Sie Hauptkommissar Schmelzer!«, verlangte Dornröschen. Als niemand reagierte, brüllte Twiggy los: »Rufen Sie diesen scheiß Schmelzer!«

Handschellen schlossen sich.

Ein Bulle fragte Twiggy: »Sie meinen Hauptkommissar Schmelzer?«

»Rufen Sie ihn, sofort, Sie Schnarchsack!«, kommandierte Twiggy. »Sonst müssen Sie bis zur Pensionierung Hundescheiße aufsammeln. Los!«

Der Polizist guckte ihn verwirrt an und ging los. Matti sah, wie er zum Einsatzwagen marschierte und nach einer Minute warten mit dem Oberbullen sprach. Der hörte und nickte. Woraufhin der Unterbulle in sein Handfunkgerät redete. Er nickte ein paarmal, einmal grinste er, dann beendete er das Gespräch und stellte sich vor Twiggy.

»Wir bringen Sie zu ihm«, sagte er.

»Gleich, wenn's geht«, schnauzte Matti.

»Wird gemacht«, sagte der Bulle. »Ihr Rolls-Royce mit Chauffeur nähert sich, Mylord.«

»Werd mal nicht frech!«, moserte Dornröschen.

»Ihnen kann man es auch nicht recht machen«, sagte der Bulle und grinste.

Ein blauer Transporter mit Blaulicht hielt vor ihnen. Der Bulle öffnete die Tür zu einem vergitterten Abteil. Eine Zusammenrottung von blauen Grünen hinter ihnen lachte.

»Wir wollen doch nur, dass Ihnen nichts passiert«, sagte der Unterbulle. »Wenn Sie so freundlich sein wollen, das Komfortabteil zu betreten.« Die Gruppe hinter ihnen feixte.

Was haben die vor?, fragte sich Matti. Da ist was oberfaul. Nur was? Er setzte sich auf die Bank hinterm Gitter, Dornröschen und Twiggy folgten ihm. Der Unterbulle schloss ab, dann stieg er auf die Rückbank vor dem Gitter und sagte vergnügt: »Los geht's.«

Als sie am Kotti in die Kottbusser Straße abbogen, wusste Matti, dass sie nicht zum Polizeipräsidium fuhren.

»Wo bringen Sie uns hin?«

Der Unterbulle drehte sich um, musterte Matti genüsslich, grinste und sagte: »Sie wollten zu Hauptkommissar Schmelzer, oder?«

Über den Hermannplatz ging es in die Hermannstraße.

»Die fahren uns heim«, sagte Twiggy. »Echt nett, die Bullen.«

»Das nennt man Barmherzigkeit«, lästerte Dornröschen. »Unsere Polizeibeamten sind unsere Freunde und Helfer. Wie oft soll ich euch das noch sagen?«

Der Unterbulle gluckste.

Als sie in die Okerstraße einbogen, sah Matti gleich das Blaulicht. Drei Polizeitransporter und zwei Zivilbullenautos standen am Eingang der 34c. Dort hielt der Gefangenentransporter.

»Was ist los?«, schnauzte Matti.

Der Unterbulle tat so, als verstünde er nichts. »Also, Sie wollten zu Hauptkommissar … da ist er doch schon.«

Schmelzer und ein weiterer Zivilist drängten sich durch eine Gruppe Uniformierter zum Gefangenentransporter. Der andere Mann trug ein dunkelblaues Jackett mit Schlips. Er guckte mausgrau wie die Karikatur eines Finanzbeamten. In der Hand trug er ein Blatt Papier.

»Schulze, Staatsanwaltschaft. Das ist der Durchsuchungsbeschluss.«

Dornröschen schnappte sich das Papier und las. Sie machte den Scheibenwischer und fragte: »Sonst geht es Ihnen gut?«

»Wir haben Hinweise bekommen, dass Herr Jelonek in einen Mordfall verwickelt ist«, sagte der Staatsanwalt.

»Welche? Von wem?« Matti spürte, wie Schwindel sich näherte. Die Knie wurden schwach.

»Sie können Ihren Anwalt dann beauftragen, Akteneinsicht zu nehmen«, sagte der Staatsanwalt. Er winkte einen Uniformierten heran und deutete auf Mattis Hände. Der Polizist zog Handschellen aus dem Gürtel und legte sie Matti an.

»Wir müssen Sie festnehmen«, sagte Schmelzer entschuldigend. »Es gibt erdrückende Beweise, dass Sie Anja Barth ermordet haben und an dem Mord an Georg Westreich sich mindestens der Beihilfe schuldig gemacht haben.« Er zog ein Blatt Papier aus der Jackettinnentasche. »Hier ist der Untersuchungshaftbefehl.« Er reichte ihn Matti.

»Sind Sie wahnsinnig!«, donnerte Twiggy und stapfte auf den Staatsanwalt zu. Dornröschen hielt ihn am Hosenträger, sodass er kurz vor dem Staatsanwalt zum Stehen kam. »Lass!«, sagte sie. »Sonst landest du auch noch im Knast.«

Matti versuchte das Papier zu lesen. Da stand was von *§§ 112 ff. StPO … dringender Tatverdacht … Beweisen … zum Nachteil von Anja Barth.* Er verstand nichts. Er wusste nur, dass er niemanden umgebracht hatte. Schon gar nicht Anja.

»Die haben wir doch gerade noch gesehen. Ihre Scheißkollegen haben die laufen lassen. Im *Cassiopeia.*«

Schmelzer blickte streng, der Staatsanwalt finster. »Wenn Sie sich bitte in der Wortwahl mäßigen könnten«, sagte er.

»Wenn Sie sich bei diesem Schwachsinn hier mäßigen könnten!«, rief Twiggy.

Schmelzer baute sich auf, vergewisserte sich, dass seine Haarsträhne immer noch die Halbglatze bedeckte und erklärte: »Bei allem Verständnis, jetzt halten Sie den Mund. Führen Sie den Mann in die Wohnung!« Er winkte ein paar Bullen heran.

Sie zwangen Matti die Treppen hoch, Dornröschen und Twiggy folgten schimpfend.

Die Wohnungstür war aufgebrochen. »Wo ist Robbi?«, schimpfte Twiggy.

»Wenn Sie den Kater meinen. Der hat einem Beamten die Hand zerkratzt und ist dann verschwunden«, sagte ein Uniformierter.

»Braver Kater«, sagte Twiggy.

Der Tross marschierte zu Mattis Zimmer. In der Tür blieben sie stehen. Im Zimmer waren zwei Typen in Laborklamotten, mit lächerlichen Kapuzen auf dem Kopf. Auf dem Boden waren drei Kreidekreise. Schmelzer deutete auf sie. »Blutspuren, sie stammen bestimmt vom Opfer.«

»Haben Sie eine Meise?«, schimpfte Matti. »Frau Barth wurde angeschossen, das wissen Sie doch.«

»Ich habe die Schusswunde nie gesehen«, sagte Schmelzer. »Wir haben Frau Barth nirgendwo gefunden, stattdessen Blutspuren.

Und ich wette mit Ihnen, dass wir solche Spuren auch in Ihrem Fahrzeug finden. Der Bus ist schon in der Kriminaltechnik.«

»Und warum soll ich Frau Barth umgebracht haben?«

»Weil Frau Barth auspacken wollte. Dass nämlich Sie und dieser Westreich eine Straftat geplant haben.«

Matti starrte Schmelzer an.

»Ja, Georg Westreich kam zurück nach Deutschland und wollte mit alten Genossen was tun für den Lebensabend. Terroristenrente, wenn Sie das verstehen.«

»Und ich soll Georg umgebracht haben?«

»Das weiß ich noch nicht. Aber Sie haben Frau Barth ermordet, weil sie nämlich nicht mitmachen wollte. Sie wollte auspacken. Ich hatte einen Termin mit ihr im Präsidium, aber sie ist nicht gekommen. Sie verschwand angeblich, und Sie haben so getan, als würden Sie Frau Barth suchen. In Wahrheit haben Sie die arme Frau verschwinden lassen. Und dann ein Spektakel veranstaltet mit dem Höhepunkt in dieser Disco. Nicht schlecht. Aber nicht gut genug.« Schmelzer lächelte. »Sie haben damals Terroristen versteckt, und Sie haben sich kein bisschen gebessert.«

»Sie sind völlig durchgeknallt«, sagte Matti.

Dornröschen stellte sich vor Schmelzer und tippte sich an die Stirn. »Sie sind irre!«, schrie sie. »Wir haben Anja gesucht, weil wir wissen, dass sie lebt. Wir wissen nur nicht, warum die blöde Kuh abgetaucht ist. Warum sie eine falsche Adresse angegeben hat. Aber wir haben sie vorhin gesehen. Sie war im *Cassiopeia.* Schicken Sie Ihre Beamten dorthin. Nehmen Sie die Bilder, und Sie werden dort jemanden finden, der sie gesehen hat.«

Schmelzer winkte ab. »Natürlich werden wir dort nach ihr suchen. Die Bilder!« Er winkte mit dem Zeigefinger. Dornröschen gab sie ihm.

Sie wandte sich an Matti: »Ein paar Tage U-Haft steckst du locker weg. Da bleibst du im Training. Selbst die Bullen werden im *Cassiopeia* jemanden auftun, der Anja gesehen hat. Und dann ist Schluss mit dem Quatsch!«

»Warten Sie's ab«, sagte Schmelzer.

Robbi marschierte aus Twiggys Zimmer und fauchte. Twiggy nahm ihn auf den Arm. »Lass die Bullen am Leben«, sagte er. »Es lohnt sich nicht, wegen so einem Pack im Tierknast zu enden.«

Robbi fauchte wieder.

Die Bullen nahmen aus Mattis Zimmer alles mit, was sie tragen konnten. Dann führten sie ihn ab. Dornröschen und Twiggy gingen mit nach unten. Bevor er in den Bullenwagen geschoben wurde, umarmten sie ihn. »Du sitzt nicht lang, versprochen«, sagte Dornröschen. »Wir suchen weiter. Und wir sagen Gerd Bescheid.«

Neben der Tür das Klo, Tisch, Stuhl, Waschbecken, Metallbett. Das Fenster doppelt vergittert. Durchs schmutzige Glas fiel trübes Licht in die Zelle. Draußen schepperte es. Matti fühlte sich hilflos, allein. Er saß nicht das erste Mal. Aber dafür gab es keine Routine, keine Gewöhnung. Er kämpfte gegen die Verzweiflung an. Es war ein Elend. Er legte sich auf die blau-weiß karierte Bettwäsche und schloss die Augen. Ich muss hier raus, so schnell wie möglich. In seinem Hirn ratterten die Fragen. War es doch nicht Anja, die sie im *Cassiopeia* gesehen hatten? Vielleicht war eine Frau vor den Bullen geflohen. Gründe dafür gibt's genug. Aber er hatte Anja nicht ermordet, gewiss lebte sie noch und würde sich melden, sobald sie erfuhr, was ihm geschehen war. Oder wollte sie ihn in den Knast bringen? Aber warum? Er hatte nichts getan, das sie nicht wollte. Er hatte ihr geholfen. Sie hatten ihr eine Unterkunft gegeben. Die Blutspuren in seinem Zimmer konnte er erklären. Aber wenn sie im Bulli auch was fanden? Schmelzer hatte so zufrieden ausgesehen. Blutspuren mochte es in der Karre geben. Sie hatten einiges erlebt und den VW-Bus seit hundert Jahren nicht gesäubert. Twiggy hatte bei einer Demo einen Polizeiknüppel auf den Kopf gekriegt, und die Platzwunde hatte heftig geblutet. Matti hatte sich an einem Schraubendreher die Hand aufgerissen, als die Rückbank gewackelt hatte. Bestimmt hatte er andere blutige Vorfälle vergessen. Nein, für das Blut im Bulli gab es eine ganz einfache Erklärung. Und in seinem Zimmer konnten sie nichts finden, was ihn belastete. Dass Anja bei ihm gewesen war, erklärte die Spuren von ihr in der Wohnung. Alles war einfach und eindeutig. Es beruhigte ihn ein wenig.

Wie kamen die auf Mord? Hatten sie Anjas Leiche gefunden? Davon hatte keiner was gesagt. Ohne Leiche kein Mord.

Er war schon ruhiger, als er endlich einschlief. Doch in der Nacht plagten ihn Albträume mit Verfolgungsjagden und Wasserleichen.

Sie holten ihn gleich nach dem erbärmlichen Frühstück aus der Zelle im Zentralen Polizeigewahrsam am Tempelhofer Damm. Matti spürte eine enorme Erleichterung, als er Gerd sah. Der saß mit Schmelzer und dem Jungbullen im Anwaltszimmer. Es roch nach Kaffee. Gerd hatte schon einen Becher für Matti aus dem Automaten geholt. Der Polizist nahm Matti die Handschellen ab und setzte sich auf einen Stuhl neben der Tür. Gerd nahm Matti kurz in den Arm. »Bangemachen gilt nicht«, flüsterte er.

»Sie kennen die Beschuldigung«, sagte Schmelzer. »Wir bringen Sie jetzt zum Haftrichter. Möchten Sie vorher noch etwas sagen?«

»Ja, Sie haben einen an der Waffel«, sagte Matti.

Gerd räusperte sich und guckte ernst.

»Je mehr Sie uns bei den Ermittlungen helfen, desto schneller klärt sich der Fall«, sagte Schmelzer trocken. »Dann wollen wir mal.«

Matti bekam wieder die Handschellen verpasst, dann führten ihn zwei Bullen durch Gänge und einen Aufzug zu einer Tür. Schmelzer klopfte und öffnete die Tür. Drinnen saßen ein Wicht hinter einem riesigen Schreibtisch und eine blonde Vertrocknete an einem Nebentisch. Vor ihr lagen Block und Stift. Sie setzten Matti in die Mitte vor den Schreibtisch, links neben ihm Schmelzer, rechts Gerd.

Der Wicht hatte einen Strich als Bart unter der Nase, auf der eine überdimensionierte Brille saß. »Da haben wir also den Herrn Jelonek«, sagte er mit dünner Stimme.

Die Vertrocknete schrieb etwas auf.

Die Tür öffnete sich nach einem Klopfen, der Staatsanwalt trat ein.

»Wie erfreulich, dass Sie den Weg zu uns gefunden haben«, sagte der Wicht eintönig.

»Entschuldigung …«

Der Wicht winkte ab.

Die Vertrocknete schrieb.

»Sie werden beschuldigt, einen Mord zum Nachteil der Anja Barth begangen zu haben. Haben Sie es?«

Matti schüttelte heftig den Kopf. Er war stinksauer. »Das ist eine Unverschämtheit«, schimpfte er.

»Das ist keine Unverschämtheit, sondern eine Beschuldigung. Ich muss klären, ob es genug Beweise oder sonstige Anhaltspunkte gibt, die es zwingend erforderlich erscheinen lassen, den Vollzug des Haftbefehls aufrechtzuerhalten. Sie verstehen, was ich sage?«

»Ich bin doch nicht blöd!«

Gerd drückte ihm den Unterarm. »Sie müssen meinen Mandanten verstehen. Er ist unschuldig und natürlich empört über diese ungeheuerliche Beschuldigung.«

»Ich kann verstehen, Herr Anwalt, dass Ihr Mandant beunruhigt ist. Dennoch wäre für ihn nichts gewonnen, wenn er weiter schlechte Manieren an den Tag legen würde. Ich wäre Ihnen dankbar, Sie würden mäßigend auf ihn einwirken.«

»Selbstverständlich, Herr Richter.«

»Herr Staatsanwalt, wenn ich das richtig lese, beschuldigen Sie Herrn Jelonek des Mordes. Das ist die schwerste Anschuldigung, die man gegen einen Menschen erheben kann. Um es zu tun, braucht man starke Beweise.«

»Herr Richter, wir haben starke Beweise«, sagte der Staatsanwalt seelenruhig.

»Haben Sie auch ein Motiv?«

»Ein überragendes Motiv, wenn ich das so sagen darf.«

Der Richter nickte.

Der Staatsanwalt erhob seine Stimme: »Der gesuchte RAF-Terrorist Georg Westreich hat sich mit Herrn Jelonek in Verbindung gesetzt, um einen Banküberfall oder eine andere schwere Straftat zu begehen. Herr Westreich hat schon früher gemeinsam mit anderen eine Bank überfallen. Die Beute war beträchtlich. Aber das Geld reichte nicht ewig. Also verfiel Westreich auf eine Neuauflage …«

»Alles Spekulation«, sagte Gerd trocken. »Sie haben nicht den geringsten Beweis für diesen Unsinn.«

»Lassen Sie ihn zu Ende vortragen«, sagte der Richter.

»Also, damit Sie es verstehen: Um an Geld zu kommen, hat sich Westreich an seinen alten Genossen, den Herrn Jelonek, gewendet. Der war da schon mal einschlägig …«

»Auch dafür haben Sie keinen Beweis. Alles Märchen«, sagte Gerd.

»Herr Rechtsanwalt, ich darf Sie bitten …«

»Herr Richter, ich bitte um Verständnis, aber diese Aneinanderreihung von Märchen macht es mir schwer, ruhig zu bleiben.«

»Bemühen Sie sich«, sagte der Richter freundlich.

»Sie haben weitere Komplizen gefunden für das große Ding«, sagte der Staatsanwalt und lauschte befriedigt dem Satz nach. »Aber dann gab es Streit. Wir wissen noch nicht, warum. Vermutlich ging es um die Führung, die Verteilung der Beute, den Plan. In der Folge dieses Streits wurde Westreich ermordet. Herr Jelonek selbst hat uns zu Westreichs Leiche gerufen, nachdem Frau Barth ihn um Hilfe gebeten hatte. Das musste er tun, weil Frau Barth sonst misstrauisch geworden wäre. Frau Barth hatte Herrn Jelonek auch verraten, wo sich Westreich aufhalten würde, nämlich im Volkspark Friedrichshain. Also verabredete Jelonek mit seinen Komplizen, dass sie die Gelegenheit nutzten, den konspirativ lebenden Westreich zu beseitigen. Vielleicht hatte Westreich den Plan schon erklärt, und er galt seinen Komplizen nur noch als Sicherheitsrisiko. Schließlich wurde nach dem Mann schon lange gefahndet. Wie immer es sich darstellt, es ist überhaupt nicht abzustreiten, dass Herr Jelonek zur Tatzeit am Tatort war. Das hat er selbst eingestanden.«

»Jetzt wird's aber kompliziert«, sagte Matti. Er musste lachen und erntete einen missbilligenden Blick von Schmelzer.

»Während Herr Jelonek Frau Barth ablenkte, schafften die Komplizen Westreichs Leiche weg, um Spuren zu verwischen. Die Polizei hat dann trotzdem Beweise gefunden für den Mord an Westreich.«

»Beweise für die Mittäterschaft meines Mandanten wären jetzt mal angebracht«, sagte Gerd.

»Wir untersuchen gerade den Wagen der Wohngemeinschaft, in der der Angeklagte lebt. Wir haben Blutspuren gefunden und haben wenig Zweifel, dass sie von Frau Barth und Herrn Westreich stammen. In diesem Wagen wurde Westreichs Leiche im Volkspark weggefahren. Und in diesem Wagen wurde Frau Barths Leiche dorthin befördert, wo sie heute versteckt liegt.«

Matti spürte ein Vibrieren im Unterleib. Im Kopf klopfte es im Takt des Herzschlags. Die waren alle wahnsinnig geworden.

»Das Blut stammt auf jeden Fall nicht von den Mitgliedern dieser WG, das wissen wir bereits.«

Scheiße, dachte Matti.

»Und wie wollen Sie das festgestellt haben?«, fragte Gerd.

»Ganz einfach. Wir haben bei der Wohnungsdurchsuchung DNS-Material sichergestellt. Die Blutspuren in Herrn Jeloneks Zimmer stammen genauso wenig von ihm. Sie sind wohl identisch mit einigen Blutspuren im VW-Bus. Aber die Untersuchung läuft, und ich kann Ihnen nur Zwischenergebnisse nennen. Die aber reichen meines Erachtens aus, um Herrn Jelonek in U-Haft zu behalten, bis das Labor die Untersuchungsergebnisse liefert. Die arbeiten unter Hochdruck und wollen schon morgen was vorlegen.«

Der Haftrichter wackelte mit dem Kopf. »Herr Rechtsanwalt, wenn ich Sie um eine kurze Stellungnahme bitten darf?«

Matti sah Gerds Gesicht erbleichen, seine Verzweiflung wuchs. Wenn schon der Anwalt so beeindruckt war.

»Es handelt sich um eine der wildesten und wirrsten Theorien, die ich in meiner Berufspraxis gehört habe. Sie sollten Drehbuchautor werden, Herr Staatsanwalt. In der Justiz wird Ihre Fantasie nur unterfordert ...«

»Kommen Sie zur Sache, Herr Rechtsanwalt«, sagte der Richter mild. In Mattis Ohren klang es so, als hätte der Richter Mitleid mit dem Anwalt.

»Es gibt kein begründbares Motiv, das hat sich der Herr Staatsanwalt zusammengereimt. Es ist so beliebig, dass jeder Anwesende mit wenig Mühe ein ganz anderes Gemälde malen könnte, das genauso überzeugend wäre wie das des Staatsanwalts.«

»Ich kann Ihnen da sogar folgen«, sagte der Haftrichter. »Ich finde dieses Konstrukt auch ein wenig rätselhaft. Was das Motiv angeht, so würde ich gern Überzeugenderes hören. Was bisher vorgetragen wurde, fand ich, mit Verlaub, dünn. Aber, Herr Rechtsanwalt, finden Sie es nicht auch folgerichtig, dass wir Herrn Jelonek noch eine Übernachtung in U-Haft zumuten, bis die Blutuntersuchung abgeschlossen ist?«

»Herr Jelonek hat einen festen Wohnsitz, Fluchtgefahr kann ich nicht erkennen …«

»Es geht um Mord, Herr Rechtsanwalt. Ich kann die Fluchtgefahr nicht ausschließen. Ich muss den Vollzug des Haftbefehls aufrechterhalten.« In seiner Stimme klang Bedauern mit, aber auch Bestimmtheit.

In der Zelle marterte Matti sein Hirn. Wie kamen die fremden Blutspuren in den Bulli? Sie waren vor einiger Zeit mit drei Schutzgelderpressern durch die Gegend gekurvt, aber keiner von denen hatte geblutet. Oder doch? Wenn es nicht einer von denen war, wer dann? Hatte Anja den Schlüssel geklaut und war mit Gerd auf Achse gewesen? Oder hatte jemand den Bulli aufgebrochen und die Blutflecken fabriziert, um Matti zu belasten? Nur, warum sollte ihn jemand belasten? Warum Anja? Er verstand gar nichts. In der Nacht davor hatte er geglaubt, das Gefühl der Hilflosigkeit ganz und gar ausgekostet zu haben. Doch jetzt spürte er, dass es noch gesteigert werden konnte. Wenn es Anja gewesen war im *Cassiopeia*, warum war sie geflohen? Warum war sie überhaupt abgetaucht? Sie wusste, was er im Volkspark getan hatte. Dass er Georg nicht ermordet hatte. Warum, verfluchte Scheiße, verschwinden alle, erst Georgs Leiche, dann Anja? Er lag fast die ganze Nacht wach. Immer die gleichen Fragen. Nie Antworten. Alles, was er sich zusammenzureimen versuchte, verlor seinen Sinn, bevor er den Gedanken beendet hatte. Alle Gewissheit löste sich auf. Absurdeste Vorwürfe bewahrheiteten sich. Er konnte erwidern, was er wollte. Er log, obwohl er die Wahrheit sagte. Er spürte die Versuchung, sich selbst nicht zu glauben. Vielleicht litt er unter einer Bewusstseinstrübung? Sogar Gerd war bleich geworden, und Gerd, der alle Schlachten geschlagen hatte vor Gericht, der fand die Beweise des Staatsanwalts auch stark. Und für seine Verhältnisse hatte er nur zaghaft protestiert, als der Richter die Untersuchungshaft nicht aufhob.

Was machten Dornröschen und Twiggy? Er fühlte sich so allein. Bestimmt versuchten sie ihm zu helfen, wie es nur ging. Sie mussten ihn bei Ülcan entschuldigen, sonst würde selbst dessen Geduld mit ihm enden. Wenn er jetzt auch noch seinen Job verlor? Alles schien ihm zappendüster.

Dornröschen und Twiggy saßen trübsinnig in der Küche. Sogar Robbi schien traurig zu sein. Er hing schlaff auf Twiggys Schoß. Das Thunfischfutter im Schälchen war unberührt.

Sie hechelten alles noch einmal durch. Aber sie fanden keine Idee, wie sie Matti helfen konnten.

»Alles verschwindet«, sagte Twiggy. »Leichen und Lebende.«

»Lass uns zu Ülcan fahren. Dem müssen wir erklären, wie es ist. Sonst schmeißt er Matti raus«, sagte Dornröschen. »Vielleicht kommt uns auf der Fahrt eine Idee.«

Sie radelten in die Manitiusstraße, Dornröschen weit vorneweg, Twiggy gemächlich hinterher. Dornröschen wartete an der Einfahrt auf Twiggy. Sie schlossen die Fahrräder zusammen und gingen hinein. Als Twiggy die Bürotür öffnete, schlug ihm eine Qualmwand entgegen. Durch den Nebel sah er Ülcan hinterm Schreibtisch, vertieft in eine Zeitung. An der Wand hing der veraltete Kalender mit dem Istanbul-Foto. Ülcan murmelte etwas, setzte zum Schimpfen an, hob den Kopf und schwieg.

»Guten Abend«, sagte Twiggy. »Wir wohnen mit …«

»Ich weiß, wer ihr seid. Hat der faule Nichtsnutz euch vorgeschickt? Macht er wieder auf krank? Hat er gemerkt, dass ich ihm kein Wort mehr glaube, und ihr sollt mir jetzt neue Lügenmärchen erzählen? Ihr braucht gar nicht anzufangen.« Er wurde immer lauter. »Ich komme mir langsam vor wie der größte Idiot in dieser Stadt der Wahnsinnigen. Und das gefällt mir nicht. Gar nicht gefällt mir das. Und ihr gefallt mir auch nicht. Seid auch solche Lügner und faulen Säcke …«

Twiggy hob die Hand.

»Unterbrich mich nicht. Jetzt rede ich. Geht nach Hause und sagt diesem Arsch, er soll hier sofort antreten, sonst fliegt er raus. Seit Ewigkeiten ernähre ich diese Natter, und er dankt es mir, indem er mich beklaut wie ein rumänischer Taschendieb. Aber ich bin ja selbst schuld. Warum schmeiße ich den Kerl nicht gleich raus? Einfach weg! Dann brauche ich mich nicht mehr jeden Tag aufzuregen und lebe länger. Aber weil unser Prophet von mir verlangt, mildtätig zu sein und Sündern zu verzeihen, sogar wenn sie Ungläubige sind, deswegen und nur deswegen habe ich immer ein Auge zugedrückt. Sagte ich ein Auge? Beide Augen und die Hühneraugen gleich mit.«

Er zog an seiner Zigarette und hob die Hand zur Abwehr, als er sah, dass Twiggy etwas sagen wollte.

»Ich habe eine Frau und drei Kinder zu versorgen. Dazu bin ich der Onkel meiner Nichten und Neffen, der Bruder meiner Schwestern und der Sohn meiner Mutter und meines Vaters. In eurer gottlosen Welt ist das scheißegal, ich weiß. Ich meiner Welt aber ist es ein Quell des Entzückens und unaufhörlicher Sorge um das Wohl der Meinen. Glaubt ihr, dass ich da noch irgendwas übrig habe an Schmerz für Betrüger, die an nichts und niemanden glauben und die Kreuzberg in einen Sündenpfuhl verwandelt haben inmitten all der gottesfürchtigen Menschen? Sagt diesem undankbaren Mistkerl, dass er bei einem dieser Ausbeuterbetriebe anfangen kann, wenn er nicht sofort antanzt. Los!«

»Matti sitzt im Knast«, sagte Dornröschen.

»Das wundert mich nicht. Jeder findet den Platz, der ihm zusteht«, knurrte Ülcan. »Allah lenkt unsere Wege. In Sure 5 heißt es: ›Und du siehst, wie viele von ihnen sich beeilen in der Schuld und Übertretung und verbotene Dinge zu verzehren.‹«

»Er ist aber unschuldig«, sagte Twiggy.

Ülcan musterte ihn. Er rauchte hastig zu Ende und zündete sich an der Glut der alten eine neue Zigarette an. »Braucht ihr Geld?«

***

*Es war nicht alles richtig damals. Aber wer macht alles richtig? Im Grundsatz hatten sie recht gehabt. Im Grundsatz. Tausendmal. Viele denken genauso, aber sie trauen sich nicht, das zu sagen. Man schaue sich das Pack an auf der Straße. Solche verkommenen Gestalten wären damals nicht frei herumgelaufen. Es hätte keine Ausländer gegeben. Vor allem nicht die Türken und Araber. Asiatische Horden. Jetzt sehen die Leute, dass es falsch war, sie ins Land zu holen. Jetzt, wo die Frauen belästigt werden. Wo junge Männer Straßen und Viertel besetzt halten, als gehörte das Land ihnen. Wo Polizisten sich nichts mehr trauen, weil sogenannte Politiker und Richter ihnen in den Rücken fallen. Dieser Finanzsenator aus Berlin hat die Wahrheiten ausgesprochen. Der Türke ist von Geburt dümmer als der Deutsche. Wenn der Türke sich vermehrt, vermehrt sich die Dummheit. Und da sich Türken stärker vermehren als Deutsche, siegt am Ende die Dummheit. Wenn nicht einer eingreift und sie rausschmeißt. Das Pack.*

*Sie sind immer noch da, drei Männer, eine Frau. Alle vier Stunden ist Ablösung, du hast es mit der Uhr gestoppt. Sie sitzen im Auto und glotzen. Sie warten auf jemanden. Wenn sie dich meinten, hätten sie dich längst … ja, was? Umgebracht? Warum sollten sie dich umbringen? Jedenfalls, wenn sie es wollten, müssten sie nicht warten. Der Gedanke ist überzeugend. Er beruhigt dich. Du kannst nicht beweisen, dass sie dir folgen, wenn du in die Stadt hinuntergehst. Aber du fühlst es. Kann doch sein, dass du deine Instinkte verloren hast. Dass du dir etwas einbildest. Dass deine Angst dir einen Streich spielt. Auf wen warten sie?*

## 7: Don’t Be Sad

Am Morgen brachten die Bullen Matti in den Knast nach Moabit. Als die Minna übers Hallesche Ufer fuhr, fühlte er sich, als würde er den Landwehrkanal nie wiedersehen. Wie oft war er den entlanggefahren auf dem Weg vom oder zum Hauptbahnhof. Hier gegenüber, am T-Ufer, hatten die Scherben eine Zeit lang gewohnt. *Macht kaputt, was euch kaputt macht.*

Das Aufnahmeprozedere kannte er, aber er fand es entwürdigend wie beim ersten Mal. Er wusste, wie es in der Zelle aussah, aber der Anblick zerschmetterte ihn doch. Er brauchte zwei Stunden, bis er sich wieder im Griff hatte. Eine Zeit lang wollte er mit dem Kopf gegen die Stahltür laufen, dann weinte er, während er das Gesicht von der Tür abwandte, damit kein Schließer ihn so sehen konnte. Mittags setzte sich aber ein Gedanke in seinem Kopf fest. Twiggy und Dornröschen hauen mich raus. Wenn auch sonst alles sich gegen ihn verschworen hatte, die beiden würden Hölle und Himmel in Bewegung setzen, um ihm zu helfen. Und er war doch unschuldig. Dann fielen ihm aber die Berichte ein von Leuten, die Ewigkeiten unschuldig gesessen hatten, um dann mit einer jämmerlichen Entschädigung in ein zerstörtes Restleben entlassen zu werden.

Am Nachmittag wurde Matti ins Besucherzimmer gebracht. Gerd war gekommen. Er drückte Matti eine Weile. Er überragte seinen Mandanten fast um Kopfesgröße. Der braune Anzug schlotterte um den hageren Körper. Sie setzten sich. Es gab drei Stühle und einen Tisch und sonst gar nichts. An den Wänden waren versaute Kritzeleien.

»Die Ergebnisse der Blutuntersuchung sind da«, sagte Gerd, nachdem sie sich gesetzt hatten. Er guckte traurig. »Es ist so gut wie sicher das Blut von Anja Barth und von Westreich.«

»Ach, du schöne Scheiße. Wie kommt das dahin?«, fragte Matti.

»Keine Ahnung«, sagte Gerd.

»Und das stimmt?«

Gerd nickte. »Vor Gericht gilt das als Beweis. Wie ein Fingerabdruck. Und sie werden behaupten, dass jeder auch noch so theoretische Irrtum ausgeschlossen sei, weil sie Blutflecken von zwei Menschen gefunden hätten. Leider kann man dem nichts entgegensetzen.«

Matti spürte den Schweiß auf der Stirn und unter den Achseln. »So eine Scheiße.«

»Sie haben Georgs Haare bei der Jacke gefunden. Anja hatte ja freiwillig eine Probe abgegeben. Außerdem haben sie festgestellt, dass Georg Anjas Vater ist. Fasst man diese Ergebnisse zusammen, hat es keinen Sinn zu bestreiten, dass die Flecken von Georg und Anja stammen.«

»Und nun?«

»Ich will dir nichts vormachen. Die Lage ist beschissen. Dass Blutflecken in eurem Auto sind, beweist natürlich keinen Mord. Aber eine bessere Erklärung haben wir nicht.«

»Irgendjemand hat das Auto benutzt, um die Leichen wegzuschaffen«, sagte Matti. Aber er fand sich selbst nicht überzeugend.

»Das wäre eine Erklärung«, sagte Gerd mit einer Stimme, die Matti auf eine üblere Variante einstimmen sollte.

»Hast du eine andere?«

»Das Auto gehört drei Leuten …«

Matti stutzte. »Du willst, dass ich die anderen …«

»Nein, du musst niemanden belasten. Du musst nur sagen, dass du nicht der einzige Besitzer und Nutzer des Bullis bist, dann könnten wir eine Kaution hinkriegen. Ich dreh das so, dass der Verdacht gegen dich nicht dringend sein kann, wenn es weitere Möglichkeiten gibt, die genauso wahrscheinlich sind.«

»Dann landen Twiggy und Dornröschen auch im Knast.«

»Quatsch«, sagte Gerd.

»Nachher sagen die, wir haben zu dritt die beiden ermordet und die Leichen beseitigt.«

»Glaub mir, ich krieg das hin. Ich kenn den Haftrichter, der ist okay. Der sperrt Leute ungern ein. Wenn man dem was Handfestes hinhält, greift er zu.«

»Kaution? Wie soll ich die bezahlen?«

Gerd kratzte sich am Kopf.

Nach dem Gespräch mit Matti rief Gerd Dornröschen an und fuhr dann zur WG. Die Stimmung war am Boden. Sie hob sich ein wenig, als Gerd erklärte, dass es beim nächsten Haftprüfungstermin eine Chance gebe, Matti herauszuholen. Auf Kaution, wenn überhaupt.

»Wie hoch wird die sein?«

»Das liegt im Ermessen des Richters. In diesem Fall irgendwas zwischen zehntausend und zwanzigtausend Euro. Könntet ihr das auftreiben?«

»Um Himmels willen«, sagte Dornröschen.

Twiggy sah krank aus.

»Und der Richter wird Auflagen verhängen. Wahrscheinlich muss sich Matti regelmäßig bei der Polizei melden und darf die Stadt nicht verlassen.«

»Das ist egal«, sagte Dornröschen. Sie grübelte.

»Ülcan hat Geld angeboten«, sagte Twiggy verzweifelt.

»Aber bestimmt nicht zehntausend Euro«, erwiderte Dornröschen. »Wie lange hätten wir Zeit, das Geld aufzutreiben, wenn der Haftrichter sich darauf einlässt?«

»Das müsste flott gehen, ohne Knete kommt er nicht raus.«

Robbi schnüffelte an Gerds Schuhen, rümpfte die Nase und zog ab.

Auf der Straße brüllten Besoffene. Von weit her pfiff ein Flugzeug. Dornröschen hatte ihr Kinn in die Hände gelegt, die Ellbogen stützte sie auf dem Tisch. Twiggy lehnte sich weit nach hinten und verschränkte die Hände am Genick. Jetzt war es still. Nicht einmal der Wasserhahn tropfte.

»Wir machen eine Sammlung«, sagte Dornröschen. »Richten ein Konto ein, und die Leute kriegen ihr Geld sofort zurück, wenn die Sache ausgestanden ist.«

»Ein paar werden das bezweifeln«, sagte Twiggy. »Aber gute Idee, echt. Nur ob da genug Knete aufläuft?«

»Wir müssen es probieren. Ülcan wird was einzahlen, Detlev und Aldi-Klaus auch. Mal sehen, was mit Werner dem Großmaul ist. Gaby blecht bestimmt was. Und wir sowieso. Ach, das sieht so schlecht nicht aus.«

»*Indymedia*«, sagte Twiggy.

»Und auf der Website der *Stadtteilzeitung*«, ergänzte Dornröschen.

»Da fallen uns noch viele ein«, sagte Twiggy.

»Also, zuerst ein Konto einrichten, und dann wird getrommelt.«

Sie radelten zur Sparkasse. Diesmal ließ Twiggy sich nicht von Dornröschen abhängen. Sie stritten ein bisschen herum mit einer Angestellten, weil es ihnen nicht schnell genug ging. Als sie das Konto eingerichtet hatten, düsten sie zur *Stadtteilzeitung*.

»Matti sitzt im Knast, kommt aber wahrscheinlich gegen Kaution raus. Sagt Gerd. Wir sammeln schon mal Geld.«

Yvonne lächelte unsicher unter ihrem blonden Pony. Sie war erst seit einem Vierteljahr dabei, hatte aber schon entdeckt, dass die Bezahlung in dieser Redaktion die Armuts- und die Arbeit die Belastungsgrenze testete. Aber was blieb ihr übrig außer Hartz IV nach einem fast unendlichen Studium der Kunstgeschichte an der Humboldt-Uni? Rolf, ihr langjähriger Kollege, las gerade Korrektur und winkte nur kurz mit der Hand sein Okay. Heike quälte ihre Tastatur und sagte: »Kohle kommt gleich.«

»Nee, überweisen«, erwiderte Dornröschen. »Wir stellen die Kontonummer auf die Website. Und ich schreib einen Artikel für *Indymedia*. Ihr verbreitet den Artikel dann bei den Antifas, Autonomen, den letzten Antiimps, allen Kiezinitiativen und so weiter. Alle Newsletter, die es gibt. Klar?«

Heike nickte und hackte weiter auf die arme Tastatur ein. Rolf winkte und las.

Dornröschen setzte sich an ihren Rechner und schrieb den Artikel. Sie war schnell beim Schreiben, aber diesmal rauchten die Tasten. »So!« Sie winkte Twiggy heran. »Gegenlesen! Zackzack!«

Twiggy fand keinen Fehler. Der Text war auch sonst erstklassig. Jedem Hirni verständlich und aufrüttelnd.

Dornröschen stellte den Artikel auf die Website der *Stadtteilzeitung* und loggte sich bei *Indymedia* ein. Es dauerte kaum fünf Minuten, und der Aufruf war veröffentlicht. Sie beendete ihr Posting mit der Bitte, den Artikel weiterzuverbreiten. Facebook, Google+, Twitter, »Wer stellt ein Video auf Youtube?«. Dann schrieb sie eine Rundmail an den Verteiler der *Stadtteilzeitung* und eine Mitteilung an die Lokalpresse, auch wenn Heike stöhnte. »Die kannste vergessen ... na ja, vielleicht das ND und die *junge welt.*«

»Noch was?«, fragte Dornröschen. Sie blickte sich um. Aber es kam nichts. »Twiggy und ich müssen jetzt nachdenken. Meine Handynummer habt ihr ja.« Das klang so wie: Wehe, einer ruft an. Natürlich gab es keine Chefredakteurin in der *Stadtteilzeitung*. Aber eine informelle Diktatur, die Dornröschen wie selbstverständlich zugefallen war und die sie gnadenlos ausübte. Widerstand hatte keine Chance, also gab es keinen.

Sie radelten in die Görlitzer Straße und setzten sich auf die Bank neben dem Kuchenkisten-Kiosk. Am anderen Ende saßen zwei trendy gekleidete junge Frauen. Die eine musste Stunden damit verbracht haben, sich Laufmaschen in die schwarze Strumpfhose zu reißen.

Sie bestellten zwei Cappuccinos bei Nadine, die diesmal ihre Himbeer-Schoko-Torte vergeblich anpries. »Matti sitzt im Knast«, sagte Twiggy, »da passt Torte nicht.«

»Was? Matti im Knast? Warum?« Nadine stand wie erstarrt und wurde bleich unter ihren kurzen schwarzen Haaren.

Ein Kampfradler raste schimpfend vorbei. Im letzten Augenblick riss eine Frau ihren Doppelkinderwagen vom Radweg und schrie ihm ein »Arschloch!« nach.

Vom Görli her erklang Musik. Werbung für selbst gebrannte CDs, die Typen an der Skulptur im Park anboten.

»Kaffee ist fertig!«, rief Nadine. Twiggy holte die Cappuccinos.

»Selbst wenn wir Matti aus dem Knast rauskriegen, ist noch

gar nichts gewonnen«, sagte Dornröschen. »Die Sache wird immer verworrener.«

»Wer hat Georg umgebracht? Anja lebt, wir haben sie doch gesehen.«

»Von hinten«, sagte Dornröschen. »Kann schon sein, dass sie auch tot ist. Das wären zwei Morde ohne Leichen. Das gab's noch nie in der Kriminalgeschichte.«

»Sag bloß, du kennst dich da aus.«

Dornröschen winkte ab.

»Ist ja gut«, sagte Twiggy vorsichtig. Er trank einen Schluck, erhob sich halb, zögerte, setzte sich wieder und guckte in Richtung Tresen.

»Wenn du mir die Hälfte abgibst«, sagte Dornröschen.

Twiggy strahlte und marschierte zum Kiosk. Er quatschte mit Björn, der inzwischen aus der Hängematte in der Wohnung um die Ecke gestiegen war und sich mit der Espressomaschine herumärgerte. Twiggy trug zwei Teller zur Bank. Er stellte einen Teller vor Dornröschen und einen vor sich. Auf jedem lag ein extragroßes Stück Himbeer-Schoko-Torte.

»Ich wollte ein halbes Stück«, sagte Dornröschen.

»Du hast es. Die andere Hälfte gibst du mir.«

Dornröschen schnappte nach Luft, aber sie schüttelte doch nur den Kopf. Sie steckte ein kleines Stück in den Mund, während Twiggy einen Rekordversuch im Torten-Schnellvernichten begann.

»Wir haben versucht, Georgs Freunde aufzutun, wir haben mit Anjas Spezi Christoph gesprochen …«

»Wenn wir noch mal ins *Cassiopeia* gehen, finden wir vielleicht jemanden, der Anja kennt«, sagte Twiggy.

»Okay, das machen wir, auch wenn es nervt.«

»Sonst fällt mir nichts ein«, sagte Twiggy und stierte auf Dornröschens Teller, wo zwei Drittel des Stücks um ihr Leben zitterten.

Dornröschen schob ihm den Teller zu, und Twiggy verputzte die Torte bis zum letzten Krümel.

»Wir müssen noch einmal ganz von vorn anfangen.«

»Klar«, sagte Twiggy.

»Nein, ich meine, von vorn. Als Georg abgetaucht ist.«

»Und wie machen wir das?«

»Kennst du Harald noch?«

»Hm.«

»Ich weiß, du magst den nicht. Er ist auch ein Affe.«

»Offenbar ein nützlicher Affe.«

»Er ist Historiker und hat über den Terrorscheiß geschrieben.«

»Das macht ihn nicht netter.«

»Aber er gibt immer den Superlinken, könnte geradezu mit Werner konkurrieren.«

»Der liebe Harald neigt im Gegensatz zu Werner zur Überzeugung, dass im Kapitalismus sowieso alles Scheiße ist und man sich deshalb mit Politkleinkram besser gar nicht beschäftigt. Das beschmutzt einen und stützt nur das Ausbeutersystem.«

»Ist ja recht«, sagte Dornröschen.

»Nein, ist nicht recht. Dieser Fatzke hockt in seinem Ohrensessel und fordert zum Nichtstun auf. Politik in diesem System befleckt nur. Ich habe noch nie eine blödere Begründung dafür gehört, die nicht existierenden Vorzüge des Kapitalismus besten Gewissens zu genießen.«

Dornröschen grinste. Sie zeigte auf Twiggys Teller. »Manche Vorzüge des Ausbeutersystems genießt du auch in vollen Zügen.«

»Blöde Kuh!«

Sie zeigte ihm den Mittelfinger. Dann nahm sie das Handy ans Ohr. »Harald, toll, dass ich dich gleich erwische.«

Twiggy verzog das Gesicht.

»Ich habe ein paar Fragen zum bewaffneten Kampf … ja, Siebzigerjahre … haste bald mal Zeit? Es eilt, tut mir leid.«

Twiggy tat so, als würde er kauen, und hielt sich imaginäres Süßholz in den Mund.

»Heute nicht … ach so, ja, das verstehe ich … klar, die Familie hat Vorrang … ach, ein Töchterchen hast du … nein, ich leider nicht … es kam nie der Richtige … außerdem habe ich gewissermaßen zwei Kinder … ja, wir wohnen immer noch da … nein, es geht nicht so gut, Matti sitzt im Knast … nein, zu Unrecht … er hat gar nichts getan … echt nicht … wegen ihm müssen wir reden … ja, genau … die wollen ihm was anhängen … er soll einen alten Genossen versteckt haben … ja, bei uns in der WG … das wüsste ich, wenn's so war.« Sie lachte künstlich und umso lauter. »Gut, super, ganz toll, bis morgen.«

Sie steckte das Handy in ihre Tasche und sagte: »Puh!«

»Was hast du denn da für eine Geschichte erzählt?«

Dornröschen schüttelte verzweifelt den Kopf. »Wenn ich dem gesagt hätte, dass sie Matti gleich zwei Morde anhängen wollen, na, ich sag dir …«

»Ein feiges Arschloch, meine Rede.«

»Hab ich nie bestritten. Morgen besuchen wir den Helden, und bis dahin übst du, wie man artig ist und auch die blödesten Sprüche noch mit einem Lächeln erträgt und Beifall klatscht. Kapiert?«

»Ja, ja. Ist ja gut.«

»Ist gar nicht gut«, schnauzte sie.

»Nun reg dich ab!«, donnerte Twiggy zurück.

»Soll ich den Notarzt rufen?« Nadine lehnte sich weit aus dem Fenster.

Schweigen.

»Du zahlst«, sagte Dornröschen endlich.

Twiggy zog den Kopf zwischen die Schultern und trabte zu Nadine. Er bezahlte, und sie fuhren zur Revaler Straße. Sie waren zu früh und zockelten über die Oberbaumbrücke. Als sie am *Cassiopeia* eintrafen, war der Eingang noch verschlossen.

Twiggy fluchte. Dornröschen aber freute sich. »Da halten wir jedem die Fotos vor die Nase, einem nach der anderen.«

»Bis die Rausschmeißer kommen, uns wiedererkennen, und dann setzt es was.«

»Hast du Schiss?«

»Nein, überhaupt nicht. Nur keinen Bock auf die Notaufnahme.«

Sie stellten sich neben den Eingang. In diesem Augenblick erschien ein Typ. Schwarze Hose, schwarzes Hemd, schwarzes Jackett, schwarze Sonnenbrille, schwarze Meckihaare. Darin verpackt ein Körper, der im Fitnessstudio geboren sein musste. Der Türsteher. Er musterte die beiden, und die musterten ihn. Dornröschen erkannte ihn nicht. Da hatten sie vielleicht Glück. Sie stellte sich vor ihn und erschien so fragiler als ohnehin schon. »Sag mal, hast du die schon mal gesehen?«

»Wer will das wissen?«

»Ich.«

»Und wer bist du?«

Dornröschen tippte auf die beiden Fotos. »Die Frage ist, wer die ist. Die ist eine Freundin von mir. Meine beste Freundin, wenn dir das was sagt. Sie ist einfach verschwunden. Weg. Und ich habe Angst, ihr ist was passiert. Okay?«

Der Typ deutete ein Nicken an. »Und warum sucht ihr hier? In diesem Laden verschwindet niemand.«

»Behaupte ich auch nicht. Aber sie hat mir immer vorgeschwärmt vom *Cassiopeia*, verstehst du? Könnte doch sein, dass hier jemand ist, der sie kennt und eine Idee hat, wo sie sein könnte.« Dornröschen hielt sich die Hand vor den Mund. »Oder ob was Schlimmes geschehen ist.« Sie tat erschreckt, als wäre ihr diese Möglichkeit erst jetzt eingefallen.

»Na, zeig mal her«, sagte der Typ.

Dornröschen gab ihm die Fotos.

»Hübsch ... echt ... hm ... ja ... könnte sein ...«

»Denkst du an eine bestimmte Frau?«

Der Typ nickte, die Hand am Kinn.

»Kam sie allein?«

Er atmete durch. »Weiß nicht.«

»Überleg! Bitte!«

»Ach, Mädchen. Die drängen zum Eingang. Woher soll ich wissen, ob sie allein war?«

»Wann hast du sie das letzte Mal gesehen?«

Der Typ schüttelte den Kopf. »Du stellst Fragen! Vor einer Woche, zwei ... was weiß ich?«

Ein Pärchen schlenderte heran. Sie groß, mager und pagenköpfig, er kürzer und dicklich. Dornröschen wandte sich vom Türsteher ab und hielt den beiden die Fotos hin. »Kennt ihr die?«

Die beiden betrachteten die Fotos und wechselten einen Blick. Dann zuckten sie mit den Achseln. Alles im Gleichklang. »Nee«, sagte sie. »Die kennen wir nicht.«

»Wird's voll heute?«, fragte Twiggy den Türsteher, um ihn bei Laune zu halten.

»Weeß nich.«

»Es stört dich hoffentlich nicht, dass wir eure Gäste befragen.«

»Macht mal.«

Sie machten, aber es brachte nichts. Stundenlang hielten sie einer Million Leute die Fotos unter die Nase. Kaum jemand betrachtete sie gründlich. Je später der Abend, desto heiterer die Gäste. Ein besoffener Tourist wollte Dornröschen anbaggern und spürte gleich Twiggys Griff am Kragen. Der Türsteher griente. »Können wir rein, um deine Kollegen zu fragen?« Dornröschen guckte ihn superunterwürfig an.

»Klar.« Er ging ein paar Schritte hinter den Einlass und kehrte mit einem Stempel zurück. »Ihr versprecht, dass ihr gleich wieder verschwindet, okay?«

Twiggy und Dornröschen nickten brav wie Schulkinder.

»Vorderflossen her!«

Sie hielten ihre Hände nach vorn, und der Türsteher verpasste ihnen Stempel. »Die kriegt ihr nie wieder ab«, sagte er.

Twiggy und Dornröschen lachten pflichtschuldig.

Drinnen stampfte und zuckte es wieder. Twiggy wühlte sich vor zum Tresen, Dornröschen im Schlepptau. Twiggy schob sich zwischen zwei Männer. Dornröschen schaute sich um. Ihr war mulmig. Wenn irgendein Sicherheitsfritze sie erkannte, konnte es heftig werden. Sie zog Twiggy vom Tresen weg. »Lass mich die Leute anquatschen. Und du machst dich klein.«

»Ja, Mutti.«

Der Typ hinterm Tresen hatte Twiggy offenbar noch nicht gesichtet. Dornröschen lehnte sich über die Theke und winkte der

Frau mit den Glitzerhaaren zu. Die guckte mürrisch, kam aber. Dornröschen knallte die beiden Fotos vor die Glitzerfrau. »Kennst du die?«

»Bist du von den Bullen?«

»Quatsch. Ist 'ne Freundin. Verschwunden!«, rief sie.

Die Glitzerfrau klimperte mit lila Augendeckeln. Sie betrachtete die Fotos genau, dann sagte sie: »Die war ein paarmal hier.«

»War sie allein?«

Die Kollegin kam und blickte auf die Fotos. Die Glitzerfrau sagte ihr was ins Ohr. Der DJ brüllte Unverständliches auf die Tanzfläche. Die Musik dröhnte lauter. Gekreische. Das Zucken wechselte von Blau auf Rot.

»War sie allein?«, wiederholte Dornröschen. Ihr Gesicht rötete sich vor Anstrengung.

»Weiß nicht. Wie soll ich das sehen?«

»Wenn sie mit 'nem Typ knutscht...«

»Ich habe nichts gesehen.«

»Was hat sie bestellt?«

Die Glitzerfee überlegte. »Irgendwas mit Wodka... den Amato...«

»Was ist das?«

»Wodka, Wermut, Mandarinenlikör.«

»Hat sie nur für sich was zu trinken geholt?«

»Nur.«

»Wann hast du sie das letzte Mal gesehen?« Der Krach wirbelte die Hirnzellen durch den Schädel, es wurde enger und stickiger und lauter sowieso.

»Weiß nicht... ist eine Weile her.«

Irgendwer packte sie an der Schulter und zog sie nach hinten. Sie schrie auf und wollte sich umdrehen. Aber sie war in einem Klammergriff gefangen. Ein Typ hielt beide Oberarme, als hätte er Riesenzangen anstelle von Händen. Im Augenwinkel sah sie, wie ein anderer Riese Twiggy auf die gleiche Weise zum Ausgang schob. Er versuchte sich loszuschütteln, aber er konnte sich nicht lösen aus dem Bioschraubstock. Der Türsteher guckte verdattert, als die Prozession sich durch den Ausgang schob. Beide kriegten einen Schubs, dann waren die Rausschmeißer im Lokal verschwunden.

»Tschüss!« Twiggy winkte dem Türsteher zu. Der guckte ihnen mit glasigen Augen nach.

»Und wo waren deine Anabolikafreunde?«, fragte Dornröschen.

»Keine Ahnung. Vielleicht haben sie Ärger gekriegt wegen uns. Vielleicht haben sie frei.«

Als sie in der Küche saßen, klingelte das Telefon. Ülcan war dran. Er hatte noch nie angerufen. »Was ist mit dem Faulenzer?«

»Sitzt noch«, sagte Dornröschen.

»Scheiße. Die erzählen einem immer, in Deutschland kann so was nicht passieren. Scheiß drauf. Braucht ihr immer noch kein Geld? Anwalt und was zu essen für den Nichtsnutz?«

»Anwalt ist umsonst. Aber für die Kaution ...«

»Was ist Kaution?«

»Man hinterlegt ... ein Pfand ...«

»Wie für Flasche«, sagte Ülcan und lachte. »Das passt: Für Flasche Matti zahl ich Pfand. Das kriegt man zurück, oder?« Er lachte wieder.

In der Nacht wachte Matti auf und fühlte Stein und Stahl. Es war eng. Es roch nach Bohnerwachs. Im Gang klickte etwas, gedämpft und darum noch unheimlicher. In diesem Augenblick stürzte alles auf Matti ein. Er hatte sein Leben verpfuscht, als er das Studium abbrach und nichts anderes lernte. Er hatte sich damit zufriedengegeben, Taxi zu fahren, und sich für den Durchblicker gehalten. Keine Demo, keine Hausbesetzung, keine militante Aktion ohne Matti. Und nun saß er im Knast und war so unschuldig wie der erste Tag. Er hatte überhaupt nichts getan. Geholfen hatte er, sonst nichts. Er kriegte das Heulen. Das ganz große Heulen. Er drückte sein Gesicht ins Kissen und ließ es laufen. Als er sich allmählich beruhigte, spürte er die Erleichterung. Und die Genugtuung, dass kein Schließer, kein Bulle und kein Staatsanwalt Zeuge seiner Schwäche geworden waren. In dem Maß, wie die Niedergeschlagenheit schwand, kehrte der Kampfeswille zurück. Er würde nicht aufgeben. Nie. Er würde diesen Ärschen beweisen, dass er unschuldig war. Dass diese Koryphäen des Rechtsstaats einen Unschuldigen eingebuchtet hatten.

Zum Frühstück gab es eine »Kaffee« genannte Plörre, Graubrot, Margarine, Marmelade. Er aß es, als wäre es vom Frühstücksbuffet im *Adlon*. Er konnte es kaum erwarten, mit Gerd zu reden. Und der staunte, wie entschlossen Matti auftrat, als der ins Besucherzimmer geführt wurde. Nach einer kurzen Umarmung setzten sie sich.

»Wir versuchen, dich hier gegen Kaution rauszuholen«, sagte Gerd.

»Wie soll ich die Kaution auftreiben?«

»Twiggy und Dornröschen kurbeln wie die Doofen.«

Matti fühlte Wärme in sich, fast eine Art Glückszustand. Natürlich, Twiggy und Dornröschen rödelten wie die Irren, um ihn rauszuholen. Das war doch logisch. »Klar«, sagte er.

»Sie versuchen, Geld aufzutreiben.«

»Wie viel brauchen wir?«

»Das wird sich zeigen. Ich tippe auf fünfzehntausend.«

»Scheiße.«

»Wart's ab.«

»Morgen sind wir wieder vor dem Ermittlungsrichter. Da wird der Staatsanwalt vorlegen, was er inzwischen herausgefunden hat.«

»Warum nicht gleich?«

»Die Staatsanwaltschaft hat darum gebeten. Die müssen wohl noch ein bisschen basteln. Ich habe widersprochen ...«

»So ein Mist!« Matti wäre dem Staatsanwalt gern an die Kehle gesprungen.

»Wir brauchen sowieso Zeit. Du kommst hier nicht raus ohne Kaution.«

Matti mühte sich, seine Ungeduld zu dämpfen. »Aber die müssen doch auch nach Entlastungsbeweisen suchen.«

Gerd winkte ab. »Was die so alles müssen. Man könnte fast den Eindruck haben, der Staatsanwalt hätte nichts dagegen, wenn du verurteilt würdest. Du hast die zu oft geärgert. Und jetzt treten sie dir in die Eier. Jedenfalls wollen sie das. Der Haftrichter ist eigentlich okay. Das mit der Kaution kriegen wir schon hin. Aber damit ist grundsätzlich gar nichts geklärt.«

Die Depression flog ihn an, drehte aber im letzten Moment ab. Nein, er würde sich nicht unterkriegen lassen. Er nicht.

Dornröschens erster Gedanke: Wie gut, dass Twiggy dabei ist. Ihr zweiter: Was ist es denn das für eine kaputte Gestalt?

*Dr. Harald Koenigs* stand auf dem Klingelschild in der Riemannstraße, nah am *Molinari*. Die Wohnung war hygienisch clean, die Bücher standen Kante an Kante in den Regalbatterien, kein Stäublein befleckte den Glastisch, auf dem Harald eine Porzellanteekanne auf ein Messingstövchen gestellt hatte, dazu chinesische Tassen ohne Henkel. Kein Zucker, keine Milch. Zur Straße und zum Hof Fenster, keine Blumen. Gegenüber dem Ledersofa mit Chrombeinen eine englische High-End-Anlage mit Röhrenverstärker und Analogplattenspieler auf einem Podest mit Wasserwaage. Kein Fernsehgerät.

Harald hatte die Arme ausgebreitet, als er sie begrüßte. »Mensch, dass ich dich mal wiedersehe!« Dornröschen mühte sich vergeblich, der Umarmung auszuweichen. Twiggy kriegte nicht mal einen Händedruck. »Kommt rein!« Plural, immerhin.

Haralds graue Augen widerlegten das strahlende Lächeln. Sie musterten hektisch seine Gäste. Sie spiegelten die Frage, was die von ihm wollten. Seine Angst, da gäbe es etwas, das ihn belasten könnte. Ja, ja, man hatte so einiges erlebt, was mancher später nicht mehr erlebt haben wollte. Wenn man seine Vergangenheit nur löschen könnte. Reset, Neustart, fertig.

Harald setzte sich in das einzige antike Stück seines Wohnzimmers, einen Ohrensessel. Twiggy fand auf einem Sessel Platz. Er und alle sonstigen Möbel passten zum Sofa. Nur Harald passte nicht dazu, klein und fett, wie er war. Die Koteletten ragten fast bis zum Kinn.

»Nun, was kann ich für euch tun?« Er zeigte auf den Tisch.

»Grüner Darjeeling, feinster Stoff, ich hab da meine Quellen. Ihr nehmt euch.«

Dornröschen schenkte sich ein. Twiggy fixierte Harald.

»Wie geht's, Harry?«, fragte Dornröschen.

»Supi, echt supi«, sagte Harry.

»Du bist an der FU?«

»Humboldt.«

»Und was?«

»Historiker. Prof.«

»Respekt«, sagte Dornröschen. Sie nippte an der Tasse. »Guter Stoff.«

Harry lächelte ein Lächeln, das einer lächelte, der es gewusst hatte. Er nickte kaum wahrnehmbar. »Matti ist wirklich im Knast?«

Dornröschen berichtete knapp.

Harry machte große Augen. »Mord? Matti trau ich eine Menge zu, aber Mord. Nee.« Er blickte sich um, als fürchtete er Wanzen in den Wänden. »Matti ist ja immer superaktiv gewesen. Und er hat auch ein paar Sachen … na ja.« Ein Blick zu Twiggy, ein Blick zu Dornröschen. »Aber was wollt ihr von mir? Ich hab mit diesen … Dingen doch nichts zu tun.«

»Stimmt«, sagte Twiggy und erntete einen Strafblick von Dornröschen.

»Ich war immer der Meinung, dass man den Kapitalismus nicht reformieren kann. Er tötet alle Kritik, indem er sie einfach aufnimmt. Die Kreuzberger Krawalle gehören doch auch schon zur Unterhaltungsindustrie. Bald organisieren sie Bustouren zum Kotti, damit die Spießer aus sicherer Entfernung mal 'ne echte Straßenschlacht erleben. Brot und Spiele. Früher haben Leute verlangt, die Banken zu verstaatlichen. Und wer hat's gemacht?«

»Genau, deswegen wartet man besser auf den Ausbruch der Revolution.«

»Der Kapitalismus geht an den eigenen Widersprüchen zugrunde. Man muss dann nur die Reste aufsammeln«, sagte Harry.

»Vorher was tun, wär auch gefährlich«, sagte Twiggy.

»Unnötig gefährlich«, korrigierte Harry. »Wenn's drauf ankommt, bin ich der Erste auf der Barrikade.«

Mit einer heftigen Handbewegung bremste Dornröschen Twiggy. Der guckte pikiert, schwieg aber.

»Klar«, sagte Dornröschen. »Sag mal, du bist doch Experte für RAF und so?«

»Und ob.« Harry richtete sich im Sitzen auf.

»Wir haben die Idee, dass wir Matti nur helfen können, wenn wir die Sache ganz von vorn aufrollen …«

»Klingt gut.«

»Hast du eine Ahnung, wie wir mehr über Georg rauskriegen können? Wer seine Freunde in der Illegalität waren? Mit wem er bis zuletzt unterwegs war? Wo er sich vielleicht aufgehalten hat?«

Harry stand auf und ging zum Bücherregal. Er zog einen Band heraus und hielt ihn hoch wie eine Trophäe. »Den hab ich mit herausgegeben. Und ich hab, bei aller Bescheidenheit, den zentralen Beitrag geschrieben. Also den, der dem Buch seine Bedeutung gibt.«

»Bestimmt«, sagte Dornröschen.

Harry warf ihr einen Blick zu, dann schlug er das Buch auf und tat so, als würde er lesen. »Georg kommt auch drin vor. Aber was wollt ihr über ihn wissen?«

»Hat Dornröschen doch gesagt …«

Harry blickte Twiggy irritiert an, dann wandte er sich wieder Dornröschen zu. »Ihr wollt wissen, mit wem er so rumgezogen ist im Untergrund.«

»Wir suchen jemanden, der uns erklären kann, was aus Georg geworden ist. Wir wissen nicht, warum er nach Berlin gekommen ist …«

»Sentimentalität vielleicht?«

»Ist möglich. Kann man sich gut vorstellen, dass einer in der arabischen Wüste den Koller kriegt und Risiken eingeht, nur um den Mariannenplatz noch mal zu sehen.«

»Klar. Aber Georg war nicht sentimental. Er hat wenig abgesondert in dieser Zeit, jedenfalls ist wenig erhalten geblieben und bekannt geworden. Er galt als harter Hund. Als nicht sehr helle, aber gewissenlos.«

»Hat er Leute ermordet?«

»Du weißt doch, wie das war. Die haben die Leute pauschal verknackt. Die Terris haben nichts gesagt vor Gericht. Na gut, dann kriegen sie halt alle Lebenslänglich für einen Mord, den aber nicht alle begangen haben. Keine Ahnung, ob Georg jemanden umgebracht hat.« Er klappte das Buch zu, legte es auf den Tisch und setzte sich.

Twiggy klopfte auf seinen Knien herum.

»Warum könnte er deiner Meinung nach trotz des Risikos nach Berlin gekommen sein? Wenn wir mal von einem Rappel absehen«, sagte Dornröschen.

Harry verzog den Mund und kräuselte die Stirn. »Altersversorgung fiele mir ein ...«

Dornröschen nickte.

Twiggy sagte: »Darauf sind wir ...«

»Bisher gar nicht gekommen«, unterbrach Dornröschen.

Twiggy glotzte sie an und schüttelte den Kopf.

»Und was sonst noch?«

»Vielleicht hat er aufgegeben und wollte sich stellen?«

»Das haben wir gecheckt. Er hätte bestimmt einen Anwalt aufgesucht.« Sie wandte sich an Twiggy. »Hat sich eigentlich der flinke Rudi gemeldet?«

»Bei mir nicht.« Er trommelte mit den Fingern ein Solo auf die Knie, das Keith Moon hätte erblassen lassen.

Harry beobachtete es verunsichert, dann blickte er wieder Dornröschen an. »Den gibt's auch noch?«

Dornröschen nickte. »Er wollte sich melden, sobald er weiß, ob Georg sich einen Anwalt genommen hat.«

»Offenbar nicht«, sagte Twiggy. »Rudi war immer zuverlässig.«

»Er wollte seine Tochter sehen«, sagte Harry.

»Das fällt unter Rappel«, erwiderte Dornröschen.

»Rappelkriegen, Tochter sehen plus Sich-Stellen, das scheint mir die wahrscheinlichste Erklärung.«

»Erklärt nicht, warum Georgs Leiche verschwunden ist.«

»Was!?«

»Hatte ich nicht erzählt. Er wurde im Volkspark Friedrichshain erschossen.«

»Weiß ich, also nicht den Volkspark, aber dass … Stand da nicht was in der Zeitung?«

»In der mit den großen Buchstaben. Die haben wild herumfabuliert.«

»In der *Berliner* war auch was«, sagte Harry. »Jetzt, wo du mir erzählst, was passiert ist, fällt's mir wieder ein.«

»Anja und Matti haben die Leiche noch gesehen, und plötzlich war sie weg.«

»Was ist denn das für eine Geschichte?« Harry kratzte sich auf dem Kopf. »Eine Leiche verschwindet einfach so. Darüber stand auch was in der Zeitung. Eine Leiche verschwindet. Vielleicht war der nicht tot.«

»Loch in der Stirn, das reicht normalerweise.«

»Nicht unbedingt. Ich hab da zuletzt was gelesen. Selbstmörder, die sich mehrfach erschießen, weil sie es nicht geschafft haben, sich die Birne richtig wegzuballern. Könnte echt sein, dass er erschossen wurde oder sich selbst erschossen hat und abgehauen ist. Mit einem Loch im Kopf. Das gibt es, echt.«

Dornröschen überlegte. Sie hatte keinen Grund, ihm nicht zu glauben.

Twiggy tippte auf seinem Handy. Dornröschen fragte sich, wie er es schaffte, die Minitasten mit seinen Wurstfingern zu treffen. Er war ungeheuer flink. Twiggy guckte, schüttelte den Kopf, dann nickte er bedächtig. »Es gibt Leute, die haben sich in den Kopf geschossen und waren nicht tot. Dann haben sie das Gewehr noch einmal geladen, echt, man glaubt es nicht, und sich ins Herz geschossen. Irre.«

»Also noch eine Version: Georg reist nach Berlin, um seine Tochter zu sehen, und bringt sich danach um. Nachdem er sich in den Kopf geschossen hat, fällt er hin, steht aber wieder auf und läuft weg. Nur, dann hätte ihn jemand finden müssen. Wie weit kommt man mit einem Kopfschuss?« Dornröschen hielt inne und überlegte.

»Das ist Quatsch«, sagte Twiggy. »Dann müsste jemand den gescheiterten Selbstmörder gesehen haben. Und der hätte die Bullen gerufen.«

Der grüne Darjeeling war wirklich spitze. Dornröschen gestand es sich ungern ein. Sie schenkte sich nach.

»Nein, die Möglichkeit fällt aus. Die ist fast so wahrscheinlich wie die Landung kleiner grüner Männchen, deren Invasion Georg zum Opfer fiel.« Zur Bestätigung schnalzte Twiggy mit Daumen und Zeigefinger.

»Um darauf zurückzukommen«, sagte Dornröschen ungeduldig. »Wer weiß, was Georg im Untergrund getrieben hat? Wer kennt die Leute, mit denen er verkehrte? Wenn wir wissen, was Georg mit wem gemacht hat, finden wir vielleicht heraus, was passiert ist ...«

»Steile These«, sagte Harry.

»Hast du eine bessere?«

»Nee.«

»Was heißt, dass wir Georg auf die Pelle rücken müssen. Und deshalb sind wir hier. Wenn jemand weiß, wie wir das hinkriegen, dann du.«

Twiggy verzog das Gesicht.

Harry hob die Augenbrauen, tippte sich mit zwei Fingern gegen die Schläfe und gab mimisch den Philosophen.

»Wenn wir die Akten vom VS angucken dürften, dann kämen wir bestimmt weiter. Aber die kriegen wir nicht.«

»Dann guckt euch doch die Akten der Stasi an«, sagte Harry.

»Hm«, sagte Dornröschen.

»Die hatten IM in der Szene und waren höllisch darauf bedacht, Anschläge in der DDR zu verhindern. Die hatten die Szene nicht im Griff, aber im Auge. Und sie hatten Leute beim VS, beim BKA, in der Justiz. Spitzel allerorten. In den Akten findet man kiloweise

Berichte, aber auch Briefe, Erklärungen der Untergrundhelden und so weiter.«

»Wie kommen wir da ran?«

»Ganz einfach. Antrag stellen. Du bist Journalistin und schreibst eine Artikelserie über die RAF und Genossen. Und du lässt dir alle Akten vorlegen, die mit dem Thema auch nur ungefähr zu tun haben.«

Der Staatsanwalt fuchtelte mit dem Finger. Er war rot im Gesicht. Der Richter hinterm Schreibtisch schwieg, hörte aber genau zu. Er ließ sich nicht anmerken, ob ihn ein Argument überzeugte. Der Staatsanwalt zeigte auf Hauptkommissar Schmelzer und erklärte: »Die Beweise, welche die Polizei bisher schon gesammelt hat, reichen aus, um diesen … Herrn« – er zeigte auf Matti – »zu verurteilen. Ihn erwartet Lebenslänglich, das reicht aus, um die Fluchtgefahr zu begründen. Eigentlich sollte diese Verhandlung in diesem Augenblick beendet sein.«

Matti begriff gleich, dass der Staatsanwalt sich künstlich erregte, um Eindruck zu schinden. Aber der Richter lächelte freundlich und sagte: »Ich möchte doch schon gern hören, was der Herr Schmelzer uns vorzutragen hat. So viel Zeit haben wir noch. Sie müssen es ja nicht unnötig ausweiten.« Er zeigte auf den Hauptkommissar, der außen am Schreibtisch des Richters saß.

Schmelzer räusperte sich, überlegte und sagte: »Die Beweise sind eindeutig …«

»Vielleicht überlassen Sie die Bewertung mir. Berichten Sie, was Sie haben. Das genügt.«

Falten traten auf Schmelzers Stirn. Er schnäuzte sich. »Wir haben einen Mord, von einem zweiten müssen wir ausgehen. Georg Westreich wurde im Volkspark Friedrichshain getötet, der Beschuldigte selbst hat erklärt, Zeuge dieses Verbrechens zu sein. Wir glauben, dass er der Täter ist. Die Identität des Opfers ist zweifelsfrei geklärt durch Spuren am Tatort. Es finden sich Blutflecken von Westreich im VW-Bus dieser WG, der Herr Jelonek angehört. Zwar ist der Bus auf eine Julia Damaschke zugelassen, die auch in dieser WG wohnt. Aber der VW-Bus wird von allen drei Mitgliedern der Wohngemeinschaft genutzt. Der Schlüssel hängt frei zugänglich neben der Wohnungstür. Herr Jelonek war am Tatort, er hatte die Möglichkeit, die Leiche zu beseitigen, und so kamen die Blutflecken in den VW-Bus.«

»Und der zweite Fall?«, fragte der Richter.

»Frau Barth hatte Kontakt zu dem Beschuldigten, engen Kontakt, wie die Auswertung der Bettlaken von Herrn Jelonek verrieten. Frau Barth hatte die Leiche von Westreich gefunden. Der ist ihr Vater, wie sie erst kürzlich erfuhr. Zwar war Frau Barth keine Tatzeugin im Volkspark, aber sie hat danach eins und eins zusammengezählt und ist aus Angst verschwunden. Wir wissen nicht, wie der Beschuldigte sie dann doch gefunden hat. Aber die Blutspuren im VW-Bus legen den traurigen Schluss nah, dass auch sie Opfer von Jelonek …«

»Herrn Jelonek«, warf Gerd ein.

»… wurde.«

»Haben Sie auch ein Motiv?«, fragte der Richter.

»Ja, Herr Richter, das haben wir. Das Motiv für den Mord an Frau Barth habe ich bereits erwähnt. Sie wurde Zeugin und wusste zu viel. Deshalb musste der Beschuldigte sie ausschalten. Den Mord an Westreich hat er begangen, weil Westreich auspacken wollte und Herr Jelonek fürchtete, dass seine Verwicklung in die Terroranschläge der Siebziger- und Achtzigerjahre offenbart würde.«

»Sie sollten Krimis schreiben, Herr Kommissar«, sagte Gerd trocken.

Der Hauptkommissar stutzte und fuhr dann fort. »Das wäre die eine Möglichkeit. Die andere wäre, dass Westreich sich nicht stellen wollte, sondern einen Banküberfall plante, weil ihm das Geld ausgegangen war. Aber der Überfall musste sich lohnen, danach wollte Westreich so schnell wie möglich abtauchen. Deshalb wandte er sich an seinen alten Kumpan, den Herrn Jelonek …«

»Danke, Herr Hauptkommissar«, sagte der Richter. »Das mag

alles so sein. Nur brauchen wir Beweise, wie Ihnen gewiss bekannt sein dürfte.«

»Auch wenn Sie unsere Darstellung anzweifeln, Herr Richter, so bleiben doch die harten Fakten. Das Blut im Auto, das Verschwinden der Leiche, das Verschwinden …«, sagte der Staatsanwalt.

Der Richter hob die Hand. »Sie schweifen ab.« Er blickte Gerd an. »Herr Rechtsanwalt, das sieht nicht gut aus für Ihren Mandanten. Wie sehen Sie das?«

Gerd rutschte auf dem Stuhl hin und her. Er schluckte und hüstelte. »Was der Herr Staatsanwalt und sein tapferer Gehilfe …«

»Ach, nicht doch«, sagte der Richter.

»… vorführen, ist eine Art Rachefeldzug …«

»Nein, nein, nein!«, sagte der Richter. »Sie verschwenden meine Zeit. Haben Sie in der Sache etwas vorzutragen?«

»Erstens gibt es in Wahrheit keinerlei Beweise gegen meinen Mandanten. Der Herr Staatsanwalt hat da etwas konstruiert, das stimmig wirkt, dessen Gegenteil aber genauso stimmig wäre. Es gibt drei mögliche Fahrer des VW-Busses. Es gibt weiterhin die Möglichkeit, dass jemand den Bus entwendet hat, um ihn für eine Straftat zu benutzen, und dass derjenige den Bus zurückgebracht hat, um den Verdacht auf meinen Mandanten oder einen seiner Mitbewohner zu lenken.«

»Gibt es einschlägige Spuren am Fahrzeug?«, unterbrach der Richter. Matti erschien er gerade besonders aufmerksam.

Bevor der Staatsanwalt oder Schmelzer etwas äußern konnten, erwiderte Gerd: »Das ist ein Uraltauto, das könnte sogar ich knacken, ohne Spuren zu hinterlassen. Leute, die davon mehr verstehen als ich, öffnen dieses Auto innerhalb von wenigen Sekunden.«

Der Richter blickte Schmelzer an. Der nickte.

»Des Weiteren gibt es ein Motiv nur in der Fantasie der Ermittlungsbehörden. Wenn ich mich einmal neben mich stelle und nicht der Anwalt von Herrn Jelonek bin, fielen mir mindestens fünf weitere Motive ein, die für oder gegen ihn sprechen. Die Kripo weiß doch selbst, dass sie bei Herrn Jelonek kein Motiv findet.«

Der Richter wiegte seinen Kopf.

»Georg Westreich war ein alter Freund von Herrn Jelonek. Er hat sich aber nicht bei ihm gemeldet, als er wieder auftauchte. Er hat seine leibliche Tochter kontaktiert, und die hat in ihrer Panik Herrn Jelonek zu Hilfe gerufen, als sie die Leiche ihres Vaters fand. Erst dann ist Herr Jelonek in den Volkspark Friedrichshain gefahren. Auch er hat die Leiche gesehen, Frau Barth dann aber zum Café Schoenbrunn begleitet, weil sie unter Schock stand. Direkt danach verschwand die Leiche. Es gibt nichts, überhaupt nichts, was diese Darstellung widerlegen könnte.«

»Woher kannten Sie Frau Barth?«, fragte der Richter.

»Sie hat mich angerufen, weil Georg ihr gesagt hat, ich könnte ihr helfen.«

»Helfen? Bei was?«

»Bestätigen, dass Georg ihr Vater sei.«

»Konnten Sie das?«

»Nein. Aber ich kannte Georg und wusste, dass er mit Anjas leiblicher Mutter ein Verhältnis hatte. Es war also immerhin möglich.«

Der Richter nickte. »Sie haben sich aber schnell angefreundet mit Frau Barth. Ich will jetzt nicht eingehen auf die Spuren in Ihrem Bett …«

»Ja, aber das spricht eher dagegen, dass ich sie umgebracht habe. Ich mag sie sehr, nach wie vor. Ich glaube und hoffe jedenfalls nicht, dass sie tot ist.«

»Beziehungstat!«, sagte Schmelzer.

Der Staatsanwalt lief rot an. Der Richter zog die Augenbrauen zusammen.

Gerd grinste kaum merklich. »Vielleicht überlegt der Herr Hauptkommissar weiter und findet noch ein paar Motive?«

Schmelzer wischte sich den Schweiß von der Stirn.

»Also, meine Herren. Ich glaube, ich weiß genug. Herr Jelonek, der Verdacht lastet nach wie vor auf Ihnen. Obwohl die Staatsanwaltschaft nichts wirklich Schlüssiges vortragen konnte, bleiben doch schwerwiegende Belastungsmomente. Vor allem die Blutspuren. Dazu Ihre Beziehung zu Frau Barth und zu Westreich. Allerdings hat mich die Staatsanwaltschaft nicht restlos überzeugt, dass der Haftbefehl nicht ausgesetzt werden könnte. Wenn Sie eine Kaution aufbringen und sich täglich … wo ist das nächste Revier?«

»Abschnitt 54, Sonnenallee«, sagte Schmelzer.

»Also, Sie melden sich täglich dort. Als Kaution lege ich zehntausend Euro fest.«

Der Staatsanwalt schnaubte. Schmelzer grinste.

Und Matti dachte: Für dieses Grinsen könnte ich dir in den Arsch treten. Wenn du glaubst, das krieg ich nicht zusammen, wart's ab.

***

*Heroische Zeiten. Unvergleichliche Zeiten. Sie müssen heute noch die Bilder zeigen, die Filme. Weil sie fasziniert sind. Sie nennen das Aufklärung. Es genügt, die hilflos hämischen Kommentare abzustellen. Ton aus, und dann zeigen die Bilder, wie es war. Man kann die Wahrheit nicht aus den Bildern schneiden. Sie ist in den Gesichtern zu lesen. Tatkraft, Mut, Entschlossenheit, Frohsinn. Die Augen sind klar. Die Zeit spiegelt sich in den Blicken. Der Wille zur Einordnung und Unterordnung. Das Wissen um die Kraft, wenn das Volk einem Willen folgt. Dem eigenen Willen. Das selbstverliebte Genöle des TV-Professors dazu ist unfreiwillig komisch. Es ist ohnehin ein Zeichen der heutigen Zeit, dass niemand etwas wirklich weiß und dennoch alle alles wissen. Sie reden und reden. Es geht nur noch ums Reden. Es rauscht an einem vorbei. Und dann kommen wieder die Bilder meiner Zeit. Und es ist gut. Ich habe in der richtigen Zeit gelebt. Und ich wurde nur so alt, damit ich mit Gewissheit urteilen kann. Nach der Zeit der Tat kam die Zeit des Geschwätzes.*

*Draußen nichts Neues. Du stellst dich ab und zu ans Fenster und beobachtest sie. Sie tun uninteressiert. Nichts deutet darauf hin, dass sie dich meinen. Und wenn sie dich meinten, dann hätten sie sich längst gemeldet.*

## 8: You Can All Join In

»Du glaubst es nicht«, rief Twiggy. Er saß in seinem Zimmer hinterm PC.

»Was is'?«, rief Dornröschen zurück.

»Komm mal!«

»Muss das sein?«

»Komm!«

Dornröschen lehnte sich an den Türrahmen und guckte maulig.

»Na, nun komm schon!«

Sie stellte sich tranig neben Twiggy. Der deutete hektisch auf den Bildschirm.

»Ich glaub's wirklich nicht. Nee, das gibt's nicht!« Sie schlug ihm auf die Schulter.

»Au!« Er massierte die Schulter.

Auf dem Bildschirm stand: *€ 12.635,87.*

»Und guck mal hier!« Twiggy nahm die Hand von der Schulter und tippte auf eine Zeile des Bankauszugs.

»Tausend Euro von Ülcan. Unglaublich.«

Robbi kam angeschlängelt und lehnte sich an ihr Bein. Dann sprang er auf Twiggys Schoß.

Es war nicht nur viel mehr in kürzester Zeit zusammengekommen, als sie erhofft hatten, es hatten sich offenbar mehr Leute beteiligt als gedacht. Sogar Werner das Großmaul hatte zwanzig Euro überwiesen. Drei Sammlungen waren aufgeführt.

»Wem sollen wir das Geld zurücküberweisen?«, fragte Dornröschen leise.

»Du denkst wieder zuerst an die Schwierigkeiten«, nörgelte Twiggy.

»Irgendeine muss das ja tun in diesem Stall hemmungsloser Optimisten.«

Gerd hatte fünfhundert Euro überwiesen. Dornröschens Kolleginnen von der *Stadtteilzeitung* hatten nicht nur eine Sammlung organisiert, die bis dahin mehr als dreihundertfünfzig Euro erbracht hatte, sondern auch selbst eingezahlt. Gaby war verzeichnet, und irgendwie hatte Platten-Rosis Mutter Wind von der Sache bekommen und zwanzig Euro geschickt. Linke Buchläden hatten ihre Spendendosen umfunktioniert, auf einer Demo gegen Waffenexporte war gesammelt worden. Die Antifas hatten sich auch nicht lumpen lassen.

»Diesen Kontoauszug sollte man rahmen und an die Wand hängen«, sagte Twiggy.

Es war fast wie vor Mattis Verhaftung, nur dass er immer noch mit einem Bein im Knast stand. Sie saßen am Küchentisch, Robbi lag auf Twiggys Schoß und ließ sich kraulen. Wenn die Hand ein paar Sekunden pausierte, setzte es gleich einen Maunzer. Der klang mehr nach Röcheln als nach Empörung, war aber als Protest gemeint und wurde so verstanden. Die nächste Eskalationsstufe wäre ein Fauchen gewesen, und was danach käme, wollte niemand so genau wissen. Der Mensch kokettiert gern mit dem Grauen, aber wirklich erleben will er es nicht.

»Sicher ist eins, wir haben keine Zeit. Jeden Tag können sich die Bullen eine neue Beschuldigung oder einen neuen Beweis einfallen lassen, dann lande ich wieder in Moabit. Und Schmelzer lacht sich einen.«

»Ich hab den Antrag an die Stasibehörde schon losgeschickt«, sagte Dornröschen. »Aber wann die antworten? Keine Ahnung.«

»Hm«, sagte Twiggy.

»Hat sich der flinke Rudi gemeldet?«

»Nee«, sagte Dornröschen. Sie nahm das Handy ans Ohr. »Rudi, tach! … Hast was gehört … da bin ich dir ja knapp zuvorgekommen … kein Anwalt, der was weiß? Und sonst? … Du meinst den Siegfried von der Schwarzen Hilfe? … zweiunddreißig c … Gute Idee, machen wir. Tschüss!«

»Da war der Rudi mal nicht schneller«, sagte Twiggy.

»Der hat's verschlafen«, sagte Dornröschen. »Aber er hat keinen Kollegen gefunden, an den Georg sich gewandt hätte.«

»Wenn er nicht auch das verschnarcht hat«, sagte Matti.

»Er hat Stein und Bein geschworen, dass er rumgefragt hat.«

»Und was ist mit Siggi?«, fragte Matti.

»Siggi könnte was wissen. Der hatte angeblich Kontakt zu Georg, nachdem der abgetaucht ist.«

»Tieckstraße 32c«, sagte Dornröschen. »Hat Rudi schon rausgesucht. Der hat früher mit den Schwarzen Helfern zusammengearbeitet. Mit den Roten auch, bis die völlig abgedreht sind zum Genossen Mao.«

»Mitte ist schiete«, sagte Matti.

Sie riefen an und verabredeten sich für gleich. Siggi sagte: »Ich hab immer Zeit.«

Er wohnte im Hinterhof, erster Stock, Einzimmerwohnung. »Scheißecke«, sagte Siggi.

Siggi hatte schmutzig-rote Haare, die er zu einem Zopf band. Dazu müde Augen und schlechte Zähne. Die Bude war schmuddlig und stank nach Rauch und Bier. Matti und Dornröschen setzten sich aufs ungemachte Bett, dessen Wäsche verfleckt war. Twiggy packte sich in einen Sessel aus der frühen Kreidezeit und ruckelte vorsichtig, bevor er sich anlehnte. Auf einem Tisch stand ein Gummibaum, an der Wand hing ein Poster von Ravachol. In einem Regal standen vielleicht zwanzig Bücher. Eines zeigte einen Stern auf dem Rücken.

»Ich kann euch nichts anbieten«, nuschelte Siggi. »Hartz IV.« Er saß auf dem einzigen Stuhl, in der Hand eine Selbstgedrehte.

»Was machst du so?«, fragte Matti, um was zu sagen.

»Nichts.«

»Und die Schwarze …«

»Gibt's nicht mehr«, nuschelte er.

»Du hattest mit Georg zu tun?«

»Georg, Georg …«

»Westreich.«

Siggis Blick wanderte zu Matti und saugte sich an ihm fest. Er brabbelte etwas vor sich hin. »Dich kenn ich auch. Von damals.«

Matti nickte und lächelte ihn an. Er fragte sich, ob Siggi sie in seine Absteige eingelassen hätte, wäre Dornröschen nicht dabei gewesen. Ihr Ruf war bis zu ihm vorgedrungen, was sie gleich feststellen konnte, nachdem sie ihn angerufen und vom flinken Rudi gegrüßt hatte.

»Du warst mit dem Georg zusammen …«, nuschelte es.

»Ja, er war mein Genosse.«

»Der Genosse Georg«, nuschelte es.

»Ist tot«, sagte Twiggy.

Siggi verstand nicht. Er murmelte und kratzte sich auf dem Kopf.

Vom Treppenhaus her kreischte es. Erst ein Kind, dann eine Frau, schließlich ein Mann. Es hörte schlagartig auf. Eine Tür knallte.

»Tot?«

»Ermordet. Ich werde beschuldigt, ich soll ihn umgebracht haben. Sagen die Bullen.«

»Die Bullen«, murmelte Siggi. »Die Bullen.«

»Mich haben sie in U-Haft gesteckt.«

Wut spiegelte sich in Siggis Augen. »Dieses Scheißland ist ein Knast. Ein Armutsknast, ein Politknast, ein Fabrikknast, ein Bürokratenknast, ein Uniknast, ein Prügelknast, ein Knastknast. Aber im Knastknast ist es unerträglich.« Ein Blick zu Matti, traurig. »Georg tot?«, flüsterte er.

An Siggis Hals entdeckte Matti rote Kratzspuren. An einigen Stellen waren sie von Schorf bedeckt. Am Arm hatte er ein wenig Blut verwischt, das aus einer aufgekratzten Stelle gequollen war.

»Du hättest Georg nichts getan«, sagte Siggi kaum hörbar.

»Wir wollen Matti entlasten, er ist nur auf Kaution raus«, sagte Dornröschen.

Wieder ein Blick zu Matti. Siggi nickte zögernd.

»Deshalb wollen wir dich nach ein paar … Geschichten fragen.

Von damals und so.« Dornröschen versuchte ihm in die Augen zu blicken, aber er weilte woanders. Bei den Kämpfen von damals, beim Streit mit der Roten Hilfe, von der die Schwarzen Helfer sich abgespalten hatten. Sie wollten alle Gefangenen befreien, nicht nur die Politischen der Linken, nein, alle. Alle Gefangenen waren Opfer des Schweinesystems. Und alle Knäste mussten zerstört werden. Das war Siggis Zeit. Aber heute war nicht mehr Siggis Zeit. Die Zeit hatte Siggi liegengelassen.

»Du hast mit Georg Kontakt gehabt, nachdem er abgetaucht war. Stimmt doch?«, fragte sie.

Siggi nickte. Es sah aus, als würde der Kopf nach allen Seiten wackeln. »Ich mag nicht drüber sprechen. Ist besser so.«

»Dann landet Matti wieder im Knast«, sagte Twiggy laut.

Siggis Gesicht drehte sich ihm zu. Wieder dieses Kopfwackeln.

»Wann hat Georg sich zuletzt bei dir gemeldet?«, fragte Dornröschen überfreundlich.

Siggi pustete. »Weiß nicht.«

»Aber es war, nachdem er abtauchte?«

Siggi überlegte und nickte endlich. »Sie haben ihn schon gesucht. Wollten ihn umbringen oder in den Knast stecken.«

»Genau«, sagte Dornröschen.

»Hat er dich angerufen?«

»Nein, telefoniert … nein, zu gefährlich.«

»Hat er dich besucht?«

Siggi überlegte wieder unendlich lang. »Er hat mich … getroffen.«

»Getroffen?«

»Na, auf der Straße.«

»Welche Straße?«

»Lausitzer, in Kreuzberg.«

»Du meinst, du bist da langgelaufen, und er kam dir entgegen?«

»Nein, nein.« Er schüttelte den Kopf. Er klang unwillig. »Er ist mir gefolgt und hat mich angesprochen.«

»Absichtlich also, kein Zufall?«

»Nein, nein. Kein Zufall.« Er überlegte. »Es war am Abend. Schon dunkel. Regen.«

»Er wollte was von dir.«

»Ja.«

»Was?«

»Ich weiß nicht mehr.«

»Siggi, komm, überleg doch mal.«

Siggi überlegte. »Er wollte …«

»Sag's, es ist echt wichtig.«

»Er wollte, dass wir was für ihn … organisieren.«

»Was, Siggi?«

»Also nicht für ihn. Für einen anderen. Den Wolfgang.«

»Wolfgang, Wolfgang …«

»Tischler«, sagte Siggi so, als würde es ihm gerade erst einfallen. »Tischler.« Und er nickte wieder.

»Um was ging es dabei?«

Matti überlegte. Der Name sagte ihm was. Wolfgang Tischler. Persönlich kannte er ihn nicht. Aber der stammte aus dem Dunstkreis des Untergrunds. Irgendwas war da. Es war so viel versunken.

»Der wollte verschwinden. Und Georg hat was für den gesucht.«

»Eine Unterkunft?«

»Ja. Eine in Berlin und eine im Ausland. Weit weg.«

»Und warum hat er sich an dich gewandt?«

»Na, ich kannte den und den. Und ich hatte schon mal … Der Georg hat davon erfahren.«

»Ihr habt Leute versteckt, die aus dem Knast abgehauen sind.«

Siggi legte den Finger auf die Lippen.

»Gut. Der Wolfgang suchte ein Versteck? Er wollte aussteigen?«

Siggi sah aus, als führte er ein Zwiegespräch mit sich selbst.

»Hattest du eins für ihn?«

»Ich hab dem Georg gesagt: Komm morgen noch mal.«

Matti stellte sich die Szene vor. Lausitzer Straße, Dunkelheit,

Regen, nasser Asphalt, beleuchtete Fenster. Zwei Männer tuscheln. Ein Taxi fährt vorbei, langsam, der Fahrer sucht eine Hausnummer.

»Und ist er gekommen?«

»Ja, selber Ort, selbe Uhrzeit.«

»Und du hattest eine Bleibe für Wolfgang?«

»Natürlich. Wir haben ihn in Zehlendorf untergebracht.«

»Und dann?«

»Nach ein paar Tagen ist er nach Frankreich abgehauen. Transit in die BRD, dann über die grüne Grenze.«

»Was macht er heute?«

Siggi zuckte mit den Achseln.

»Wurde er verhaftet?«

»Der hat sich in Frankreich einen Anwalt genommen.«

»Warum?«

»Um sich in Deutschland zu stellen. Die sind von Nantes nach Karlsruhe gefahren. Bundesanwaltschaft.«

»Haben sie ihn angeklagt?«

Siggi verzog sein Gesicht, als schmerzte das Denken.

»Verurteilt?«

»Bewährung.«

»Wofür?«

»Er war Arzt. Hat Genossen behandelt.«

»Hast du diesen Wolfgang später noch mal gesehen?«

Siggi schüttelte den Kopf.

»Hast du Georg später noch mal gesehen?«

Siggi starrte auf den Boden, den Rücken gebeugt.

»Wann?«, fragte Dornröschen.

Siggi schnaufte.

Plötzlich hatte Matti eine Vorstellung. Georg kehrt zurück nach Berlin und sucht Siggi auf. Siggi, der ihm damals geholfen hat. Er passt ihn wieder ab auf einem Weg. Doch als er Siggi sieht, begreift er, dass der ihm nicht mehr helfen kann. Und eine Hoffnung ist geplatzt. Was hat Georg dann getan?

»Georg ist tot«, sagte Matti. »Tote kann man nicht verraten.«

Siggis Kopf wackelte. »Vor zwei Wochen oder so. Da stand er

plötzlich vor mir. Hier in der Straße. Ich war draußen, frische Luft schnappen. Er ist mir wohl gefolgt …« Siggis Stimme erlosch. Er drehte sich eine Zigarette. Unendlich langsam.

»›Ich hätte dich fast nicht erkannt‹«, murmelte Siggi. »Das hat er gesagt.«

»›Bin älter geworden, du auch‹, hab ich geantwortet.«

*»Ich brauch noch einmal deine Hilfe«, sagte Georg.*

*Siggi blickte ihn lange an. »Ich bin alt geworden. Hab ich schon gesagt.«*

*Georg schaute die Straße hinunter, an Siggi vorbei. »Aber du bist doch noch Genosse, oder?«*

*»Ich schon. Du auch?«*

*»Natürlich«, sagte Georg.*

*»Bei was soll ich helfen?«*

*»Ach, lass«, sagte Georg. »Geht es dir gut?«*

*»Nein«, erwiderte Siggi. »Die Lage ist beschissen. In jeder Hinsicht.«*

*Georg kramte in seinen Taschen. Dann hatte er einen Fünfziger in der Hand. Er reichte Siggi den Schein.*

*Aber der drehte sich weg. »Mach's gut, Georg. Lass dich nicht erwischen.«*

»Und das war alles?«, fragte Twiggy.

Siggis Kopf wackelte.

»Es ist zum Kotzen«, schimpfte Twiggy. »Egal, was wir machen, wir erfahren nichts. Georg ist ein Gespenst, von dem es nicht mal eine Leiche gibt.«

»Stimmt nicht«, sagte Matti. »Wir haben erfahren, dass Georg sich nicht stellen wollte. Dazu hätte er Siggi nicht gebraucht. Das passt zu der Info, dass er sich bei keinem Anwalt gemeldet hat.«

Dornröschen nickte. »Bleiben also folgende Möglichkeiten: Er ist gekommen, weil er einen Rappel gekriegt hat und seine Tochter sehen wollte. Dafür hat er was riskiert. Ganz schön irre, wenn ihr mich fragt. Zweite Möglichkeit: Rentenkasse auffüllen. Dabei hat er an Siggi gedacht. Entweder als Partner oder als einer, der ihm sagen kann, wer als Partner infrage käme.«

»Könnte das sein, Siggi?«, fragte Matti.

Siggi schnaufte wieder. »Was weiß ich?« Der Satz klang wie das Fazit seines Lebens. Schmerzhafter konnte Enttäuschung nicht sein.

In der Küche leerten sie die Weinbestände. Sogar Dornröschen beteiligte sich an der Aktion, wenn auch zurückhaltend. Robbi maulte herum. Er fühlte sich vernachlässigt, und Twiggy fürchtete schon, dass der Kater die Mauser kriegte und Fellhaarwolken verbreitete. »Nicht wieder krank werden«, flüsterte er Robbi ins Ohr. Das zuckte nur leicht, um sein Einverständnis zu zeigen. Na gut, wurde er also erst mal nicht krank. Nur sollten die sich nicht einbilden, dass er diese Protestform so mir nichts, dir nichts streichen würde aus dem Waffenarsenal. Er war ja nicht blöd.

»Wo steckt Anja?«, fragte Matti.

»Morgen suchen wir sie«, erwiderte Dornröschen.

»Ich muss mich bei Ülcan melden.«

»Morgen erholst du dich noch vom Knast«, sagte Twiggy. »Ülcan wird das verstehen. Außerdem hat er ein Interesse daran, dass du nicht wieder eingebuchtet wirst.«

»Und das da?«, fragte Dornröschen. Ihre Augen zeigten zur Spüle. Teller, Pfannen, Töpfe, Besteck warteten im Becken und an seinem Rand ungeduldig darauf, abgewaschen zu werden. Matti blickte zu Twiggy und der zu Dornröschen. Die zeigte auf den Abwaschplan. »Heute bist du dran.«

»Von mir stammen zwei Teller und ein Messer ...«

»Matti saß im Knast«, sagte Dornröschen.

»Du aber nicht.«

»Machen wir's zusammen.«

»Morgen«, maulte Twiggy.

Plötzlich erklang ein Jaulen. Matti drehte sich um, um die Quelle des Lärms zu entdecken. Aber der kam von draußen. Das Jaulen verwandelte sich in ein Stampfen. Der Küchentisch vibrierte mit.

»Techno«, sagte Twiggy. »Die sind ja wohl wahnsinnig.«

»Wer ist es?«, fragte Dornröschen.

»Keine Ahnung«, sagte Twiggy. Er lief in den Flur und öffnete die Wohnungstür. Matti folgte ihm. Im Treppenhaus stampfte es auch. Aber gedämpft. »Das kommt nicht aus dem Haus.«

Sie stiegen die Treppe hinunter und öffneten die Haustür. Das Stampfen war extrem laut.

»Das kommt von da!« Matti wies zum gegenüberliegenden Haus. Sie liefen hin. Als sie vor dem Haus standen, war die Musik etwas leiser.

»Dann von der Kicker-Kneipe. Vielleicht dreht da einer durch«, sagte Twiggy.

Sie rannten zur Kneipe, aber dort lief keine Musik.

»Allerstraße«, sagte Twiggy. Die verlief parallel zur Okerstraße. Doch als sie hinter dem Häuserblock waren, hallte der Krach weiter ortlos durch die Nacht.

»Das muss in einem der Hinterhöfe sein«, sagte Matti. »Hier draußen ist es eher leiser.«

Als sie durch den Hausflur die Hintertür erreicht hatten, war die Musik aus. Matti erschrak fast.

»Scheiße«, sagte Twiggy. »Die fünf Minuten hätte der Knallkopf noch weitermachen können.«

»Ihr wart die Einzigen, die den Wahnsinnigen gesucht habt, stimmt's?«, fragte Dornröschen. »Das Arschloch weckt alle auf in der Umgebung. Und niemand traut sich, dem die Meinung zu geigen.«

»Da sind in letzter Zeit einige zugezogen«, sagte Matti. In der Tat hatten Möbelwagen hier und dort geparkt. Die Gegend geriet ins Blickfeld der Spekulanten. Seit der Flughafen Tempelhof stillgelegt worden war, tummelten sich die Massen auf seinem Gelände. Ein Riesenpark entstand. Mit Gärten, Skulpturen, Veranstaltungen. Plötzlich war hier was los, wo früher Flugzeuge die Leute terrorisiert hatten. Bald würde es wimmeln von Ökomuttis und Esospinnern. Junglehrer mit dem ersten Gehalt, Künstler und Medienfritzen würden an den neuen Park ziehen. Neue Kneipen und Geschäfte würden öffnen. Und die Mieten würden steigen auf Prenzelberger oder Kreuzberger Höhen.

Am Vormittag kopierten sie Anjas Fotos und radelten zur Mittenwalder Straße.

»Inzwischen glaube ich nicht mal mehr, dass sie hier überfallen wurde«, meckerte Twiggy, als er bei den anderen angekommen war an der Ecke Mittenwalder Straße/Gneisenaustraße. »Eigentlich glaube ich gar nichts mehr.«

»Reg dich bloß nicht auf«, sagte Dornröschen. Sie war unternehmungslustig. »Irgendwas kriegen wir schon raus. Es muss doch einen Grund gehabt haben, dass sie sich ausgerechnet die Mittenwalder Straße ausgesucht hat. Dort hat sie angeblich gewohnt, und hier wurde sie angeblich überfallen.«

»Augen zu, auf den Stadtplan getippt. Aha, Mittenwalder Straße«, knurrte Twiggy.

Matti hörte zu. Ihm war übel. Er spürte den Drang, alles hinzuschmeißen. Aufzugeben. Dass sie jetzt in dieser elenden Straße ein Phantom jagten, machte ihn fertig. Wenn irgendetwas Hilflosigkeit zeigte, dann diese Schwachsinnsaktion. Er spürte, dass sie nichts und niemanden finden würden. Schon gar nicht Anja. Vielleicht war sie wirklich tot, vielleicht untergetaucht. Vielleicht hatte sie irgendeinen Dreck am Stecken. Es war zum Kotzen, sich täglich bei den Bullen zu melden. Jeden Augenblick konnten dieser Staatsanwalt und Schmelzer ihn wieder einbuchten. Ein neuer Beweis genügte. Einer von diesen Beweisen, die nichts bewiesen. Es kam ihm vor wie ein Komplott gegen ihn. Nur, wer sollte eines schmieden? Gegen ihn? Einen Taxifahrer? Sie waren nur Statisten in einem Stück, das woanders spielte. Er hatte nicht den Hauch einer Idee, um was es ging. Was sie überlegt hatten, waren Konstrukte. Es konnte sein, dass Georg einen Coup geplant hatte. Aktion Kontoauffüllung. Aber warum sollte das stimmen? Warum sollte überhaupt irgendetwas stimmen? Wahrscheinlich hatten sie sich verrannt. Es schmeckte nach Panik, nur spärlich verdeckt durch ihren Aktionismus. Sie hatten in den letzten Jahren üble Verbrechen erlebt und aufklären müssen. Sie hatten immer etwas gefunden, an das sie sich halten konnten. Diesmal entglitt ihnen jedes Fädchen, sobald sie nach ihm griffen. Und jetzt diese Zeitverschwendung in der Mittenwalder.

Sie beschlossen, sich nicht aufzuteilen, obwohl Matti es vorgeschlagen hatte. Der hatte in Dornröschens Blick Sorge gelesen. Vielleicht fürchtete sie, dass Matti durchdrehte, wenn ihm einer blöd kam. Twiggy merkte man auch an, dass er keine Lust hatte. Doch Dornröschen trieb sie an, gähnend verbat sie sich jeden Widerspruch.

Ein Rentnerpaar, bürgerlich bis in die Haarspitzen. Sie trug einen Hut trotz der Hitze. Er ein Jackett, das entfernt an eine Lodenjacke erinnerte. Sie schlenderten in Richtung Gneisenaustraße, vielleicht zur U-Bahn.

Dornröschen stellte sich in ihren Weg und streckte ein Foto vor. »Entschuldigen Sie bitte, ich suche meine kleine Schwester. Sie ist letzte Woche verschwunden. Haben Sie dieses Mädchen zufällig gesehen?«

Sie zuckte ein wenig zurück und rümpfte die Nase, wenn auch kaum sichtbar. Er blickte aufs Foto. »Mädchen. Das ist kein Mädchen.«

»Ja, aber ich nenn sie so. Kleine Schwester, Sie verstehen? Haben Sie sie gesehen?«

Der Alte glotzte mit feuchten Augen und zitternder Unterlippe. Seine Frau warf einen zweiten Blick aufs Foto. »Komm«, sagte sie. »Wir müssen.« Sie zog an seinem Ellbogen, und er löste sich vom Foto. »Ja, ja«, sagte er und drehte ab.

»Toll«, sagte Twiggy so laut, dass die Dame ängstlich zurückblickte.

»Weiter!«, befahl Dornröschen. Sie studierte das Klingelschild des ersten Hauses und drückte die unteren beiden.

»Ja?«, sagte die Gegensprechanlage, die auch Pavarottis Stimme gehäckselt hätte.

»Post!«, rief Dornröschen.

Es summte, und sie drückte die Haustür auf. Die Briefkästen

waren mit Aufklebern verziert. Einer drohte Nazis mit Prügeln. Ein anderer warb für Greenpeace, weitere verboten es, Werbung einzuwerfen. In der Wohnungstür stand ein Typ mit halb langen schwarzgrauen Haaren. Sein hervorstechender Adamsapfel hüpfte besorgniserregend, als der Mann erklärte: »Sie sind nicht von der Post!«

»Nein«, sagte Dornröschen. »Wir sind vor der Vermisstenstelle. Ich suche meine kleine Schwester.« Sie hielt ihm ein Foto unter die Nase. Er schreckte zurück, dann stieß er seine spitze Nase nach vorn wie ein Fischreiher auf der Jagd.

»Soll die hier gewohnt haben?«

»Haben Sie sie mal hier gesehen?«

Der Mann schüttelte den Kopf.

»Danke. Schönen Nachmittag noch.«

Gegenüber öffnete niemand. Im ersten Stock schlurfte es hinter der Tür, nachdem sie eine Weile gewartet hatten.

»Was gibt's?«

»Vermisstenstelle, wir haben eine Frage.«

»Ich vermiss nix. Hau ab!«

»Eine Frau wird vermisst.«

»Ich vermisse keine. Verpisst euch.«

Dornröschen zuckte mit den Achseln, runzelte die Stirn und klingelte gegenüber. Schritte schlurften weg. Niemand öffnete.

»Das Gespensterhaus. Toll, dass ich das mal finden würde«, sagte Dornröschen. Sie marschierte unverdrossen die Treppe hinauf.

Matti kam ein Verdacht. Und wenn sie diesen Blödsinn nur trieb, weil sie glaubte, die beide Freunde beschäftigen zu müssen, bis sie an die Stasi-Akten kamen? Dornröschen konnte doch nicht glauben, dass sie so irgendwas herausfänden. Er trottete hinterher.

Eine Frau, Typ Doktorandin. Blonder Pferdeschwanz, Sommersprossen, wache blaue Augen, weißes T-Shirt, ausgewaschene Jeans, Badelatschen.

»Hei. Was kann ich für euch tun?« Sie hatte einen schwedischen Akzent.

Das vollendete Klischee, dachte Matti. Aber ein hübsches.

»Kennst du die?«, fragte Dornröschen. Diesmal hatte sie beide Fotos in der Hand.

Blondie nahm die Fotos und betrachtete sie aufmerksam. Sie schüttelte den Kopf. »Ich frag die anderen, kommt rein.« Sie ging in die Wohnung. Die war runtergekommen. Schlieren an den Wänden, ein durchgetretener Laminatboden. An den Wänden Plakate. Sie zeugten davon, dass mindestens ein WG-Bewohner auf Techno stand. Was Matti an den Lärm der letzten Nacht erinnerte und ihn wütend machte.

»Tom, komm mal!«

Ein Mann trat aus einer Tür. Verschlafenes Gesicht, weich, Typ Schönling. Im Badezimmer vermutete Matti eine Tonne Männerkosmetik. Mehr jedenfalls als das Rasierwasser aus dem Supermarkt, das Matti benutzte. Tom trug ein geripptes Unterhemd und schien viele schwarze Haare darunter zu haben. Er fuhr sich über den Kopf. »Was ist?«

Eine weitere Tür öffnete sich, und eine kleine Frau trat in den Flur. Alles an ihr schien rund zu sein. Der Kopf, der Hintern, der Bauch. Sie hatte ein braunen Lockenkopf, und der Mund stand offen.

Dornröschen hielt Tom das Foto hin. »Kennst du die?«

Er schüttelte müde den Kopf und ging zurück in sein Zimmer.

»Kathrin, hast du die Frau schon mal gesehen?« An Dornröschen gewandt: »Wer ist das eigentlich?«

»Meine kleine Schwester.«

Kathrin trippelte heran. »Zeigt mal!« Sie lachte.

»Die hab ich noch nie gesehen. Echt nicht.« Sie lachte wieder.

»Auf der Straße, in der U-Bahn, nirgendwo?«, fragte Matti mehr, um die Trägheit loszuwerden. Aber das klappte natürlich nicht.

Kathrin guckte ihn an und schüttelte den Kopf. Blondie schüttelte mit.

»Alles Scheiße«, sagte Twiggy, als sie die Wohnung verlassen hatten.

»Das ist doch sinnlos«, sagte Matti, als sie vor dem Haus auf dem Bürgersteig standen.

Ein Radfahrer drängte sich wild klingelnd vorbei und wäre fast mit einem Pärchen zusammengestoßen. Die Frau rief ihm »Idiot!« nach. Sie moserte weiter, während die beiden davonschlurften.

»Habt ihr was Besseres vor?«, fragte Dornröschen. »Dann wäre ich euch dankbar, ihr könntet es mir verraten. Ja?«

Sie schüttelten den Kopf.

»Besser, als zu Hause rumzusitzen, ist diese Aktion allemal. Und besser, als Taxi zu fahren.«

Ülcan hatte wider Erwarten nicht den Unabbildbaren beschworen, als Matti sich Urlaub nahm. Er hatte nicht einmal richtig geschimpft. Nur ein bisschen. Als Matti sagte, sie müssten Georgs Mörder finden, hatte Ülcan sogar genickt. Und noch mal, als Matti gesagt hatte, dass die Bullen ihn für den Mörder hielten und er keine Wahl habe, als den Dreckskerl selbst zu finden. Sonst sei es sowieso aus mit dem Taxifahren. »Komm wieder, wenn es vorbei ist«, sagte Ülcan und vertiefte sich wieder in seine Zeitung. Der Aschenbecher quoll über, das kleine Büro wäre auch als Räucherofen durchgegangen. »Ich komme wieder«, sagte Matti. Und: »Danke!« Aber Ülcan winkte ab, ohne aufzublicken. »Ich bin zu gut für euch. Ihr ungläubigen Vampire saugt mich aus bis auf den letzten Tropfen.« Grinsend war Matti gegangen. Es wäre wirklich besorgniserregend gewesen, Ülcan hätte was Nettes gesagt.

»Lass uns mal in den Weinladen gehen«, sagte Twiggy.

»Na gut.« Dornröschen steuerte den Laden an. In den beiden Schaufenstern standen verblüffenderweise Weinflaschen. Und alle waren teurer als die WG-Normaldröhnung. Dummerweise war die Tür vergittert und verschlossen.

»Bleibt nur Ayurveda«, sagte Twiggy. Er zeigte auf das Studio.

»Mein Gott«, stöhnte Dornröschen. »Stand Anja auf so was?«

Matti zog die Schultern hoch und schüttelte den Kopf.

Sie öffneten die Tür. Ein Glöckchen klingelte leise. Sie standen in einem Vorraum, in dem alles in sanften Farben gehalten war. Irgendein Räucherzeug erinnerte Matti an die Vorstufen des Brechreizes. Auf einem Sofa an der Wand saß ein Mann, feist wie eine Kröte. Er mühte sich, das liebreizendste Lächeln aller Zeiten unter seinem Schnurrbart zu zeigen.

»Guten Tag, meine Freunde. Was kann ich für euch tun?«

Der Fleischkloß erhob sich. Es verschlug den WG-Genossen die Sprache. Seine Beine waren Stumpen, die Hände hätten den Boden geputzt, wenn nicht die Arme von einem gewaltigen Bauch an den Seiten gehoben würden. Verpackt war das Monster in eine Art rote Uniform, mit verzierten Knöpfen und einem schillernden Gürtel. Er wälzte sich zu Matti, bremste vor ihm und blickte ihm in die Augen. Dazu musste er den Kopf ins Genick legen. »Ich sage dir, mein Sohn, deine Doshas sind nicht im Gleichgewicht.«

Matti starrte nach unten und blickte in vor Freundlichkeit überquellende Augen.

»Ich seh das sofort«, sagte das Monster. Er streckte die Finger nach Mattis Handgelenk aus und griff nach dem Puls. »Das ist Nadivigyan, die Kunst des Pulslesens.« Er verharrte schweigend, die Augen geschlossen. Er schüttelte den Kopf und stöhnte leise. »Ach, du Armer. Wir sollten einen Termin vereinbaren für die Prakriti-Analyse …«

»Für was?«, fragte Matti.

»Ich erstelle dir dein Horoskop. Und das zeigt mir, in welchem Verhältnis sich deine Doshas befinden müssen. Das ist ganz individuell. Für uns ist jeder Mensch ein unendlich wertvolles, einzigartiges Wesen. Weißt du, wann du geboren wurdest, auch die Stunde?«

Dornröschen schob Matti zur Seite. »Entschuldigen Sie, großer Meister. Meine Doshas sind völlig im Gleichgewicht. Ich hätte mal eine andere Frage.« Sie zeigte ihm ein Foto. »Haben Sie dieses unverwechselbare Geschöpf schon einmal gesehen?«

Der Meister guckte sie verdutzt an. Ein Blick aufs Bild, dann musterte er Dornröschen. Erst streng, dann zog ein mildes Lächeln über sein Gesicht. Er hob die Krakenarme und streckte die Hände zum Himmel. Er zeigte aufs Bild. »Diese Frau ist völlig aus dem Gleichgewicht. Sagen Sie ihr, sie möge schleunigst in Behandlung kommen. Sie hat die erste Sitzung frei.« Sein Gesicht zeigte Betrübnis.

Twiggy baute sich vor dem Meister auf. Er nahm Dornröschen das Foto weg und hielt es dem Monster unter die Nase. »K-e-n-n-e-n S-i-e d-i-e-s-e F-r-a-u?« Er betonte jeden Buchstaben.

Der Meister erschrak und griff mit unsicherer Hand nach dem Foto. Er blickte es lange an. Endlich schüttelte er den Kopf. Er warf Twiggy einen ängstlichen Blick zu und schüttelte noch einmal den Kopf. »Nein«, hauchte er.

Als sie den Ayurveda-Tempel verlassen hatten, bekam Twiggy einen Tobsuchtsanfall. »Das ist alles Müll, was wir treiben. Wir finden die blöde Kuh sowieso nicht. Und wenn sie jemand doch erkennt? Das nutzt überhaupt nichts. Ihr glaubt doch selbst nicht, dass uns hier einer übern Weg läuft und freudestrahlend sagt: Ach, das ist ja die Anja, die wohnt jetzt in der Greifswalder 28.«

»Ich kann's auch allein machen«, sagte Dornröschen nach einer Weile.

Matti schwieg. Twiggy hatte recht, aber ihn rührten Dornröschens Ernst und ihre Unbeugsamkeit. »Lass uns weitersuchen«, sagte er. »Wenn wir zu Hause rumhocken, finden wir garantiert nichts. Und hier haben wir eine Chance, eine winzige. Immerhin.« Er klopfte Twiggy auf die Schulter.

Twiggy brummte.

Im nächsten Hauseingang erwartete sie ein Junkie. Dürr wie ein Strich, hatte er sich unter die Briefkästen gelegt. Speichel tropfte aus seinem Mund auf den Steinboden. Ein Radio plärrte gegen einen Fernseher an. Oben kreischte ein Kind.

Im Erdgeschoss links wohnte eine alte Frau mit kurz geschnittenen weißen Haaren. Ihre Augen blickten freundlich durch eine Hornbrille mit dicken Gläsern. »Ja?«

Dornröschen gab ihre Vorstellung. Die Frau studierte das Foto, überlegte und erklärte mit Gewissheit: »Das ist Monika!«

»Wo wohnt sie?«, fragte Dornröschen.

»Na, oben.« Der Finger zeigte zur Decke.

Matti traf es wie ein Schlag. Anja hatte sie nach Strich und Faden belogen. Nicht mal den richtigen Namen hat sie … halt, die Bullen hatten doch herausgefunden, dass sie tatsächlich Georgs Tochter war. Anja Barth, so hieß sie wirklich. Dann musste sie hier unter falschem Namen eingezogen sein. Das erklärte einiges. Aber sie war so unvorsichtig, ihre Adresse zum Teil zu nennen. Richtige Straße, falsche Nummer. Warum das Theater?

»Seit wann wohnt Monika hier?«, fragte Matti.

Dornröschen schaute ihn von der Seite an, die Augenbrauen zusammengekniffen.

Die Frau ließ ihre Augen schweifen, dann hatte sie Matti im Blick. »Seit zwei Jahren vielleicht, oder länger …«

Das hieß, dass sie hier eingezogen war, lange bevor Georg sich bei ihr gemeldet hatte. Das Versteckspiel hatte nichts mit Georg zu tun. Oder hatte Georg so lange vorausgeplant? Wenn das alles ein ausgeklügelter Plan war, bei dem über Bande gespielt wurde? Immer stärker bedrängte ihn der Gedanke, dass sie Puppen waren in einem verteufelten Spiel. Finsternis umgab sie, obwohl sie alles sahen. Es schien Matti, als ob da jemand sich ins Fäustchen lachte über sie. Das machte ihn wütend. Und rachsüchtig.

»Monika wie?«, fragte Dornröschen.

»Stamm, glaube ich. Ja, Monika Stamm.« Die Frau überlegte noch einmal. Vielleicht, ob es richtig war, diesen drei Leuten diese Auskunft gegeben zu haben. »Vierter Stock.« Sie schloss mit einem Lächeln die Tür.

»Sag ich doch«, flüsterte Dornröschen und stiefelte los. Sie nahm zwei Stufen auf einmal, die beiden Jungs folgten. Als sie oben angekommen waren, schnaufte Twiggy schwer, aber auch Matti war außer Puste.

*Stamm* stand auf der Klingel. Ein Sonnenblumenaufkleber zierte die grüne Tür. Dornröschen drückte den Klingelknopf. Schritte näherten sich. Matti biss sich auf die Unterlippe. Ein Schlüssel wurde ins Schloss gesteckt und gedreht. Die Tür öffnete sich. Eine mittelalte Frau stand im Türrahmen und blickte sie neugierig an.

Sie war blond wie Anja. Und hübsch wie Anja. Aber sie war nicht Anja.

Matti fühlte Enttäuschung und Erleichterung zugleich. Erst jetzt verstand er, dass er Angst gehabt hatte vor dem Wiedersehen. Er war immer noch verliebt in sie und fürchtete die Zurückweisung.

»Ja, und?«, fragte Monika.

»Äh …« Dornröschen setzte noch einmal an. »Also, wir suchen eine Frau, die Anja Barth heißt oder sich … also die hier.« Sie zeigte das Foto.

Monika deutete ein Lächeln an. Matti las Bedauern in ihrer Miene. »Die kenne ich nicht. Tut mir leid. Wer ist es denn?«

»Meine kleine Schwester«, sagte Dornröschen.

»Ach.« Sie wollte das Foto noch einmal sehen. »Ich würde lügen …«

»Ist gut«, sagte Dornröschen traurig. »Ich hatte so gehofft.«

»Hast du ihre Adresse nicht?«

»Nein. Ist eine traurige Geschichte. Sie ist vor Jahren abgehauen.«

»Wollt ihr reinkommen?« Sie trat zur Seite und fragte Dornröschen: »Dich hab ich doch schon mal gesehen, stimmt's?«

»Kann sein«, sagte Dornröschen. Ihre Stimme klang niedergeschlagen.

»Trinkt ihr was mit?«, fragte Monika, als sie in der Küche saßen. Die war einfach eingerichtet, offenbar aus dem Ikea-Katalog. Alles weiß. An der freien Wand neben der Tür hing ein Tango-Plakat, die Tänzer schemenhaft, dunkel. Sie guckte sich ihre Besucher kurz an, dann stellte sie eine Rotweinflasche vor Twiggy und reichte ihm den Korkenzieher. Twiggy tat seine Pflicht und schenkte auch gleich ein in die Gläser, die sie auf den Tisch stellte.

»Und was ist nun mit deiner Schwester passiert? Wann ist sie abgehauen?«, fragte Monika mit besorgter Stimme.

»Das stimmt gar nicht«, sagte Matti. »Diese Frau ist abgehauen, vielleicht ist sie tot. Sie war eine Freundin. Aber bevor du das den Leuten erklärst …«

»Drückst du lieber auf die Tränendrüse«, sagte Monika grinsend. »Ich bin auch drauf reingefallen.«

Warum sitzen wir hier? Warum erzähl ich das? Warum gerade ihr? Er schaute sie an. Sie ähnelte Anja ein bisschen. Wenn man die Ähnlichkeiten suchte. Doch Monika war vor allem offen, direkt. Und einsam. Vermutlich.

»Wo hab ich dich gesehen?«, fragte Monika mehr sich selbst.

»Bei irgendeinem Politkram«, sagte Twiggy.

Monika hob ihr Glas, sie tranken. »Ich mische auch ein wenig mit.«

»Wo?«

»Kreuzberg, in einer Mieterinitiative.«

Matti dachte an Rosi. Die war auch in so einer Ini gewesen. Und dann war sie tot.

»Und ihr kämpft heldenhaft gegen die Zuzügler und Touristen?«, spöttelte Dornröschen.

»Da gibt's ein paar Knallköpfe. Die glauben, der Kampf gegen Fremde sei antifaschistisch. Echt krass. Pappen überall solche Aufkleber hin, auf denen steht, dass Nazis um ihre körperliche Unversehrtheit fürchten müssten. Irgendwann werden sie einen Touri verprügeln und nachher in der Zeitung lesen, dass es ein Jude war.«

»Deutsche Folklore«, sagte Dornröschen.

»Und warum machst du da mit?«, fragte Twiggy.

»Sonst gibt es nichts. Nur Parteien und so. Ist nicht mein Fall. Außerdem muss es ja Leute geben, die diesen Irren widersprechen.«

»Die sind eben auf Randale aus. Peinlich nur, dass die das als Antifaschismus verkaufen.«

Sie schwiegen eine Weile.

Die Revolution war abgesagt. Ein paar Spinner hatten ihre Etiketten geklaut und spielten sich auf. Große Ideen enden kläglich. Matti war traurig. Es war alles Scheiße. Er mit einem Bein im Knast. Anja verschwunden. Politisch herrschte Trübsal. Sie kämpften immer weiter und erreichten das Gegenteil. Das System fraß seine Feinde, einen nach dem anderen. Gestern geschmähter Staatsfeind, heute Hofnarr in der TV-Talkshow. Er hatte Dutschke vor Augen, als der an Meins' Grab stand. »Holger, der Kampf geht weiter.« Klar, der Kampf ging weiter. Eine Pause wäre besser gewesen. Wenn einen der Kampf ins Grab bringt.

»Was ist, Matti?«, fragte Dornröschen.

»Dies und das«, sagte Matti. »Aber der Kampf geht weiter.«

Twiggy lachte, aber es klang bitter.

»Immer weiter«, sagte Dornröschen.

»Wenn sie uns in die Grube werfen, werden sie sagen, wir hätten nie aufgegeben. Aber was haben wir erreicht?«, sagte Matti.

»Vielleicht genügt das schon?«, erwiderte Monika. »Vielleicht ist es unsere Aufgabe, zu beweisen, dass es vergeblich war. Damit spätere Generationen es kapieren.«

»Jetzt wird's aber schwülstig«, sagte Twiggy.

»Das mit dem Lernen glaub ich sowieso nicht.« Dornröschen gähnte, ihre Finger spielten am Glas. »Ginge es darum, gäb's keine Nazis. Und überhaupt.«

»Warum ist eure Freundin verschwunden?«, fragte Monika.

»Keine Ahnung«, antwortete Matti. »Wir sind nicht der Grund.«

»Du hattest was mit ihr, stimmt's?« Sie schickte ein Lächeln hinterher.

Er nickte.

»Streit?«

»Quatsch.«

»Einfach so weg?«

»Einfach so.«

»Und wie hast du sie kennengelernt?«

Er blickte Dornröschen an, die nickte.

Matti erzählte knapp, welche Rätsel sie lösen mussten.

»Krass, das mit dem Knast«, sagte Monika. Mitleid in ihren Augen. »Und wenn ihr Georgs Mörder nicht findet, bleibt's an Matti hängen. So eine Scheiße.«

»So eine Scheiße«, wiederholte Twiggy.

»Und hier gab's einen Mordanschlag auf Anja. Gibt's dafür Zeugen?«

»Ich habe die Wunde gesehen. Streifschuss. Eindeutig«, sagte Matti.

»Gar nicht«, erwiderte Monika.

»Warum?«

»Wenn sie den Anschlag nur vorgetäuscht hat?«

Dieser Gedanke war Matti nicht fremd. Aber er hatte ihn nie zu Ende gedacht.

»Warum sollte sie das tun?«, fragte Dornröschen.

»Weiß ich nicht. Ich weiß ja nicht mal, ob es stimmt.« Sie guckte in die Runde und schlug sich mit der Hand an die Stirn. »Jetzt weiß ich, woher ich euch kenne. Vom Urban-Krankenhaus! Ihr habt da letztes Jahr auf einem Zimmer gelegen. Irgendwelche Typen hatten euch verdroschen. Stimmt's? War großes Gespräch in der Belegschaft. Und gemischte Zimmer gibt's eigentlich auch nicht.« Sie lachte.

»Woher weißt du das?«, fragte Twiggy.

»Ich bin Ärztin, eine kleine nur. Assistenzärztin. Laufbürschin für die Götter.«

»Am Urban?«

»Am Urban.« Sie nickte.

»Wo kommst du her?«, fragte Dornröschen.

Monika erzählte, dass sie in Hamburg geboren worden sei vor gut vierzig Jahren. Die Ehe der Eltern sei schon in ihrer Kindheit zerbrochen und sie bei der Mutter aufgewachsen. »Besser als die ewigen Streitereien.« In Farmsen habe sie das Abi gemacht, dann Studium an der Uni. Der erste Job dort an der Uniklinik, dann nach Berlin ans Urban. Zwischendrin hatte sie eine Zeit lang nur gejobbt, einen Mann kennen und ihn bald hassen gelernt, um nach Berlin abzuhauen. Der Typ habe ihr sogar eine Weile aufgelauert, aber es gebe da ein Büro für Stalking-Opfer, die hätten ihr geholfen. Und irgendwann war der Spuk vorbei. »Als hätte er geahnt, dass ich kurz davor war, die Bullen zu rufen.« Sie seufzte einmal, lachte aber gleich wieder. »Meinen Eltern und diesem Arsch verdanke ich die engere Bekanntschaft mit meinem Shrink.« Wieder ein Lachen. »Er will mich immer wegschicken, aber ich missbrauche ihn als Kumpel, dem ich alles erzählen kann. Mal sehen, wann er mich endgültig rausschmeißt.«

Matti beobachtete, wie sie erzählte. Sie war lebhaft und ohne jedes Misstrauen. Erstaunlich bei dieser Biografie. Wenn sie sprach, hatte sie Fältchen an den Schläfen. Auf der linken Wange entdeckte er ein kleines Muttermal, auf dem wenige Härchen wuchsen. Ihre Nase war klein und gerade, die Spitze ragte sanft nach oben. Plötzlich sah sie ihm in die Augen und lachte. Sie zwinkerte mit dem linken Auge und wandte sich wieder der Runde zu. »Zurück zu Anja. Einen Anschlag kann man vortäuschen, um von etwas abzulenken. Sie wollte die Bullen irreführen. Vielleicht. Oder?«

»Okay, wenn es so war: Warum und wohin?«

»Warum weiß ich nicht. Woher auch?« Monika runzelte die Stirn und fixierte einen Punkt an der Wand. »Sie hat den Bullen mitgeteilt: Ich bin in Gefahr …«

Matti hob die Hand. »Oder ich will, dass ihr das denkt.«

Monika nickte. »Das klingt gut. Das würde bedeuten, dass sie sich die Schussverletzung selbst zugefügt hat. Habt ihr bei eurer Recherche gefragt, ob jemand einen Schuss gehört hat?«

»Mein Gott, sind wir blöd«, sagte Dornröschen.

»Ich habe an so einen Schwachsinn nicht einmal gedacht«, sagte Twiggy. Er war bleich angelaufen. »Wir rennen durch diese Scheißstraße …« Er blickte Matti an. »Du warst doch schon mal hier …«

Matti winkte ab. Es war zum Kotzen. Die einfachste Frage aller Fragen. Und er hatte sie nicht gestellt.

»Die Bullen wollen aber Zeugen gefunden haben, die einen Schuss gehört haben. Sagt Schmelzer.« Twiggy kratzte sich kräftig auf dem Kopf.

»Aber wir hätten trotzdem fragen müssen.« Matti wandte sich Monika zu und hielt ihr seine Faust vors Gesicht, als trüge er ein Mikro. »Frau Stamm, haben Sie einen Schuss gehört?«

Monika nahm seine Faust und erwiderte: »Ich hätte es gehört, wenn einer herumgeballert hätte. Es sei denn, ich war schuften.«

»Vielen Dank, Frau Stamm.« Matti legte das Mikro auf dem Tisch ab.

Sie guckte ihn noch mal an und grinste.

»Welche Gründe gäbe es, Anja umzubringen?«, fragte sie nach ein paar Sekunden.

Matti staunte, wie gut sie mit Monika diskutieren konnten. »Dass jemand befürchtete, sie wüsste etwas über Georgs Pläne und würde es ausplaudern.«

Matti wollte es erst nicht denken, aber dann musste er ihn denken, den schrecklichen Gedanken. Dass Anja ermordet werden sollte, weil sie mit ihm zusammen war. Und dass sie deswegen dann doch ermordet wurde, nachdem es beim ersten Mal schiefgegangen war. Dass Anja Hilfe von ihm erwartet hatte, er aber versagte.

»Was ist, Matti?«, fragte Dornröschen. Ihre Hand wischte über seine.

Er erzählte, was er dachte.

»Dann hätte sie mal einen Ton sagen sollen«, erwiderte Twiggy. »Außerdem haben wir sie in die WG aufgenommen, und sie hätte bleiben können … eine Weile jedenfalls. Sie war erwachsen und nicht auf den Mund gefallen.«

»Andere Variante: Sie hat es nur vorgetäuscht«, sagte Dornröschen.

»Für diese Version spricht, dass ein Killer noch einmal geschossen hätte. Und wie sollte sie dem mit einem Streifschuss am Bein entkommen.«

»Ich halte das auch für wahrscheinlich«, sagte Twiggy.

Matti dachte: Das sagt er nur, weil es mich entlastet. Nein, ich hab sie auf dem Gewissen. Ich hätte nur sagen sollen: Ich will, dass du bei mir bleibst. Hier in der WG. Hab ich aber nicht.

Wieder streichelte Dornröschen seine Hand. Monikas Augen folgten der Bewegung.

Matti lehnte sich zurück. »Vielleicht ist sie untergetaucht, weil sie fürchtete, ich … wir könnten sie nicht beschützen. Könnte doch sein, dass Georg sich mit Leuten angelegt hat, die eine Nummer zu groß waren für ihn.«

»Und diese Typen glauben, Georg hat Anja was gesteckt, bevor sie ihn umbrachten«, sagte Twiggy.

»Das nennen die Bullen organisierte Kriminalität«, warf Monika ein.

»Ich nenn das Mafia«, sagte Matti. Ihn nervte diese Diskussion. Alles drehte sich um die Frage, ob er Anja auf dem Gewissen hatte. Damit plagte er sich schon allein rum. Dazu brauchte er die anderen nicht.

»Immerhin haben wir im *Cassiopeia* jemanden gesehen, der ihr wenigstens verdammt ähnlich war.« Twiggy trank sein Glas aus und schob es zu Monika. Die verstand die Botschaft und schenkte nach.

»Aber in dem Laden hat niemand bestätigen können, dass sie es war.« Dornröschen winkte ab. »Ich glaub inzwischen auch nicht mehr, dass sie es war.«

»Sie ist weggelaufen!«, sagte Matti.

»Sie wird ihre Gründe gehabt haben. Zu Hause abgehauen. Eifersüchtigen Freund. Drogen …«

»Wisst ihr, was ich glaube?«, fragte Monika.

»Noch nicht«, sagte Twiggy.

Monika lächelte. »Ich glaube, dass ihr überall woanders aussichtsreicher sucht als in der Mittenwalder Straße. Du warst doch auch schon mal hier?« Sie blickte Matti an.

»Nur in einem Haus.«

»Ich hab 'ne Idee«, sagte Dornröschen. Sie tippte eine Nummer in ihr Handy. »Ja, ich schon wieder. Vergessen Sie nicht, dass wir Ihnen auch schon geholfen … Ihre Dankbarkeit währt nicht ewig? Das haben Sie aber schön gesagt … Aber Sie wollen es doch erfahren, wenn wir rein zufällig eine Spur entdecken … Sie glauben, Sie haben den Täter schon?« Dornröschen blickte Matti kopfschüttelnd an. »So unter uns, Herr Schmelzer, Sie habense nicht mehr alle, echt … Ich will doch nur wissen, ob irgendein freundlicher Mitbürger in der Mittenwalder einen Schuss angezeigt hat… Nein?… Aber die haben einen Ohrenzeugen?… Könnte auch ein Auspuff gewesen sein…« Sie tauschten noch ein paar Floskeln aus. Dann legte sie das Handy auf den Tisch und stöhnte. »Wir betrachten diese Nullauskunft jetzt mal als Zeichen dafür, dass es Quatsch wäre, hier weiter Klinken zu putzen.«

***

*Der Kotau vor den Juden ist ekelhaft. Da haben sie diesen Demjanjuk verurteilt. Lächerlich. All die Jahrzehnte haben sie erklärt, sie würden nur »Exzesstäter« verfolgen. Und Verantwortliche. Doch viele Kameraden sind davongekommen. Und ihnen wurde geholfen. Es gab in den Behörden noch gute Deutsche. Jetzt wollen sie der Welt zeigen, dass sie die »Nazis« jagen bis zum Jüngsten Tag. Am Beispiel eines ukrainischen Hiwis. Und die Welt dankt und übersieht, wie viele deutsche Kameraden gut weggekommen sind. Maximal Beihilfe. Wenn überhaupt. Dahinter steckt ein Plan. Der Bundesgerichtshof hat Läuterung versprochen, als der letzte Kamerad in der Robe in Pension ging. Und nun haben sie einen Ukrainer zur Sau gemacht. Ein Würstchen, ein halber Untermensch. Ist jetzt Iwan der Schreckliche. Auf so was wäre nicht mal der kleine Doktor gekommen.*

*Ich würde gern wissen, wie viele Leute klammheimlich bereuen, dass wir nicht mehr Juden erledigt haben. Israel verhöhnt die Welt. Zwingt ihr seinen Plan auf. Macht ein Geschäft mit dem Opfer-Gedöns. In Palästina zeigen die Juden, wie sie wirklich sind. Brutal, gewissenlos. Kriegstreiber, wie neununddreißig. Und überall singen die Juden und ihre Parteigänger das Lied vom bedrohten Judentum, dem man zu Hilfe eilen müsse. Bedroht sind in Wahrheit die Opfer der Juden. Wir hatten zu wenig Zeit. Aber vielleicht kommt eines Tages einer, der die Brut endlich vernichtet. Dann wird Frieden sein.*

## 9: Paper Sun

Die Glasfassade schmückten in Zierschrift veredelte Denksprüche, die den Bürger belehrten, dass er gefälligst seine Vergangenheit zu kennen habe. Sonst würde er unweigerlich schlimmste Dinge anzetteln. Zum Beispiel Diktaturen errichten.

»Komisch, ich dachte immer, die sowjetischen Freunde hätten die DDR erfunden«, sagte Dornröschen, als sie vor dem Gebäude der Stasi-Unterlagenbehörde in der Karl-Liebknecht-Straße standen.

»Hätten die Nazis gewusst, dass Mord verboten war, wäre bestimmt alles nur halb so schlimm gekommen«, sagte Matti.

»So einen Blödsinn kann nur verzapfen, wer sich unbedingt für unentbehrlich halten will«, sagte Twiggy. »Ich denk bei so was immer an die Jungs in der Mineralwasserbranche, die den Leuten weismachen wollen, dass man ohne das Zeug geradezu schlagartig verendet. Dabei ist Leitungswasser viel gesünder.«

Matti grinste innerlich. Er wusste, dass Twiggy seine Weisheit aus eigener Erfahrung schöpfte als Juniorchef eines Getränkehandels. Doch offiziell war das Thema tabu, und Twiggy glaubte, dass niemand außer ihm es wusste.

Sie stiegen die Treppe zum Eingang hoch. Die Glastürflügel öffneten sich automatisch. Hinterm Tresen saßen zwei Männer und eine Frau. Diversen Veröffentlichungen und den Verlautbarungen des Amtschefs zufolge entstammten sie zu mindestens zwei Dritteln jenen Kräften, die schon Herrn Mielke gedient hatten. In solchen Schlüsselstellungen wie Objektschützer, Haushandwerker und Chauffeur. Was in den Augen der Moralwächter Opfern und auch sonst allen guten Menschen unzumutbar war. Matti wartete auf das Schaudern, das seinen Rücken herunterzulaufen hatte. Aber das Schaudern lag auf der faulen Haut.

Dornröschen reichte ihren Personalausweis einem der Wächter. Der guckte drauf und blätterte in einem kleinen Karteikasten, bis er einen Zettel fand, der es ihm erlaubte, den Vorgang fortzusetzen. Er füllte ein Formular mit Durchschlag aus, reichte es Dornröschen zur Unterschrift und sagte: »Sie werden abgeholt. Bitte warten Sie dort.« Der Finger zeigte zur Seite. Da war ein gläserner Kasten mit Sesseln und Tisch.

Twiggy blickte sich staunend um. »Schicker Laden. Schön, dass es Leute gibt, denen es an nichts fehlt.« Draußen dröhnte der Verkehr.

Sie mussten nicht lange warten. Eine Frau steuerte den Glaskasten an. Sie war klein und graumäusig. Sie baute sich vor den Besuchern auf und erklärte: »Guten Tag, ich bin Frau Weber, die für Sie zuständige Sachbearbeiterin. Heute hole ich Sie ab und zeige Ihnen alles, beim nächsten Mal finden Sie die Wege selbst.« Ein Ton, der keinen Widerspruch duldete.

Matti stellte sich vor, dass die Frau auch als Mielkes Sekretärin einen guten Job gemacht hätte.

Frau Weber führte die drei durch eine Sicherheitsschleuse zu den Aufzügen. Zwei links, zwei rechts. Sie fuhren hinauf in den sechsten Stock. Frau Weber zeigte auf den Wegweiser zum Lesesaal. »Raum 602«, sagte sie. »In 601 können Sie Ihre Sachen wegschließen. Keine Taschen mitnehmen. Computer, Schreibsachen.« Zack, zack.

Sie verpackten Taschen und Rucksäcke.

»Die Schuhe auch?«, fragte Dornröschen.

Frau Weber schüttelte unwillig den Kopf. Dann zog sie mit festem Schritt los, die WG im Schlepptau. Dornröschen knuffte Twiggy in die Seite, der knuffte zurück. Sie gackerten. Matti verdrehte die Augen. Frau Weber legte die wenigen Meter zum Lesesaal im Eiltempo zurück, als wäre sie auf der Flucht. Sie öffnete die Tür. In der gegenüberliegenden Ecke, am Fenster, ein Schreibtisch. Dahinter ein graumelierter Mann in einem karierten kurzarmigen Hemd. Er hatte einen Stift in der Hand und las. Er blickte auf. Frau Weber gab ihm drei Zettel, die Besucherausweise, die der

Mann in einen Karteikasten steckte. Er schaute in eine Tabelle und sagte leise: »Tisch 18.«

Der stand in der ersten Reihe, drei Stapel Akten warteten bereits. Frau Weber zeigte zum Tisch. »Wenn Sie Fragen haben, sagen Sie dem Kollegen Bescheid. Er ruft mich dann an.« Weg war sie.

Matti entdeckte im Raum drei Frauen und zwei Männer, die sich in ihre Akten verbissen hatten.

Dornröschen und Matti setzten sich an den Tisch 18, Twiggy nahm den daneben. Jeder griff sich eine Akte. Sie blätterten.

Nach einer knappen halben Stunde stöhnte Dornröschen. »Die wussten ja so viel wie unsere Bullen.«

»Oder mehr«, sagte Matti. »Ich hab hier einen IM in Düsseldorf, am Gericht.«

»Und der hier muss im BKA gespitzelt haben«, sagte Twiggy.

»Und ich hab die Korrespondenz der Anwälte untereinander und die mit den Gefangenen.« Matti las, wie ein westdeutscher Anwalt einen prominenten Ostberliner Anwalt als Vertreter für ein Ehrengerichtsverfahren gewinnen wollte.

Nach einer Weile sagte Twiggy: »Jede Ein- und Ausreise über die Transitwege wurde erfasst.«

»Es gibt für jeden Genossen eine Akte. Und gesammelt wurde das alles unter *Operativer Vorgang Stern*, hübscher Name. Und von den Sternen gab es die Nummer römisch eins und römisch zwei. Alles musste seine Ordnung haben.«

»Was bedeutet, dass die Stasi Spitzel in der Szene hatte«, sagte Dornröschen.

»Hier hab ich was zu Ingeborg, Anjas Mutter, sofern man unterstellt, dass sie es wirklich ist.« Matti hörte sein Herz pochen. Wie schnell es ging. Kaum hatten sie ein paar Akten aufgeschlagen, trafen sie schon Ingeborg Barth. »Also, sie hatte noch ein paar Vornamen mehr, einer hässlicher als der andere. Dann ist hier festgehalten, dass sie zuletzt in der Manteuffelstraße gewohnt hat.« Er blätterte weiter. »Kindergärtnerin und Sekretärin war sie.« Weiter. »Jetzt kommt die Politbiografie. Schwarze Hilfe Westberlin, Tupamaros Westberlin, Rote-Armee-Fraktion.«

»Ein steiler Aufstieg zu höchsten Bewusstseinsstadien«, ätzte Twiggy.

»Das böse Mädchen soll Originalpässe geklaut haben«, sagte Matti. Er hob den Finger: »Und ein Banküberfall in Kaiserslautern.«

»Hat es da schon Banken gegeben in Kaiserslautern?«, fragte Twiggy.

»Pst!«, zischte es von hinten.

»Und dann kannte sie einen Typen in der DDR. Irgendein entfernter Verwandter, der sich dank dieses genetischen Zufalls offenbar der Fürsorge der Stasi sicher sein durfte. Dabei hat sie bestimmt nie versucht, Kontakt zu dem aufzunehmen.« Matti blätterte um. »Und dann gibt es hier noch die Einschätzung, dass Ingeborg ein einfaches RAF-Mitglied gewesen sei, also nicht zur Führung gehört habe. Das bewahrte sie aber nicht vor dem grausligen Schicksal, dass der große Bruder, der böse KGB, sie als Terroristin führte und sie Einreisverbot in die Sowjetunion hatte.«

»Aber nicht in die DDR. Da scheinen die Genossen eigene Wege gegangen zu sein.«

»Ts, ts, ts«, sagte Twiggy.

Der Typ hinterm Schreibtisch warf einen traurigen Blick zu Tisch 18. Dann stand er auf, rieb sich die Hände, als wollte er sie waschen, und marschierte zur WG. Er beugte sich zu Dornröschen, die er womöglich für die Einzige hielt, die nicht bissig war oder wenigstens rationalen Argumenten zugänglich sein könnte. »Das ist ein Lesesaal. Es gibt dafür eine Ordnung. Die sieht vor, dass Sie sich bitte leise verhalten und die anderen Benutzer nicht stören.« Er seufzte leise, strich sich die Haare glatt und trottete zurück zu seinem Schreibtisch.

Die drei guckten sich an und legten den Zeigefinger auf die Lippen. Twiggy musste sich besonders beherrschen, nicht loszulachen. Matti kam sich vor wie ein Schuljunge.

Twiggy tippte auf eine Seite und schob die Akte zu Matti und Dornröschen. Ein Zeitungsbericht von 1977. Die alte Baader-Geschichte. Aber dazugeheftet der Hinweis, die Hauptabteilung XXII habe ermittelt, dass dieses Gerücht nicht zutreffe. Auch die westdeutschen Ermittlungsbehörden seien Hinweisen auf einen Mord an Ingeborg nachgegangen. Sie hätten sogar ein Waldstück umgegraben, weil dort ihre Leiche vergraben sein sollte. Doch hätten sie nichts gefunden. Die Behauptung beruhe auf den Aussagen eines gefassten RAF-Mitglieds. Dem sei aber ohnehin mehr Fantasie als Wahrheitsliebe bescheinigt worden.

Sie studierten weiter die Seiten des Aktenbergs. Fast eine Stunde lang lasen und schwiegen sie. Dann stieß Twiggy Matti an und tippte wieder auf eine Seite. Offenbar hatte Twiggy seinen Ostereiertag.

*Am 7. März 1978 reiste der in der Fahndungsliste 54/78 gesuchte Theobald Wild an der GÜST Drewitz-Marienborn auf dem Transitweg in die Deutsche Demokratische Republik ein. Er war im Besitz eines gefälschten BRD-Personalausweises auf den Namen Manfred Schmitt. Er wurde von den Grenzorganen nach dem § 98 StGB in Verbindung mit § 108 StGB vorläufig festgenommen und dem MfS zur Klärung überstellt. Wild war nach Bekanntgabe der gegen ihn vorliegenden Beschuldigungen bald zur Aussage bereit. Er verspricht sich dadurch, einer Haftstrafe in der DDR zu entgehen.*

»Auf gut Deutsch: Er hat ausgepackt gegenüber den Genossen«, flüsterte Matti.

Er blätterte im Schnelldurchgang durch die Seiten. »Er hat alles erzählt. Namen, Adressen, Aktionen. Da haben sich ab neunundachtzig bestimmt ein paar gewundert, was der Staatsanwalt so alles erzählen konnte.«

Weiter, Seite um Seite. »Aha«, sagte er und las leise vor:

*Georg Westreich kommt von den Tupamaros Westberlin, hat auch eine Zeit lang bei den sog. umherschweifenden Haschrebellen mitgemacht und gehört vermutlich seit 1979/80 zur Führung der RAF. Er gilt als ultraradikal, drängt stets auf Aktionen, bei denen dem Feind größtmögliche Verluste beigebracht werden. Er liegt deshalb häufig im Streit mit ande-*

*ren Genossen, die er als feig kritisiert. Seit Westreich in der Führungsebene angekommen sei, habe sich der Ton in der Gruppe verschärft.*

»Wer hat das erfasst?«, fragte Dornröschen.

Matti blätterte und fand: »Ein Hauptmann L. Fendt, Abteilung XXII/AKG, was immer das heißt. Kürzel: *fe.*«

»Hm«, sagte Twiggy.

Matti las weiter. »Wenn das BKA diese Aussage bekommen hätte, dann gute Nacht. Wild hat sie alle verpfiffen.« Er schlug die Seite um. »Hier ist die schöne Ingeborg.«

*Ingeborg Barth stammt von der Schwarzen Hilfe Westberlin. Sie war ein paar Monate mit G. Westreich liiert, hat sich aber von ihm distanziert, weil sie Westreich zu fanatisch fand. Th. Wild erklärt, er habe selbst gehört, dass I. Barth den Westreich als »Abenteurer« kritisiert hat. Wenn man Westreichs Vorschlägen folge, wäre der Untergang der revolutionären Kräfte in Westdeutschland und in Westberlin nur eine Frage der Zeit. Angeblich soll sie sogar gemutmaßt haben, dass Westreich ein von Behörden im Operationsgebiet bezahlter Provokateur sei. Th. Wild erklärt aber, dies vom Hörensagen zu wissen und keine eigenen Erkenntnisse zu besitzen. Unsere Dienststelle besitzt ebenfalls keine Erkenntnisse, die diese Sichtweise stützen. Sicher scheint aber zu sein, dass die Barth Originalpässe für terroristische Gruppen beschaffte.*

»Unterschrieben hat wieder unser Freund Fendt. Ah, Leo heißt er.«

Zur Mittagszeit verließen sie die Stasi-Behörde. Es war draußen laut, heiß und stickig. Touristen mit Stadtplänen und Kameras strömten über die Bürgersteige. Busse rollten in beide Richtungen, darunter ein Doppelstockbus mit Aussichtsplattform ohne Dach. Gegenüber lagen zwei Hotels und ein riesiger Biergarten. Überall Löwen und weiß-blaue Flaggen, damit es auch jeder kapierte. Auf Stühlen und Bänken saßen Touristengruppen. Dornröschen steuerte eine Pizzeria an, die gegenüber des Alexanderplatzes lag.

»Beton, wohin das Auge blickt«, sagte Twiggy. »Mitte ist die Hölle. Beton und Touris und die passenden Abfüllstationen.«

Am Eingang zum Alex sah er eine Mietwagenstation mit Parkplatz, daneben ein Kebab-Stand, eine Eisbude, ein Café. Und davor an den Tischen Touristen, Touristen, Touristen.

Sie fanden einen Platz neben der Tür. Die Gaststätte war auf Italokitsch getrimmt. Das Colosseum, die Piazza del Campo und, unvermeidlich, der Schiefe Turm von Pisa, aber nur als Schwarz-Weiß-Foto.

Nachdem sie drei Pizzen bestellt hatten, sagte Dornröschen: »Unser Freund Georg war ein ganz scharfer Genosse.«

»Der hat sich nicht nur Freunde gemacht«, ergänzte Twiggy. »Vielleicht gab's noch 'ne alte Rechnung?«

»Zu alt, die Rechnung«, sagte Matti. »Wenn wir alles ernst nehmen, was möglich ist, brauchen wir gar nicht erst weitersuchen.«

Twiggy guckte beleidigt.

»Wir wühlen uns weiter durch diese Akten, schon weil uns nichts Besseres einfällt. Aber bisher ist da nichts, das uns hilft«, sagte Dornröschen nachdenklich.

Draußen rollten drei Touribusse hintereinander vorbei.

»Auch interessant, dass die Beziehung mit Ingeborg bald in die Brüche ging«, sagte Matti.

»Hast du den als Ultraradikalen in Erinnerung?«, fragte Dornröschen.

Die Pizzen kamen. Twiggys Gesicht zeigte gleich bessere Laune.

»Nein«, sagte Matti mit vollem Mund. »Der war ein bisschen großmäulig. Aber das waren wir doch alle damals. Wenn man die letzten Geheimnisse der Welt erklären kann.«

Dornröschen grinste und nahm ein kleines Stück vom Rand in den Mund. »Suchen wir einfach weiter. Aber wenn wir nichts finden, fällt mir echt nichts mehr ein.«

»Mir auch nicht«, sagte Twiggy. »Obwohl es ganz nett ist, dieses Zeug zu lesen.«

»Kannst ja 'ne Doktorarbeit drüber schreiben«, sagte Matti.

Twiggy drohte mit der Gabel.

Matti hatte in letzter Zeit einige Male überlegt, wie es sein würde, wenn sie alt waren. Irgendeiner würde zuerst sterben. Hoffentlich ich, dachte er. Oder einer würde zum Pflegefall. Das würden sie schaffen, kein Zweifel. Er stellte sich Dornröschen als Greisin vor. Das Alter würde ihr gut stehen. Sie hatte klare Gesichtszüge. Auch graue Haare könnten passen. Matti hatte sie schon einmal im Bad ertappt, als sie graue Haare färbte. Vielleicht zwei oder drei, mehr hatte sie nicht.

Und Twiggy würde bleiben, wie er ist. Ein paar Falten mehr, klar. Aber sonst? Die Haare würden auch grau werden. Aber er würde keine verlieren. Twiggy war irgendwie zeitlos. Matti konnte sich ihn nicht als Kind vorstellen.

»Wo bist du?«, fragte Dornröschen. Sie knabberte an einem weiteren Randstück herum.

»In der Zukunft, wo sonst?«

Sie lächelte. Ihm schien es fast, dass sie ahnte, was er überlegte. Jedenfalls fragte sie nicht weiter.

Twiggy hatte die Hälfte seiner Pizza schon verdrückt.

Aber wovon würden sie leben, wenn sie alt wurden?, fragte sich Matti. Man kann nicht ewig Taxi fahren. Er zwang sich, an die Akten zu denken. »Wenn wir nichts finden, bin ich schon mit dem Zeh des zweiten Beins im Knast.«

»Ich martere mein Hirn«, sagte sie. »Aber ich weiß wirklich nicht mehr, was wir noch tun könnten. Anja finden wir nicht, vielleicht ist sie tot. Georgs Leiche, keine Ahnung, wo die ist. Vielleicht kommt sie demnächst in der Spree angeschwommen, vielleicht taucht sie nie wieder auf. Und wenn sie heute gefunden würde, was würde es helfen? Georg hat ein Loch im Kopf.«

»Wenn die Kugel im Kopf stecken geblieben ist, finden die vielleicht die Waffe«, sagte Twiggy.

»Weil Killer am liebsten mit registrierten Knarren rumlaufen«, sagte Matti und bereute gleich, dass der Unterton zu scharf war.

»Okay, ich sag nix mehr.«

»Matti, du bist ein Arsch«, erklärte Dornröschen quasi WG-offiziell. »Selbstverständlich kann es sein, dass man mithilfe einer

Kugel die Waffe findet. Voraussetzung, die ist beim BKA erfasst. Dann hat man den Besitzer noch nicht, aber vielleicht einen Hinweis auf das Umfeld, woher die Knarre kommt. Es ist ja ein Unterschied, ob schon ein Politiker mit dem Ding erschossen wurde oder ein Mafioso. Ist doch klar.«

»Ja, ja«, sagte Matti. »Bin ein bisschen nervös. Nichts geht voran, und die Bullen freuen sich schon, mir den Mord an die Backe klatschen zu können.«

Dornröschen kniff ihm in den Oberarm.

»Wenn du so weitermümmelst, sitzen wir heute Nacht noch hier«, sagte Twiggy.

Dornröschen guckte ihn an, lachte auf und schob ihm ihren Teller zu.

Twiggy strahlte und stellte sich der Herausforderung.

Hinterm Schreibtisch der Lesesaalzuchtmeisterei saß jetzt eine Sitzriesin mit kurzen schwarzen Haaren und einer Oberlehrermiene. Offenbar hatte ihr Vorgänger sie gewarnt vor den Archiv-Anarchos. Jedenfalls begrüßte sie die Ankömmlinge mit einem strengen Blick. Die setzten sich und suchten weiter. Twiggy schien es eilig zu haben, er schlug die Seiten fast hektisch um. Plötzlich hielte er inne, überlegte und blätterte zurück. Dann stieß er Matti die Ellbogen in die Rippen.

»Au!«

Er erntete einen vernichtenden Blick der Oberlehrerin.

Twiggys Zeigefinger tanzte auf einer Seite. Matti lehnte sich hinüber und las.

*Operativ-Information Nr. 66/812/83 zur Bildung sogenannter »Vereinigter Arbeiterlisten«*

*Durch die Quelle »Waade« wurde erarbeitet, dass in Vorbereitung der am 6. 3. 1983 in der BRD stattfindenden Bundestagswahlen auf Initiative der sog. »Marxistisch-Leninistischen Partei Deutschlands (MLPD)« am 20. 12. 1982 ein Aufruf zur Bildung sogenannter »Vereinigter Arbeiterlisten gegen den Bonner Rechtsblock« veröffentlicht wurde.*

»Ja, und?«, flüsterte Matti.

Twiggy blätterte um.

*Operativ-Information Nr. 68/812/83 zum Wahlbündnis »BWK«/»KPD«*

*Durch die Quelle »Waade« wurde erarbeitet, dass der »Bund Westdeutscher Kommunisten (BWK)« und die »KPD« in Vorbereitung der am 6. 3. 1983 in der BRD stattfindenden Bundestagswahlen ein sog. »Wahlbündnis revolutionärer Sozialisten« geschlossen haben.*

Twiggy blätterte zur nächsten Seite. Wieder ein Bericht über linke Sekten, wieder war es der IM »Waade«, der berichtet hatte, und wieder lasen sie das Kürzel *fe*. Und so ging es fast dreißig Seiten lang weiter.

Matti starrte Twiggy an und hob beide Unterarme.

»Guck doch mal, wer hier sich hier verewigt hat.«

Matti starrte auf den Kopf der Seite. *Abteilung XX/8, Berlin, 11. 3. 1983, fe.*

»*fe* ist Fendt«, sagte Matti. In seinem Kopf arbeitete es. Dornröschen saß wie erstarrt und lauschte. »Fendt hat die Terris bearbeitet und führte den IM ›Waade‹. Was bedeutet …«

»Dass der IM ›Waade‹ aus der bewaffneten Ecke stammt«, sagte Dornröschen.

»Aus irgendeinem Grund kennt er sich aber in der ganzen linken Szene aus. Jedenfalls berichtet er wie der Teufel«, sagte Matti. »Und aus vielen Orten: Westberlin, München, Göttingen, Hamburg …«

»Das verstehe ich nicht«, sagte Dornröschen.

Die Oberlehrerin schob ihren Schreibtischstuhl zurück und ging in Kampfposition. Dann rollte sie an. »Ist ja gut«, sagte Dornröschen, bevor die Oberlehrerin zum Entscheidungsschlag ausholen konnte. »Wir gehen in den Vorbereitungsraum.«

Die Oberlehrerin bremste abrupt ab, wendete in engster Kurve und stapfte zurück zu ihrem Unterstand.

Die WG schlich vorsichtig hinaus, um im Vorbereitungsraum erst einmal abzulachen.

»Also«, sagte Dornröschen, nachdem sie sich erholt hatte. »Terris leben im Untergrund oder im Ausland. Sie haben andere Probleme, als Berichte für die Stasi zu schreiben, zumal über solche weltbewegenden Ereignisse. Die Marxistische Gruppe und der BWK in Göttingen – das ist doch lächerlich. War schon damals ein Quatsch. Kein Terri hat die Gelegenheit oder Möglichkeit, durch die Republik zu reisen und Sektenforschung zu betreiben. Zumal der VS solche Arbeiterführertreffen beschnüffelt hat.«

»Also war es doch keiner«, sagte Matti.

»Nein«, widersprach Twiggy. »Es war ein Aussteiger. Hat vielleicht ein paar Jahre gesessen.«

»Und die Stasi hat ihn auf der Transitstrecke abgefangen«, sagte Matti.

»Oder in Schönefeld wie so manchen anderen Genossen auch, der aus dem Nahen Osten zurückkam. Die sind oft über den Flughafen Schönefeld eingereist. Die Grenzübergänge waren auf der Westberliner Seite kaum überwacht, da kam man durch«, sagte Dornröschen. »Die haben sogar ihre Knarren mitnehmen können. Das stelle man sich mal vor! Irre!«

»Also, wer war der IM ›Waade‹?«, fragte Matti. »Mein Tipp: Die Bullen haben ihn erwischt …«

»Oder er ist von sich aus ausgestiegen und hat sich gestellt«, warf Twiggy ein.

»Lass mich mal ausreden. Die Bullen greifen ihn, er packt aus und sitzt ein bisschen was ab. Was die Bullen nicht wissen, der Typ ist ein Stasi-Spitzel.«

»Genau«, sagte Dornröschen, »so könnte es passen. Aus dem Knast entlassen, reist er als lebende Legende von Sitzung zu Sitzung, von Veranstaltung zu Veranstaltung und verpfeift auf Teufel komm raus alle, die mitmachen. So erfährt die Stasi, was in der Szene abgeht im sogenannten Operationsgebiet.«

Matti schüttelte den Kopf. Ihm war gerade was eingefallen. »Eine andere Möglichkeit wäre, dass die unter dem Decknamen ›Waade‹ jemand ganz anderen geführt haben. Stell dir vor, das ist der VS-Abteilungsleiter Meier, zuständig für Linksextremismus.

Und der Meier verpfeift alles an die Stasi, was über seinen Schreibtisch geht. Dafür kriegt er Weihnachtsgeld, und Mutti freut sich über die Perlenkette.«

Sie dachten eine Weile nach.

»Dann war der Meier aber in der Terrorabteilung beim VS«, sagte Twiggy.

»Stimmt.« Dornröschen stand auf, lief einen Halbkreis und stoppte am Fenster. An der Decke summte die Klimaanlage. »Und wer verrät uns, wie's war?«

»Der liebe Hauptmann Fendt«, sagte Matti. »Dann wollen wir den mal suchen gehen.«

»Nicht so eilig«, widersprach Dornröschen. »Jetzt sind wir schon mal hier und suchen alles durch. Heute Abend fangen wir mit der Suche nach unserem neuen Freund an. Und morgen sitzen wir wieder artig im Lesesaal.«

»Führer befiehl, wir folgen!«, sagte Twiggy und deutete eine Habachtstellung an.

Dornröschen reckte ihm ihre zarte Faust entgegen, und Twiggy spielte den Ängstlichen.

Ein giftiger Blick der Oberlehrerin empfing sie, als sie in den Lesesaal zurückkehrten. Betont leise setzten sie sich an ihre Tische und blätterten weiter. Seite um Seite. Stapel alter Zeitungsartikel. Dornröschen schob einen zu Matti und Twiggy. Wieder Spekulationen über einen Fememord an Ingeborg und einer Andrea Müntzer. Die riefen ein paar Journalistengenies schon zur neuen Meinhof aus nach der Entführung des CDU-Spitzenkandidaten für die Wahl zum Abgeordnetenhaus, Peter Lorenz. »Die schöne Terroristin«, las Matti. »Eiskalt« war sie auch und »superintelligent«, »skrupellos« und was an schönen Titeln noch zu vergeben war. Ein paar Seiten später war Andrea abgetaucht für immer. Von wegen neue Meinhof. Ausgestiegen sei sie, berichten nun die Blätter. Opfer eines weiteren Fememords. Beweise: keine. Matti erstaunte es trotz aller Erfahrungen mit Schmierfinken doch, wie hemmungslos manche Blätter Erfundenes als Gewissheit verkauften. Daran hatte sich nichts geändert. Nach ein paar hundert Seiten meldete eine Nachrichtenagentur dürr, dass die von Baader erschossene Ingeborg Barth vier Jahre nach ihrem Tod ein Päckchen Antibabypillen in einem Hotel in Husum liegen gelassen hatte.

Auch Tote haben Sex. Ein beruhigender Gedanke.

Seite für Seite, Ordner für Ordner. Im Regal an der Stirnseite, neben dem Oberlehrerschreibtisch, warteten unter der Nummer 18 weitere Stapel, Zeugnisse des Stasi-Fleißes. Zigtausende von Seiten.

Diesmal stupste Twiggy Matti in die Seite. Matti las die Aussagen von Bommi Baumann. Auch den hatten sie auf der Autobahn aufgegriffen. Schlecht gefälschte Papiere, so blöd musste man erst mal sein. Bommi war eine große Nummer gewesen in der Szene. Und dann war er abgetaucht. Schon auf der Flucht vor den Bullen stellte er sich gegen die einstigen Genossen. Als er nach Jahren verhaftet wurde, bereute er, gelobte Besserung, saß ein paar Jahre ab und warnte seitdem vor Terror und Drogen.

»Das Auspacken hat er hier geübt«, flüsterte Twiggy.

Die Aussage wollte gar kein Ende nehmen. Und die freundlichen Stasi-Vernehmer hatten immer noch eine Frage und noch eine und noch eine. Und Bommi antwortete geduldig und brav. Bis sie ihn endlich nach Westberlin ausreisen ließen. Man trennte sich als Freunde.

Die nächste Aussage stammte von Gerhard Müller. An den erinnerte sich Matti gut, weil er zu den frühen RAF-Kronzeugen gehört hatte. Auf seine Aussage stützte sich die Behauptung, Baader habe Anjas Mutter ermordet. Müller hatte wie Baumann bei der Stasi geübt. Wieder Hunderte von Seiten. Wieder alle Details, wahre und zusammengereimte.

Auf Müller folgte Westreich. »Ich glaub's nicht«, stöhnte Matti.

Die Lesesaaltür öffnete sich, die Oberlehrerin wurde abgelöst. Der Neue war ein mittelalter Fettkloß mit einer riesigen schwarzen Brille. Die Oberlehrerin flüsterte dem Fettkloß ins Ohr und blickte verbrämt auf die WG.

Dornröschen lehnte sich von der einen Seite zum Aktenordner, Twiggy von der anderen.

*Im OV »Eifer« soll die Person Westreich, Georg, geboren 14. 4. 1949 in Calw, nach § 98 StGB in Verbindung mit § 108 StGB operativ bearbeitet werden.*

Dann folgte, was sie schon wussten. Infos über Georgs politische Arbeit in Westberlin, Tupamaros und so weiter. Erstaunlich aber war, dass die Angaben für die Zeit seines Lebens im Untergrund mindestens ebenso genau waren. Sein Streit mit den Genossen, die er als defätistisch beschimpfte. Die Trennung von Ingeborg. Seine erste Aktion war ein Banküberfall in Westberlin. Dann half er vielleicht – die Stasi war sich nicht sicher –, einem US-Soldaten in Frankfurt am Main den Dienstausweis abzunehmen, nachdem ein heldenhafter Genosse den GI in einem Waldstück erschossen hatte. Schuss in den Hinterkopf. »Genauso haben Gestapo und NKWD die Leute abgeknallt. Bewährtes bleibt«, sagte Dornröschen trocken.

»Ist nicht bewiesen, dass Georg dabei war«, widersprach Matti.

»Steht auch nicht im Fahndungsaufruf«, assistierte Twiggy.

»Ist er dagegen gewesen?«, widersprach Dornröschen.

»Vielleicht«, sagte Matti.

»Dann hätte er vielleicht was dagegen tun sollen.«

»Da hätte es vorher und nachher Gründe gegeben«, sagte Matti. »Die Selektion jüdischer Passagiere bei dieser Flugzeugentführung, das Abknallen von Chauffeuren und Sicherheitsleuten bei der Schleyer-Entführung, auch bei Buback und so weiter...«

»Wenn man es so sieht, hätten sie gar nichts mehr machen dürfen, nachdem sie bei der Baader-Befreiung einen Bibliothekar umgenietet haben«, sagte Twiggy. »Aber im Krieg gibt's Kollateralschäden. Sie haben sich im Krieg gesehen.«

»In Afghanistan wird es als Fortschritt gefeiert, wenn sie mit Drohnen-Raketen nicht mehr ganze Dörfer ausrotten, sondern nur noch eine Familie mit Kindern, Oma und Opa, um den einen Terri zu erwischen. Sind ja nur Afghanen«, sagte Matti.

»Schluss mit dem Geschwätz!«, befahl Dornröschen.

Weiter in den Akten. Mithilfe des Dienstausweises schafften sie ein Auto mit falschen Kennzeichen auf den Parkplatz einer US-Kaserne. Wieder war Georg vielleicht dabei. Tote und Verletzte, als der Sprengstoff im Auto hochging. In der Erklärung danach wurde der antiimperialistische Kampf gepriesen.

Die Stasi notierte auf dem folgenden Blatt, dass die Ermordung des US-Soldaten Unruhe und Kritik hervorgerufen habe in der Szene. Die meisten lehnten solche Kampfmethoden ab. Nicht aber den Sprengstoffanschlag. »Wir gönnen dem US-Imperialismus keine Ruhezonen. Der Krieg ist überall«, zitierte die Stasi.

»Die haben einen Haufen Infos zusammengetragen über Georg. Guckt mal, hier berichten sie, wie Georg dem BKA in der Nähe von Frankfurt durch die Lappen ging. Sie haben ihn verfolgt und dann verloren. Wahrscheinlich hat er es gar nicht gemerkt. Später haben sie eine Wohnung entdeckt, in der er wohnte. Hochhaus, Hamburg-Steilshoop. Aber als sie anrückten mit allem Drum und Dran, war Georg weg.«

»Ob die Stasi ihn gewarnt hat, wenn die Bullen ihm nahekamen?«, fragte Twiggy.

»Keine Ahnung. Sieht aber fast so aus«, murmelte Matti. Noch eine Idee, die sie noch nicht besprochen hatten. Aber dann musste Georg etwas für die Stasi tun. Eine Hand wäscht die andere, Geschenke für lau gab's nicht von denen. Wir sind doch nicht die Wohlfahrt. Aber wenn es der Stasi genügte, dass die Westterris keine Heldentaten in der DDR verbrachen? Dafür Informationen aus den westdeutschen Sicherheitsdiensten? Denkbar. Aber kein Beweis dafür. Bisher.

Es wurde noch besser. »Georg hat auch ausgepackt«, sagte Twiggy. »Hier!«

Tatsächlich. Ein Riesenpacken Papier. Vernehmung nach Vernehmung. Da war Bommi Baumann ein kleines Licht. Georg, der Oberterrorist, wie er sich sah. Als Kopf, wenigstens künftiger Kopf. Von ihm stammten die Konzepte, die Strategie, die Planung, und er hatte die Argumente.

»Der Typ war größenwahnsinnig«, sagte Twiggy.

»Von wann ist das?«, fragte Dornröschen.

Twiggy blätterte zurück. »1985«, sagte er. »Eingereist über Schönefeld. Gar nicht verhaftet. Freiwillig.«

»Er hat freiwillig ausgepackt?«, fragte Matti.

»Das war eigentlich kein Verhör, sondern ein Gespräch unter Genossen, die in taktischen Fragen unterschiedlicher Meinung waren. Bei allem Respekt«, erklärte Twiggy.

»Das war, nachdem Albrecht & Co. sich in der DDR zur Ruhe gesetzt hatten. Die wurden ja alle brave Genossinnen.«

Twiggy las weiter, Matti las mit.

Dornröschen stellte sich hinter sie und lehnte sich auf ihre Schultern. Sie erntete einen strengen Blick vom Schreibtisch, aber sonst folgte nichts. Sie steckte ihren Kopf zwischen die Köpfe der beiden anderen und flüsterte. »Georg war IM, und die Genossen gaben ihm das Gefühl, wichtig zu sein. Versteht ihr?«

»Und Georg missversteht es als Einladung zum Größenwahn«, sagte Matti. Er überlegte. »Er hatte ein bisschen was Größenwahnsinniges.«

»Man muss sich für was Besonderes halten, wenn man glaubt, man dürfe andere Leute töten«, flüsterte Twiggy.

Und Matti dachte an die Zeit, als sie selbst beinah abgetaucht wären. Wenn man mal im Untergrund lebt, kommt man schwer wieder zurück ins Leben. Eine Tat rechtfertigt die nächste. Wenn man die kommende Aktion ablehnte, war die vorherige auch falsch gewesen. Es bedurfte einer Erschütterung, um aus der Wahnkette auszubrechen. Festnahme, Verzweiflung. Am Ende schießt man, weil die Bullen einen jagen. »Der Mann in Uniform ist ein Schwein. Und natürlich darf geschossen werden.« Meinhofs Freibrief schon neunundsechzig. Er konnte sie auswendig aufsagen, alle diese Sprüche. Man war so gut, und die anderen waren so schlecht, dass sie eigentlich keine Menschen mehr waren. »Die klammheimliche Freude« über den Buback-Mord. Wenn es die Richtigen traf, war es gerecht. Er sah diese Akten, als wären sie eine Anklageschrift gegen ihn selbst. Was Georg da erzählte, das hatte er auch erzählt. Er war kein Stück besser als dieser Typ, der sich selbst ermächtigte, über andere zu richten. Und der sich so sicher war in seinem Urteil und seiner Ausnahmestellung, dass er sie sogar töten durfte. Oder musste, weil sie doch Schweine waren. Ihn unterschied von Georg nur, dass er zu feige gewesen war, den letzten Schritt zu gehen. Er erinnerte sich gut dieses Gefühls, dass er eine Linie hätte überschreiten müssen, hinter der es kein Zurück gab ins normale Leben. Er hatte sich die Linie bildlich vorgestellt.

Am feigsten fand er nicht sich selbst und all jene, die im letzten Augenblick die Kurve bekommen hatten. Sondern die, die nie abgetaucht waren, die nie daran gedacht hatten, nun aber zu den Bewunderern der Stadtguerilla gehörten. Ihr hymnische Bücher und Bilder widmeten. Filme der Verehrung. Theatermacher, deren Revolution auf der Bühne begann und aufhörte. Leute, die das Leben als Lieblinge des bürgerlichen Kulturbetriebs genossen, eine folgenlose Provokation an die andere reihten, um den gebildeten Kreisen ein bisschen Grusel zu verschaffen.

Ihn grauste Georgs selbstgerechtes Geschwafel, das sich über mehr als hundert Seiten hinzog. Vor allem grauste ihn er selbst. Die Stasi-Vernehmer taten nichts, um Georg von seiner Maßlosigkeit zu befreien. Denen mussten am Ende die Ohren geglüht haben. Die revolutionäre Version des Besserwessis.

*Der W. schätzt zwar die sozialen Errungenschaften der DDR und unterstreicht, dass seine Bewegung und die Kommunisten gemeinsame Feinde hätten, aber er hält die sozialistische Revolution für unvollendet. Er verweist wortreich auf Dutschke, der erklärt habe, dass in den Ländern des realen Sozialismus die materiellen Voraussetzungen für einen wirklichen Sozialismus viel weiter entwickelt seien als im Kapitalismus.*

»Wir gehen in den Vorbereitungsraum, ja?«, fragte Dornröschen. Sie sah noch bleicher aus als sonst.

Dort setzte sie sich auf einen Stuhl. Sie war erschöpft.

Twiggy tigerte im Raum umher.

»Es ist heftig«, sagte Matti. »Als hörte man sich selbst.«

Dornröschen nickte.

»Immerhin sind wir nicht abgetaucht«, sagte Twiggy.

»Das ändert nichts daran, dass wir auch so geredet haben«, antwortete Matti.

»Entscheidend ist jetzt was anderes: Bedeutet Georgs Aussage, dass er IM wurde? Ich meine, wenn einer alles erzählt ...«

»Klar, was sonst?«, sagte Twiggy.

»Wenn er IM war, dann hat ihn der Hauptmann Fendt geführt«, sagte Matti.

»Der hat auch an den meisten Vernehmungsprotokollen mitgedichtet«, bestätigte Twiggy. »Ich hatte schon vorgeblättert.«

Robbi knurrte die Wand an, als sie nach Hause kamen. Er saß beleidigt im Flur und würdigte sein Personal keines Blicks. Twiggy beugte sich hinunter und erntete ein Fauchen und einen Kratzer auf der Hand.

Kopfschüttelnd ging er in die Küche, holte zwei Flaschen Bier aus dem Kühlschrank und setzte sich an den Tisch. Eine Flasche schob er zu Matti, als der sich dazusetzte.

Dornröschen kam mit der Post, genauer gesagt, mit einem Stapel Werbung, mit dem diese gehetzten Verteiler die Briefkasten vollmüllten. Sie schmiss das Papier in den Abfalleimer und kochte sich einen Tee. Als das Wasser zu brodeln begann, sagte sie: »Das war ein kleiner Ausflug in unsere ruhmreiche Vergangenheit. Das meiste hatte ich verdrängt.«

»Ein paar Sachen sind mir schon wieder eingefallen, als wir die Knarren geholt haben.« Sie hatten die vor einiger Zeit im Wald wieder ausgegraben.

»Scheiße, ich muss mich noch melden!«, rief Matti und flitzte los.

Währenddessen durchsuchten Twiggy und Dornröschen Online-Telefonbücher nach Fendt. Sie fanden in Berlin drei Leute dieses Nachnamens, deren Vorname mit einem L begann: zwei Ludwig, einen Leo.

Dornröschen wählte Leos Nummer. Es klickte. »Ja?«

»Guten Tag, Damaschke, spreche ich mit Herrn Leo Fendt?«

»Was wollen Sie?«

»Haben Sie früher einmal im Ministerium für Staatssicherheit gearbeitet?«

Man hörte ein wütendes Schnaufen, dann legte der Mann auf.

»Das ist er, Glück gehabt«, sagte Twiggy.

»Lass uns trotzdem noch die Ludwigs checken«, sagte Dornröschen.

Der erste Ludwig wohnte in Zehlendorf und war Postbeamter. Der zweite Ludwig hatte einen Anrufbeantworter, der von »Häschen« schwärmte, die allesamt »willig« seien und gar nicht warten konnten.

Twiggy grinste. »Na, warum soll ein Stasi keinen Puff aufmachen?«

Dornröschen blickte ihn mürrisch an. »Seit Ewigkeiten versuche ich aus euch Erwachsene zu machen …«

»Ja, Mama.«

Ein herzerweichendes Jaulen änderte alles. Robbi stelzte in die Küche, setzte sich vor seinen vollen Napf und jaulte gleich noch mal. Twiggy erhob sich, nahm den Kater, setzte sich und packte ihn auf seinen Schoß. Robbi überlegte ein paar Augenblicke, ob er noch beleidigt sein musste, entschied sich dann aber, die Wiedergutmachung widerruflich anzunehmen. Natürlich nur, wenn sie ausreichte. Die Frage musste vorerst offen bleiben. Twiggy gab sich alle Mühe, und Robbi malträtierte Twiggys Blaumann im Milchtritt.

»Wo wohnt der gute Leo?«, fragte Dornröschen.

»Fanningerstraße 7, Lichtenberg.«

»Das passt. Die Genossen haben gerne nahe des Arbeitsplatzes gewohnt. Praktizierter Umweltschutz.«

Als Matti zurückkam, waren Dornröschen und Twiggy aufbruchbereit.

»Was? Jetzt?«, schimpfte Matti.

»Wir haben keine Zeit. Willst du in den Knast?«

Matti hob die Hände, um sie zu besänftigen. »Ist ja gut.«

Mit der U 8 zum Alex, mit der U 5 zur Magdalenenstraße. Gut zwanzig Minuten brauchten sie in die Lichtenberger Betonwüste. Aber in den Seitenstraßen standen Bäume, in den Fenstern und auf den Balkons Blumenkästen. Sobald sie die Frankfurter Allee ein Stück hinter sich gelassen hatten, wurde das Rauschen leiser. Kopfsteinpflaster, vier- und fünfstöckige Mietshäuser. In Fenstern Schmuck und Kinderaufkleber. Die Fassaden frisch. Vor den Häusern Parkplätze, auf denen mehr Mittelklassekutschen standen als Kleinwagen.

»Auch nicht viel anders als bei uns«, sagte Dornröschen.

»Hierhin verschlägt es immer mehr Friedrichshainer, die sich die Mieten dort nicht mehr leisten können. Und viele Lichtenberger werden weiter nach draußen verdrängt, bis sie in Marzahn landen«, sagte Matti.

»Matti erklärt uns die Welt«, konterte Dornröschen. »Vermutlich kriechen jetzt die einzig wahren Lichtenberger aus ihren Betonhöhlen und bekämpfen die Ex-Friedrichshainer im Zeichen des Antifaschismus.«

»Womit die alten Stasi-Zampanos gerade da weitermachen dürfen, wo sie aufgehört haben. Ein würdiger Abschluss eines kämpferischen Lebens«, deklamierte Twiggy.

Vier Stockwerke, weiße Fassade ohne Graffiti, Balkons ab der zweiten Etage, Gartennutzung für die Erdgeschossbewohner. Ein paar Laubbäume standen in weitem Abstand hilflos herum. Die Autos im rechten Winkel zum Bürgersteig. Ein Parkplatz war frei. Die Hausnummer über der Glastür diente als Beleuchtung. Fendt wohnte im dritten Stock, wenn man der Klingel glaubte. Matti drückte, und hörte gleich eine Stimme in der Gegensprechanlage.

»Ja?«

»Eilbote!«

Es summte. Sie betraten einen Flur mit Steinboden. Nirgendwo eine Kritzelei, die braun lackierten Briefkästen unversehrt. Eine Frau kam ihnen entgegen und beäugte sie misstrauisch, bis sie vorbei war. Sie öffnete die Haustür, drehte sich noch einmal um und glotzte durchs Glas. Twiggy blickte verzweifelt zur Aufzugtür, doch die anderen beiden steuerten die Treppe an.

Im dritten Stock erwartete sie ein kleiner Mann mit grauen Haaren und Hornbrille. Beiges Hemd, dunkelbraune Hose, Hausschuhe. Er starrte sie an und verschwand in der Wohnung. Das Schloss klackte, und eine Kette rasselte.

Dornröschen stellte sich vor die Wohnungstür und sagte freundlich: »Entschuldigen Sie bitte! Wir sind Freunde von Georg Westreich und wollen mit Ihnen über ihn sprechen. Er wurde ermordet, und seine Tochter ist in höchster Gefahr.«

Schweigen.

»Herr Fendt, wir wollen nichts Böses. Vielleicht sind Sie auch in Gefahr. Vielleicht wissen Sie etwas, das Sie nicht wissen dürfen«, rief Matti.

Die Tür gegenüber öffnete sich. Eine Frau mit kurz geschnittenen grauen Haaren guckte hinaus und schloss die Tür wieder.

»Lassen Sie mich in Ruhe!«, sagte Fendt heiser durch die Tür.

»Ich schiebe meinen Namen und meine Telefonnummer unter der Tür durch. Bitte überlegen Sie es sich noch einmal. Wie gesagt, es könnte sein, dass Georgs Mörder auch Sie bedroht.«

Keine Antwort.

Dornröschen kritzelte etwas auf ein Blatt und schob es unter der Tür durch. Dann fuhren sie nach Hause.

Vorher warf Twiggy noch schnell einen Blick aufs Wohnungstürschloss. BKS, Normalausführung.

»Der Euro geht unter, Europa zerbricht. Ich habe gerade mit denen gesprochen, die es wissen müssen.«

Matti war es egal. Dass der Kapitalismus zusammenbrechen würde, wusste er längst. Er wusste nur nicht mehr, was statt seiner entstehen würde. Irgendwas, das er mit Barbarei umschrieb. Es überraschte ihn genauso wenig, dass die, die es wissen müssten, alles Mögliche wussten, nur nicht, was sie tun sollten. Man nennt das auch Chaos, dachte er. Beim Warten hatte er bei Sunzi gelesen:

*»Wer über ein Wasser setzen will, das durch Regenfälle am Oberlauf aufgewühlt wird, warte ab, bis es sich beruhigt hat.«*

Aber das behielt er für sich.

Der Typ auf der Rückbank lamentierte weiter. Es war so ein schmächtiger Mann im grauen Anzug, den er vor einem der Abgeordnetenhäuser Unter den Linden aufgelesen hatte. Als er ihn am Straßenrand warten sah mit seinem Pilotenkoffer, wusste Matti schon, dass der Typ überdreht war. Er hatte wohl mit einem Bundestagsabgeordneten gesprochen und war nun richtig wichtig.

»Ihnen ist wohl alles egal«, sagte der Typ.

»Ich fahre Sie nach Tegel«, antwortete Matti.

»Europa scheitert an der Gleichgültigkeit seiner Bürger«, dozierte der Typ.

Matti sah im Rückspiegel, wie der Mann erwartungsvoll nach vorn blickte.

»Sie suchen das Gespräch mit dem Volk, was?«, fragte Matti.

»Immer, überall.«

»Und dann machen Sie, was Sie wollen.«

»Es gibt Sachzwänge«, sagte der Typ.

»Alternativlos«, sagte Matti.

»Alternativlos«, wiederholte der Mann.

»Dann können Sie sich das Gerede doch sparen. Und was ist das für eine Demokratie, wenn andere Meinungen von vornherein falsch sind?« Aber Matti bereute es schon, sich auf ein Gespräch eingelassen zu haben. Er regte sich nur auf.

»Aber wir können doch nicht falsch entscheiden, nur damit es demokratisch ist.«

»Richtig ist nur, dass die ungerupft davonkommen, die den Schlamassel angerichtet haben.«

»Sie sind ja ein ganz Linker.«

»Da haben Sie ausnahmsweise recht.«

Der Mann schwieg bis Tegel beleidigt vor sich hin. Trinkgeld gab er nicht.

Matti wollte gerade wieder lesen, als sein Handy klingelte.

»Ich fürchte, der Fendt meldet sich nicht«, sagte Dornröschen.
»Dann müssen wir ihm auf die Pelle rücken.«
»Meint Twiggy auch.«
»Wenn wir den nicht zum Reden kriegen, sitzen wir endgültig fest.«
»Wann kommst du heim?«
Matti überlegte. »Ich fahr noch eine Tour. Sonst mault Ülcan.« Matti bereute schon, sich pflichteifrig zum Dienst gemeldet zu haben. Er fühlte sich in Ülcans Schuld.
»Mault der nicht immer?«
»Klar, aber es gibt melodische Abstufungen.«

Ein Ehepaar wollte nach Mitte, so Ecke Friedrichstraße. Da, wo die Dauerbaustelle für die U 5 nervte, die Kanzlerbahn. Allerdings hatte man noch nie eine Kanzlerin in der U-Bahn gesehen. Und die anderen superwichtigen Menschen strapazierten den Fahrdienst des Bundestags. Die Leute mussten trotzdem laufen zwischen Friedrichstraße und Französischer Straße, als hätte die U 5 in all den Jahren zuvor jemandem gefehlt. Offenbar fand das mittelalte Pärchen das Nervzentrum faszinierend. Matti überlegte kurz, ob er sie warnen sollte, ihre Begeisterung laut kundzutun. Schlecht gelaunte Berliner sind eine bissige Spezies.

Sie trug ein dezentes Parfüm, immerhin. Er war stocksteif und wortkarg, was sie locker ausglich. Aber auf eine fröhliche Art. Matti hatte schlimmere Leute gefahren. Nachdem er sie an der Ecke Friedrichstraße/Kronenstraße abgesetzt und ein gutes Trinkgeld bekommen hatte, fuhr er zur Manitiusstraße, fand zu seinem Erstaunen die Hofeinfahrt unverschlossen vor und parkte den Benz. Kinder kreischten und jagten über den Hof. Das alte Kreidler-Moped lag immer noch auf dem Haufen zwischen Matratzen, einem Eimer, zwei Kinderwagen und sonstigem Müll. Irgendwo schimpfte eine Elster.

Ülcan saß wie immer hinterm Schreibtisch. Er telefonierte und paffte wie eine Lokomotive unter Schwerlast. Er beachtete Matti kaum und hob nicht einmal die Hand zum Abschied. Matti war

Ülcans Telefonpartner dankbar, der ersparte ihm Flüche und Beschimpfungen.

Twiggy, Robbi und Dornröschen waren schon beim Planen, als Matti nach Hause kam. Genauer gesagt, beschäftigte sich Twiggy damit, Robbi zu kraulen, nachdem er ihm den Futternapf randvoll gefüllt hatte. Leider aber halfen alle Bestechungsversuche nicht, Robbi die Superstrategie zu entlocken. Er beschränkte sich aufs Jaulen, Maulen und Fauchen, seit er sein Schweigegelübde abgelegt hatte.

»Das ist doch Quatsch!«, hörte Matti, als er die Küche betrat.

Dornröschen schimpfte, und Twiggy war beleidigt.

»Er will bestimmt, dass wir dem Herrn Fendt einen Besuch mit Knarren abstatten«, vermutete Matti. Und missachtete tapfer die Gefahr, dass die Eskalation sich weiter zuspitzen könnte.

»Genau«, sagte Twiggy. »Ich habe vorgeschlagen, dass wir uns den Herrn greifen und eine kleine Spazierfahrt im Bulli machen. Zufällig haben wir auch die Dinger dabei.« Ein Blick zur Fensterbank. »Außerdem haben wir das schon mal gemacht, und es wirkte. Wenn ich da nur an unseren Ausflug mit Lily denke …«

Matti zog es den Magen zusammen.

»Aber das war doch eine Frage der Lage, Mensch!«

»Es ist immer eine Frage der Lage«, knurrte Twiggy.

»Und wenn wir den Herrn überwachen und einen geeigneten Augenblick nutzen?«, fragte Matti mehr, um die Spannung zu mildern.

»Wozu nutzen?«, fragte Twiggy. »Das ist doch Quatsch!«

Robbi brummte zustimmend.

»Und wenn wir dem die Bude verwanzen?«, fragte Dornröschen.

Sie überlegten.

»Dann hören wir, wie er mit seiner Tante schwatzt. Und der Tochter und dem Enkelchen«, sagte Twiggy. »Die Lauscherchen müssen aber von feinster Qualität sein. Der Typ hat bestimmt noch einen alten Wanzendetektor rumliegen aus der bösen Zeit, als die Bullen und der VS hinter denen her waren. Ich hör mich mal um, ob es da was Passendes gibt.«

»Was wollen wir eigentlich von dem?«, fragte Matti.

Die beiden anderen starrten ihn an.

»Ja, was soll der uns verraten?«

»Was Georg getrieben hat. Wer seine letzten Freunde waren. Wo er abgetaucht war. Wer Kontakt zu ihm hatte. Was er geplant hat.« Dornröschen starrte immer noch.

»Wenn wir ein paar Antworten kriegen, finden wir vielleicht jemanden, den wir weiterfragen können«, sagte Twiggy.

Matti las in den Augen der Freunde, dass sie gegen seine Zweifel anredeten. Wenn man einen alten Stasi-Fritzen ausfragen musste und dann noch einen, der nichts sagen wollte, wenn man auf so ein Gestocher angewiesen war, dann wusste man, woran man war. Matti begriff es erst richtig, nachdem er gefragt hatte.

»Was sollen wir sonst tun?«, fragte Dornröschen. »Dich in Moabit abliefern?«

»Anja ist bestimmt tot«, sagte Matti. »Sie hätte sich sonst längst gemeldet.«

»Ein Grund mehr, alles zu versuchen. Und wenn es nur für Anja ist«, sagte Twiggy.

Dornröschen drückte Matti die Hand. »Lass uns diesen Vorkämpfer des tschekistischen Kampfs in die Mangel nehmen. Schlimmer als Zeitverschwendung kann es nicht werden.«

»Es sei denn, der holt die Bullen«, sagte Matti. »Und dann habt ihr auch noch Stress.«

»Ach, Quatsch«, sagte Dornröschen.

»Und wie machen wir es?«, fragte Twiggy.

»Ich hab da eine Idee.« Dornröschen grinste.

Und Matti raste wieder los, um sich bei den Bullen zu melden.

Am Morgen rief er Ülcan an, aber bevor er etwas gesagt hatte, erschlug ihn eine Flutwelle aus Worten. Von Allah war die Rede, von Mohammed, der ewigen Gerechtigkeit, Parasitentum, der Ausnutzung seiner Großmut. Ülcan schimpfte so schnell, dass Matti kaum mitkam. Umso mehr überraschte ihn der Schluss des Vortrags: »Wenn du die Scheiße geklärt hast, kriegst du erst richtig Ärger. Du wirst den Knast als Paradies empfinden. Und dankbar sein für jede Minute, die du Taxi fahren darfst. Verstanden?«

»Klar, Chef«, sagte Matti.

Sie fuhren bei Sonnenschein und blauem Himmel mit dem Bulli in die Fanningerstraße und fanden einen Parkplatz gegenüber der Nummer 5, hinter dem Hänger eines Handwerkers. Diesmal gab es mehr Lücken. Offenbar hatten doch ein paar Leute in Lichtenberg Jobs. Twiggy hatte nicht nur sein Werkzeug dabei, sondern auch ein paar Stullen geschmiert, eine Thermoskanne mit Kaffee gefüllt und sogar an Wasser gedacht.

»Und wo kann ich pinkeln?«, fragte Dornröschen.

»Die Bullen benutzen dafür Flaschen oder Dosen«, sagte Twiggy.

»Idiot.«

»Wenn du musst, kannst du gleich eine Kneipe suchen, wo wir auch können«, sagte Matti.

»Vielen Dank für die Solidarität. Ihr nutzt es brutal aus, dass Mädchen kleinere Blasen haben.«

»Und pausenlos Harnröhrenkatarrh«, sagte Twiggy, nachdem er die erste Stulle angebissen hatte.

»Pah!«, antwortete Dornröschen. »Eine Kleinigkeit, wenn man mal weiß, dass Jungs biologische Fehlkonstruktionen sind.«

Die beiden Männer kicherten.

»Aber was anderes steht ja nicht zur Verfügung.« Dornröschen gähnte genüsslich und schloss die Augen. »Ich mach ein Nickerchen, und ihr passt schön auf. Und keinen Krach machen, ja?«

Ihr Kopf lehnte an Mattis Schulter, ihre Beine stießen an Twiggys Waden. Die beiden saßen starr und beobachteten die Straße, vor allem den Hauseingang Nummer 7.

Der Briefträger radelte heran.

»Die Aliens sind nicht grün, sondern gelb. Das ist kein Fahrrad, das ist ein Raumschiff«, flüsterte Twiggy.

Tatsächlich fuhr der Postler auf einem Elektrorad mit Anhänger. Das Design war mindestens futuristisch.

»Der müsste einen gelben Helm tragen mit Antennen drauf«, flüsterte Matti zurück und streckte sich.

Twiggy kicherte.

Dornröschen zog die Beine an. Die beiden Männer erstarrten wieder. Nach ein paar Sekunden kaute Twiggy vorsichtig weiter.

Eine Frau mit Kopftuch verließ das Haus Nummer 7. Als sie auf den Bürgersteig trag, blickte sie sich um, als sicherte sie die Umgebung.

»Die war im ersten Leben Indianerin«, wisperte Matti mit einem Blick auf Dornröschen.

Die Indianerin zockelte davon.

Ein Taxi fuhr vorbei. Die Reifen ratterten auf dem Kopfsteinpflaster. Matti wandte sein Gesicht ab.

Ein Peugeot-Kombi rangierte rückwärts zu dem Hänger, hinter dem sie geparkt hatten. Ein Typ im Blaumann und mit Baseballkappe stieg aus und kurbelte den Hänger an den Kombi.

Dann passierte eine Weile nichts mehr. Leise rauschte die Frankfurter Allee. Die Sirene eines Krankenwagens ertönte und verklang in der Ferne. Nebelkrähen krächzten.

»Vielleicht ist der Typ Frühaufsteher und schon längst über alle Berge«, sagte Dornröschen. Sie streckte sich.

»Guten Morgen.« Twiggys Hand griff zur nächsten Stulle, bremste aber in der Luft, bevor sie das Brot erreicht hatte, und zog sich wieder zurück.

Dornröschen blinzelte.

Sie starrte auf die Fenster im dritten Stock der Nummer 7. Weiße Gardinen mit Spitzen. Nichts bewegte sich.

»Ich geh mal checken«, sagte sie. Dornröschen stieg aus und ging eine Weile in Gegenrichtung. Erst außer der Sichtweite der Fenster im dritten Stock wechselte sie die Straßenseite und kam zurück. Sie klingelte bei Fendt, und als der sich meldete, lief sie in die Richtung zurück, aus der sie gekommen war. An der Einmündung in die Schottstraße blieb sie stehen und zückte das Handy.

»Ist er am Fenster?«, fragte sie, als Matti das Gespräch angenommen hatte.

Matti und Twiggy guckten hoch. Eine Gardine bewegte sich. Das Fenster wurde geöffnet, Fendt guckte hinaus. Gründlich, als würde er jeden Quadratzentimeter erforschen. Dann schloss er das Fenster, die Gardine fiel zu.

Ein Brauereilaster brummte vorbei.

Nur wenige Fußgänger waren unterwegs. Kaum junge Leute.

Die Haustür öffnete sich. Fendt trat hinaus, mit Lederhandtasche. Er hatte trotz der Wärme einen Mantel angezogen. Er schaute sich um und marschierte los in Richtung Frankfurter Allee.

»Wie lange bleibt er weg?«, fragte Twiggy.

»Mantel an, Handtasche dabei, mindestens eine Stunde«, erwiderte Dornröschen.

»Du musst es ja wissen«, sagte Matti.

»Warum?«

»Als Masterbrain.«

»Pöh!«

Matti stieg aus und guckte Fendt nach. Der wackelte gemächlich die Straße hinunter. Als er um die Ecke verschwand, winkte Matti Twiggy mit dem Zeigefinger herbei. Twiggy sah in seinem Blaumann wie ein Handwerker aus, mit dem mächtigen Werkzeugkoffer in der Hand umso mehr. Aber auch Matti hatte einen Blaumann angezogen. Er trug einen Rucksack. Dornröschen beobachtete die Lage, das Handy in der Hand.

Die beiden Männer gingen zur Haustür. Twiggy klingelte ganz oben, brabbelte was von einem Heizungsservice und drückte die Tür auf. Diesmal nahmen sie den Aufzug.

Als sie ihn im dritten Stock verließen, hatte Twiggy schon den Elektrodietrich in der Hand. Matti stellte sich vor den Spion der gegenüberliegenden Tür, während Twiggy das Gerät summen ließ. Nach ein paar Sekunden war das Schloss geöffnet. Sie gingen hinein und schlossen die Tür.

Matti rechnete jeden Augenblick mit einem Donnern gegen die Tür. »Polizei! Öffnen Sie! Sofort!« Aber noch donnerte es nicht.

Es war die Mutter aller Spießerheime. Ein Berlin-Stich an der

Wand über der Kommode, darauf das Telefon. Der Läufer machte auf Persisch oder so ähnlich, die Tapeten waren tatsächlich geblümt, wenn auch verblasst. Im Wohnzimmer stand eine Glasvitrine mit Furnierholzwänden, Stil deutsche Eiche. Darin war das Sonntagsgeschirr verstaut mitsamt Kristallgläsern und Goldrandtassen. Das Sofa war grün und heruntergesessen. Matti stellte sich vor, wie die armen Exstasis hier ihr Schicksal bejammerten. Wir wollten doch nur das Beste für unsere Menschen.

Stilholztisch plus Sessel, der passend zum Sofa. In der Ecke stand ein kleiner Schreibtisch mit gedrechselten Füßen. Drei Schubfächer. Obenauf ein LCD, neben dem rechten Tischbein ein PC, der auch schon bessere Tage erlebt hatte. An einem ehemals grauen Kabel hing eine ehemals weiße Maus. Die Buchstaben der Tastatur waren abgerieben, fast unleserlich.

Twiggy startete den PC. Während das Teil rödelte und der Bildschirm die Auskunft eines Uralt-BIOS zeigte, kniete Twiggy neben dem Tisch und betrachtete die Rückseite des PC. Er nickte und holte aus dem Werkzeugkoffer eine externe Festplatte und ein USB-Kabel. Er stöpselte das Kabel in das Laufwerk und in eine Buchse des PC. Dann kramte er aus Mattis Rucksack eine gebrannte CD und schob sie in das Laufwerk des Computers, der sich inzwischen dazu aufgerafft hatte, Windows 98 zu starten. Matti bildete sich einen Augenblick ein, er habe den PC ächzen gehört.

Twiggy fuhr den PC runter und rief beim Neustart das BIOS auf. Er verordnete dem Computer, von der CD zu starten. Ein abgespecktes Linux meldete sich. Dann war nur noch ein schwarzer Bildschirm zu sehen, auf dem einsam ein Cursor blinkte.

Twiggy hackte wieselflink auf der Tastatur herum. Matti staunte immer wieder, mit welcher Urgewalt, aber auch in welchem Tempo der Freund PCs bearbeitete. Eine Flut kryptischer Zeichen raste über den Schirm.

»So«, sagte Twiggy. »Dann wollen wir mal.« Er drehte Matti mit dem Rücken zu sich und entnahm dem Rucksack einen Pappkarton. Drei Wanzen und ein GSM-Sender. »Der meldet sich automatisch, sobald ein Geräusch ertönt.« Er schob den Schreibtischstuhl neben die Vitrine und kletterte darauf. Die erste Wanze befestigte er an der Rückseite der Vitrinendecke. Sie inspizierten die Küche. »Würd ich auch oben anbringen. In der Lampe sucht er zuerst«, sagte Matti. Also Küchenoberzeile, hinten, direkt an der Wand. Die dritte Wanze klebte Twiggy unter die Kommode. Dort befestigte er auch den Hauptsender, der die Wanzensignale an ein anonymes Prepaid-Handy weiterleitete. Die Geräte stammten von Twiggys Spezis, und Matti dachte sich seinen Teil. Dass etwa ein Getränkehandel nicht nur verzollte und versteuerte Getränke befördern musste. Dass er nicht nur Getränke verkaufen musste. Matti wusste, dass Twiggy Teilhaber eines Getränkeversands war, der seine Ware in ganz Norddeutschland auslieferte. Und nicht nur Flaschen und Fässer.

Twiggy stellte sich vor den Computer. Immer noch rauschten die Zeichen über die Schwärze. Die LED der Festplatte blinkte schnell. Sie summte und ratterte leise. Matti tippte auf die Uhr. Doch Twiggy schien so ruhig, als wäre alles ein Spiel.

Er rief Dornröschen an. »Schnapp dir das Stasi-Handy. Wir spielen Fendt.«

Nach einer halben Minute begann er zu singen. »Die Internationale«. Nach der zweiten Strophe rief er wieder Dornröschen an.

»Es heißt ›duldet die *Schmach* nun länger nicht‹. Von Schande ist nicht die Rede.«

»Korinthenkackerin«, erwiderte Twiggy und trennte das Gespräch.

Dann holte er eine zweite CD aus dem Rucksack und setzte sich wieder an den PC. »Ich bau ihm jetzt einen Keylogger ein.«

»Hat der kein Antivirenprogramm drauf?«

»So 'n Freeware-Teil. Dem jubele ich die Signatur des Keyloggers unter, dann merkt es nichts.«

»Bei uns zu Hause klappt das hoffentlich nicht.«

»Nein, unsere arbeiten nicht nur mit Signaturen. Die schlagen auch Alarm, wenn ein Programm pupt oder andere schlimme Dinge tut.«

Die Installation dauerte kaum drei Minuten.

»Und jetzt bitte ich den Herrn, Platz zu nehmen«, sagte Twiggy.

Es dauerte mehr als zwei Stunden, bis Twiggys Handy vibrierte. Sie hatten inzwischen die Bibliothek von Fendt gesichtet: eine Biografie Dserschinskis, Ausgewählte Werke von Lenin, Stalin, Marx und Engels, Ehrenburgs Memoiren, Ostrowskis *Wie der Stahl gehärtet wurde*, die Ich-war-ein-Kundschafter-des-Friedens-Bücher Markus Wolfs und seines Nachfolgers Werner Großmann, Harry Thürks *Der Gaukler*, *Sonjas Rapport* von Ruth Werner und weitere Schlüsselwerke der Weltliteratur.

»Der findet die Wanzen«, sagte Matti.

»Die findet er nur, wenn sie senden. Die senden nur, wenn er Krach macht, Musik hört oder quatscht. Ich glaube auch nicht, dass er den neuesten Scanner besitzt. Die Stasi-Renten machen einen nicht reich. Meine Wanzen haben außerdem eine geringe Sendeleistung, weil sie nur den Empfänger in der Wohnung erreichen müssen. Ein alter Scanner findet die nicht. Ist doch auch egal. Wir haben eine Kopie der Festplatte.«

»Er rollt an«, flüsterte Dornröschen aufgeregt.

»Das Empfangskomitee ist bereit«, sagte Twiggy. »Komm dann auch hoch.«

Sie hörten, wie der Schlüssel ins Schloss ratschte. Twiggy sprang auf und stellte sich an die Wand neben die geschlossene Wohnzimmertür. Die Wohnungstür knarrte leise auf, zwei Schritte, die Tür fiel zu. Wieder Schritte, die Wohnzimmertür öffnete sich. Fendt stand im Rahmen, erstarrte und glotzte Matti an. Twiggy packte Fendt am Oberarm und schob den Mann ins Zimmer. Der war völlig verdattert.

Es klopfte an der Wohnungstür. Twiggy öffnete sie, ließ Dornröschen eintreten und schloss sie wieder.

Sie gingen ins Wohnzimmer. Twiggy drückte die Tür zu, drehte den Schlüssel um und steckte ihn ein.

»Nehmen Sie bitte Platz, Herr Fendt«, sagte Dornröschen überfreundlich. Sie zeigte auf den Sessel.

»Ich rufe die Polizei!« Seine Stimme drohte sich zu überschlagen.

Matti holte seine Makarow aus dem Rucksack und legte sie auf den Tisch.

Fendt starrte auf die Pistole.

»Was wollen Sie?« Alle Farbe wich aus seinem Gesicht.

»Setzen Sie sich«, wiederholte Dornröschen.

Fendt umklammerte sein Kunstlederhandtäschchen und ging vorsichtig zum Sessel, als fürchtete er zu stolpern. Er setzte sich. Dornröschen saß ihm am nächsten. Er blickte sie ängstlich an.

»Herr Fendt, wir tun Ihnen nichts. Die Polizei sollten Sie besser nicht rufen. Es geht nämlich um unseren und Ihren Genossen Georg Westreich. Wenn die Polizei erfährt, dass Sie heute noch Kontakt haben mit einem der meistgesuchten Terroristen, dann kriegen Sie einen Höllenärger. Und die Schmierfinken von *Bild* und Co. werden wieder schreiben, dass die Stasi den Terrorismus im Westen unterstützt hat. Und ihn immer noch unterstützt. Haben Sie mich verstanden?«, fragte sie in ein Gesicht, das jede Miene verloren zu haben schien.

Fendt nickte, langsam. Er blickte von einem zum anderen und starrte auf den Tisch. »Wer sind Sie?« Leise Stimme.

»Freunde von Georg. Wir machen uns Sorgen um seine Tochter. Und wir wollen herausfinden, wer ihn ermordet hat.«

»Tochter … ermordet hat«, wiederholte Fendt.

»Hat sich Georg in jüngster Zeit bei Ihnen gemeldet?«, fragte Matti.

Fendt überlegte, blickte auf und schüttelte den Kopf.

»Wann hatten Sie das letzte Mal Kontakt zu ihm?«

Fendt hob die Schultern und senkte sie. »Kurz vor dem Ende«, flüsterte er.

»Der DDR?«

Fendt nickte.

»Um was ging es dabei?«

»Das geht nur Georg und mich was an. Also jetzt nur noch mich. Es stand genug Unsinn in der Zeitung.«

»Aber er ist tot. Sie müssen es entscheiden«, sagte Matti.

Dornröschen schaltete sich ein: »Wollen Sie nicht, dass wir herausfinden, wer Georg umgebracht hat?«

»Das ist Aufgabe der Polizei«, sagte Fendt.

»Das glauben Sie doch selbst nicht«, widersprach Matti. »Die Polizei ist froh, dass er tot ist.«

Fendt stierte wieder auf die Tischplatte, als fände er dort eine Antwort.

Das Telefon klingelte. Fendt hob sein Gesicht halb, dann ließ er es wieder sinken.

»Als es zu Ende ging mit dem MfS, da haben Sie Georg bestimmt Tipps gegeben. Wer ihm helfen könnte, vielleicht.« Matti blickte auf Fendts schütteres Haar. Hier und da glänzte die Kopfhaut.

Der Stasi-Offizier sah Matti mit schrägem Kopf an. »Warum wollen Sie Georgs Tod aufklären? Was ist Ihr Motiv?«

»Ich hab doch gesagt, dass ich mit ihm befreundet war. Wir waren Genossen. Sie wissen doch, was das bedeutet.«

Fendt nickte.

»Und seine Tochter Anja ist meine Freundin. Nicht irgendeine Freundin, sondern *die* Freundin. Verstehen Sie?«

»Ich bin alt, aber nicht blöd«, sagte Fendt. »Sie brauchen mich nicht zu belehren, was es bedeutet, Genosse zu sein.« Seine Stimme klang heller.

»Natürlich nicht«, sagte Dornröschen. »Umso weniger verstehe ich, warum Sie uns nicht helfen.«

Fendt starrte auf die Makarow.

Matti verstaute die Pistole im Rucksack.

»Haben Sie Georg getroffen 1989? Oder wie lief der Kontakt?«, fragte er.

»Ich habe ihn getroffen. Weihnachten neunundachtzig. Im *Alex-Grill*. Es war überfüllt. Touristen und dieses ganze Pack, das neugierig in der Hauptstadt geierte. Die witterten die Verwesung. Georg hatte angerufen, wir hatten eine geheime Nummer.«

Matti malte sich aus, wie die beiden in einer Ecke im *Alex-Grill* gesessen hatten, dieser Devisenabzockkneipe, wo viele Frauen nicht nur wie Nutten gekleidet waren. Der graugesichtige Agentenführer, der Terroristenprofi vom Schreibtisch, und der gehetzte Kämpfer aus dem Untergrund. Wie sie beide spürten, dass ihnen der Boden unter den Füßen wegbrach. Sie klammerten sich an die Reste der Gewissheit wie abgestürzte Bergsteiger an ein halb durchgescheuertes Seil am Steilhang. Sie hatten sich aufeinander und darauf verlassen, dass die Dinge blieben, wie sie waren. Doch als sie im *Alex-Grill* saßen, wussten sie schon, dass ihnen nicht mehr viel Zeit blieb. Und dass jeder von ihnen seinen Weg finden musste in dem Chaos, das die DDR erschütterte.

*»Brauchst du noch was?«, fragte Fendt, vor ein paar Monaten erst zum Major befördert. Er hatte Georg berichtet, dass es zu Ende ging mit dem Sozialismus. Im Ministerium laufe eine Entlassungswelle, vielleicht würde es bald gar keine Staatssicherheit mehr geben. Darum werde noch gekämpft. »Noch kann ich dir helfen, wenn auch nicht mehr so wie früher.« Er schob Georg ein Kuvert zu, dass dieser schnell in der Lederjacke verschwinden ließ. »Wir haben noch Waffen, die ich dir geben könnte. Also, wenn ihr welche braucht …«*

*Aber Georg brauchte keine Waffen. Davon hatten sie genug. Und sie hatten ihre Quellen, wenn sie Nachschub benötigten.*

*»Wir verlieren unsere Ruhezone«, sagte Georg. »Eine neue kannst du mir auch nicht geben.«*

*»Wir haben die* Freunde *gefragt, aber die haben abgewunken.«*

*»Leo, ihr habt getan, was ihr tun konntet. Nun sieh zu, dass du dich in Sicherheit bringst.«*

*»Ich kann nirgendwohin gehen. Will ich auch nicht. Vielleicht hab ich Glück, und die lassen mich in Ruhe.«*

*»Wir werden unsere Strategie ändern. Wir werden die angreifen, die euch angreifen. Das haben wir schon besprochen.«*

*»Was wollt ihr tun?«*

*»So genau wissen wir das noch nicht. Aber wenn die Dinge sich geklärt haben, werden wir unseren Feind finden.«*

*»Es wäre besser, ihr würdet aufhören«, sagte Fendt.*

*»Ihr habt eine Schlacht verloren. Wir nicht«, widersprach Georg.*

*»Wo willst du hin?«, fragte Fendt, als Georg sich erhob.*

*Der klopfte dem Stasi-Offizier auf die Schulter und ging. In der Tür drehte er sich um und winkte.*

Matti staunte, wie genau seine Einbildung die Wirklichkeit getroffen hatte, als Fendt fertig war mit seinem Bericht.

»Seitdem haben Sie Georg nicht mehr gesehen?«, fragte Dornröschen.

Fendt schüttelte den Kopf. Er überlegte, dann sagte er: »Gesehen nicht, aber er hat mir Karten geschickt. Ansichtskarten.«

»Wann?«

»Am 7. Oktober.«

»Jedes Jahr?«

»Nein.«

»Woher?«

»Uninteressant. Wenn er eine aus Kairo geschickt hat, war er bestimmt in Wien.«

Matti lachte leise.

»Haben Sie die Karten noch?«

»Ich bin doch nicht verrückt.«

»Wissen Sie etwas über seine Tochter?«

»Ich wusste bis vorhin nicht einmal, dass er eine hatte.«

»Warum haben Sie uns nicht gefragt, wie er gestorben ist?«, fragte Twiggy.

Alle anderen blickten ihn an.

Fendts Gesicht färbte sich rosa, blass nur, kaum sichtbar. Er zögerte, dann sagte er. »Weil es mir egal ist. Für mich war er tot, als er die Tür vom *Alex-Grill* zufallen ließ. Ich hab noch gesehen, wie er im Schnee in Richtung S-Bahn verschwand. Und dann war er weg. Für immer.« Das Gesicht war wieder bleich.

»Hatten Sie ein schlechtes Gewissen?«, fragte Dornröschen.

Fendt lächelte verlegen. »Ja, ein bisschen schon. Obwohl ich ja nichts tun konnte, außer ihm Geld zu geben.« Er dachte nach und wischte mit der Hand übers Knie, als wäre es staubig. »Ich habe geahnt, dass sie scheitern würden. Dass alle Opfer umsonst waren. Wissen Sie, was es heißt, Jahre im Untergrund zu leben? Jeden Augenblick mit dem Tod zu rechnen? Sich immer wehren zu müssen? Gehetzt zu werden? Überall Feinde zu haben? Machen wir uns doch nichts vor, die meisten BRD-Bürger hassten die ... Terroristen. Hätten sie der Polizei verraten, ohne zu zögern. Hätten sie totgeschlagen.«

Matti stutzte. Irgendwas stimmte nicht. Es hatte nichts mit dem zu tun, was Fendt sagte, sondern wie er es sagte. Er redete viel, plötzlich. Als wollte er Zeit gewinnen. Wartete er auf jemanden? Wollte er sie festhalten, bis jemand kam? Aber Fendt wusste doch, dass sie bewaffnet waren. Er musste damit rechnen, als Erster dran zu sein. Oder lenkte er von etwas ab? Von was? Er blickte Dornröschen und Twiggy an. Deren Augen hingen an Fendts Lippen. Der Typ war so unscheinbar. Aber seine Vorgesetzten hatten ihm damals eine wichtige, komplizierte Aufgabe übertragen. Hätte Fendt einen Fehler gemacht, wären die Blätter im Westen hergefallen über die DDR. Die Bonner Regierung hätte einen Teufelstanz veranstaltet. SED hilft Terroristen. Das wäre eine Geschichte gewesen. Sie hätten sich besser vorbereiten müssen auf diesen Mann. Der leimte sie durch seine Unscheinbarkeit. Aber wie?

»Ich glaube Ihnen kein Wort, Herr Fendt«, sagte Matti. Er fixierte den Geheimdienstler.

Dessen Gesicht schmückte nun ein Lächeln. Er triefte vor Verständnis. »Ich würde so einem wie mir auch nicht glauben. In meinem Beruf, das bitte ich zu verstehen, wird öfter gelogen als in anderen. Wir liegen knapp hinter dem horizontalen Gewerbe. Trauen Sie nie den Liebesschwüren einer Hure. Glauben Sie nie einem Mann vom Nachrichtendienst. Ich kann Ihr Misstrauen verstehen.« Er hängte ein gütiges Lächeln an.

Dornröschens Augenbrauen wanderten nach oben.

»Ich glaube, dass Sie Georg vor Kurzem gesehen haben. Mindestens hatten Sie Kontakt zu ihm. Vielleicht hat er angerufen.

Vielleicht per SMS oder Mail.« Matti versuchte in Fendts Gesicht zu lesen, aber das blieb ausdruckslos.

»Ich kann jetzt sagen, was ich will, und es ist falsch. Ich hatte seit neunundachtzig keinen Kontakt mehr mit Georg. Würde ich etwas anderes behaupten, gäbe ich eine Straftat zu. Glücklicherweise befinde ich mich nicht in einer solchen Notlage.« Er blickte Matti kalt in die Augen. »Haben Sie mich jetzt verstanden?«

Schweigen.

Die drei blickten sich an. Dornröschen schüttelte den Kopf. Twiggy runzelte die Stirn. Matti war ratlos.

»Glauben Sie, dass wir zu den Bullen rennen, wenn Sie nun mit dem linken Auge zwinkern?«, fragte Matti.

Doch Fendt zwinkerte nicht. »Das glaube ich nicht. Ich habe schon verstanden, dass Sie zur Polizei ein, sagen wir mal, gespanntes Verhältnis haben.«

»Die wollen mich einsperren. Ich soll Georg umgebracht haben«, sagte Matti.

»Er ist nur auf Kaution raus«, erklärte Twiggy.

»So sieht er aus, der Rechtsstaat«, sagte Fendt.

»Könnten Sie sich vorstellen, was Georg in den letzten Jahren getrieben hat?«, fragte Dornröschen.

Fendt schüttelte den Kopf. Kaum wahrnehmbar. »Bis achtundneunzig reicht meine Fantasie. Aber was er später und nach der RAF-Selbstauflösung getan hat, keine Ahnung.«

»Welche Rolle hatte er in der RAF?«, fragte Matti.

Fendt überlegte eine Weile. »Er stand zunächst, wenn ich das so sagen darf, auf dem ultralinken Flügel … so haben wir das früher gesehen. Er drängte auf Aktionen, war radikaler als radikal. Immer vorneweg. Dass er diese Zeit überlebt hat, erstaunt mich heute noch.«

»Es gab also noch eine andere … Phase.« Matti fühlte, dass es jetzt wichtig wurde.

»Ich habe damals mit ihm gesprochen. Also nicht, dass es an mir lag. Er ließ sich nicht beeinflussen. Schon gar nicht von uns, dic cr im Grunde seines Herzens für gutmütige Bürokraten hielt. Spießer. Er wurde, wie soll ich es sagen, weicher. Vielleicht ist das das richtige Wort?« Er blickte die Eindringlinge an. »Wollen Sie einen Kaffee, einen Tee?«

»Danke«, sagte Dornröschen.

Matti bewunderte, wie cool der alte Mann war. Zeit gewinnen durch Höflichkeit.

»Weicher, sagten sie.« Matti betrachtete die Hände des ehemaligen Offiziers. Die Finger waren feingliedrig wie die eines Musikers. Sie zitterten kein bisschen.

»Nach dieser Sache mit dem US-Soldaten in Frankfurt am Main, da kam er ins Grübeln. Die Kritik der Genossen hat ihn verletzt. Erst sagte er, es sei Krieg, der Soldat hätte auch desertieren können. Und wenn sie ihn in den Krieg schickten, werde er töten. Aber die Sache ging tiefer. Und es war ein Typ, der vielleicht aus Armut zum Wehrdienst gezwungen worden war.« Fendt überlegte wieder. Er nahm sich Zeit. »Georg hat zwar scharf argumentiert, aber eigentlich war er ein nachdenklicher Typ. Vielleicht empfand er es als Schwäche und hat es überkompensiert. Bloß nicht als Schlappschwanz gelten. Er hat sich dann auch seinen Genossen mehr geöffnet. Begann zu kritisieren, was sie bisher getan hatten. Verlangte, dass man Aufwand und Ergebnis in eine Beziehung zueinander setzte. Wies sogar die Kritik nicht mehr brüsk zurück, dass sie Leute umbrachten und selbst hohe Verluste hatten, nur um das Gegenteil von dem zu erreichen, was sie bezweckten.«

»Wollte er aussteigen?«, fragte Twiggy.

Wieder dachte Fendt lange nach.

»Nein, er nie. Er wär auch nie übergelaufen wie Boock oder Müller.«

»Aber Ihnen hat er eine Menge erzählt.«

»Sie waren im Archiv?«

Twiggy nickte.

»Dann wissen Sie ja, was er gesagt hat.«

»Alles, so ziemlich.«

Fendt nickte. »Es waren Gespräche unter Genossen.«

»Aber wenn der BND einen Spitzel bei Ihnen sitzen gehabt hätte oder einer Ihrer Genossen getürmt wäre …«, sagte Dornröschen.

Fendt zuckte mit den Achseln. »Ein Restrisiko gibt es immer. Aber es war sehr klein. Die Protokolle waren nur wenigen zugänglich.«

»Welche Schlüsse hat Georg aus seinen … Einsichten gezogen?«, fragte Matti. Er musste sich eingestehen, dass sein Respekt vor dem Stasi-Mann wuchs.

»Ich glaube, er hat dazu beigetragen, dass dieser Irrsinn aufhörte. Immerhin, die haben selbst beschlossen aufzuhören.«

»Na ja«, warf Matti ein. »Die Selbstkritik fiel dann doch milde aus.«

»Was erwarten Sie? Sie können es sich schwerlich vorstellen, was es bedeutet, sein Leben einer Sache zu widmen … das klingt für Ihre Ohren gewiss altmodisch, sehr altmodisch. Aber wenn man an etwas glaubt mit vollkommener Gewissheit, wenn man nicht den geringsten Zweifel hat …« Er schaute betrübt auf seine Hände, die auf den Knien lagen. »Es ist ein brutaler Absturz.« Heiserkeit lag in seiner Stimme. »Sie müssen sich an etwas festhalten. Verstehen Sie das?«

Matti verstand, dass Fendt über sich sprach. Und ein bisschen sprach Fendt auch über Matti.

»Aber wenn das, an dem Sie sich festhalten, durch und durch falsch ist?«, fragte Dornröschen.

Fendt versank in seinen Gedanken.

»Haben Sie keine Idee, wer Georg ermordet haben könnte?«, fragte Matti.

Wieder Kopfschütteln. »Nein. Aber Georg hatte Feinde. Vielleicht der Verfassungsschutz?«

»Warum sollte der VS ihn töten, nachdem alles vorbei ist? Schon so lang.«

Fendt blickte irgendwohin. »Das BKA?«

»Es hat doch keinen Sinn, wild zu raten«, sagte Twiggy. »Ich stell mir vor, dass Georg die Genossen verpfeifen wollte. Also die, die noch frei herumlaufen. Dass er den Kronzeugen machen wollte.

Strafermäßigung und so weiter. Das passt doch auch zu dem, was Sie gesagt haben. Dass er weicher wurde, zweifelte. Und nachdem der ganze RAF-Wahnsinn vorbei ist, ist er genervt, immer noch im Untergrund leben zu müssen. Ohne jeden Sinn, außer dass er nicht in den Knast will.«

Fendt lächelte fein und flüchtig. »Georg war ein Ehrenmann. So einer verrät nicht.«

»Außer Ihnen«, sagte Dornröschen.

»Das war doch kein Verrat!«

»Wenn Sie damals Georg Stasi-Geheimnisse anvertraut hätten, was hätten Ihre Chefs mit Ihnen gemacht? Gevierteilt wäre das Mindeste gewesen, oder?«

»Verrat ist eine Frage des Standpunkts«, sagte Fendt. »Ein Deserteur der faschistischen Wehrmacht sagt den Genossen der Roten Armee, wo der Feind angreifen will. Und die Genossen können den Deutschen so eine Niederlage bereiten mit vielen Opfern.«

In Mattis Ohren klang das fast wie ein Text aus einem realsozialistischen Lehrbuch. Gestanzt, formelhaft, pathetisch. Wie auswendig gelernt.

»Ist das Verrat?«, fragte Fendt.

»Sie lenken ab«, erwiderte Twiggy.

»Nein, das ist die Grundsatzfrage. Davon leiten sich die Nebenfragen ab.«

»Sie haben doch gesagt, es ist eine Frage des Stadtpunkts. Die Nazis hielten es für Verrat, die Russen für eine Heldentat. Okay?«

Fendt knetete seine Hände.

»Aber Georg, hat der sich nicht gesagt: Also, die Genossen Soundso, die halten den Terrorkram immer noch für toll? Ich, Georg, bin kuriert. Ist es von da nicht nur ein Schritt, die zu verpfeifen, die es nicht kapieren wollen?«

»Georg war nicht so«, sagte Fendt. »Das war ein besonderer Mensch. Haben Sie das nicht gespürt?«

Nein, Matti hatte es nicht gespürt. Georg war ein gewöhnlicher Mensch gewesen, sah man davon ab, dass er im Besitz der Wahrheit war.

»Sie haben also keine Ahnung, wer es war?«, fragte Dornröschen.

Fendt schüttelte den Kopf. »Nein, nicht die geringste.«

»Und die Tochter, also Anja, von der wissen Sie gar nichts?«

»Nein. Nichts.«

***

*Das ist dein Endsieg. Sie haben dich nicht gekriegt, die Judenknechte. Keine Sekunde deines Lebens hast du gezweifelt an deinen Ideen. Tagtäglich führen dir die Juden vor, wie recht ihr hattet. Dass der Westen nicht mit euch ging gegen den Bolschewismus, hat er teuer bezahlt. Hätten wir Stalin besiegt, hätte es keinen Kalten Krieg gegeben. Und keine heißen Kriege. Wir hätten Frieden geschaffen auf Erden. Einen deutschen Frieden.*

*Dir geht es gut. Jedenfalls besser als den Kameraden, die schon in der Grube liegen. Das Herz ist schwach geworden. Du musst schwer atmen bei jedem Schritt. Aber du läufst dagegen an. An guten Tagen steigst du den Philosophenweg hinauf. Ruhst dich auf Bänken aus. Erträgst amerikanische Touristen. Du hasst deren Sprache. Breit, ordinär, dumpf. Degenerierte Angelsachsen.*

*Du hast allen ein Schnippchen geschlagen. Wenn du morgens aufwachst, grinst du innerlich. Wieder ein Tag, an dem sie dich nicht gekriegt haben.*

*Oder nicht kriegen wollten.*

*Die Typen draußen langweilen sich. Vierundzwanzig Stunden am Tag. Kein Privatdetektiv würde so viel Zeit und Personal investieren, um einen Ehemann zu bespitzeln, der fremdgeht. Was also haben die vor? Wenn sie dich meinen, hätten sie längst zugreifen müssen.*

## 10: Something New

Sie standen kaum auf der Straße, als Twiggys Spezialhandy klingelte. Er hielt es ans Ohr, und als Dornröschen ihm den Ellbogen in die Rippen stieß, schaltete er den Freisprechlautsprecher ein, wenn auch leise. Sie liefen in Richtung U-Bahn. Bestimmt blickte ihnen Fendt nach.

»Das kann unangenehm werden«, sagte Fendt. Seine Stimme aber blieb ruhig. »Du verstehst. Wenn die weiterbohren … nein, ich übertreibe nicht … du hast ja recht … wir sind auf diesen Fall vorbereitet … ich musste dich doch informieren, das verstehst du … keine Einzelheiten am Telefon … ich habe das Mikro aufgeschraubt, keine Wanze … nachher versuch ich's noch mit dem Scanner … wollte dich schnell warnen … nein, ich glaube nicht, dass die so was hinkriegen, die waren so der Typ linke Spinner … das kennen wir doch, oder? Und selbst wenn …« Er lachte und legte auf.

»Wir liegen absolut richtig«, sagte Matti. Zum ersten Mal, dachte er: Fendt unterschätzt uns. Er glaubt, wir hätten ihm seine Märchen abgenommen.

Sie bogen in die Parallelstraße zur Fanningerstraße ein und blieben stehen. Matti duckte sich hinter der Ecke und beobachtete die Nummer 7, damit Fendt nicht ausgerechnet losging, während sie ihr Täuschungsmanöver veranstalteten.

»Das ganze Gespräch war eine Märchenstunde«, sagte Dornröschen. »Der Typ ist echt clever. Macht auf unscheinbar und hat es faustdick hinter beiden Ohren.«

»Jetzt wissen wir, warum die Stasi den auf die lieben Genossen im Untergrund losgelassen hat«, sagte Twiggy. »Macht auf Opa und schafft es glatt, immer neue Geschichten aufzutischen, nur um abzulenken. Kaum sind wir weg, ruft er seinen Kumpel an, um ihn zu warnen.«

»Aber er denkt, weil er uns vorgeführt hat, wären wir Spinner, denen man alles Mögliche erzählen kann.« Matti grinste. »Fendt hängt drin in der Sache, das wissen wir nun. Immerhin.«

»Aber wie hängt er drin?«, fragte Twiggy. »Hat er Georg umgebracht?«

»Könnte sein«, sagte Dornröschen.

»›Nicht am Telefon‹, hat er gesagt. Da wird er also seinen Spezi bald treffen. Und wir sind dabei.«

»Wenn er Besuch kriegt, hören wir mit. Wenn nicht, hängen wir uns an ihn dran.« Twiggy rieb sich die Hände.

Die Stimmung war plötzlich großartig. Matti spürte zum ersten Mal, dass sie doch eine Chance hatten, nachdem sie so lange blind durch die Gegend gestolpert waren. Aber wenn Fendt gar nicht drinsteckte? Wenn er seinen Kumpel nur gewarnt hatte, dass er merkwürdigen Besuch gehabt hatte? Dass der Besuch ihnen auf welche Schliche auch immer kommen könnte, obwohl er anderes suchte? Nein, das war abwegig. Fendts Reaktion war eindeutig. *Wir sind auf diesen Fall vorbereitet.*

»Und wenn der Wanzenscanner die Teile doch findet, taucht der Typ vielleicht ganz ab. Oder spielt den toten Mann und macht nichts mehr.« Dornröschens Euphorie begann zu leiden.

»Diese GSM-Wanzen sind ziemlich neu. Der hat bestimmt nur einen Detektor für Funkwanzen. Die senden auf anderen Frequenzen. Und wenn er keinen Krach macht, während er scannt, senden die gar nicht.«

»Dein Wort in Gottes Ohr«, sagte Matti.

»Okay, ich schalte die Dinger einfach aus. Dann findet der die nie.« Er tippte eine SMS und schickte sie ab.

»Und warum haben wir sie dann eingebaut?«, fragte Matti.

»Morgen schalte ich sie wieder ein. Geht auch per SMS«, erwiderte Twiggy.

»Was es alles gibt«, sagte Matti. »Wie kann ein ausgeschaltetes Handy SMS empfangen?«

»Der steht jetzt nur auf Empfang und sendet nicht. Also gibt's keine Signale, die jemand aufspüren könnte. Kapiert?«

Twiggy hatte immer eine Überraschung parat. Wenn man ihn zum ersten Mal sah, traute man ihm nicht zu, zwei und zwei zusammenzuzählen. Aber Matti kannte niemanden, der Twiggy in Sachen Elektronik hätte ausstechen können. Er besorgte und wartete die Computer der WG und manchmal auch der *Stadtteilzeitung*. Obwohl er Microsoft als Reich des Bösen den schnellstmöglichen Untergang wünschte und Linux-Fan war, beherrschte er auch alle Windows-Tricks. Allerdings steckte der Schmerz an, der sich in seinem Gesicht spiegelte, wenn er gezwungen war, mit Produkten aus dem Hause Gates zu hantieren. Bei Dornröschen aber hatte er mit seiner MS-Verachtung auf Granit gebissen.

»Wenn wir jetzt zum Bulli gehen, könnte der uns sehen, und der ganze Plan ist im Eimer«, sagte Dornröschen. »Herrje, daran hätten wir denken müssen.« Sie guckte die beiden böse an.

»Ich hab eine Idee«, sagte Twiggy. Er nahm sein normales Handy und drückte ein paar Tasten. »Rainer, sorry, wir brauchen dich. Echt … müssen die Autos tauschen … ist dringend … kannst du den nicht verschieben? … Wirklich, ist wichtig … mich nervt das auch … was heißt hier schon wieder so ein Scheiß? … Erzähl ich dir später … es eilt … ja, auch das noch … wie die Straße heißt? Wart mal … Alfredstraße … ja, da, wo Dornröschen enden wird, genau … der Frauenknast.« Als er das Gespräch getrennt hatte, trat ihm Dornröschen in den Hintern.

Vor ihnen stand ein Gebäude, das irgendwann einmal aus zwei Bauten zusammengefügt worden sein musste. Beige Fassade, rechts drei Etagen, links vier, alle vergittert. Rechts schloss sich ein Stahltor an und an dieses ein riesiger Klotz aus roten Klinkern und Stahlträgern. Davor an einem Laternenpfahl das Firmenschild einer Supermarktkette. Von außen wirkte der Knast wie tot.

Sie warteten, Matti blieb auf Spähposten. Dornröschen war immer noch stinkig, wahrscheinlich am meisten auf sich selbst, weil sie die Aktion nicht zu Ende geplant hatte.

Ein BVG-Bus rollte auf seiner Spur vorbei. Dann ein leeres Taxi. Der Fahrer trug eine Wollmütze trotz der Wärme. Er bremste, glotzte und winkte Matti zu. Der grüßte knapp zurück. Gott sei Dank gab der Fahrer Gas, das Taxi verschwand.

Es war die langweiligste Straße der Welt.

Nach einer ewigen halben Stunde tauchte ein alter VW Passat auf. Am Steuer saß Rainer, dem man die miese Laune schon von Weitem ansah. Er parkte vor dem Knasttor und stieg aus.

»Wo steht eure Rostlaube?«

Twiggy drückte ihm den Schlüssel in die Hand und beschrieb die paar Schritte zum Bulli. »Du kriegst deine Karre nachher wieder.« Als Rainer skeptisch guckte: »Spätestens morgen.«

Schlüssel-Rainer lachte einmal auf in gespielter Verzweiflung, winkte ab und marschierte los. Er schüttelte den Kopf, bis er außer Sicht war. Rainer verdankte seinen Namen unbeschränkten Fähigkeiten in allen Fragen des Automobils. Rainer besorgte Autos und verkaufte welche. Manchmal fand er auch Karren oder Nummernschilder oder Nummernschilder, die bestens an Karren passten, die ihm zugelaufen waren. Wenn man das eigene Auto mal besser nicht benutzte, hatte er immer einen Leihwagen, dessen Preis der Nutzer bestimmte. Rainer hatte auch schon Klapperkisten in verkappte Rennwagen umgebaut. Außen Schrott, innen Rakete.

Als Twiggy den Motor anließ, klang es mehr nach Ferrari als nach VW. Sie umfuhren das Karree und stießen dann zurück in eine Parklücke gegenüber dem Haus, in dem Fendt wohnte. Die Karre stank nach Rauch und Teer wie der Führerstand einer Dampflokomotive. Der Aschenbecher quoll über. Auf dem Boden zerknüllte Zigarettenschachteln und Colabüchsen. Dazwischen Zeitungsreste und Aluminiumfetzen.

»Immerhin, das hat geklappt«, sagte Matti.

»Diesmal haben wir nur eine Chance, an dem Kerl dranzubleiben«, warnte Dornröschen.

Matti erinnerte sich immer noch gut daran, wie sie bei der letzten Verfolgung aufgeflogen waren und der Typ sie lächelnd ausgetrickst hatte.

»Und der Fendt weiß, wie so was geht. Dem können wir nicht einfach nachlatschen«, sagte Twiggy.

»Das kriegen wir nie hin«, sagte Matti. »Wir fragen mal Gaby, ob sie nicht mitmacht.« Gaby hatte auf Bitten ihrer Freunde auch schon grässliche Dinge tun müssen. Zum Beispiel eine gefühlte Ewigkeit lang einen Kinderwagen durch die Gegend schieben. Eine Zumutung für die lesbische Kampfsportlerin.

»Und wenn der Fendt vorher loszieht?«, fragte Twiggy.

Dornröschen schwebte woanders, offenbar immer noch schlecht gelaunt.

Matti rief Gaby an.

»Ach nee, nur wenn du was willst, meldest du dich. Das letzte Mal hast du mich im Krankenhaus vergammeln lassen. Nee, Matti, du willst doch wieder, dass ich was Beklopptes mache. Soll ich diesmal die Oma spielen?«

»Quatsch«, sagte Matti. »Außerdem hab ich dich im Krankenhaus besucht …«

»Schlechtes Gewissen. Aber vorher hast du mit deinem neuen Freund erst mal ordentlich gesoffen.«

Matti wusste, dass Gaby den Frust erst mal loswerden musste. »Entschuldigung!«, rief er gespielt verzweifelt.

»Das überschreitet die Grenze des Entschuldbaren! Also, was willst du?«

»Könntest du vielleicht, also, ähem, so einen Typen im Auge behalten?«

»Was soll das heißen?«

»Verfolgen, beschatten …«

»Au ja! Wann?«

»Jetzt.« Er beschrieb, wo sie waren. »Du kennst uns nicht. Du musst außerhalb der Sichtweite rumlümmeln und darfst die Haustür nicht aus dem Blick verlieren. Wir sehen genau, wer aus dem Haus rauskommt und würden dich dann anrufen. Die Warterei kann aber dauern, nicht dass du meuterst.«

»Bin schon unterwegs.«

Sie hatten Glück, und Fendt verließ das Haus nicht, bevor Gaby auftauchte. Sie hatte sich in eine Jeans und ein dunkelblaues T-Shirt geworfen und Turnschuhe angezogen. Schlank, groß und blond, sah sie großartig aus. Sie setzte sich auf einen Telefonverteilerkasten an der Ecke mit der Bürgerheimstraße und begann auf ihrem Smartphone zu lesen. Es passierte Ewigkeiten nichts. Matti kam die Warterei doppelt so lang vor. Er fürchtete, dass Gaby ungeduldig wurde und zu nölen anfing. Aber die saß wie angewachsen auf dem Kasten.

Die Haustür öffnete sich. Matti stieß Dornröschen an, die in der Mitte saß. Die gab den Schubser an Twiggy weiter. Dabei hatten die drei sowieso auf die Tür gestarrt, als könnten sie Fendt mit optomagnetischer Kraft aus dem Haus ziehen.

Heraus trat eine Frau mit Rollator.

»Scheiße!«, sagte Twiggy. Das Starren ging weiter.

»Hoffentlich hat Gaby ein dickes Buch gespeichert«, sagte Dornröschen.

»Wenn sie die Faxen dicke hat, könnten wir ja Rainer fragen«, sagte Twiggy.

»Der muss sich erst mal erholen«, erwiderte Matti.

»Oder Werner das Großmaul«, sagte Twiggy. Aber das meinte er nicht ernst.

Matti stellte sich vor, wie Werner im *Clash* im Mehringhof herumposaunte, dass er wieder einmal eine Superaktion geleitet habe, um das internationale Netz des Faschismus zu zerschlagen. Und ein paar schwarz gekleidete junge Frauen würden ihm bewundernde Blicke spenden. Und vielleicht auch ein bisschen mehr. Natürlich würde Werner Gaby löchern, wenn sie wieder in ihrer gemeinsamen WG war. Und ein bisschen neidisch und sauer würde er sein, dass er wieder außen vor geblieben war.

»Wie Gaby es mit Werner in einer WG aushält, war mir schon immer ein Rätsel«, sagte Twiggy.

»Ich glaube, dass der in der WG ganz anders ist als draußen«, erklärte Dornröschen. »Die Großmäuligkeit kompensiert doch nur, dass er sich wie ein Würstchen fühlt. Das ist ein armer Wicht.«

Twiggy tat so, als heulte er.

»Du bist ein herzloser Sack«, sagte Matti und grinste.

Dornröschens Ellbogen traf zielsicher Mattis Rippen.

Er fuhr prüfend mit dem Finger über ihren Ellbogen. »Das Ding ist waffenscheinpflichtig. Hat dir das mal jemand gesagt?«

»Ja, du.«

Die Tür öffnete sich, und es erschien Fendt. Er hatte eine Kappe auf und eine Sonnenbrille. Er schaute sich nach allen Seiten um und ging schnellen Schritts Richtung Frankfurter Allee. Matti rief Gaby an, und die setzte sich auf seine Spur.

»Irgendwie sieht das aus, als hätte der Fendt sich verkleidet, um erkannt zu werden«, sagte Dornröschen. »Los, wir hängen uns an Gaby.«

Sie ließen ihr einen Vorsprung. Fendt würde sie so nie entdecken. Und wenn Gaby aus dem Blick verschwand, würden sie die einfach anrufen. Verfolgung de luxe. »Mal was anderes«, sagte Matti.

»Wenn das hier vorbei ist, werten wir Fendts Festplatte aus«, sagte Dornröschen.

»Hätten wir vielleicht gleich machen sollen.« Twiggy latschte Matti und Dornröschen hinterher. Laufen machte ihm keinen Spaß. Alles, was mit dieser mühsamen Tätigkeit zu tun hatte, war von vornherein bedenklich.

Sie marschierten die Bürgerheimstraße hinunter. Beidseitig standen Laubbäume. Auf der rechten Seite lag ein Geschenkeladen. Autos standen auf der Straße, Fahrräder und ein Roller auf dem Bürgersteig. Ein Stück vor ihnen lief eine Frau mit einer Einkaufstasche. Wer hat heutzutage noch eine Einkaufstasche?, dachte Matti.

Die Bürgerheimstraße war eine Sackgasse. Sie mündete auf dem Bürgersteig der Frankfurter Allee. Links ein Lebensmittelmarkt, von der gegenüberliegenden Straßenseite grüßte das hässlichgelbe Schild einer Billigwarenkette neben einer Tankstelle und einem Plattenbaumonster. Gaby bog nach links ab und lief stadtauswärts an einer Sparkasse vorbei. Die Einkaufstasche folgte ihr.

Und die WG auch. An der Hubertusstraße zweigte die Frankfurter Allee links ab von der B 1. Sie passierten die Filiale eines Matratzen-Discounters, einen Waschsalon, einen Klamottenladen und ein Gemüsegeschäft. Ein Baum mitten auf der Straße, dann links ein Café. Der Verkehr dröhnte von der Bundesstraße und hallte zurück von den Plattenbauten. Rechts standen Büsche. Die Straße war gerade, und sie sahen Fendt weit vorne, in seinem Schlepptau Gaby und die Frau mit der Einkaufstasche.

»Wenn die die nächsten Abzweigung mitläuft, ist da was faul«, sagte Dornröschen.

»Vielleicht ist da sowieso was faul«, sagte Twiggy. »Kann doch sein, dass der Fendt weiß, dass wir ihm auf den Fersen sind. Und er lockt uns weg.« Twiggy hatte immer weniger Lust auf diese sportliche Übung.

Grillshop, Callshop. An der Ecke mit der Siegfriedstraße bogen Straßenbahngleise ab in die Frankfurter Allee. Bushaltestelle, Blumenladen, Bistrot, Asia-Imbiss. In der Kurve Büsche, ein Maschendrahtzaun, ein Schild warb für eine Pizzeria mit Sommergarten. Am Ende der Frankfurter Allee ging Gaby in die Hagenstraße. Die Einkaufstasche folgte ihr.

»Das stinkt«, sagte Matti.

»Und nun?«, fragte Twiggy. »Weiterlatschen?«

»Ich weiß nicht«, sagte Dornröschen. »Wir bleiben besser dran. Mal sehen, was passiert.«

Die Einkaufstasche telefonierte, während sie weiterlief wie ein Uhrwerk. Immer der gleiche Abstand zu Gaby. Fendt sahen sie nicht mehr. Parkende Autos und Bäume versperrten den Blick. Links und rechts Mietshäuser. Manche trugen die alten Fassaden. DDR-Beige. Dann ging der Asphalt über in Kopfsteinpflaster.

Gaby war schon links abgebogen. Die Einkaufstasche folgte.

»Der geht mit uns spazieren, so eine Scheiße«, sagte Twiggy. »Jetzt sind wir wieder in der Fanningerstraße.«

»Wir bleiben dran. Lassen uns nicht einschläfern«, sagte Dornröschen. Aber überzeugt klang sie nicht.

Doch dann sahen sie, wie Gaby rechts einbog in die Siegfriedstraße, die sie weiter unten schon einmal gequert hatten. Die Einkaufstasche verschwand auch um die Ecke. Als die WG an der Ecke eintraf, waren Gaby, die Einkaufstasche und Fendt verschwunden. Sie guckten sich an, suchten mit den Augen überall. Aber da kam nur ein Lieferwagen angerollt. Zwei Jungs kickten auf dem Bürgersteig. Ein tiefer gelegter Opel röhrte um die Ecke. Im Himmel, kaum erkennbar, ein Hubschrauber vor dem Blau.

Sie gingen in die Straße hinein. Links ein Friseur, davor die Einfahrt zu einem Hotel und einem Griechen. Matti lief in die Einfahrt, seine Schritte wurden schneller. Die beiden anderen hasteten die Straße hinunter. Als Matti im Hotelhof nur einen rauchenden Koch und zwei alte Damen entdeckte, rannte er Twiggy und Dornröschen nach.

Verdammter Mist.

Matti nahm das Handy und rief Gabys Nummer an. Es klingelte einmal, dann das Besetztzeichen. Die nächste Kreuzung. Sie schauten in die Rüdigerstraße, rechts und links. Nichts außer einem Rollstuhlfahrer und einem durchgeknallten Biker mit Auspuffkomplex. Kein Fendt, keine Einkaufstasche, keine Gaby. Sie rannten zurück zur Fanningerstraße. Twiggy hechelte hinterher. So schnell war er schon lange nicht mehr gelaufen. Matti spürte die Kubikmeter von Schwarzem Krauser in der Lunge. Es biss, er hustete. Dazu kamen furchtbare Bilder. Gaby tot. Oder verschwunden wie Anja. Wie Georgs Leiche. Irgendwer ließ Leute verschwinden. Was sollte das?

Als sie an der Nummer 7 waren, schnaufte Dornröschen einmal durch, dann klingelte sie Sturm. Das Fenster im dritten Stock öffnete sich. Fendt blickte herunter. Ohne Mütze, im Hemd.

»Ja?«, fragte er unwirsch. »Was gibt's denn noch?«

»Lassen Sie uns rein!«, befahl Dornröschen.

Endlich war Twiggy da. Schweißüberströmt und außer Atem.

»Vielleicht versuchen Sie es mit Höflichkeit?«, sagte Fendt provozierend gelassen.

»Lassen Sie uns rein!«

Fendt verschwand aus dem Fenster, Sekunden später ertönte der

Summer. Sie hatten Glück, der Aufzug wartete im Erdgeschoss. Fendt stand in der Wohnungstür und blickte ihnen entgegen wie ein Lehrer, der wusste, dass seine Schüler auch mal Mist bauten.

»Na, haben Sie etwas vergessen? Sie sind ja ganz außer Atem. So heiß ist es doch gar nicht.«

Er trat zur Seite, um die drei einzulassen.

»Ich hol eine Flasche Wasser und Gläser. Nehmen Sie schon mal Platz. Sie kennen sich ja aus.«

Für Matti klang es wie Hohn. Er fühlte sich verarscht. Und dies auf die hinterfotzigste Weise, die er je erlebt hatte.

Sie setzten sich im Wohnzimmer, und Fendt erschien mit einem Tablett. Darauf eine Flasche Mineralwasser und drei Gläser. Er stellte das Tablett auf den Tisch und goss ein. »Jetzt trinken Sie erst einmal.«

Matti hätte ihm eine runterhauen können.

»Vielleicht wollen Sie mir den Grund Ihrer Erregung erklären?«

»Wo ist die Frau, die Ihnen gefolgt ist? Eine große, schlanke Blondine.«

»Welche Frau?« Er starrte Dornröschen an mit schräg gelegtem Kopf.

»Genauer gesagt, geht es um zwei Frauen. Beide sind verschwunden«, sagte Matti. »Die Blondine und die Frau mit der Einkaufstasche.«

Dornröschen nickte. Sie beobachtete Fendts Mimik.

»Sie sprechen in Rätseln«, sagte Fendt. Und hatte im Gesicht ein Pfarrerlächeln.

»Was haben Sie draußen gemacht?«, fragte Twiggy, der immer noch schwitzte wie in einer Sauna.

»Spazieren gegangen«, sagte Fendt und tat verblüfft. »Was glauben Sie denn?«

»Wir glauben, dass Sie uns an der Nase herumführen. Sie haben unsere Freundin entführt.«

Fendt lächelte wieder dieses unerträgliche feine Lächeln. »Wie heißt denn Ihre Freundin?«

Matti fiel der Dorfpfarrer ein, der ihn beim Konfirmationsunterricht gefragt hatte: »Warum hast du denn den Werner gehauen?« Und er hatte gelächelt, nur die Augen nicht. Und die Hand war bereit, zu schlagen.

»Gaby«, erwiderte Twiggy. »Sie ist Ihnen gefolgt. Und Sie haben es gewusst. Es sogar darauf angelegt.«

Dornröschen musterte Fendts Mimik. »Diesen Marsch ums Eck haben Sie doch nur angetreten, damit Sie herausfanden, wer Ihnen folgte.«

»Ich habe mich kein einziges Mal umgedreht«, sagte Fendt lächelnd.

»Das mussten Sie auch nicht. Sie hatten ja die Frau mit der Einkaufstasche dafür abgestellt. Die hat Sie übers Handy informiert. Die hat nur übersehen, dass wir ihr gefolgt sind. Und Sie haben das auch nicht mitgekriegt. Wir haben alles gesehen«, sagte Matti.

»Die Frau mit der Einkaufstasche«, wiederholte er kopfschüttelnd. Er überlegte. »Ja, dann rufen Sie doch die Polizei und lassen mich verhaften wegen … Entführung. Oder was haben Sie sich ausgedacht als Straftatbestand?«, spottete er. Er hatte Oberwasser, das sahen und hörten sie ihm an.

»Wenn unserer Freundin was passiert, machen wir Sie fertig«, sagte Dornröschen. »Wo ist sie?«

Fendt tat erstaunt. »Ich weiß es nicht. Woher soll ich das wissen? Ich habe die Dame nie gesehen.« Er dachte nach. »Da helfen auch Drohungen nichts. Ich schlage Ihnen vor, rufen Sie die Polizei. Sie können gern mein Telefon benutzen.« Wieder Nachdenken. »Ich habe das allerhöchste Interesse daran, dass Sie baldmöglichst Abstand nehmen von dieser Verdächtigung.« Denkpause. »Ich bin ein alter Mann. Dieser Staat hat mir die Rente gekürzt. Ich mühe mich, trotzdem meinen Lebensabend zu genießen. Können Sie das nicht verstehen?«

Matti ertappte sich bei dem Gefühl, Fendt glauben zu wollen. Doch Gaby war verschwunden. Und die Frau mit der Tasche auch. »Sie kennen die Frau nicht, die Ihnen folgte? Also die mit der Einkaufstasche.«

»Wie oft soll ich es noch sagen? Ich habe weder Ihre Freundin gesehen noch diese ominöse Frau.« Zögern. »Ich drehe mich nicht um, wenn ich spazieren gehe. Ich achte nicht darauf, ob ich verfolgt werde. Niemand interessiert sich mehr für mich. Früher, kurz nach der Einheit, da tauchten hier ab und zu Leute auf: Polizisten, Journalisten und einiges Pack, das auf Sensation aus war. Da hab ich mich umgedreht, und da wurde ich auch manchmal beschattet. Aber das ist doch Ewigkeiten her. Mein Arzt hat mir gesagt, ich soll mich bewegen. Also mach ich jeden Tag einen Spaziergang.«

Matti kämpfte gegen den Drang, dem Kerl die Makarow an den Kopf zu halten. Er schrak zusammen, als die Wohnungsklingel schnarrte. Es erschien ihm brutal laut.

»Sie entschuldigen mich bitte.« Fendt erhob sich und ging zur Tür.

Vielleicht hätten wir ihn zurückhalten sollen, dachte Matti. Er fühlte sich ohnmächtig. Die Dinge geschahen, und er konnte nur zugucken. Nichts zu greifen.

Fendt kam zurück in Begleitung eines Mannes. Mittelgroß, kräftig, zwischen fünfundvierzig und fünfzig, schwarze Haare und einen Backenbart.

»Wenn ich Sie jetzt bitten dürfte zu gehen«, sagte Fendt. »Ich muss mich leider meinem Gast widmen. Das werden Sie doch verstehen?«

Der Besucher lehnte sich an den Türrahmen. Eine Hand in der Tasche seiner Jeans, der Daumen der anderen steckte im Gürtel.

Dornröschen stand auf und ging zur Wohnungstür. Der Typ in der Tür machte gerade so viel Platz, dass sie durchpasste. Als Twiggy kam, räumte er den Eingang, und auch Matti ließ er durch. Schweigend verließen sie das Haus. Auf der Straße drehte sich Matti um und sah, wie der Vorhang zurückfiel. Er bildete sich ein, für den Bruchteil einer Sekunde Fendts Gesicht gesehen zu haben.

Sie setzten sich in den Passat. Twiggy schickte eine SMS an die Überwachungsanlage in Fendts Wohnung. Matti fuhr ein paar Straßen weiter und parkte.

Fendt redete gerade: »…keine Wanzen. So was können die nicht. Und ich hab gescannt.«

»Na gut. Trotzdem müssen wir vorsichtig sein.«

»Was machen wir mit der Frau?«

»Weiß ich noch nicht. Weiß sie was?«

»Nein. Unmöglich.«

»Immerhin. Wir spielen erst mal toter Mann. Sag das auch den anderen. Keine Besuche mehr. Keine Telefonate. Nur im Notfall. Ich melde mich dann. Wegen der Frau sag ich noch Bescheid. Klar?«

»Klar.«

»Also, mach's gut. Schüttelstrecke, und zwar gründlich.«

Es klickte.

Twiggy legte das Handy in die Ablage vorm Schaltknüppel.

»Wir fahren dem nicht nach«, sagte Dornröschen.

»Warum nicht?«, fragte Twiggy.

»Weil die das merken. Ich traue denen zu, dass sie mit zwei Wagen fahren. Außerdem wird der jetzt nicht zu Gaby fahren. Das sind Profis.«

Sie fuhren zum Oberhafen, wo Rainers Werkstatt lag. Das war eine Wellblechhalle, die aus unersichtlichen Gründen noch nicht zusammengebrochen war. Auf dem Hof standen Wracks und Schrottkarren, zum Teil ausgeschlachtet, ein Paradies für den Rostgott. Neben der Halleneinfahrt stand der Bulli. In der Halle war Rainers obere Hälfte versunken unter der Motorhaube eines uralten 7er-BMW. Vermutlich tunte Rainer die Karre von dreihundert auf fünfhundert PS. Und baute Flügel an. Der Gettoblaster ließ den Blechverhau wackeln mit einer Live-Version von *I'm A Man* der Spencer Davis Group. Mit Winwood.

In der Ecke stand der ölverschmierte Schreibtisch, dahinter Stahlregale. An der Wand ein Plakat von *Kotti & Co.*, der Mieterinitiative vom Kottbusser Platz, wo sich Hartz-IV-Empfänger und auch Normalverdiener Sozialwohnungen nicht mehr leisten konnten und verdrängt wurden. Das verstand der Berliner Senat unter sozialer Wohnungspolitik, die hier vor allem türkischstämmige Kreuzberger traf.

Matti tippte Rainer auf die Schulter. Der erschrak gar nicht, sondern drehte sich gemächlich um und blinzelte sie freundlich an.

»Ich hab schnell die Kupplung vom Bulli gerichtet«, sagte er. »Das bekommt ihr nicht, wenn ein Riesenbaby mit seinen Saurierpfoten darauf herumtrampelt. So eine Kupplung ist wie ein Musikinstrument. Sie richtig zu bedienen ist eine Frage von Talent und Übung.«

Twiggy packte ihn am Kragen und schob ihn zum Schreibtisch.

»Ich weiche nur der Gewalt«, sagte Rainer. Er hatte vor Christi Geburt Theologie studiert, was ihn aber nicht daran hinderte, bei Demos zuzulangen, wenn die Sache es erforderte.

Rainer hockte sich auf seinen Stuhl. »Na, habt ihr die Stasi-Krake entmannt?«

»Die hat Gaby entführt«, sagte Matti.

»Was?« Rainer erstarrte für ein paar Sekunden.

»Ich dachte ...«

»Ja, vor unseren Augen. Um die Ecke, und weg war sie.«

»Und dieser ...?«

»Opi hat einen Spaziergang gemacht.«

»Ich werd wahnsinnig.«

»Das sind wir schon«, sagte Twiggy.

»Und jetzt?«

»Jetzt ruf ich den Fendt an«, sagte Dornröschen.

Der nahm nach dem ersten Klingeln ab, als hätte er den Anruf erwartet. »Ich habe nur eine kurze Nachricht für Sie. Wenn Sie unserer Freundin etwas tun, egal, was, bringen wir Sie um. Sie kommt heute noch frei. Wenn nicht, würde ich ungern in Ihrer Haut stecken. Haben Sie das kapiert?«

»Mit Drohungen kommt man doch nicht weiter.«

»Nur wenn man sie nicht ernst meint.« Sie trennte das Gespräch.

»Und du meinst, das hilft?«, fragte Matti.

»Natürlich.«

»Und warum?«

»Weil ich es tun werde. Und das hat er gehört. Blöd ist er nicht. Außerdem will er Gaby nicht umbringen. Sonst hätte er nicht gefragt, ob sie einen erkannt hat.«

»Du würdest den umbringen?«, fragte Rainer.

»Für dich auch«, sagte sie. »Lass uns gehen.«

Sie fuhren schweigend nach Hause. Robbi sagte auch nichts, als sie die Wohnung betraten. Er wusste natürlich längst, dass die WG sich wieder in eine üble Lage manövriert hatte. Geduldig wartete er neben seinem Schälchen, bis Twiggy ihm Thunfischfutter servierte.

»Was soll das Ganze?«, fragte er, während er Robbi streichelte.

»Ich fasse mal zusammen«, sagte Dornröschen. »Georg wird erschossen, seine Leiche verschwindet. Schon vorher taucht Anja auf, seine Tochter. Georg hat ihr geraten, sich bei Matti nach ihm zu erkundigen. Das war nicht dumm. Georg hatte sich ausgemalt, dass Anja ihm erst gar nichts glauben würde. Mit Matti wurde es leichter. Nachdem Georg ermordet wurde, verschwand Anja. Sie hat eine falsche Anschrift angegeben. Wir bilden uns ein, dass wir Anja finden, wenn wir Georgs Umfeld umgraben und wenn wir herauskriegen, was er in Berlin wollte. Dabei stoßen wir auf Fendt. Und Fendt erweist sich als harter Brocken. Er lässt Gaby entführen. Warum?«

Matti überlegte, und dann versuchte er einen scheußlichen Gedanken zu verdrängen. Aber es gelang nicht. »Vielleicht hat der Fendt eine ganz andere Sache am Laufen. Und wir stören ihn nur.«

Schweigen.

Die Zweifel rumorten in seinem Hirn. »Wir wissen doch nur, dass Fendt zu DDR-Zeiten mit den Terris verbandelt war. Warum sollte es ihm gerade jetzt um Georg gehen? Vielleicht hat er Stasi-Knete gebunkert und fürchtet, wir kämen ihm auf die Schliche. Oder er hat eine Leiche im Keller, also eine richtige. Und fürchtet, bei unserer Suche könnten wir darauf stoßen.«

»Vielleicht haben die damals einen Genossen umgebracht, weil er auspacken wollte über die Geheimaktionen der Stasi für die RAF«, sagte Twiggy. »Stell dir vor, da hat einer die Schnauze voll und will zum BKA. Er will denen sagen: Jungs, ich hab da eine irre Geschichte. Die erzähl ich euch aber nur, wenn ihr mir das Pölein pudert und ich nicht so lange einsitzen muss. Aber die Stasi in Person des Tschekisten Fendt kriegt Wind davon und erledigt den Verräter, bevor der verraten kann.«

»So, jetzt checken wir die Festplatte von Herrn Dserschinski«, sagte Dornröschen.

Sie gingen in Twiggys Zimmer. Robbi flitzte hinterher und sprang aufs Bett, von wo aus er seine Truppen am besten hin- und herschieben konnte.

Twiggy schloss die Festplatte an seinen Rechner an.

Nachdem die losgerattert war, stöhnte er. »Der Typ benutzt Outlook. Eine Strafe! Eine Beleidigung!« Er wandte sich an Dornröschen. »Hol deine Kiste, du hast doch Outlook.«

»Nicht mehr«, sagte Dornröschen.

»Wenn man es mal braucht«, knurrte Twiggy. »Man könnte die PST-Datei auch in Thunderbird importieren. Aber wir schauen uns den Kram in Reinform an. So wie der liebe Leo.«

Er rief eine Website auf, stöberte eine Weile, redete seinem Rechner gut zu, und bald hatte er eine Office-Testversion aufgestöbert und zur Sicherheit gleich noch einen gehackten Lizenzschlüssel dazu. Es dauerte ein paar Minuten, bis die Feindesware heruntergeladen war. Dann stöpselte er die externe Festplatte an Dornröschens Rechner, den sie inzwischen auf seinen Schreibtisch gestellt hatte, nachdem es ihr gelungen war, zwischen dem Gerödel aus Rohlingen, speckigen Handbüchern und Computerteilen einen Landeplatz zurechtzuschieben.

»Bring hier nichts durcheinander«, brummte Twiggy.

Er installierte Office und hackte den Licence Key ein, womit er Dornröschen eine Vollversion spendierte. Dann importierte er die PST-Datei ins frische Outlook. »Jetzt haben wir Fendts Mailverkehr in voller Schönheit.«

Twiggy Spezialhandy meldete sich. Er schaltete den Freisprechlautsprecher ein.

»Wir haben ein Problem«, sagte Fendt.

»Wenn wir nur wüssten, mit wem er telefoniert«, flüsterte Dornröschen.

»Nein, du hast recht. Wir warten, bis die Lage sich beruhigt. Ja. Es gibt keine Beweise. Überhaupt nichts.« Er hörte lange zu. »Nein, die Polizei würde nichts finden. Es gibt auch keinen Grund für eine Durchsuchung … der ist sauber … ich bin doch nicht verrückt.«

»Ich fürchte, der redet von seinem PC«, sagte Matti und deutete auf die Festplatte.

Twiggy nickte.

»Mach's gut«, sagte Fendt, nachdem er eine Weile nichts gesagt hatte. Dann war Schweigen.

»Der verplappert sich nicht«, sagte Dornröschen. »Wär bei so einem auch ein Wunder.«

»Trotzdem, wir durchsuchen seine Platte bis zum letzten Byte«, erklärte Twiggy.

»Find ich auch«, sagte Matti. »Es ist unmöglich, dass er nicht die geringste Spur hinterlassen hat. Ein winziger Hinweis, dreimal um die Ecke, könnte doch reichen.«

Dornröschen widersprach nicht. Sie hatten ja sowieso nichts in der Hand.

Das Telefon klingelte. »Holt mich ab, aber flott!«, sagte Gaby.

»Geht's dir gut?«, fragte Dornröschen aufgeregt.

»Besser ging's mir nie«, ätzte Gaby. Im Hintergrund schepperte es.

»Wo?«, fragte Dornröschen.

»Das heißt … *Meteora*, ist in Kleinmachnow, August-Bebel-Platz. Das ist ein Grieche.«

»Ich komme«, sagte Dornröschen. »Ohne Verstärkung. Reicht das?«

»Scheiße, ich muss zu den Bullen.« Matti sprang auf und rauschte die Treppe runter. Er strampelte wie ein Blöder zum Polizeirevier. Als er zwanzig Minuten später zurück war, saß Twiggy allein vorm PC. Er las gerade Fendts Mails.

»Was Langweiligeres hab ich nicht gesehen. Der Kerl besucht keine S/M-Klubs, bestellt nichts bei Online-Versendern, verschmäht Internet-Spiele. Der hat praktisch keine Browser-Links außer Google. Der Browser-Chronik nach zu urteilen, hat er nur sittsame Seiten besucht. Wikipedia mehrfach. Interessiert sich für Militärgeschichte, aber das hätten wir auch so raten können. Außerdem recherchiert er über seine Stasi, die NVA, dann diese komischen Vereine zur Ehrenrettung der Tschekisten und ihrer Freunde. Alles, wie man es erwartet.«

»Kein einziger Hinweis auf eine Verbindung zu Georg?«

»Wenn man das als Hinweis betrachten will: Er hat bei Wikipedia auch die RAF nachgeschlagen und deren Helden. Dazu 2. Juni, RZ und so weiter.«

»Und seine Mails?«

»Sag ich doch, harmlos. Er hat eine Tochter. Die lebt verheiratet in Leipzig. Zwei Enkel, beide Jungs.«

»Freunde?«

»Eher Genossen«, sagte Twiggy. »Hab ich schon gesagt, der ist Mitglied bei ISOR und nimmt an Treffen teil. Dazwischen tauscht er sich mit Genossen aus über den bösen Kapitalismus.«

»ISOR?«

Twiggy startete den Browser und tippte *ISOR* in die Google-Zeile. »Initiativgemeinschaft zum Schutz der sozialen Rechte ehemaliger Angehöriger bewaffneter Organe und der Zollverwaltung der DDR«, las er laut und genüsslich vor.

»Toller Name«, sagte Matti. »Da sollten wir unbedingt eintreten.«

Robbi maunzte vom Bett.

»Robbi will auch mitmachen«, sagte Twiggy. »Weiter geht's. Er hat noch Seiten der Polizei und der Justiz durchforstet. Möglicherweise glaubte er, so schlauer zu werden über das, was ihm vielleicht noch droht. Stell dir vor, der hat damals einen Mordauftrag erteilt …«

Matti unterbrach ihn gleich: »Bestimmt nicht als Leutnant und auch nicht als Hauptmann und Major. So was kommt doch von ganz oben.«

»Stimmt auch wieder. Jede Wette, der hat zu DDR-Zeiten ein paar Dinger …«

Wieder unterbrach Matti: »Wäre alles verjährt. Alles außer Mord.«

»Oder du warst IM, das verjährt auch nicht«, sagte Twiggy.

»Dann gibt es Mails mit lieben Genossen der GBM und der GRH«, sagte Twiggy.

»Hä?«

Twiggy lud die Wikipedia-Seite. »Also, GRH heißt Gesellschaft zur Rechtlichen und Humanitären Unterstützung.« Er las kurz. »Die wurden gegründet, nachdem Politbürokraten und Stasis Anfang der Neunzigerjahre angeklagt wurden. GBM ist auch ganz hübsch: Gesellschaft zum Schutz von Bürgerrecht und Menschenwürde. Da tummeln sich alte SED-Kader, Stasis, abgewickelte Wissenschaftler und kämpfen unermüdlich für ihre Menschenrechte.«

»Amnesty in der Stasi-Version«, sagte Matti. »Lustig.«

»Vielleicht geht es um eine alte Spionagegeschichte«, sagte Twiggy.

»Nicht schon wieder«, stöhnte Matti. »Ich glaub's auch nicht. Georg war bestimmt IM, aber der hatte mit den Bürokraten in Wahrheit nichts am Hut. Klar, wenn sie ihn unterstützten … In seiner Lage nimmt man jede Hilfe an. Bevor einen die Bullen greifen.«

»Spionage kann ich mir auch nicht vorstellen«, sagte Twiggy. »Mit den Revis hatte von uns doch niemand was am Hut.«

Sie kramten weiter in Fendts Ordner.

»Der hat ja richtige Briefe geschrieben«, sagte Twiggy.

Der Ordner *Briefe* enthielt 273 Dateien. »Scheiße«, sagte Matti.

»Ich druck's aus, und jeder kriegt einen Packen.« Twiggy kopierte den Ordner auf seinen PC, warf den Turbo-Laserdrucker an, und los ging's. Das Teil brauchte knappe zwanzig Minuten. Twiggy reichte Matti einen Teil vom Stapel, den anderen griff er sich. Sie gingen in die Küche, Twiggy fand den Flaschenöffner nicht und hebelte zwei Halbliterpullen Astra Pils mit den Zähnen auf.

Robbi zog mit um und quengelte, bis Twiggy ihn auf seinen Schoß hievte. Der Kater überflog schnell die Seite, die oben lag auf dem Stapel und schlief gelangweilt ein.

»Jammer, jammer, jammer«, stöhnte Matti. »Der suhlt sich in seinem Leid. Die arme Verwandtschaft. Dabei hätten sie uns serienweise eingelocht, wenn's andersherum gekommen wäre.«

»Hier auch«, sagte Twiggy. »Der eigentliche Unrechtsstaat ist die BRD.«

Sie lasen und stöhnten. Dann knallte die Wohnungstür auf, und Gaby betrat den Flur. Im Schlepptau Dornröschen. Die war blass und genervt.

»Na, Jungs, amüsiert ihr euch schön?«, maulte Gaby.

»Erzähl! Was ist passiert?« Twiggy deutete auf einen Stuhl.

Matti öffnete den Kühlschrank. »Wodka?«

Gaby winkte das Gesöff herbei und setzte sich.

Matti reichte ihr ein Wasserglas, zur Hälfte gefüllt mit Wodka.

Gaby nahm das Glas und trank es aus. Sie schüttelte sich, wischte sich mit dem Handrücken die Lippen ab und befahl: »Jetzt ein Bier!«

Matti stellte eine Flasche vor sie.

Gaby nahm einen kräftigen Schluck und starrte Matti an. »War das deine Schwachsinnsidee?«

»Was?«

»Na, mich diesen … Monstern auszuliefern!«

»Das wussten wir nicht. Jetzt sag, was passiert ist.«

»Du willst wissen, was passiert ist? Bitteschön. Drei Scheißkerle haben mich geschnappt, mich betäubt und verschleppt. Aufgewacht bin ich in einem Keller. Kein Licht, gar nichts. Und dann haben diese Drecksäcke, ihre Eier mögen verfaulen, mir eine Augenbinde verpasst und mich in eine Karre geschleppt. Und mit der haben sie mich an den Arsch der Welt gefahren und aus dem Auto gekippt. Freundlicherweise hatten sie vorher die Fesseln gelockert, sodass ich mich befreien konnte.« Um Himmels willen, was war Gaby sauer!

»Hast du einen von den Typen gesehen?«, fragte Matti.

Dornröschen lehnte am Türrahmen.

»Nein, aber gerochen. Das reicht!«

»Die haben dich ...«

Gaby schlug mit der Faust auf den Tisch. Robbi sprang auf und flitzte in Twiggys Zimmer. Der guckte äußert empört.

»Kurz vor diesem Scheißhotel hat mich einer von hinten gegriffen und in einen Scheißlieferwagen gezerrt. Dabei hat er mir eine Scheißmullbinde auf die Nase gedrückt mit einem Scheißzeug, das tierisch scharf roch. Ich hab den Scheißgeschmack immer noch im Mund.« Sie trank einen Schluck. »Und dann bin ich in einem Scheißkeller aufgewacht.«

»Du hast niemanden gesehen?«

»Neihein, sag ich doch!«

»Haben Sie dir was getan?«, fragte Twiggy.

Gaby hob die Augenbrauen und prustete. »Nein, Sie haben mir meine nicht vorhandene Unschuld nicht geraubt. Wenn du das meinst.«

Twiggy winkte ab.

Das Telefon klingelte. Dornröschen stapfte zur Kommode im Flur und nahm ab. Dann legte sie den Hörer neben den Apparat und rief Matti. »Kundschaft.«

»Ich bin's.«

»Anja?«

»Nein, wie kommst du darauf? Ist die immer noch verschwunden? Monika. Vielleicht erinnerst du dich?«

»Ja, Monika, natürlich.«

»Habt ihr Anja gefunden?«

»Nein.«

»Mein Gott.«

»Der hilft da auch nicht.«

»Ja ... ja. Ich will nicht stören. Entschuldigung! Ich wollte nur sagen, ich habe mich hier ein bisschen umgehört. Niemand hat eine verletzte Frau gesehen. Keiner hat irgendwas Auffälliges bemerkt. Ich dachte, es hilft vielleicht.«

»Danke, das ist echt lieb von dir. Tut mir leid, dein Anruf hat mich … überrascht …«

»Hätt ich besser nicht …«

»Doch, ich freue mich. Wir sitzen gerade hier und wälzen Rätsel.«

»Musst du in den Knast?«

»Derzeit nicht. Das ist jetzt schwer zu erklären … eine Freundin wurde entführt …«

»Aber Anja …«

»Nein, nicht Anja. Sie heißt Gaby und hat uns geholfen. Dabei wurde sie entführt.«

»Von wem?«

»Keine Ahnung. Das ist ja das Problem. Obwohl, einen Verdacht haben wir schon.«

»Kann ich euch helfen?«

»Wenn uns was einfällt, melden wir uns.«

»Und mal einen Kaffee trinken und quatschen?«

»Das machen wir. Sobald ich klar blicke, melde ich mich. Ja?«

Sie nannte ihm ihre Handynummer. »Du rufst an?«

»Versprochen.«

»Hast du eine Ahnung, was für ein Auto es war? Hast du eine Erinnerung an diesen Keller?«, fragte Matti.

»Du bist offenbar der einzige Mensch, der so was herausbekäme mit einer Scheißbinde vor den Augen und einem Scheißäthermull vorm Maul.« Gaby verzog das Gesicht und rollte mit den Augen.

»Ist ja gut«, sagte Matti.

»Nichts ist gut, verdammte Scheiße. Ich sollte einem Scheißopa hinterherlatschen, und was passiert?« Sie winkte ab und trank einen Schluck. »Diesen Mistkerlen reiß ich den Arsch auf«, schimpfte sie.

Matti begriff erst jetzt, dass sie in ihrer Ehre als Kampfsportlerin getroffen war. Die hatten sie einfach abgeräumt, übertölpelt.

Das hätte ihn auch schwer genervt. Aber für Gaby war es doppelt so schlimm. Gaby legte nämlich jeden flach, den sie flachlegen wollte. Sie hatte diverse Gürtel in Judo, Karate und war eine gefürchtete Kickboxerin. In ihrem drahtigen Körper steckte mehr Energie als in einer Dampfturbine. Und Wut ohne Ende.

»Habt ihr die Mails schon gründlich gecheckt?«, fragte Dornröschen.

»Steht nur Quatsch drin«, sagte Twiggy.

»Wie viele Mails sind es?«

»So zweihundertsiebzig.«

»Und die wollt ihr gründlich gelesen haben?«

»Die Tütütü-Briefchen ans Enkelchen haben wir uns erspartchen«, sagte Twiggy.

Dornröschen schüttelte den Kopf, ihr Gesicht zeigte Verzweiflung. »Glaubst du, der schreibt: Lieber Georg, toll, dass wir wieder was zusammen unternehmen? So ein Banküberfall ist doch ein tolles Erlebnis. Ich bin schon ganz aufgeregt. Dein Leo.«

»Wir haben es eilig«, sagte Matti. »Ich fände es hübsch, man würde mir einen weiteren Luxusaufenthalt in Moabit ersparen. Wenn das nicht zu viel verlangt ist.«

»Sag mal, was mir passiert, ist euch scheißegal!«, schnauzte Gaby. Sie lallte ein bisschen.

»Im Gegenteil«, sagte Dornröschen. »Die Drecksäcke, die dich entführt haben, sind Helfer von Fendt. Wenn wir den kriegen, kriegen wir auch die Drecksäcke. Kapiert?«

Gaby starrte sie an. Sie nickte vorsichtig. Dann stand sie abrupt auf und marschierte in Twiggys Zimmer. Zwei Minuten später tönte ihr Schnarchen bis in die Küche.

Matti grinste. Gaby war eine faszinierende Frau. Wie viele war sie der Enge der Kleinstadt nach Berlin entflohen. Und auch dem Familienelend nach dem Unfalltod ihrer jüngeren Schwester. Sie stammte aus Castrop-Rauxel und hing seit einem halben Jahrhundert an ihrer Dissertation über die Frauensportbewegung in der Weimarer Republik, von der Matti zuvor nie gehört hatte. Manchmal hatte er es bedauert, dass Gaby Lesbe war. Gaby rastete zwar schnell aus, war aber superintelligent, witzig und zuverlässiger als die Braunschweiger Atomuhr. Sie hatte einiges abbekommen in den letzten Jahren, und trotzdem half sie den drei WG-Freunden, ohne groß zu fragen. Wie sie es mit Werner dem Großmaul in einer WG aushielt, würde ewig ihr Geheimnis bleiben.

Matti setzte sich in der Küche vor Dornröschens Notebook. Twiggy starrte an seinem Schreibtisch auf den PC-Monitor. Auf dem Bett röchelte Gaby. Robbi hatte sich an sie gekuschelt und schnurrte. Sie lasen Fendts Traktate, während Dornröschen am Küchentisch den Stapel mit seinen Mails abarbeitete. Sie war bald ganz und gar versunken in der Lektüre.

Matti plagte sich mit Rechtfertigungsschriften herum, die sich als historische Betrachtung ausgaben. Warum der Mauerbau dem Frieden diente. Warum die wahren Maueropfer Soldaten der Grenztruppen waren. Warum die Stasi ein rechtsstaatliches Untersuchungsorgan war, das sich streng an die Gesetze hielt. Warum es eine Verletzung der Menschenwürde war, dass die meisten DDR-Wissenschaftler rausgeschmissen wurden. Fendt schrieb auch über Besuche auf Veranstaltungen, wo DDR-Opfer sich aufspielten und die Genossen dafür sorgten, dass die historische Wahrheit nicht unter die Räder kam.

Dornröschen blätterte vor, las, blätterte zurück, las, sortierte Seiten auf einen Extrastapel, lehnte sich zurück und überlegte. »Und was ist nun mit den Mails an die Enkel?«

»Quatsch«, sagte Matti, ohne aufzublicken.

»Woher wisst ihr, dass der Enkel hat?«

Matti blickte auf und schüttelte den Kopf. »Was?«

»Woher wisst ihr, dass der Enkel hat?«

»Der schreibt an die.« Er deutete auf den Mail-Stapel.

»Walter und Ernst. Du glaubst, dass Kinder heutzutage so heißen?«

Matti überlegte. »Nee, eher nicht«, gab er zu.

Dornröschen nahm das obere Blatt vom kleinen Stapel und las vor.

*Lieber Walter, lieber Ernst,*
*ich habe mich so gefreut, euch und eure liebe Mutti wieder einmal zu sehen. Der Kuchen hat wunderbar geschmeckt. Und die Spiele haben mir viel Spaß gemacht. Das neue Spiel müssen wir bald einmal ausprobieren. Darauf freue ich mich schon. In zwei Wochen sehen wir uns wieder.*

*Bis dann,*

*Euer Opi*

»Du glaubst doch selbst nicht, dass das seine Enkel sind. Sucht ihr doch mal nach Mutti. Ich krame auch die Mails nach ihr durch. Und dann fragen wir sie mal, wie es den lieben Kinderlein geht.«

»Twiggy!«

Der erschien, angenervt. »Bin ich der Laufbursche?«

»Nein, der Computerexperte. Kann man herausfinden, wem eine GMX-Mail-Adresse gehört?«

»Nein, kann man nicht. Da kann man sich anonym anmelden. Keine Chance.«

»Toll.«

»Jetzt sucht mal in euren Stapeln Briefe und anderes Zeugs raus, in dem es um Mutti geht. Zack, zack!«

Twiggy knallte die Hacken zusammen und salutierte.

»Was is 'n los?« Gaby tauchte hinter Twiggy auf.

»Du gehst wieder pennen«, befahl Dornröschen.

»Muss mal pinkeln«, murmelte Gaby.

»Erst pinkeln, dann pennen!«, befahl Dornröschen.

Gaby schlich zum Badezimmer.

»Ruhe!«, donnerte Twiggy. »Er telefoniert.«

Sie sammelten sich in Twiggys Zimmer.

»Jetzt machen wir erst mal Pause«, sagte Fendt. Er hörte zu, dann: »Eine Woche, nicht länger. Und dann geht es weiter wie besprochen … mach dir keine Sorgen … stimmt, ich bin manchmal übervorsichtig … die können nichts wissen, niemand weiß etwas … völlig unmöglich … mach's gut, ich melde mich.« Er legte auf.

Matti stellte sich vor, wie Fendt im Sessel saß und an die Wand starrte. Überlegte, wo Gefahren für sein Projekt lauerten. »Die haben was vor«, sagte Matti. »Ich weiß zwar nicht, wer die sind, ausgenommen Fendt, aber es gibt keinen Zweifel, dass da was läuft.«

»Das ist klar«, sagte Dornröschen bedächtig. »Aber was? Und was könnte das mit unserer Geschichte zu tun haben? Was mit Georg? Was mit Anja? Vielleicht sind wir auf dem Holzweg, und es geht um den Stasi-Betriebsausflug oder einen alten Spionagescheiß oder 'ne Demo gegen das Rentenstrafrecht.« Sie stand unschlüssig neben Twiggy. »Wir sortieren weiter. Mutti und die Enkel. Mal sehen, was rauskommt.« Matti und Dornröschen setzten sich wieder an den Küchentisch. Gaby torkelte über den Flur, tappte in Twiggys Zimmer, lallte irgendwas und fiel ins Bett. Robbi rettete sich im letzten Augenblick mit einem gewaltigen Satz auf den Boden. Dort stand er wie erstarrt, um sich endlich zaghaft umzudrehen. Als er sah, dass Gaby gleich wieder eingeschlafen war, schlich er zum Fußende des Betts, guckte zwei-, dreimal nach oben und sprang vorsichtig auf die Decke. Er schnüffelte an Gabys Füßen und legte sich an die Kante mit der Wand.

Matti fand einen Brief an eine Tania Slozek. Er las ihn vor:

*Liebe Tania,*
*zum Neuen Jahr wünsche ich euch alles Gute. Hier gibt es leider nichts Neues. Vielleicht ist es auch gut so. Du musst dir aber keine Sorgen machen. Ich verbittere nicht. Wie du weißt, habe ich ein heißes Herz. Der Klassenkampf wogt, diesmal eben gegen uns. Die Enkel fechten's besser aus. Daran glaube ich, und daran solltet auch ihr glauben.*

*Ich beschäftige mich ganz schön. Soweit meine Kräfte es zulassen, tue ich ein wenig dafür, dass die Enkel es leichter haben, wenn sie in unsere Fußstapfen treten. Es belastet mich sehr, dass wir ihnen eine Niederlage hinterlassen. Aber unsere Vorderen haben uns auch kein Paradies überschrieben.*

*Hoffentlich hat Maik bald wieder Arbeit. Es wird ihn nicht trösten, dass es nicht an ihm liegt, nicht an seinem Fleiß und seiner Intelligenz, sondern am Kapitalismus, der so viele Fähigkeiten brachliegen lässt.*

*Ich grüße dich und die deinen herzlich,*
*Euer Papa*

Dornröschen grübelte, dann schnappte sie sich den Brief und las ihn. »Der hat vielleicht gar keine Enkel. Enkel gibt's nur in Sprüchen. Die Enkel fechten's besser aus, ein alter Schmarrn. Wenn er welche hätte, würde er sie doch nennen, oder?«

»Willst du einen Vater oder Großvater haben, der dich zu Neujahr mit Politsprech, Originalton *ND*, Achtzigerjahre, beglückt?«

»Um Himmels willen«, sagte Dornröschen. »Aber das wäre nicht das Schlimmste gewesen. Mein Opa war Nazi.«

»Gibt's eigentlich einen Opa ohne Zutaten?«, fragte Matti.

»Eher nicht. Die von morgen sind zuständig für den Weltuntergang.«

»Wir müssen die liebe Tania mal fragen. Dann sehen wir klarer.«

»Und wenn die dann schnurstracks Opi anruft?«, fragte Matti.

»Das krieg ich hin.« Dornröschen kratzte sich am Kopf. »Habt ihr was ans Finanzamt gefunden?«, rief sie.

»Bisher nicht«, brüllte Twiggy zurück.

Matti schüttelte den Kopf.

»Hm, dann muss ich mir was anderes einfallen lassen.«

Matti lehnte sich zurück und rieb sich die Augen. Eine Idee rumorte in ihm. Eine einfache Idee. Und war nicht das Einfache auch das Naheliegende? Wenn ein Auto auf dem Dach lag, hatte es ein Tyrannosaurus Rex umgeworfen, den eine Raum-Zeit-Verschiebung auf die Erde beamte? Nein, der Fahrer war im Vollsuff zu schnell um die Ecke gerauscht. »Die Sache ist eigentlich ganz einfach«, sagte Matti.

»Gut, dass wir das jetzt erfahren«, erwiderte Dornröschen. »Twiggy, komm mal! Matti erklärt uns die Welt.«

»Super!«, rief Gaby. Schon war sie wieder wach.

Sie und Twiggy setzten sich an den Küchentisch und blickten Matti an. Robbi kam auf wackligen Beinen und hockte sich neben seinen Fressnapf. Er überlegte, ob er maulen sollte, weil der Napf halb leer war oder weil er noch nicht auf Twiggys Schoß befördert worden war. Dass man aber auch mitten in einem Dilemma aufwachen musste! Robbi grübelte, wer daran schuld war: Twiggy oder Matti?

»Wenn man mal nicht auf Verwirrspiel macht, sieht die Sache so aus: Georg und Fendt kennen sich lange und haben zusammengearbeitet. Da ist es doch wahrscheinlich, dass Georg etwas über Fendt wusste, das dem gefährlich werden konnte.«

»Oder andersherum«, sagte Twiggy.

»Genau. Einer hat eine Leiche im Keller und fürchtet, dass der andere ihn verpfeift. Variante eins: Fendt hat eine Leiche im Keller. Georg will sich stellen. Fendt glaubt, dass Georg ihn hochgehen lässt, und bringt ihn um. Variante zwei: Georg hat was im Keller und fürchtet, dass Fendt ihn verrät. Vielleicht hat Fendt eine Andeutung gemacht. Er greift Fendt an, der aber ahnt das und schlägt zurück.«

»Fendt hätte Georg schon seit zwanzig Jahren verraten können. Er hängt selbst mit drin, wenn er es erst jetzt tut«, sagte Dornröschen.

»Und wenn Georg Fendt erpresst hat mit seinem Wissen?«, fragte Matti.

»Möglich, aber wahrscheinlich ist es nicht. Schließlich ist Georg die Leiche, und Fendt ist ein Mann mit Verbindungen. Und er ist bestimmt kriminalistisch geschult und weiß, wie er Spuren beseitigen muss.«

»Glaubt ihr, dass Georg jemanden erpresst hätte?«, fragte Twiggy.

»Darauf kommt's bei ihm vielleicht nicht mehr an. Fünf Jahre sitzen oder zwanzig. Und wenn das von einem Stasi-Greis abhängt, der Dreck am Stecken hat?«, fragte Matti.

»Wenn man alles zusammenzählt, dann hat Fendt Georg ermordet. Anja ist ihm auf die Schliche gekommen, und er hat sie auch … verschwinden lassen«, sagte Dornröschen. Ein Seitenblick zu Matti. »Fendt versucht eine Aktion von früher zu tarnen …«

»Vielleicht steckt er drin in diesen … Hinrichtungen. Die eigenen Leute. Weil sie als Verräter verdächtigt wurden«, sagte Twiggy.

»Hm«, erwiderte Dornröschen. »Dafür haben wir kein Indiz.«

»Wir haben für gar nichts einen Beweis«, meckerte Twiggy.

»Stochern im Nebel ist glasklarer Durchblick im Vergleich zu dem Morast, in dem wir stecken.«

»Und Anja?«, fragte Matti. Ihm war schwummrig.

»Die hat irgendwas mitgekriegt. Georg hat ihr was gesagt, dessen Bedeutung sie vielleicht selbst nicht so ganz kapiert hat. Aber Fendt hat's verstanden. Vielleicht haben sie einen Hinweis bei Georgs Leiche gefunden. Einen Notizzettel, einen Eintrag im Kalender ...« Dornröschen schloss die Augen und verabschiedete sich für ein paar Minuten ins Nirwana.

Gaby holte sich ein Glas aus dem Küchenschrank. Ihre Augen bekrittelten den Wasserrand. Dann fand sie im Kühlschrank eine Bierflasche und kippte was ins Glas. Sie nahm einen kräftigen Schluck und stieß mehrfach auf. »Kann mir mal einer verraten, warum ihr immer in so eine Scheiße geratet?« Sie schenkte aus der Flasche nach und trank. »Und warum ich dabei immer auf die Fresse kriege?«

»Sonst würde es doch einen von uns treffen«, erwiderte Matti. »Das wär auch nicht gut.«

Gaby überlegte und sagte: »Das ist nicht völlig unlogisch. Aber so rein moralisch gesehen bist du ein Arschloch. Wenn du verstehst, was ich meine.«

»Klar«, sagte Matti. »Hol dir den Stuhl aus meinem Zimmer und setz dich dazu.« Er deutete auf die Ecke zwischen Dornröschen und sich.

»Schleim dich bloß nicht ein«, sagte Gaby.

»Ich habe jetzt keine Lust mehr aufs Spekulieren.« Dornröschen kehrte zurück aus dem Nirwana. Sie zeigte auf Twiggy. »Tania Slozek, Telefonnummer. Aber ein bisschen flott.«

Twiggy grinste und tippte.

Währenddessen holte Dornröschen das Festnetztelefon aus dem Flur.

Twiggy nannte die Telefonnummer. Dornröschen verdonnerte alle zu absolutem Schweigen, warf Robbi einen mahnenden Blick zu, wählte die Nummer und schaltete den Freisprechlautsprecher ein.

Es klickte. »Ja?«

Matti dachte: Warum meldet sich keiner mehr mit seinem Namen?

»Guten Tag, Infratest dimap, Hüttmann. Wir machen eine Umfrage zur Lage der Kinder in Deutschland. Auftraggeber ist der Kinderschutzbund. Spreche ich mit Tania Slozek? Haben Sie zwei Minuten Zeit?«

»Äh, ja …«

»Wie viele Kinder haben Sie?«, flötete Dornröschen.

»Äh, keine. Gar keine.«

»Sie sind aber Frau Tania Slozek.«

»Ja. Aber warum …«

»In unserer Datenbank steht, dass Sie …«

»Ich habe keine Kinder.« Jetzt klang sie ärgerlich.

»Gut, dann bitte ich, das Missverständnis zu entschuldigen.« Dornröschen klang betrübt.

»Wiederhören«, sagte Tania Slozek.

»Alles klar?«, fragte Dornröschen.

»Vielleicht gibt es zwei Tania Slozeks?«, fragte Gaby. Sie war blass, ihre Augen schimmerten rot.

Twiggys Spitzelhandy klingelte.

»Da hat gerade so eine Firma angerufen, die machen Umfragen?«, wiederholte Fendt nachdenklich. »Wie hieß die? … Nein, du meinst Infratest dimap … das ist kein Grund zur Sorge … die machen für alle möglichen Leute Umfragen … die sind schlimmer, als wir waren.« Er lachte scheppernd. »Und was wollten die? … Kinderschutzbund? … Du hast doch … Ja, ich weiß, wie sehr dich das mitnimmt. Aber sei froh, dass du die Krankheit besiegt hast. Ja? Kopf hoch! … Das kann ich mir gut vorstellen. Mutti hätte auch … sehr gelitten, wenn ihr das passiert wäre … musst dich nicht bedanken … ich danke dir, dass du angerufen hast. Wie gesagt: kein Grund zur Sorge. Tschüss, bis bald!«

Die vier am Tisch hatten geschwiegen, als könnte Fendt sie hören.

»Es hat geklappt«, sagte Twiggy, nachdem Fendt aufgelegt hatte.

»Das heißt, wir müssen die Mails an die Enkel analysieren«, sagte Dornröschen.

Matti erschrak, als sich Twiggys Fendt-Handy noch einmal meldete.

»Da hat jemand bei Tania angerufen. Infratest dimap … ja, die … ich weiß nicht, ob das eine Falle ist … nein, nein, ich habe keinen Grund … ja, ich bin misstrauisch … aber damit sind wir doch gut gefahren, oder? … Ich *bin* ruhig … gut, Towarischtsch … nachher, so gegen acht … bei dir.«

»Such doch mal nach einem Typen namens Towarischtsch. Wohnt in Berlin, jedenfalls hat sich Fendt gerade mit ihm verabredet«, sagte Gaby.

»Towarischtsch ist Russisch und heißt Genosse«, sagte Dornröschen.

Gaby schluckte. Erst Luft, dann Bier. Und lief rot an. Rote Augen, rote Haut. Leider trug sie kein rotes T-Shirt, sondern eine weiße Bluse von Dornröschen.

»Wir müssen noch mal in die Wohnung«, sagte Matti. »Um acht Uhr. Wenn der Typ nicht noch mal telefoniert. Wir müssen wissen, wen er angerufen hat.«

»Unbedingt«, sagte Twiggy. »Das ist sein wichtigster Komplize. Sonst würde Fendt ihn nicht jetzt treffen. Eigentlich bricht er die selbst aufgestellte Regel.«

»Hatte das Telefon eine Anzeige?«, fragte Dornröschen.

»Ja«, sagte Twiggy. »Und einen Nummernspeicher. Sogar wenn Fendt noch einen anruft, dann überschreibt das die letzte Nummer nicht. Das Gerät speichert mindestens fünf Nummern, eher mehr. Aber wir müssten zurückzählen.«

»Aber wenn Fendt schlau ist, stöpselt er das Telefon raus, und alle Nummern sind futsch«, sagte Matti.

»Dann hoffen wir mal, dass ihm das erst morgen einfällt.«

Gabys Blicke folgten dem Gespräch. Das Rot wich aus ihrem Gesicht. Stattdessen wurde sie bleich. »Ich glaube, ihr seid irre.«

»Das ist eine einmalige Chance«, sagte Matti. »Du darfst mit Robbi hierbleiben.«

»Pfff!«, sagte Gaby. »Da zieht es mich doch eher zu Werner. Der erzählt mir immerhin, wie er vor Madrid die Faschisten zurückgeschlagen hat. Das ist spannend, echt.«

Matti und Dornröschen lachten, während Twiggy Robbi etwas ins Ohr flüsterte.

***

*Die Männer und die Frau sitzen immer noch in ihrem Auto am Ende der Sackgasse. Du weißt schon, wann sie sich ablösen. Für Privatdetektive wirken sie alt. Aber da hast du wohl ein Vorurteil. Die Männer machen ihre Arbeit ruhig und pünktlich. Sie haben es gelernt, zu observieren. Du spürst das. Es sind keine Polizisten, diese Möglichkeit kannst du endgültig streichen. Du musst damit rechnen, dass sie doch dich meinen. Du hast deine Erinnerung durchforscht. Wenn es Rächer wären, hätten sie dich längst umgebracht. Dir kommt es vor, als versuchten die Männer deine Gewohnheiten herauszufinden. Eine bessere Erklärung fällt dir nicht ein. Nein, sie sind bestimmt jemand anderem auf der Spur. Doch dem untreuen Ehemann. Viele Privatdetektive waren früher Polizisten. Das würde das Verhalten der Männer erklären, ihre Gelassenheit. Nein, sie meinen nicht dich. Du bist ehrlich zu dir. Was du den Männern zuschreibst, ist die Frucht deiner Angst. Du wirst es lernen, sie zu übersehen. Morgen schon. Und bald werden sie verschwunden sein. Und du wirst sie vergessen.*

## 11: Whithering Tree

Sie hatten Aldi-Klaus gerufen. Der hatte Dienst und brachte sie im Taxi in die Fanningerstraße. Dort wartete er mit ihnen an der Kreuzung mit der Atzpodienstraße. Sie waren ziemlich weit weg von der Nummer 7. Aber sie würden Fendt erkennen, sobald er das Haus verließ. Matti und Twiggy hatten Blaumänner an. Rucksack und Werkzeugtasche warteten im Kofferraum. Sie hatten kurz überlegt, ob es nicht zu riskant wäre, die Heizungsmonteurnummer zu wiederholen, aber es hatte beim ersten Mal keinen Stress gegeben. Außerdem war es normal, dass Handwerker mehrfach antanzten.

Sie mussten nicht lange warten. Fendt verließ das Haus, gestützt auf einen Regenschirm. Er blickte nach rechts und nach links und dann zum Himmel, an dem dunkle Wolken hingen. Dann lief er los in Richtung Frankfurter Allee. Matti juckte es, dem Kerl zu folgen, aber die letzte Übung hatte sie überzeugt, es nicht noch einmal zu versuchen. Sie warteten noch, als er schon außer Sichtweite war. Da öffnete sich die Haustür wieder, und eine Frau trat hinaus. Auch sie blickte sich nach allen Seiten um. In der Hand trug sie eine kleine Tasche.

»Diesmal ohne Einkaufstasche. Supertarnung«, sagte Dornröschen. »Der lauf ich nach.«

»Das ist sinnlos«, sagte Matti. »Die sichert den nur ab.«

»Aber wenn wir wissen, wer sie ist und wo sie wohnt …«

»Nein, du bleibst hier«, sagte Twiggy. »Wir brauchen dich zum Schmierestehen. Außerdem sind beim letzten Mal noch ein paar Figuren mehr im Spiel gewesen. Nachher verschleppen sie dich auch noch. Du willst dich wohl vorm Küchendienst drücken.«

Dornröschen überlegte. »Na gut«, sagte sie. »Aber es wäre die Chance gewesen, jemanden von der Truppe kennenzulernen.«

»Es wäre die Chance gewesen, um den Abwasch herumzukommen. Wir können nachher überlegen, ob es sich lohnt, die Dame anzuzapfen. Und dann finden wir einen Weg, ihr auf die Pelle zu rücken.« Matti sagte es in einem Ton, der Widerspruch nicht zuließ.

Dornröschen sah maulig aus.

»Los geht's«, sagte Twiggy.

Sie klingelten an Fendts Wohnungstür, warteten und öffneten sie dann mit dem Elektrodietrich.

»Hoffentlich fällt die Alte drauf rein«, flüsterte Twiggy.

Matti stellte sich vor, wie die durch den Spion der gegenüberliegenden Tür spähte. Aber Twiggys Astralleib verdeckte den Blick.

»Wenn sie gesehen hat, wie Fendt abgezogen ist, dann ruft sie jetzt die Bullen.«

Twiggy schnappte sich das Telefon, drückte die Wahlwiederholungstaste und schrieb die Nummer von der Anzeige ab. Dann drückte er die Taste wieder, und schrieb noch eine Nummer ab. Das wiederholte er noch achtmal. »Nichts wie raus!«

Matti lugte durch den Spion und öffnete die Tür.

In diesem Moment knarzte es, und eine alte Frau mit dicken Brillengläsern glotzte sie an. »Der Herr Fendt ist aber nicht da.«

Matti reichte ihr die Hand, in die sie nach ein paar Augenblicken einschlug. »Meyer. Heizungsbau und Sanitärinstallationen. Herr Fendt gab uns einen Schlüssel, damit wir die Thermostaten in seiner Wohnung reparieren konnten. Sollen wir Ihre auch gleich überprüfen?«

Die Frau stutzte. »Ich glaub, das ist nicht nötig. Oder …?«

»Na, wir gucken mal nach. Die Prüfung geht schnell. Wenn wir was reparieren müssen, sprechen wir mit der Hausverwaltung und machen dann einen Termin mit Ihnen. Ja?«

»Wollen Sie vielleicht einen Kaffee?«

»Wenn Sie sowieso einen gekocht haben«, sagte Matti. Ihm war flau im Magen. Hoffentlich kam Fendt nicht gleich zurück. Aber dann würde Dornröschen anrufen, und sie mussten sehen, wo sie sich versteckten.

»Na, dann kommen Sie mal rein.«

Sie führte sie über einen pseudoorientalischen Läufer ins Wohnzimmer. Überall Nippes. Goldborten. Ein goldgerahmter Ölschinken: Heidelandschaft mit Schäfer und Schafen vorm Sonnenuntergang. Von Verzierungen überladen die Kommode unterm Bild. Darauf Porzellanfiguren, ein Diskuswerfer mit antiker Lockenfrisur. Matti war dicht vor einem Schreikrampf.

Twiggy ging gleich zum Heizkörper und drehte am Ventil herum. Er nickte ernst. »Ein bisschen Spiel, aber der ist noch gut. Darf ich?« Sie nickte. Twiggy verschwand in den restlichen Zimmern. Nach zwei Minuten kehrte er zurück, während sie in der Küche klapperte. »Das ist alles in Ordnung, Herr Kollege. Da wird sich die Hausverwaltung freuen. Und Frau …«

»Wagner«, erschall es aus der Küche.

»Und Frau Wagners Heizkosten steigen nicht unnötig«, sagte Twiggy. Er grinste und machte sofort wieder ein ernstes Gesicht.

Frau Wagner erschien mit dem obligatorischen Tablett. Darauf die obligatorische Kaffeekanne aus dem obligatorischen Porzellan mit dem obligatorischen Goldrand.

Zuckerdöschen, Milchkännchen.

Matti fühlte sich, als erstickte er.

Er sah sich für Sekunden in seine Kindheit zurückversetzt. Der Kaffeegeruch, der Kitsch, die angezogene Freundlichkeit.

Twiggy blickte auf sein Handy und tippte etwas. Er zwinkerte Matti zu.

»Ich habe auch ein paar Kekse und Pralinen. Greifen Sie zu!«

Pralinen. Ihm wurde schon beim Wort übel.

Er nahm einen Butterkeks.

Frau Wagner schenkte ein. Filterkaffee. Und im Kännchen Kondensmilch. Der Geschmack der Sechziger. Als Kind hatte er das süße Zeug pur getrunken, wenn die Eltern nicht aufpassten.

Twiggy kippte sich eine Ladung Milch in die Tasse und rührte seelenruhig um.

»Da haben Sie es sich aber schön gemacht«, sagte er.

Sie lächelte. »Man gibt sich Mühe, nicht wahr?«

Twiggy nippte. Er nahm gleich zwei Pralinen. »Marzipan, ich liebe es«, sagte er.

Frau Wagner lächelte.

»Das ist ja eine ruhige Ecke. Wie lang wohnen Sie denn schon hier?« Praline Nummer drei.

»Probieren Sie doch auch mal die Kekse. Die da hab ich selbst gebacken.« Fingerzeig auf die Butterkekse.

Twiggy schob sich einen Butterkeks in den Mund. Sein Gesicht verriet himmlisches Entzücken. »Wirklich eine schöne Gegend hier. Haben Sie schon zu DDR-Zeiten hier gewohnt?«

»Ja, mein Mann hat die Wohnung bekommen. 1979. Eine Dienstwohnung.«

»War Ihr Mann ein Kollege von dem Herrn Fendt?«

»Sie wissen, dass Herr Fendt bei der Staatssicherheit war?«

Matti erschrak. Doch Twiggy antwortete seelenruhig: »Das hat er uns erzählt. Reine Hände, kühler Kopf, heißes Herz.« Twiggy lachte anbiedernd. »Ein interessanter Mann, der Herr Fendt.«

Frau Wagner lächelte. »Aber auch sehr zurückhaltend, der Nachbar. Mit meinem Mann hat er hin und wieder mehr als zwei Worte gewechselt. Aber mit mir …« Sie blickte Twiggy betrübt an. »Mein Mann war bei der Kriminalpolizei.«

»Der Herr Fendt lebte schon immer zurückgezogen?« Praline Nummer vier.

Frau Wagner schaute verzückt zu, wie Twiggy mampfte. »Nugat«, sagte er. »Ich liebe Nugat.«

»Seit seine Frau gestorben ist. Sie war anders als er. Lebhaft, wir haben uns oft unterhalten. Und auch ein bisschen geschimpft, wenn es wieder mal was nicht gab in der HO. Heute gibt es alles, aber ich kann vieles nicht kaufen.«

»Wann ist sie gestorben?«, fragte Twiggy, während seine Augen die Pralinenschachtel weiter erforschten.

Frau Wagner überlegte. »1986. Kurz vor Weihnachten. Das war schlimm für ihn.«

»Unbedingt«, sagte Twiggy und entschied sich für Weinbrand in Zartbitterhülle.

»Er hat es sich nicht anmerken lassen. Ging weiter zur Arbeit. Nun, geredet hat er ja nie viel. Aber nun kamen keine Gäste mehr. Sie hatte Freunde gehabt, er nicht.«

»Dann ist der arme Mann ganz allein«, sagte Twiggy.

»Er hat eine Tochter und einen Schwiegersohn. Aber keine Enkel.« Sie seufzte.

»Keine Freunde?«

Sie schüttelte den Kopf. »Obwohl, zuletzt sind immer mal wieder Leute gekommen.«

»Dann hat er doch noch Freunde gefunden«, sagte Twiggy und vollstreckte das Todesurteil für eine Eierlikörpraline.

»Ob das Freunde waren, ich weiß nicht.«

»Vielleicht Verwandte?«

»Nein, dann wären die doch nicht erst jetzt aufgetaucht.«

»Waren es denn so viele Leute?«

»Vier oder fünf. Eine Frau war auch dabei.«

»Und die sind immer zusammen gekommen?«

»Manchmal, aber auch einzeln.«

»Wann zuletzt?«

Frau Wagner blickte Twiggy nachdenklich an. »Warum interessiert Sie das eigentlich so?«

»Wir hatten ein sehr freundliches, ja freundschaftliches Gespräch mit Herrn Fendt. Da macht man sich so seine Gedanken.«

»Jetzt hab ich so viel über ihn erzählt«, sagte sie. Ein ängstlicher Blick zu Twiggy.

»Wir sagen ihm nichts. Das bleibt doch unter uns!« Eine Vollmilchpraline ging den Weg der Opfer.

Sein Handy vibrierte. Er nahm das Gespräch an. »Schulze.« Er hörte zu und nickte. »Dann müssen wir da heute noch hin. Notfall ist Notfall.« Er klickte die Verbindung weg und sagte. »Tja, Herr Kollege. In dreißig Minuten am Senefelderplatz.«

»Aber trinken Sie doch noch aus«, sagte sie.

Matti leerte die wässrige Brühe. Twiggys Hand stieß in die Kiste und erleichterte sie um eine Bittermandel- und eine Schwarzwälder-Kirsch-Praline. Er trank seinen Kaffee aus und stopfte sie in den Mund. »Die Pflicht ruft!«

Sie verabschiedeten und bedankten sich. Dann griffen sie sich ihre Sachen im Flur, während Frau Wagner in der Tür des Wohnzimmers blieb und sie beobachtete.

Matti öffnete die Wohnungstür, blickte hinaus und drückte sie gleich wieder zu. »Ob ich vielleicht doch noch schnell Ihre Toilette …«

»Selbstverständlich«, sagte sie und deutete auf eine Tür mit Herzchenaufkleber.

Im Treppenhaus knarzte es.

Matti ließ sich Zeit. Endlich war er soweit, und sie verließen die Wohnung. Dabei winkten sie Frau Wagner zum Abschied und wandten ihre Rücken der Tür gegenüber zu. Sie nahmen den Aufzug und hielten sich eng an der Hauswand, bis sie sicher waren.

Dornröschen kaute auf einem Fingernagel, als Matti sie am Steuer des Bulli sah. Sie war bleich wie ein Leinentuch.

»Wo habt ihr denn gesteckt?«

»Als du anriefst, wollten wir sofort los, aber dann kam der Fendt die Treppe rauf. Ganz sportlich. Und Matti hat die gerade wieder so zugekriegt.«

»Hat er euch gesehen?«

»Glaub ich nicht«, sagte Matti. »Aber warum hast angerufen?«

»Ich dachte, ihr geht da zwei Minuten in die Wohnung, aber nach einer halben Stunde wart ihr immer noch nicht wieder zurück. Was habt ihr getrieben?«

»Pralinen gegessen«, sagte Matti. »Twiggy hat 'ne neue Freundin.«

»Ihr habt was?«

»Das sind so kleine Schokoladenteilchen …«, fing Twiggy an.

Dornröschens Ellbogen zerschmetterte seine Rippen.

»Das war eine Recherche, du Dumpfbacke!«

»Eine Pralinenrecherche«, erwiderte Dornröschen.

»Nein, wir haben aus der Alten was rausgekitzelt. Nämlich dass der Fendt ein Einzelgänger ist, dass er aber in der letzten Zeit viel Besuch bekommen hat. Darunter die Einkaufstaschentante.«

»Aha«, sagte Dornröschen. Sie startete den Bulli. Der Boxer hustete, stotterte, dann lief er rund wie ein Dynamo. Schlüssel-Rainers Pflege.

Auf der Heimfahrt schwiegen sie. Nur Twiggy rieb seine Rippen und sagte: »Aua!« Wenn auch mit Verspätung.

Am Küchentisch kam Dornröschen zur Sache: »Mir scheint das alles ziemlich klar zu sein. Was fehlt, ist der Grund, warum Fendt Georg ermordet hat oder es tun ließ.«

Twiggy bohrte sich in der Nase. Erfolgreich. Robbi überwachte die Höhlenforschung auf Twiggys Schoß.

»Aber die Telefonnummer habt ihr rausgekriegt, oder ist das in der Pralinenorgie untergegangen?«

»Nicht nur eine Nummer. Zehn. Die letzte gehört dem Typen, mit dem Fendt telefoniert hat«, sagte Matti. »Twiggy ist ein Genie!«

Twiggy grinste. Er hatte es nicht nötig, dass ihn jemand als Genie pries, das wusste er längst. Gut, wenn Robbi das mal sagen würde.

Dornröschen holte ihr Notebook und stellte es vor Twiggy ab. »Los!«

Twiggy begann die Rückwärtssuche. Von der Telefonnummer zur Person. Es dauerte keine dreißig Sekunden, bis er sagte: »Wolfgang Zitkowski, Zachertstr. 31 ...«

»Das ist in der Nähe vom Tierpark. Von der Fanninger kann man dorthin laufen«, sagte Matti.

»Guck doch mal in der Liste mit den Stasi-Mitarbeitern. Die ist da noch drauf, falls es die online nicht mehr gibt«, sagte Dornröschen.

Twiggy suchte und fand zwei Wolfgang Zitkowskis. Einen in

Erfurt, einen in Berlin. »Das wird er sein«, sagte Dornröschen. »Welche Abteilung?«

»HA XXII/8«, sagte Twiggy.

»Die Terrorfritzen. Die Abteilung, in der auch Fendt arbeitete. Wollen wir wetten, dass die anderen Freunde auch aus der Abteilung stammen?«, fragte sie.

»Verspäteter Betriebsausflug.« Diesmal hat sich der Einbruch gelohnt, dachte Matti. Jetzt haben wir eine Struktur vor Augen. »Die Terrorabteilung und Georg, das passt«, sagte er.

»Und die Idee von der Leiche im Keller ist auch gut«, sagte Twiggy.

»Fragt sich nur, wer die Leiche ist und in wessen Keller sie vor sich hin modert.«

»Georg wollte sich nicht stellen«, sagte Dornröschen.

»Wie kommst du darauf? Wäre doch ein prima Mordmotiv. Georg kommt nach Berlin, trifft noch mal den lieben alten Genossen Leo, lässt dummerweise durchblicken, dass er zu den Bullen geht, und schon heult beim lieben Genossen Leo die Sirene. Viel klarer geht's nicht.« Matti blickte Dornröschen an.

»Du hast Georg besser gekannt als wir. Du glaubst, der ist so blöd? Der verplappert sich? Der geht zu den Leuten, die er verpfeifen will, und sagt: Ihr versteht, Genossen, als Kronzeuge muss man auch was zu erzählen haben.«

Twiggy zog an Robbis Ohr und schüttelte den Kopf. »Nee, das glaub ich auch nicht. Wenn er überlaufen wollte, gab es einen, dem er davon nie etwas verraten hätte. Fendt.«

»Andere Theorie«, sagte Dornröschen. »Georg wollte nichts auspacken über Fendt, sondern über Genossen, die noch abgetaucht sind. Und die Genossen haben ihn umgebracht. Aber Fendt geht das Stasi-Ärschlein auf Grundeis. Er fürchtet, die Terris könnten ihn auch besuchen.« Sie wurde leiser, während sie sprach. »Nee, das ist Quatsch«, sagte sie.

»Wir besuchen Wolfgang und fragen ihn«, sagte Matti.

»Ich besuche Wolfgang und frage ihn«, sagte Dornröschen. »Ich bin nämlich die Presse.«

»Ich bin die Bratwurst«, sagte Twiggy. »Und Robbi ist das Thunfischfutter.«

»Wenn du zu Wolfgang gehst, gehe ich mit«, sagte Matti.

»Ich auch«, sagte Twiggy.

»Und ihr seid ganz sicher, dass der liebe Wolli nicht den lieben Leo anruft und erzählt, was für einen netten Besuch er gerade hatte? Und dass die beiden Jungs dann ein wenig plaudern, wie der nette Besuch ausgesehen hat...« Dornröschen winkte ab. »Das ist auch eine Quatschidee. Wir haben jetzt zwar was rausgefunden, aber was fangen wir damit an?«

»Wir brechen bei Wolfgang ein und durchsuchen die Bude«, sagte Twiggy.

»Noch ein Telefon anzapfen?«, fragte Dornröschen. »Ich weiß nicht.«

»Was sonst?«, fragte Matti.

»Der gute Wolfgang wird gar nichts zu Hause verstecken«, sagte Twiggy. »Leo hat ihm längst gesagt, dass da vielleicht was schiefläuft.«

»Was machen wir jetzt?«, fragte Matti.

»Wir erpressen sie«, sagte Dornröschen.

»Wie bitte?«, fragte Matti.

»Na, wir besuchen ganz offen den lieben Wolli und sagen ihm ins Gesicht: Pass auf, du und dein Freund Leo, ihr habt Georg umgebracht und seine Leiche beseitigt. Ihr habt Anja entführt oder auch schon ermordet. Wir wissen das.«

»Und dann?«

»Dann wird er fragen, was er tun kann, damit wir nicht zu den Bullen rennen. Und die Stasi-Jungs werden versuchen, uns auch zu beseitigen, weil sie sonst keine Nacht ruhig schlafen können.«

»Toller Plan«, sagte Twiggy. »Ich wollte schon immer mal umgenietet werden. Ist bestimmt ein einzigartiges Gefühl. Einzigartig«, wiederholte er.

»Wie können wir die erpressen, wo wir gar nichts wissen?«, fragte Matti. »Wir haben keinen einzigen Beweis. Null, zero, niente.«

»Mir fällt nichts Besseres ein, als Zitkowski heimzusuchen und ihn mit ein paar unbewiesenen Vorwürfen zu konfrontieren. Dann wird er Fendt anrufen, und die beiden werden sich treffen.«

»Und ich verpasse dem Zitkowski auch eine Wanze. Und wir rücken denen mit einem Richtmikrofon auf die Pelle.« Twiggy verknotete seine Finger.

»Hat jemand eine bessere Idee?«, fragte Dornröschen.

»Wer sind Sie? Was wollen Sie?« Zitkowski glotzte sie an, nachdem er die Wohnungstür geöffnet hatte.

Twiggy schubste den Mann in den Flur. Das fiel ihm nicht schwer, Zitkowski war zwar dick, aber klein. Eine Kugel auf zwei Beinen. Glatze, Stahlrahmenbrille, nervöse Augen.

Matti schloss die Tür. »So, jetzt setzen wir uns gemütlich ins Wohnzimmer und plauschen ein bisschen.«

Zitkowski starrte sie erschreckt an. »Was wollen Sie?« Er blickte nach allen Seiten, aber seine Augen fanden nichts, das ihm helfen konnte.

Twiggy schob ihn ins Wohnzimmer, dessen Mattglastür offen stand. Einen Augenblick fürchtete Matti, dass noch jemand auftauchte. Er warf einen Blick hinter die Türen. Sie hatten Glück, Zitkowski war allein. Twiggy schubste die zweibeinige Kugel aufs Sofa und setzte sich daneben. Matti blieb in der Tür stehen. Dornröschen versank fast im Sessel, der pflichtgemäß zur Garnitur zählte. Die Bezüge waren speckig. Auf dem Tisch stand ein halb voller Aschenbecher. Die Tischplatte aus Eichenfurnier war übersät von Ascheflöckchen. Der dunkelbraune Teppich auch. An der Wand gegenüber stand eine Röhrenglotze auf einer TV-Kommode, im Fach darunter blinkte ein Videorekorder aus der Antike.

»Sie haben Georg Westreich ermordet«, sagte Dornröschen.

Zitkowski glotzte sie an, als wäre sie ein Marsfräulein. »Ich … äh …«

»Im Volkspark Friedrichshain«, sagte Matti. »Und dann haben Sie die Leiche weggeschafft. Zusammen mit Ihrem Freund, Leo Fendt.«

»Leo …« Er glotzte immer noch. Erst zu Dornröschen, dann zu Matti und dann zur Seite, wo Twiggy ihm auf der Pelle saß.

»Sie sind wahnsinnig«, sagte er endlich. »Ich … wir haben niemanden ermordet.«

»Sie waren in der Hauptabteilung XXII, stimmt's?«, fragte Dornröschen.

Er nickte vorsichtig und schielte nach allen Seiten.

»Sie haben mit Terroristen zusammengearbeitet. Sie haben denen geholfen. Auch beim Morden.«

»Wir haben …«

»Sie haben die doch ausgebildet. Kennen Sie nicht diesen schönen Film? Panzerfaust auf ein Auto, darin ein Hund. Damit man sieht, wie's wirkt? Glauben Sie, die RAF hat Hunde erschossen?«

»Sie können mir gar nichts. Ich habe meine Aussage gemacht, und damit hat es sich. Außerdem ist alles verjährt. Vergessen Sie's.«

»Mord verjährt nie. Und Sie haben geholfen. Mittäterschaft. Stellen Sie sich vor, die Bundesanwaltschaft kommt auf die Idee, dass Sie und Ihr netter Genosse Fendt Mitglieder der RAF gewesen sind …«

»Das ist doch Unsinn!« Er versuchte aufzustehen, doch Twiggy drückte ihn auf den Sitz.

»Dann werden die Ihnen nämlich die ganze Scheiße in die Schuhe schieben. Morde, einen nach dem anderen. Sie haben mal mit einer Knarre ausgeholfen? Und gewusst, was die RAF-Freunde so treiben? Da haben die Staatsanwälte und Richter sich eine tolle Sache einfallen lassen: Es kommt nämlich gar nicht drauf an, ob sie abgedrückt haben. Im Prinzip reicht es, dass Sie es gut fanden, dass ein lieber Genosse abdrückte. Das reicht für Mord.«

»Sie sind wahnsinnig!«

»Was soll man dazu sagen?« Dornröschen sah ratlos aus. »Sie haben denen Geld gegeben. Sie haben sie mit voller Bewaffnung reisen lassen durch das Land, in dem die Arbeiterklasse herrschte. Wären Sie als Nazi in Auschwitz gewesen, dann wäre das gar nicht so schlimm. Da müssten die Bullen Ihnen nachweisen, dass

Sie nicht nur Ihren Job ordentlich gemacht haben, sondern übereifrig waren. Dass Sie also jemanden einfach so erschossen haben.« Dornröschen blickte ihn an wie eine Lehrerin, die an ihrem schlechtesten Schüler verzweifelt. »Sie haben das Pech … es ist wirklich ungerecht …, dass es den Bullen und den Staatsanwälten und den Richtern bei diesen RAF-Geschichten völlig wurst ist, wer da wann abgedrückt hat. Mitgefangen, mitgehangen. So ein Mist! Nazi müsste man sein.«

»Wer sind Sie überhaupt?«

»Das ist eine gute Frage«, erwiderte Dornröschen. »Aber die hilft uns hier nicht weiter. Wir möchten wissen, wann du Georg Westreich zum letzten Mal gesehen hast.«

»Ich kenne keinen Georg Westreich«, sagte Zitkowski.

»Das ist eine Lüge. Du hast in der Hauptabteilung XXII gearbeitet und kennst Georg Westreich nicht?«

Matti sah, wie Zitkowski blinzelte.

»Sind Sie … Freunde von Westreich?«, fragte er.

»Wir hatten uns doch darauf verständigt, dass wir fragen und du antwortest. Wir dürfen dich doch duzen?«

Twiggy nahm Zitkowskis Hand und begann mit dessen kleinem Finger zu spielen.

Zitkowski versuchte seine Hand zurückzuziehen. Twiggy lächelte und spielte weiter. Er dehnte den Finger nach oben, und Zitkowski zog wieder vergeblich, um seine Hand aus Twiggys Klammer zu befreien.

Dornröschen drückte auf einen imaginären Knopf auf der Tischplatte. »Reset«, sagte sie fröhlich. »Du kennst Georg Westreich?«

Zitkowski fragte die Wand, die Decke und am Ende seinen Finger. »Ja.«

»Wann hast du ihn das letzte Mal gesehen?«

Die Wand, das Fenster, die Decke, der Finger. »Neunundachtzig.«

Twiggy drückte ein bisschen stärker am Finger. »Neunundachtzig. Ich schwöre es!«

»Bei deiner Mutter? Feliks Dserschinski? Ulrike Meinhof?«

»Und wenn Sie mir alle Finger brechen. Ich habe ihn seit neunundachtzig nicht mehr gesehen.«

»Und was ist da passiert, neunundachtzig?«, fragte Dornröschen.

»Da habe ich mich von ihm verabschiedet.«

»Das ist ja richtig höflich. Sehr gut. Und wo genau?«

Twiggy drückte ein wenig am Finger.

»Hören Sie auf!«

»Wo genau?«

»Im *Alex-Grill* auf dem Alexanderplatz.«

»Und draußen fiel der Schnee, nicht wahr?«

»Weiß nicht … Winter …«

»Du wolltest uns sagen: Im Winter ist mit Schnee zu rechnen.«

Zitkowski nickte.

»Das haben wir aber schon gewusst.«

Zitkowskis Augen wanderten wieder durchs Zimmer.

»Du und Georg Westreich, ihr wart zusammen in dieser Kneipe.«

Heftiges Nicken.

»Wo habt ihr da gesessen?«

»In der Ecke, weg vom Tresen.«

»Und nur du und Westreich.«

Zitkowski nickte.

»Also, die Geschichte mit dem *Alex-Grill*, die kennen wir schon«, sagte Dornröschen trocken. »Weil nämlich der Genosse Fendt sie erzählt hat. Mit dem winzigen Unterschied, dass nicht du dabei warst, sondern Super-Leo.« Ihr Finger zeigte zuerst auf ihn, dann zum Fenster.

»Und das bedeutet, dass einer von euch beiden geschwindelt hat«, sagte Matti. »Böse Sache.«

Ein Blick zum Finger. »Ich sage die Wahrheit.«

»Und Leo lügt«, ergänzte Dornröschen. »Schade, dass er nicht hier ist.« Sie gähnte. »Hör mir mal genau zu. Ganz genau. Die Sache, in die du und Leo verstrickt seid, stinkt zum Himmel. Ihr habt euch auf eine Sprachregelung geeinigt, weil ihr verdecken wollt, dass ihr Georg Westreich vor Kurzem getroffen habt. Er hat sich an euch gewandt. Ihr habt Schiss gehabt, dass Georg was auspackt über euch. Und zwar aus eurer Zeit im Ministerium. Das kann euch nur gefährlich werden, wenn es sich um Mord handelt. Ihr seid Rentner, niemand kann euch was anhaben, auch nicht wegen Verbrechen, die verjährt sind. Alles außer Mord ist verjährt. Logisch?«

Zitkowski nickte. »Aber es ist Unsinn.«

»Wenn die Bullen das anders sehen?«, fragte Matti. »Wenn die euch in die Mangel nehmen. Die finden was. Die können das so gut wie ihr. Und sie haben heute ganz andere technische Mittel. Die finden jede Faser von Georgs Kleidung und jedes Haar und jede Hautzelle von seiner Leiche.«

Zitkowski nickte.

»Ruf deinen Freund Leo an. Er soll herkommen.«

Zitkowski wurde blass.

»Soll ich ihn anrufen?«, fragte Dornröschen.

Zitkowski blickte auf die Tischplatte und schwieg.

»Gut«, sagte Dornröschen und wählte Fendts Nummer. Sie stellte den Mithörlautsprecher an. »Tag, Herr Fendt. Damaschke hier. Wir haben Sie unlängst besucht, Sie erinnern sich?«

Twiggys Spezialhandy vibrierte. Er drückte die Verbindung weg.

»Ja?«

»Wir sind hier bei Ihrem Freund Zitkowski und unterhalten uns gerade über seinen Beitrag zur Ermordung von Georg Westreich. Sie erinnern sich vielleicht an diese Geschichte?«

»Was wollen Sie?«

»Wir würden uns freuen, wenn Sie Ihr Stasi-Pölein in Bewegung setzen könnten, um zu unserer fröhlichen Runde zu stoßen.«

»Was soll das?«

»Das erzähle ich Ihnen dann.«

»Ich möchte Zitkowski sprechen.«

Dornröschen gab ihm das Telefon.

»Wie viele sind es?«, fragte Fendt.
»Drei.«
»Bewaffnet?«
»Weiß ich nicht.«
»Was hast du gesagt?«
»Nichts.«
»Was wissen die?«
»Nichts.«
Schweigen, dann Fendt: »Gut, ich komme. Sag kein Wort bis dahin.«
Dornröschen nahm das Handy. »Nur damit es keine Missverständnisse gibt: Wir werden jetzt einer Freundin sagen, wo wir sind. Damit wir nicht auch verschwinden. Sie verstehen, was ich meine? Kommen Sie unbewaffnet.«
»Ich habe keine Waffe«, sagte Fendt.
»Dann steht unserem flotten Fünfer ja nichts im Weg.«
Fendt trennte das Gespräch.
Twiggy schickte Gaby eine SMS mit Zitkowskis Namen und Adresse. *Falls wir verschwinden sollten, waren wir zuletzt hier. Die Täter sind Zitkowski und Fendt. Zachertstr. 31. Wenn wir uns bis Mitternacht nicht gemeldet haben, ruf die Polizei.* Er las die SMS vor, die anderen nickten, während Zitkowski gerade im Jenseits forschte. Twiggy schickte die SMS los. Ein paar Sekunden später klingelte es.
»Wollt ihr mich verarschen?«, fragte Gaby aufgeregt.
»Ist nur zur Sicherheit«, erwiderte Twiggy. »Wir haben es hier mit Experten in Sachen Verschwindenlassen zu tun.«
»Ihr seid verrückt.«
»Das ist jetzt keine neue Erkenntnis.«
»Was passiert, wenn die Typen meine Adresse aus euch rausprügeln?«
Schweiß perlte auf Twiggys Stirn.
Dornröschen nahm das Handy. »Du musst heute Nacht leider woanders schlafen. Geh in ein Hotel, wir übernehmen die Rechnung.«
»Puh, ihr habt Nerven.«

»Tut mir leid, das hatten wir nicht bedacht.«

»Kann man so sagen. Also, ich geh ins *Adlon.*«

Twiggy ließ ihn ein, als er klingelte. Fendt atmete schwer. Er grüßte nicht, sondern blieb in der Wohnzimmertür stehen. »Sie sind wahnsinnig«, sagte er.

»Sie haben Georg Westreich ermordet, Anja wenigstens verschwinden lassen und unsere Freundin Gaby entführt und misshandelt«, sagte Matti.

Fendt winkte ab. »Wahnsinnig, sag ich doch.«

»Warum haben Sie diese Nummer mit unserer Freundin Gaby abgezogen?«

»Sie reden Unsinn.«

»Sie glauben, Sie kommen durch mit dem Mord?«

»Es gibt keinen Mord!«, schnauzte Fendt.

»Genau, Georg hat sich selbst in den Kopf geschossen, die Knarre verschwinden lassen und sich dann in Luft aufgelöst. Und Anja ist ihm gefolgt ins Himmelreich. Aus Jux und Tollerei.« Matti stierte ihn an. Er war sauer auf diesen Greis, der sturer war als jeder Bock, den Matti sich vorstellen konnte.

»Wenn es keinen Mord gibt, wo ist dann Georg?«, fragte Dornröschen.

Fendt winkte wieder ab. Zitkowskis Augen hingen am Kollegen, den er offensichtlich als Chef betrachtete. Seine Anspannung konnte er nicht verbergen. Matti spürte, dass die beiden etwas im Keller liegen hatten. Und die Kellertür sollte um jeden Preis verschlossen bleiben.

»Wo ist Georg?«, fragte auch Matti.

Zitkowski und Fendt wechselten Blicke.

»Wir haben niemanden ermordet«, sagte Fendt. »Wir haben auch niemanden entführt. Wir haben keine Straftat begangen.«

»Die Entführung von Gaby hängen wir Ihnen an«, sagte Dornröschen.

»Ich weiß von keiner Entführung. Ich kenne keine … Gaby. Ich wiederhole: Wir haben keine Straftat begangen.«

Es war hoffnungslos. Sie hätten Fendt nicht dazuholen dürfen. Vielleicht hätten sie Zitkowski kleingekriegt. Aber jetzt war die Chance vertan. Wenn es überhaupt eine gegeben hatte.

Dornröschen sah genauso ratlos aus wie Matti und Twiggy. Immerhin wussten sie, dass Fendt log. Gaby hatte er entführen lassen. Niemand sonst wäre auf diese Idee gekommen. Niemand hätte einen Grund gehabt. Niemand sonst könnte sich von ihr bedroht fühlen.

»Wer war denn die Dame mit der Einkaufstasche? Ihre Freundin?«, fragte Dornröschen.

Fendt blickte sie ausdruckslos an. »Wer bitte?«

Robbi hatte auch keinen Schimmer. Matti fühlte sich so, als stieße er fortlaufend gegen eine Wand. Sie wussten, dass Fendt und Zitkowski Dreck am Stecken hatten. Gewiss waren sie verstrickt in den Mord an Georg. Aber es gab nicht den geringsten Beweis. Beweisen konnten sie nur die Heimlichtuerei. Und sicher schien auch, dass Fendt log, wenn er Gabys Entführung bestritt.

»Die Enkel«, sagte Dornröschen. »Wir arbeiten noch einmal alle Mails an die Enkel durch. Haben die geantwortet? Doch nicht, oder?«

»Nein«, sagte Twiggy. »Aber wir gehen jetzt erst mal schlafen.« Er nahm Robbi auf den Arm und verschwand. Ein paar Minuten später hörten Matti und Dornröschen die Glotze. Twiggy guckte Al-Dschasira.

»Er hat schon ewig keine Splattervideos mehr geglotzt«, sagte Matti. »Müssen wir uns Sorgen machen?«

»Nein«, erwiderte Dornröschen. »Er glaubt, dass Horrorfilme schlecht für Robbi sind. Hat er mir vor ein paar Wochen mal erzählt. Er hat nach Katzenpsychologen gegoogelt, als Robbi wieder die Mauser hatte. Und da muss er das gelesen haben.«

»Hoffentlich kriegt er keine Entzugserscheinungen. Oder holt im richtigen Leben nach, was er in der Glotze vermisst.«

Dornröschen kicherte.

»Ich geh schlafen«, sagte Matti. »Und du ebenfalls. Du bist doch auch todmüde.«

Matti stand als Erster auf und bereitete das Frühstück. Dann huschte Dornröschen ins Bad und tauchte mit gewaschenen Haaren wieder auf. Auf dem Weg in die Küche donnerte sie gegen Twiggys Tür. Die Antwort war ein Knurren, das die Wohnung erschütterte. Zuerst erschien Robbi. Er streckte sich und taumelte mehr, als dass er ging, zum Futternapf. Matti füllte ihn auf mit Thunfischfutter. Dornröschen kochte Tee. Dann erschien Twiggy, zerzaust, zerknittert und stumm. Er setzte die Espressomaschine in Gang.

Kaum hatte Dornröschen ihren Marmeladentoast verdrückt, marschierte sie los und kehrte mit den Ausdrucken der Enkel-Mails zurück. »Nun widmen wir uns Walter und Ernst«, sagte sie und schob die Frühstücksutensilien zur Seite, um Platz für den Papierstapel zu machen. »Ich hab die heute Nacht schon mal sortiert.«

»Vorbildlich.« Twiggys erstes Wort an diesem Tag.

»Die Mail Nummer eins stammt vom 16. Mai 2012. Es sind insgesamt vierundzwanzig Briefe an die lieben Enkel. Es gibt keine Antworten.«

»Was bedeutet, dass es Anweisungen von Fendt sind«, sagte Matti.

»Vermutlich«, antwortete Dornröschen.

»Überhaupt nicht vermutlich«, brummte Twiggy mit vollem Mund. »Selbst wenn es Anweisungen wären, erwartet man doch Antworten. So etwas wie ›Auftrag erhalten‹ oder ›Zu Befehl‹.«

»Was heißt das?«, fragte Matti.

»Das heißt, dass die Befehlsempfänger auf einem anderen Kanal geantwortet haben. Sofern es Befehlsempfänger waren. Vielleicht hat Fendt an eine höhere Instanz berichtet?«

»Toll. Ein prima Gefühl, wenn alle Gewissheit schwindet.«

»Vielleicht hilft das Datum?«, fragte Matti.

»16. Mai 2012. Was soll das sein?« Dornröschen klopfte mit den Fingerspitzen auf die Tischplatte.

»Jetzt strengt euch mal ein bisschen an«, nörgelte Twiggy. »Es hat immer einen Grund, wenn eine Sache anfängt.«

»Was für eine Sache?«, fragte Matti. »Das ist doch die Frage.«

»Also, es hängt mit Georg Westreich zusammen. Und mit Anja«, sagte Dornröschen nachdenklich. »Wir wissen, dass Fendt und Zitkowski Georg kannten. Sogar gut. Georg wurde ermordet. Anja ist verschwunden. Fendt und Zitkowski geben die Obergeheimniskrämer. Ich unterstelle, sie haben was mit Georgs Tod zu tun. Sonst erkenne ich in der Verwicklung keinen Sinn. Aber haben die Georg umgebracht? Wegen einer Leiche im Keller? Weil Georg auspacken wollte?«

»Offenkundig hat Georg sich keinen Anwalt genommen«, sagte Twiggy.

»Er hätte sich an den flinken Rudi gewandt. Das ist der beste Rechtsverdreher von allen«, sagte Matti.

»Spricht gegens Auspacken«, sagte Dornröschen.

»Es sei denn, Fendt und Genossen haben es befürchtet und sich gesagt: Sicher ist sicher. Ein Toter kann nichts verraten.«

Schweigen.

»Wir drehen uns im Kreis«, sagte Dornröschen.

»Das ist derzeit unsere Lieblingsbeschäftigung«, knurrte Twiggy.

»Lasst uns die Mails durchgehen«, befahl Dornröschen. »Matti, lies vor.«

*Lieber Ernst,*
*wir haben uns viel zu lang nicht mehr gesehen. Ich freue mich schon, wenn wir wieder zusammen Eis essen gehen.*
*Bis bald,*
*dein Opi*

»Eleganter Briefstil«, sagte Dornröschen.

*Lieber Ernst,*
*das war doch nett. Wir sollten uns bald wieder treffen. Dann bereden wir auch, was ich dir zum Geburtstag schenken kann. Aber verrate Mutti nicht, dass wir was aushecken. Das soll unser Geheimnis bleiben. Ja?*
*Dein Opi*

»Das ist doch einfach. Wenn man mal unterstellt, dass es sich um Verabredungen und sonstige Botschaften handelt, könnte dieser Enkel Georg sein«, sagte Twiggy.

Matti blätterte und schüttelte den Kopf. »Die letzte Mail stammt von vor einer Woche. Da war Georg schon tot.«

»Und wenn Fendt das nicht gewusst hat?«, fragte Twiggy.

»Ach, du lieber Himmel«, sagte Dornröschen.

Wieder Schweigen.

*Lieber Ernst,*
*wir müssen uns ein bisschen mehr anstrengen, damit unser Geburtstagsgeheimnis nicht herauskommt. Ein Geheimnis macht Leute neugierig. Sie dürfen also nicht einmal wissen, dass es eines gibt. Wenn wir nicht aufpassen, gibt es keine Geburtstagsüberraschung.*

*Also für Mutti, die auf keinen Fall wissen darf, was wir verabredet haben: pssst!. Also: pssst!*

*Dein Opi*

»Es geht immer um diese Geburtstagsüberraschung. Mutti soll's nicht mitkriegen. *Geburtstagsüberraschung* steht für eine Aktion.« Matti knabberte am Fingernagel.

»Und *Mutti* steht für alle anderen. Niemand soll es mitkriegen.« Dornröschen nahm die Mail, las noch einmal und nickte.

»*Eis essen gehen* heißt sich treffen«, sagte Twiggy. »Sonst hat das keinen Sinn.«

»Die Frage ist nur, was diese Geburtstagsüberraschung ist«, sagte Dornröschen. »Und wer ist Ernst?«

»Warum hat Ernst nie geantwortet?«, fragte Twiggy.

»Lass uns weiterlesen«, erklärte Dornröschen.

Auch in den anderen Mails an Ernst ging es um die Geburtstagsüberraschung. Aber es fehlten auch darin Angaben: keine Uhrzeiten, keine Orte, keine Aussagen darüber, um was es ging. Nun waren die Mails an Walter dran.

*Lieber Walter,*
*ich soll dich sehr von Ernst grüßen. Das Eisessen war schön. Wir haben ein schönes Geschenk gefunden für den Geburtstag. Alles klappt, wie wir es uns wünschen. Bis dann.*
*Dein Opi*

»Na toll«, sagte Twiggy.

»Lass mal. Das ist gut. Das bestätigt unsere Erklärung der Mails an Ernst. Walter ist ein Komplize.« Dornröschen kratzte sich an den Wange. »Wollen wir wetten, dass die anderen Mails an Walter genauso zu verstehen sind. Er wird unterrichtet, wie die Dinge stehen. Er soll mitmachen bei der Aktion.«

»Was soll das Ganze für einen Sinn haben?«, fragte Twiggy.

*Lieber Walter,*
*ich freue mich, dass deine Urlaubsreise so bequem verlief. Ich hoffe, du fühlst dich richtig wohl in der Wärme. Vergiss nicht, hin und wieder einen Blick auf unseren Freund zu werfen. Man muss sich ja wirklich sorgen. Ernst ist guter Dinge, wie immer. Er lässt dich grüßen und freut sich, dich bald wiederzusehen.*
*Dein Opi*

»Man muss nur mal kapieren, dass da ein paar Jungs eine Aktion planen und sich auf diesem Weg absprechen. Wenn wir jetzt die Antworten hätten, kämen wir noch weiter«, sagte Matti.

Dornröschen schnippte mit den Fingern. »Die müssen ja nicht direkt auf die Mails antworten. Wenn du das tust, schaffst du einen Thread. Der ist aber verräterisch. Er zeigt Zusammenhänge.«

Matti schnappte sich den Stapel und blätterte. Alle Mails von Opi klangen gleich. Eis essen, Reise, Grüße, Geschenk. Keine Zeiten, keine Orte. Nichts Genaues.

»Gebt mir mal die anderen Mails«, sagte Matti.

Dornröschen holte einen großen Stapel Papier aus Twiggys Zimmer, während Twiggy sich mit Robbi befasste, der wieder auf seinem Schoß herumlungerte.

Das meiste war belangloses Zeug. Bestellungen, Auftragsbestätigungen. Matti sortierte den Kram auf einen Stapel. Offenbar schrieb Fendt gerne Leserbriefe ans *ND*. Besonders wichtig schien ihm die überraschende Feststellung, dass die DDR ein souveräner Staat gewesen sei, den auch die UNO und mehr als hundert andere Staaten anerkannt hätten. Als wäre das eine Frage. Es gab einen regen Mailaustausch mit ISOR und verschiedenen Genossen, die erstaunlicherweise darin übereinstimmten, dass die BRD ein schauderhafter Staat sei, wie sie ja schon immer gewusst hätten. Die Politmails landeten auf einem zweiten Stapel. Die Mails mit der Tochter waren steif. Darin ging es um die beruflichen Sorgen des Mannes. Die Tochter schrieb auch nichts Aufregendes und hatte offenbar die Gefühlskälte geerbt. Familienmails bildeten den dritten Stapel.

»Zwischen allen gibt es einen Austausch, nur nicht zwischen Opi und seinen Enkeln. Tatsächlich keine einzige Mail von Ernst und Walter.«

»Ist ja meine These. Die zerschlagen den Zusammenhang einer Korrespondenz, indem sie unter anderem Namen antworten«, sagte Dornröschen.

»Aber hier ist nichts!« Matti zeigte auf den Familienstapel. »Und darin steht auch nur Quatsch.« Er deutete auf die Politmails.

»Also muss es hier sein«, sagte Dornröschen und zog den Geschäftskram zu sich. Es war der kleinste Stapel. Sie blätterte.

Währenddessen dachte Matti, dass sie Fendt und Zitkowski vielleicht doch hätten grillen sollen. Dass die beiden eine finstere Sache planten, war offenkundig. Aber Matti wusste auch, dass die beiden hartgesottene Zeitgenossen waren, die sich nicht so schnell einschüchtern ließen. Wenn die WG-Freunde die Makarows auf den Tisch gelegt hätten, dann hätte Fendt sie aufgefordert zu schießen.

»Habt ihr bei Fendt eine DVD-Sammlung gesehen?«, fragte Dornröschen. Sie schob ein Blatt zur Seite. »Und einen DVD-Player?«

Twiggy schüttelte den Kopf. »Das wüsste ich.«

»Kann mir dann mal einer verraten, warum der immer wieder DVDs bestellt?«

»Was für DVDs?«, fragte Twiggy.

»Märchen, Klassikerverfilmungen, *Effi Briest* zum Beispiel, Schillers *Räuber*, ein paar Opern, Wagner, igitt.«

»Vielleicht verschenkt er die«, meinte Matti.

»Vielleicht, vielleicht.« Dornröschen las, blätterte, las. »Der bestellt seine DVDs immer beim selben Laden. *DVD World Heidelberg*. Warum in Heidelberg, wenn er sie auch in Berlin kriegen könnte? Warum alles im selben Laden? Und warum haben wir keine DVD gesehen?«

Matti blickte sie erwartungsvoll an. Manchmal liebte sie es, die Dinge spannend zu machen.

»Weil es keine gibt. Die Bestellbestätigungen sind die Antworten. Übrigens findet sich nirgendwo eine Bestellung. Nur Auftragsbestätigungen ...«

»Das ist normal«, sagte Twiggy. »Du bestellst auf der Website. Die Bestätigung kommt per Mail.«

»Ist ja gut.« Sie prüfte noch eine Seite. Dann las sie vor:

*Sehr geehrter Herr Fendt,*
*wir bestätigen Ihren Auftrag Nummer 701 vom 26. 06. 2012. Die Ware ist vorrätig und wird voraussichtlich am 29. 06. 2012 bei Ihnen eintreffen.*

*Mit freundlichen Grüßen*
*i. A. Schröder*

Sie zog den Stapel mit den Enkel-Mails vor sich. Matti stellte sich hinter sie. Dornröschen sortierte die DVD-Versender-Mails und die Enkel-Mails chronologisch. »So, diese Auftragsbestätigung folgte zeitlich auf die Mail, in der es um die Urlaubsreise geht.«

»Könnte also heißen: Alles okay. Bin angekommen. Vorbereitungen laufen planmäßig.« Twiggy streichelte Robbi am Nacken. Und der machte den Hals so lang wie ein Storch.

»Klingt aber ziemlich weit hergeholt«, sagte Matti.

»Klar. Aber guck mal.« Sie fächerte die Mails auf wie ein Kartenspiel. »Auf jede Enkel-Mail folgt eine Auftragsbestätigung. Fünf Mails an Walter oder Ernst. Fünf Bestätigungen, jeweils kurz danach. Wenn ich einen Mailaustausch tarnen wollte, dann würde ich es genauso machen. Das ist perfekt.« Dornröschen hob den Daumen. »Offenbar klappt es gut mit der Aktion. Ich weiß auch, wo's passiert. In Heidelberg.« Sie gab Twiggy eine Auftragsbestätigung und tippte auf die Signatur. »Ruf die doch mal an. Kannst ja einen besonders ekligen Film bestellen.«

Twiggy grinste und tippte die Heidelberger Nummer ein. »Kein Anschluss unter dieser Nummer«, schepperte die Computerstimme.

»Alles klar?«, fragte Dornröschen.

»Bestell doch per Mail«, sagte Matti.

»Nein«, sagte Dornröschen, »dann hinterlassen wir eine Spur.«

Matti nahm sich eine Auftragsbestätigung und eine Enkel-Mail. »Beides Yahoo-Adressen«, murmelte er und blickte Twiggy an.

Der schüttelte den Kopf.

»Wer sind Ernst und Walter?«, fragte Dornröschen.

»Genossen von Fendt«, sagte Twiggy. »Ist doch klar. Und dieser Schröder ist vielleicht die Nummer vier der Stasi-Gang.«

»Typen aus der Hauptabteilung XXII«, sagte Matti. »Wer sonst?«

»Mir kommt da gerade eine ganz seltsame Idee«, sagte Dornröschen. »Haltet mich für verrückt, aber irgendwie wird die Sache nur so rund.«

»Wie?«, nörgelte Twiggy.

»Georg taucht in Berlin auf und wird prompt erschossen. Seine Leiche verschwindet und seine frisch entdeckte Tochter auch. Sonst passiert gar nichts … außer dass sie Matti drankriegen wollen. Von Anjas Geschichten glaub ich kein Wort. Warum lässt einer Georgs Leiche verschwinden? Warum überhaupt das Versteckspiel? Wenn er hinüber ist, kann er doch liegen bleiben. Tot ist tot. Was für einen Sinn soll Anjas Spielchen haben? Stellen wollte Georg sich offenbar nicht. Was hatte er dann vor? Einen

Banküberfall für die Rente? Eher noch, als zum Staatsanwalt dackeln. Aber bisher wurde keine Bank überfallen. Gut, weil er tot ist. Aber wenn er sich nicht stellen wollte, hatte doch niemand einen Grund, ihn zu erschießen.«

»Du gehst davon aus, dass so eine Sache logisch abläuft. Aber seit wann läuft etwas logisch ab?«, sagte Matti. Und doch rumorte auch in ihm eine merkwürdige Idee.

»Und dann haben wir jetzt unsere Freunde von Horch und Guck. Die planen was. Und die lieben Genossen sind ganz dicke mit unserem Georg«, sagte Dornröschen.

»Georg taucht auf, die lieben Genossen planen einen Scheiß in Heidelberg. Liegt es nicht nah, zu glauben, dass Georg und seine Stasi-Freunde was vorhatten? Gemeinsam.« Matti war aufgeregt.

Twiggy nickte.

»Eine Aktion, die offenbar Georg angezettelt hat. Erstens drängt es unsere tschekistischen Tattergreise nicht mehr zu Heldentaten außer für die Rente. Zweitens würde Georg doch kaum das Risiko eingehen, in Berlin geschnappt zu werden, wenn er die Aktion nicht für sauwichtig hielte. Ohne ihn geht es nicht. Und sei es, weil er das Ganze angestoßen hat«, sagte Dornröschen.

»Wenn die Bullen ihn kriegen, wandert Georg lebenslänglich in den Knast. Aber für die Aktion muss er sich bewegen können, ohne dauernd die Bullen zu fürchten«, sagte Matti.

Twiggys Faust donnerte auf die Tischplatte. Robbi sprang jaulend von seinem Schoß. »Wie verschwindet man todsicher von der Fahndungsliste?«

»Man stirbt«, sagte Matti.

Aus dem Gettoblaster dröhnte Traffic:

*Forty thousand headmen couldn't make me change my mind,*
*If I had to take the choice between the deaf man and the blind,*
*I know just where my feet should go and that's enough for me,*
*I turned around and knocked them down and walked across the sea.*

Der Joint ging rum. Sie hatten Dosenravioli mit Tiefkühlkräutern gegessen und Wein getrunken. Was sie jeden Freitagabend taten, wenn sie nicht im Knast saßen oder die Revolution rief. Der Höhepunkt war das Kartenspiel nach der Gedenkminute für Meher Baba, den indischen Guru, der fast sein gesamtes Leben lang geschwiegen hatte. Und sein Schweigen auch künftig nicht brechen würde, weil er standhaft war und tot. Nur Robbi übertraf ihn an Unbeugsamkeit, sofern man Maulen, Jaulen, Schnurren und Fauchen unter nonverbaler Kommunikation verbuchte.

Beim Mau-Mau gewann so gut wie immer Dornröschen. Nur wenn sie geistig abwesend war, hatten andere eine winzige Chance. Diese raren Siege wurden umso ausgiebiger gefeiert. Wogegen Dornröschen ihre Triumphe leise genoss, was die Niederlage umso schmerzhafter machte. Ihr feines Lächeln schnitt wie ein Schlachtermesser ins Gemüt ihrer Opfer.

Auch dieser neue Gedanke hatte sie nicht abbringen können von ihrem Ritual. Es hatte keinen Sinn, das Leben durcheinanderzuwürfeln, nur weil sie eine irre Idee ausgegraben hatten. Es war nicht die erste.

Matti zog am Joint. »Das passt verflucht gut zusammen. Alle Ungereimtheiten verschwinden, wenn wir unterstellen, dass Georg noch lebt. Und Anja ist mit ihm abgetaucht.«

»Stimmt nicht«, sagte Dornröschen und übernahm den Joint. »Warum taucht Georg auf und gleich wieder ab?«

»Wegen Anja?«, fragte Twiggy.

Robbi nickte.

»Könnte sein«, sagte Dornröschen. »Papa kriegt den Rappel, und Töchterchen hat schon immer den Biopapi gesucht. Aber auf jeden Fall muss er auftauchen, um sich umbringen zu lassen. Das ist der Trick.«

Matti grinste. »Aber das erklärt nicht die lustigen Eskapaden des Genossen Leo und seiner Freunde an der unsichtbaren Front.« Er dachte an Anja. Wenn sie noch lebte, hatte sie ihn verraten. Ein Zeichen hätte sie ihm geben müssen. Aber hätte er für sich behalten können und dürfen, dass sie noch lebte?

»Vielleicht ist die Biopapa-Chose die Herz-Schmerz-Begleitmusik zur Action. Bevor Papi die Kettensäge nimmt, drückt er sein Töchterchen. Rührend.« Twiggy rieb sich die Augen.

»Lass uns mal systematisch rangehen.« Dornröschen trank einen Schluck Aldi-Rotwein. »Was wissen wir, und was ist so gut wie sicher? Erstens: Anja nimmt Kontakt zu Matti auf. Der soll bezeugen, dass Georg was mit Anjas Mutti hatte. Wobei Letzteres von Anja stammt und die in Sachen Wahrheit keine Heilige ist.«

Matti klopfte auf die Tischplatte, was ihm einen verärgerten Blick von Robbi eintrug. »Zweitens: Nachdem Anja rausgekriegt hat, dass Georg ihr Vater ist, taucht sie ab.«

»Ähem.« Twiggy räusperte sich. »Nicht so eilig, Genosse. Erst mal haben wir eine Leiche. Drittens: Und die heißt Georg, hat ein Loch in der Stirn und verschwindet.«

»Und immerhin glauben die Bullen, dass du ihn erschossen hast. Das ist viertens.« Dornröschen warf Matti einen Blick zu.

Der sprang auf und rannte los. Gut zwanzig Minuten später war er zurück. Verschwitzt und außer Atem. »Gut, dass die nicht gemerkt haben, dass ich bekifft bin.«

Währenddessen hatten Twiggy und Dornröschen der Rotweinflasche den Rest gegeben.

Matti entkorkte eine zweite Flasche und goss reihum ein. »Wo waren wir?«

»Fünftens wär jetzt dran«, sagte Twiggy.

Auf dem Weg zu den Bullen und zurück war Matti etwas eingefallen. Die Dinge waren vielleicht viel einfacher. »Nix fünftens. Die Zählerei bringt gar nichts. Ich hab eine stinkeinfache Theorie: Georg will nach Deutschland und was unternehmen. Dazu muss er von der Fahndungsliste. Also simuliert er seinen Tod. Dafür braucht er aber eine Leiche und Zeugen. Also inszeniert er die Nummer mit Anja. Das Töchterchen lockt mich in die Falle. Ruft mich zum Volkspark, führt die Leiche vor und lenkt mich ab, damit die Leiche verschwinden kann. Die Leiche war Georg, nur ein bisschen geschminkt. Ich bezeuge, dass Georg hinüber ist. Ich bin der perfekte Zeuge, ich kannte ihn doch. Und dann haben Georg und Anja weitere Spuren gelegt, als sie merkten, dass ihre Nummer schiefzugehen drohte.«

Twiggys Augen glänzten. »Deswegen haben die im Volkspark noch ein paar Sachen nachträglich deponiert und die Bullen sie finden lassen.«

Dornröschen nickte. »Und Anja hat sich selbst einen Streifschuss verpasst... oder Georg hat's gemacht... um den Verdacht auf einen Mörder zu lenken ...«

»Den es nie gab«, sagte Matti.

»Das heißt, es gibt gar keine Leiche, keinen Mord, rein gar nichts. Und dafür haben sie dich in U-Haft gesteckt. Fragt sich, wer das größere Arschloch ist, Georg oder die Bullen«, sagte Twiggy. »Oder Anja, die blöde Kuh.«

Ein Stich im Herz. Wieder hatte ihn eine reingelegt. War er so dumm? Schalteten die Hormone seinen Verstand ab? Gierte er so sehr nach der Liebe einer Frau, dass er blind wurde?

»Na, beweisen können wir gar nichts davon«, sagte Dornröschen. »Aber es ist die erste Erklärung, bei der alles passt, was wir herausgefunden haben.«

»Und einer der Enkel ist Georg«, sagte Twiggy.

»Oder Fendts Helfer«, sagte Dornröschen.

»Ganz schön ausgekocht, der Fendt«, sagte Matti. »Und nun?«

»Was wollen Sie?«, knisterte die Gegensprechanlage.

»Uns mit Ihnen freuen, dass Georg noch lebt«, sagte Matti.

Pause, dann: »Quatsch.«

»Lassen Sie uns rein. Wir brechen sonst sämtliche Türen auf.«

Lange Pause. »Warten Sie.«

Matti hatte den Finger schon auf dem Klingelknopf, als der Summer ertönte.

Im Aufzug sagten sie kein Wort. Matti fühlte sich angespannt. In der Wohnungstür wartete Fendt. »Ich habe alles gesagt.«

Twiggy schob ihn zur Seite, Fendt folgte widerwillig. Ins Wohnzimmer. Dort saß Zitkowski auf dem Sofa. Es roch nach Zigaretten. Die WG-Freunde blieben stehen, Fendt auch. »Georg lebt«, sagte Dornröschen.

Fendt und Zitkowski blickten sich an, dann Dornröschen.

»Ihre Mails an Ihre nicht existenten Enkel sind Nachrichten an Georg und/oder an Ihre Komplizen«, sagte Matti.

Twiggy trat einen Schritt auf Fendt zu. »Ihr habt so getan, als wäre es ein Mord. Ihr habt die angebliche Leiche fortgeschafft. Ihr seid schuld, dass mein Freund in den Knast kam und wegen Mordes angeklagt werden soll.«

»Nun regen Sie sich mal ab«, sagte Fendt. Sein Blick war hart. »Ich kann nichts für Ihre Spintisierereien.«

»Und die Enkel?«, fragte Twiggy.

Fendt blickte ihn an. »Ich will nicht, dass der VS mitkriegt, wem ich Mails schreibe. Sie wissen doch, wo ich früher gearbeitet habe.«

»Blöde Ausrede. Der VS hat mit Sicherheit andere Sorgen«, sagte Matti.

»Nazis beschützen zum Beispiel«, sagte Dornröschen.

Fendt dachte nach. »Jetzt nehmen Sie erst mal Platz.«

Zitkowski stand auf.

Twiggy und Dornröschen setzten sich aufs Sofa. Matti zögerte. Fendt wies auf den Sesel. Dann würden die WG-Freunde sitzen und die Stasi-Genossen stehen. Sie hätten die Pistolen mitnehmen sollen.

Fendt schloss die Wohnzimmertür. Die Tür rastete ein. Als er sich gerade setzen wollte, hörte Matti ein Geräusch im Flur. Leise. Wie das Klingeln eines Schlüsselbunds.

Drei Schritte zur Wohnzimmertür. Aufreißen. Im Flur steht ein Mann. Georg. Der reißt die Wohnungstür auf und rennt hinaus. Matti rast hinterher. Er hört es trappeln im Treppenhaus. Er nimmt drei Stufen gleichzeitig, stürzt fast. Er sieht, wie die Haustür zuknallt. Matti öffnet sie, tritt auf den Bürgersteig, guckt sich um. Georg läuft die Fanningerstraße hinunter. Matti sieht noch, wie er links in die Siegfriedstraße einbiegt. Scheißnibelungenstraßen. Er muss husten und würgt. Scheißzigaretten. Vorn ist Georg, der Abstand ist gleich geblieben. Georg rennt um die Ecke. Nach rechts weg. Matti umkurvt die Ecke und sieht Georg. Er hat kein bisschen aufgeholt. Georg blickt sich um, kommt ins Stolpern, fällt aber nicht. Matti hört sich schnaufen. Er ist schweißnass. Es brennt in den Augen. Er wischt sich mit dem Arm die Stirn trocken. Er quert die Hagenstraße, an dieser Kreuzung hat ihm mal einer ins Taxi gekotzt. Der nächste ist Gunther. Gunther am Hof von König Etzel, fällt ihm ein. Er keucht, hustet. Matti spuckt was zur Seite. Dietlinde, Gernot, Dankward. Vielleicht ein paar Meter. Ein paar Meter. Durchhalten, du kommst näher. Georg dreht sich um. Sein Kopf leuchtet rot. Er hätte fast eine Frau mit Kinderwagen umgerannt. Wieder ein paar Meter näher. Die Knie werden weich. Er schnauft wie ein Gaul. Volker, Kriemhild. Keine Häuser mehr. Wiese. Beidseitig Laubbäume. Vorn steht ein Lastwagen. Georg läuft auf dem Kopfsteinpflaster. Auf Höhe der Gudrunstraße hat Matti wieder etwas gutgemacht. Georg hinkt ein paar Meter, er taumelt, dann hat er sich gefangen. Wieder ein paar Meter. Er hört jetzt Georgs Schritte. Tramplig. Vorn ein Riesenparkplatz. Der Zentralfriedhof. Die Mauer links voller Graffiti. Straßenbahngleise enden in einem Busch. Georg hetzt am Friedhof entlang. Eine Kleingartensiedlung, links der Friedhof. Georg schaut sich um, rudert mit den Armen, läuft weiter. Lange macht er es nicht mehr. Aber ich auch nicht. Wo sind wir? Ein Bauzaun, nein, ein Eingang. Durch die Spießergärten. Es staubt. Georg schaut sich wieder um und rennt weiter. Ein Hang. Georg rennt hoch, fällt hin, rafft sich auf, rennt weiter. Oben sieht Matti seinen Kopf, dann ist er weg. Matti hechelt den Hang hoch. Er rutscht, stützt sich aufs Knie. Weiter. Oben eine Straßenplanke. Matti flankt drüber. Er japst wie ein Fisch an Land. Georg ist zwischen den beiden Fahrspuren. Auf den Straßenbahngleisen. Über den S-Bahn-Gleisen. Bahnhof Friedrichsfelde. Er hört hallig: Zurückbleiben bitte. Die Türen piepen. Georg klettert auf die andere Fahrbahn. Zwei Autos kommen. Georg sieht sie, fast zu spät. Er macht einen Riesensatz und fällt den Gegenhang hinunter. Ich darf ihn nicht verlieren. Matti rennt über die Fahrbahn. Ein Lastwagen. Weit genug. Matti springt über die Hangkante, strauchelt und rollt hinunter. Er fällt auf Georg. Der liegt da mit pfeifender Lunge.

Matti beugt sich hinunter und schlägt ihm ins Gesicht. »Du verfluchtes Arschloch.« Er kriegt es kaum raus. Er zischt mehr, als dass er spricht. »Du verdammtes Arschloch!«

Georg nimmt den Schlag im Liegen. Er wehrt sich nicht. Matti setzt sich, kramt nach einer Fessel, findet aber nichts.

Georg liegt mit rotem Kopf da. Seine Augen sind gerötet, als würde er weinen. Weint er? Er blickt zum Himmel, wo Regenwolken mächtig aufziehen.

»Du Arschloch«, wiederholt Matti.

Georg schnauft. Schüttelt den Kopf.

Matti hat das Handy in der Hand. Er zögert.

»Lass … mich.« Georg hebt die Hand und lässt sie sinken.

»Was ist? Für ’ne Leiche bist du echt flott.«

Georg schüttelt wieder den Kopf. Sein Gesicht glänzt. Das Hemd ist durchnässt.

Oben grollt es.

Matti hat das Handy noch in der Hand. Wenn er jetzt anruft, ist es vorbei. Dann können ihn die Bullen kreuzweise. Er schaut auf die Anzeige, als könnte die ihm was verraten. Warum ist Dornröschen nicht da? »Du hast Leiche gespielt, um von der Fahndungsliste zu verschwinden«, sagt Matti. Die Kraft fließt zurück in seinen Körper. Der Kopf ist jetzt klar.

»Ja«, stöhnt Georg. »Aber das hat einen Grund …«

Er hebt den Kopf, während er spricht. Er versucht ihn zu stützen, aber der Arm ist kraftlos. Der Kopf fällt auf den Boden.

Wo sind wir hier? Matti schaut sich um. Sie liegen am Rand eines Platzes. Bahnhof Friedrichsfelde. Der ZOB. Imbissstuben. Es riecht nach Chinesenküche.

»Auch Durst?«, fragt Georg.

»Gib mir deine Schuhe.« Matti streckt die Hand aus. »Die Schuhe!«

Georg starrt ihn an. Dann krümmt er sich und zieht die Turnschuhe aus. Er gibt sie Matti und setzt sich auf.

»Wenn du eine falsche Bewegung machst, erschlag ich dich«, sagt Matti.

Georg nickt.

»Wegen dir Schwein habe ich im Knast gesessen.«

Georg nickt, der Blick senkt sich.

Matti steht auf und zieht Georg hoch. Der humpelt. Sie schleichen am Busbahnhof vorbei. Leute glotzen sie an. Matti sieht den Zugang zur Bahnhofshalle. Dann eine Apotheke. Sie gehen zu einem Würstchenstand. Matti kauft zwei Flaschen Pils. Sie laufen zur Halle und setzen sich auf eine Bank. Eine Frau mit Kind sitzt noch da.

»Du darfst die nicht anrufen«, sagt Georg, nachdem er einen großen Schluck genommen hat.

Matti ruft Dornröschen an. »Georg lebt. Frag doch mal diese Stasi-Arschlöcher, wie sie den wiederbelebt haben.«

»Soll ich die Bullen rufen?«

»Nein, überlass es mir.« Er trennt das Gespräch.

»Sag mir einen Grund, warum ich die Bullen nicht rufen soll.«

Die Frau guckt ihn an. Angst spiegelt sich in ihrem Gesicht. Sie steht auf und geht. Matti scheint es, dass sie ihr Kind noch kräftiger umarmt.

»Ich hab einen«, sagt Georg. »Hast du Zeit?«

Matti hat jetzt alle Zeit der Welt.

Georg atmet durch. Dann erzählt er. Wie er abgetaucht ist. Von Ingeborg, mit der es nicht lang gut ging. Aber sie wurden keine Feinde. Von seinem Eifer, den er erst abschleifen musste. Von der Unbedingtheit und den Toten. Deren Toten und ihren Toten. Und dass es umsonst war. Dass er verzweifelte. Dass er sich fast die Kugel gegeben hätte. Nicht nur einmal. Dass er alles wieder und wieder durchdacht hat. Und herausfand, was sie hätten stattdessen tun sollen. Aber das zu verstehen, machte die Verzweiflung unaushaltbar. Leben weggeworfen. Seins. Von vielen. Er spricht atemlos. Schnell, kaum verständlich. Verschluckt Silben. Doch Matti versteht. Er kennt den Klang von Georgs Stimme. Er weiß, was der sagen will, auch wenn Worte fehlen. Er hat genauso gedacht. Damals und manchmal später noch. Matti hört und füllt die Lücken aus der Erinnerung. Allmählich beginnt er zu verstehen. Georg will sein Leben zurückhaben. Er hat es selbst weggeworfen. Er muss es sich selbst zurückholen. Dafür hat Georg einen Plan. Und für den Plan braucht er Hilfe. Von Fendt und Zitkowski. Die haben mich nicht verraten. Auf die kann ich mich verlassen. Ich versteh, dass viele auf die schlecht zu sprechen sind. Wäre er auch gewesen, hätte er in deren Knästen gesessen. Aber wer soll ihm sonst helfen? Er kann sich die Leute nicht aussuchen. Braucht welche mit Erfahrung. Absolute Konspiration. Wenn die Sache erledigt ist, wird er aufgeben. Aber er will *seinen* Schlusspunkt setzen. Will zeigen, dass er nicht kapituliert hat, obwohl er aufgibt. Dass er ein Zeichen setzen kann. Ein Zeichen. An dem sollen sie ihn messen. Alle.

***

*Du möchtest zu Hause sterben. Dein Herz hat heute ausgesetzt. Nur ganz kurz. Als wollte es dir sagen, dass es nun an der Zeit ist. Du bist nicht ängstlich. Man wird geboren, und man stirbt. Entscheidend, was man in der Zwischenzeit macht. Es gibt keinen Sinn des Lebens. Man wird nicht gefragt, ob man leben will. Aber bevor man stirbt, sollte man sich fragen, ob man seine Zeit genutzt hat. Du bist ruhig und sicher, mehr geleistet zu haben als die meisten anderen. Du hast Mut bewiesen. Du hast Haltung gezeigt. Du hast dich nicht ergeben und bist nicht abgetaucht. Du bist Nationalsozialist geblieben. Du führst keine Fehlerdiskussion. Wer etwas tut, macht Fehler. Wer viel tut, macht mehr Fehler. Aber das sind Kinkerlitzchen. Im Großen und Ganzen habt ihr Heldentaten vollbracht, die eine spätere Zeit würdigen wird. Du weißt das.*

*Heute sind die Männer verschwunden. Das Auto war weg. Sie haben ihren Auftrag erfüllt. Den treulosen Ehemann überführt. Und du weißt, dass du in Ruhe und in Freiheit sterben kannst. Dein letzter Sieg.*

## 12: Dear Mr. Fantasy

Sogar Robbi hielt die Klappe. Er saß auf der Arbeitsplatte neben der Spüle und war sehr nachdenklich. Er hörte zu, was die drei zu bereden hatten. Erst schienen sie überhaupt nicht zu wissen, was sie tun sollten. Dann widersprachen sie sich. Zeitweise wurde es laut. Das mochte Robbi nicht. Er fand, dass sein Personal ungezogen war. Doch so langsam setzte sich eine Idee durch.

»Du kommst wieder in den Knast«, sagte Twiggy.

»Wenn er sich stellt, bestimmt nicht.«

»Das hat er dir wirklich versprochen?«, fragte Dornröschen noch einmal.

»Ja.«

Schweigen.

Robbi drängte es, alle Fragen zu beantworten. Er wusste genau, was Twiggy und Genossen tun sollten.

»Und du glaubst ihm? Er hat uns die ganze Zeit verarscht«, sagte sie.

»Es ist alles geheim …«

»Er hat dich missbraucht. Anja auch.«

Das tat wieder weh. Er erinnerte sich, wie Anja gewesen war. Nein, sie hatte ihn nicht nur betrogen. Sie war intensiv gewesen, viel intensiver, als sie für eine Täuschung hätte sein müssen. »Aber ich kann's verstehen. Irgendwie.«

»Na ja«, sagte Twiggy.

»Wir können ihn nicht hochgehen lassen. Seine Aktion ist … gut. Ein Abschluss. Vielleicht für alle. Für uns auch.«

»Puh«, sagte Dornröschen. »Ist da noch was drin?« Sie deutete auf die Rotweinflasche.

Matti schenkte ihr nach. Jetzt war die Flasche leer.

»Das Einfachste wäre, du ließest ihn hochgehen. Dann wär die Sache morgen erledigt. Kein Knast, keine Anklage … mein Gott, was hat der uns beschissen. Und wenn diese … Anja hier noch mal auftaucht …« Twiggys Hand formte sich zur Faust.

Matti spürte, wie sehr dem Freund die letzten Wochen zugesetzt hatten. Die ewige Angst, die auch Matti nicht immer verdrängen konnte. Es war nicht witzig, zwanzig Jahre für einen Mord zu sitzen, dessen Opfer fröhlich durch die Landschaft latschte. Überhaupt nicht witzig. Es hätte die WG zerstört. Auch das. So gesehen, war Georg ein Drecksack, der ihre alte Freundschaft ausnutzte.

»Ich kann ihn trotzdem verstehen, irgendwie«, sagte Matti. »Außerdem ist die Aktion gut, soweit ich sie kenne. Sie gibt ihm die Chance, ein Ende zu machen. Und er wird sich stellen. Niemand kann dann bezweifeln, dass ich unschuldig bin.«

»Das ist eine Art Erpressung«, sagte Twiggy. Er sah verdammt sauer aus.

»Er hat gesagt, ich soll mich melden, wenn wir uns entschieden haben. Verstärkung wäre gut. Mit den Tattergreisen geht es womöglich schief.«

»Das heißt, wir könnten so tun, als machten wir mit, und ihn dann den Bullen ausliefern«, sagte Dornröschen.

»Und Anja?«, fragte Twiggy.

Ja, Anja.

»Er hat gesagt, sie macht mit«, erwiderte Matti.

Twiggy zog die Augenbrauen hoch. »Aber du bist jetzt nicht so vernarrt in die …«

»Quatsch«, sagte Matti. Nein, war er nicht. Sie hatte ihm Nächte geraubt. Als sie da war und als sie weg war. Doch nie würde er die anderen reinreißen. Sich selbst vielleicht. Er schob die Traffic-CD in den Gettoblaster. Das war jedes Mal wie ein Ritual des Gedenkens. So lebte Rosi in der WG weiter. Rosi, die auf Flohmärkten CDs verkauft hatte und deren Leiche auf der Admiralbrücke gefunden worden war.

*Seems I've got to have a change of scene,*
*'cause every night I have the strangest dreams,*
*Imprisoned by the way it could have been,*
*Left here on my own or so it seems,*
*I've got to leave before I start to scream,*
*But someone's locked the door and took the key.*

»Du kommst aber nicht mit«, sagte Twiggy.

»Du spinnst wohl.«

»Dann buchten die dich ein. Du darfst die Stadt nicht verlassen und musst deine Nase jeden Tag bei den Bullen reinstecken.«

»Wenn Georg sich stellt, ist das erledigt.«

»Du glaubst ihm wirklich.«

»Was bleibt mir übrig? Mal im Ernst, willst du ihn wirklich an die Bullen verpfeifen?«

»Übertreib nicht«, sagte Twiggy. »Ich mag nur nicht verarscht werden. Das nehm ich ihm echt übel. So ein hinterfotziger Mistkerl. Wir helfen dem süßen Töchterchen, machen uns Sorgen, suchen sie auch noch. Und versuchen den Mord an ihm aufzuklären. Weil wir glauben, das wären wir ihm schuldig. Und dann …« Twiggy warf seine Hand weg.

»Und er hat dir nicht mehr gesagt über die Aktion?«, fragte Dornröschen. »Wir sollen da hinfahren, und dann würden wir eingeweiht. Wir wären begeistert, das hat er gesagt?« Sie blickte Matti an.

Der nickte. »Die Alternative wär, ihn ranzuhängen. So was mach ich nicht. Der Generalbundesarsch, das BKA, der Innenminister – die würden sich feiern, weil sie den letzten Superterroristen gefangen haben …«

»Der letzte ist er nicht«, sagte Twiggy.

»Aus der Führung schon«, erwiderte Matti. »Und das ist doch egal. Die würden es so hinstellen. Das ertrag ich nicht. Versteht ihr das nicht?«

Dornröschen nickte. »Ich auch nicht. Aber genauso wenig ertrag ich es, wenn er uns wieder linkt.«

»Unmöglich«, sagte Matti.

»Ja, ja«, erwiderte Twiggy. »Ich hab so den Eindruck, dass dem nichts unmöglich ist, wenn es ihm in den Kram passt. Der kennt keine Skrupel.«

»Aber es ist doch logisch, was er sagt.« Matti versuchte, nicht verärgert zu klingen. »Er kommt und verschwindet von der Fahndungsliste, indem er den toten Mann spielt. Er kontaktiert Anja und benutzt mich als eine Art Bürgen. Nicht eingebaut war wohl, dass Anja und ich …« Er wischte es weg. »Dann überzeugt er sie, mitzumachen bei dieser Aktion. Es ist die letzte und die entscheidende. Sie bestimmt, wie er dasteht für den Rest seines Lebens. Vor sich und vor anderen.«

Dornröschen blickte ihn wieder an. »Das hat er so gesagt?«

»So ähnlich.«

Langes Schweigen. Twiggy popelte an seinen Fingernägeln herum. Robbi saß wie eine Statue auf der Arbeitsplatte. Nach seinen sonstigen Maßstäben war er längst verhungert.

»Wir kommen in Teufels Küche«, sagte Dornröschen endlich.

Sie hatten zwei Tage zum Packen und vergaßen die Makarows nicht. Twiggy stopfte einen Rucksack und zwei Taschen voll Werkzeug und Elektronik. Gaby erklärte sich missmutig bereit, jeden Tag anzurücken und Robbi zu bespaßen. Twiggy rang ihr das Versprechen ab, sich ausführlich mit dem Kater zu unterhalten. Er legte DVDs raus, die Robbi noch nicht gesehen hatte. *Die mag er am liebsten,* schrieb er dazu. *Unbedingt mit Teil 1 anfangen.* Obenauf lag *House of Splatter.*

»Ich dachte, das wäre nicht gut fürs Katergemüt?«, fragte Matti.

»Dieser Quatsch ist widerlegt«, sagte Twiggy trocken. »Robbi hat hier nichts zu jagen und totzubeißen. Mit den Filmen kann er es einigermaßen kompensieren.«

»Dann bin ich beruhigt«, erwiderte Matti.

»Wie auf 'ner Weltreise«, jammerte Dornröschen, als sie ihren Koffer zum Bulli schleifte.

Die Sonne beschien mild das Chaos. Keine Wolke nirgendwo.

Nachdem das Chaos in den Bulli umgezogen war und die drei auf der vorderen Bank saßen, Twiggy am Steuer, Dornröschen in der Mitte, da seufzte sie. »Ob das richtig ist?«

Twiggy wartete ein paar Sekunden, dann drehte er den Zündschlüssel.

Unterwegs regnete es wie verrückt. Der Himmel zeigte an, dass es böse enden würde. Je länger sie fuhren, desto trüber wurde Mattis Stimmung. Einmal warf er sich vor, die anderen ins Verderben zu führen. Dann widersprach er sich. Die Aktion sei nötig und ein Zeichen, das längst hätte gesetzt werden müssen. Erstaunlich, dass es noch ging. Eine letzte Chance. Dann meldeten sich die Zweifel. Es konnte so viel dazwischenkommen. Auch wenn Georg sie nicht linkte. Er erinnerte sich genau, was Georg gesagt hatte: »Das wird dir altmodisch erscheinen, was ich jetzt sage. Vielleicht wird man altmodisch, wenn man drei Jahrzehnte im Untergrund lebt. Da wird man sowieso komisch. Man nimmt die Wirklichkeit ganz anders wahr, nicht aus der Froschperspektive, sondern aus dem Keller. Jeder um dich herum kann ein Verräter sein, ein Feind. Der will sich die Belohnung holen. Ist doch klar. Und Terroristen, warum soll jemand auf die Rücksicht nehmen? Ich habe die Welt ganz anders kennengelernt. Du glaubst nicht, wo ich überall war. Ich kenne fast jedes Land in Europa. Ich war in Südamerika, hab versucht, bei der Guerilla mitzumachen. Aber die haben mich nach Hause geschickt. Sie hatten recht, ich bin ein Stadtmensch. Wie soll ich Jahre im Dschungel leben, wo ich schon nach drei Tagen Zustände kriege? Das haben die Genossen gleich erkannt. Ich war in Indonesien, in Kambodscha. Vietnam. Ein paar Tage Indien. Niemand hat mich gebraucht. RAF, Baader, Meinhof? Erst haben die Leute abgewunken. Eure Probleme möchten wir haben. Das hab ich nicht nur einmal gehört. Dann wusste kaum einer mehr, um was es ging. Ich war der größte Exot in den exotischsten Ländern. Und die anderen Genossen?, fragst du. Die haben versucht, was zu machen mit dem Geld. Aber es ist nichts geworden. Sie sind versackt. Politik? Nur noch als Alibi. Wilde Reden ohne Folgen. Ich hab die Schnauze voll von diesem Leben. Früher haben wir versucht, einen Sinn zu finden und alles zu tun dafür. Herausgekommen ist der größte Unsinn. Manche glauben, das Leben habe keinen anderen Sinn, als zu ficken und zu sterben.«

Sie hingen hinter einem Lastwagen mit Hänger. Die Reifen spritzten Wasser auf und zischten auf dem Asphalt. Dornröschen las in einem Buch. Twiggy starrte in den Regen. Er fuhr wie immer gelassen und konzentriert.

Sie hatten noch zwei Bier getrunken. Matti hatte sie geholt, nachdem er Georg seine Schuhe rübergeschoben hatte. Ich kann die Zeit nicht zurückholen, hatte Georg gesagt. Aber ich kann einen Endpunkt setzen, in dem alles steckt, was an Möglichkeit in unserer Zeit steckte. Wir haben Fehler wiederholt, weil wir nicht den Mumm hatten, sie als Fehler zu begreifen. Wenn das, was wir getan haben, kein Fehler war, wäre es ein Fehler, es nicht wieder zu tun. Verstehst du, was ich meine? Matti begriff, bevor Georg es ausgesprochen hatte.

Sie waren sich nie wirklich nah gewesen. Damals war es der Abstand zwischen dem Neuen und dem Älteren, der sich etwas einbildete auf seinen Erfahrungsvorsprung. Der war zwar nicht groß, aber Matti kam aus dem Dorf. Politisch waren sie auf einer Wellenlänge, Matti jedoch mehr auf Georgs. Er stolperte immer erst dorthin, wo Georg schon war. Georg kannte die Helden der Zeit, und Matti schmeichelte es, dass er sich mit ihm abgab. Später lernte er, dass dem Älteren die Bewunderung des Jüngeren nicht weniger schmeichelte.

Eine letzte Aktion, damit die Aktionen davor verstanden wurden in ihrem eigentlichen Sinn. Dass wir glaubten, Menschlichkeit wäre nur mit Gewalt zu erkämpfen. Die meisten, die darüber urteilen, sehen heute nur noch die Gewalt, nicht die Menschlichkeit. Aber charakterisiert nicht das Ziel die Mittel?, hatte Georg gefragt in der Friedrichsfelder Bahnhofshalle. Muss man die Mittel nicht auch nach dem Ziel werten, dem sie dienten? Ist es nicht das, was Mord von Mord unterscheidet? Ob ich einen umbringe, um ihn zu berauben? Oder um ein Hindernis zu beseitigen auf dem

Weg in eine bessere Welt? Und wenn man dabei auch das eigene Leben riskiert? Ist das nicht ein Unterschied?

Aber Matti war nicht mehr der Nachwuchsrevoluzzer. Bei Mord darf man sich nicht irren, erwiderte er. Dann eine Zugdurchsage. Danach: Das ist ein unwiderlegbares Argument gegen die Todesstrafe. Ob der Staat sie verhängt oder ihr. Sogar wenn man alle anderen Argumente beiseite lässt und den Tod als gerechte Strafe ansieht, muss man doch ausschließen, dass ein Fehlurteil gefällt wird. Das ist aber unmöglich. Ihr habt die Leute als Symbole abgeknallt. Um sie zu bestrafen für die Taten anderer und auch für eigene. Doch ist die Welt dadurch kein bisschen menschlicher geworden.

Aber jetzt machen wir die Welt ein bisschen menschlicher. Ein winziges bisschen. Und wir zeigen, was wir wirklich gewollt haben. Verstehst du?

Beweise irgendwie, dass du noch lebst. Dann stell dich oder tauch ab. Ich will nicht in den Knast wegen dir.

Plötzlich war die Stimmung umgeschlagen. Es wurde praktisch.

Wir machen einen Deal, sagte Georg. Du hilfst mir, und ich geh zu den Bullen.

Um was geht's?

Komm nach Heidelberg. Ich kann es dir erst dort verraten. Ich habe meinen Genossen versprochen, dass ich es nicht preisgebe. Nur so viel: Du wirst begeistert sein. Wir haben schon einmal darüber gesprochen. Damals, in dieser Pizzeria in der Grolmanstraße. Erinnerst du dich?

An die Pizzeria? Natürlich.

An unsere Gespräche.

Matti antwortete nicht.

Du könntest selbst drauf kommen.

Matti merkte erst jetzt, dass Twiggy auf die Ausfahrt zu einer Raststätte abgebogen war. Er hielt an den Zapfsäulen und stieg aus. Dornröschen ging zu den Toiletten. Matti trat in den Regen. Von der Autobahn dröhnte und heulte es. Der Himmel war grau und schwarz. Schwer hingen die Wolken in den Gipfeln der Hügel.

Er ging ein paar Schritte, dehnte die Beine und streckte den Rücken. Twiggy tankte und verschwand im Kassengebäude.

Matti kam sich verlassen vor. Wenn er sich am Abend nicht bei den Bullen gemeldet hätte, würden sie ihn suchen und einsperren, wenn sie ihn fanden. In diesen Minuten auf der Raststätte hielt er sich für verrückt. Aber er hatte keinen Zeugen dafür, dass Georg lebte. Außer Fendt und Zitkowski, aber die würden schweigen, wie sie all die Jahre geschwiegen hatten. Und Matti würde ins Loch wandern. Er sah die feixenden Gesichter des Staatsanwalts und der Bullen, die es ihm endlich heimzahlen konnten. Sie hielten ihn für einen Terroristen und Freund von Polizistenmördern. Ein weitere Möglichkeit wäre, Georg auszuliefern. Doch mit dieser Vorstellung wollte er nicht leben.

Du hilfst mir, und ich geh zu den Bullen, hatte Georg gesagt.

Er wollte einen Schlusspunkt setzen. Und Matti wäre aus dem Schneider.

Es klarte auf. Dafür steckten sie in einem Stau. Frankfurter Kreuz, später Nachmittag.

»Wo treffen wir uns mit ihm?«, fragte Twiggy.

Matti hörte der Stimme an, dass seine Begeisterung nicht gewachsen war.

Ein Martinshorn, irgendwo.

»Ich ruf ihn an«, sagte Matti. »Hast du noch eins von diesen Prepaidhandys? Sonst besorg ich dort eines.«

»Im Rucksack. Hinten, unter der Bank.«

Wenn es um Technik ging, dachte Twiggy an alles. Bestimmt lief der Akku von diesem Handy fast über vor Strom.

Die Schlange kroch voran. Es roch nach Benzin. Aus einem Auspuff quoll schwarzer Rauch.

Sie sprachen kaum ein Wort. Dornröschen las, Twiggy starrte auf die Straße. Diesmal geht es schief, dachte Matti. Wenn etwas so anfängt, kann es nur scheitern. Die anderen fuhren nur mit, weil er Georg glaubte. Das war viel verlangt. Aber wenn ihnen was passierte bei dieser Sache? Dann war er schuld.

Es ging weiter. Sie kamen an Darmstadt vorbei. Links hob sich der Odenwald. Matti verdrängte die Gedanken an seine Kindheit. Keine Zeit für so was. Burgen. Dörfer. *Kreuz Heidelberg*, weiße Schrift auf blauem Hintergrund. Das Navi führte sie nach Heidelberg hinein. Als die Autobahn aufhörte, waren sie in der Stadt. Tankstelle rechts, links eine Grünfläche. Dann Häuser beidseitig, Läden, Kneipen, Gewerbe. Sie fuhren Richtung Stadtmitte. Am Bismarckplatz die Straßenbahnen, ein Kaufhaus, Kiosk. Twiggy steuerte den Bulli durchs Gewühl und fuhr auf der B 3 ein kurzes Stück Richtung Weinheim, dann vor der Neckarbrücke rechts weg. Entlang des Flusses im Tal. Es war schwül. Auf dem Neckar ein Kahn, tief im Wasser, beladen mit Kohle. Am Hang gegenüber Villen und mehrstöckige Häuser mit Blick auf den Neckar und die Altstadt und aufs Schloss, dass rechts aufragte, rötlich beschienen vom Sonnenuntergang.

»Da«, sagte Matti. Ein Benz rangierte aus einer Parklücke am Straßenrand. Twiggy wartete, bis der Wagen es geschafft hatte, und stellte den Bus, einmal vor, einmal zurück, in die Lücke. Rechts zweigte die Thibautstraße ab. Matti kramte einen Zettel aus der fünften Tasche und wählte die Nummer, die darauf stand.

»Ja?«

»Sind da.«

»Gut. Deine Nummer.«

Sie stand auf einem Aufkleber auf der Rückseite. Matti las sie zweimal vor.

»Ich melde mich.«

»Und jetzt?«, fragte Twiggy.

»Jetzt gehen wir was essen«, sagte Dornröschen.

Sie hatten seit Berlin nichts runtergekriegt.

Twiggy tippte auf seinem Smartphone herum und marschierte los. Sie stießen auf die Bergheimer Straße. Eine Straßenbahn rumpelte stadteinwärts vorbei. Sie erreichten den Bismarckplatz und gingen in die Hauptstraße. Eine Fußgängerzone, die aussah wie eine von tausend. Die gleichen Ketten. Mode, Schuhe, Kaffee, Imbiss, Mode, Schuhe, Drogerie, Schuhe, Apotheke, Imbiss. Sie kamen auf einen Platz. Links ein Unigebäude, die Psychologie. Daneben eine Kneipe. Sie setzten sich draußen hin. Die Kellnerin eilte herbei, bevor sie die Karten gelesen hatten. Sie wartete, und dann bestellten sie. »Kein Alk«, sagte Dornröschen.

Ein Straßenmusiker spielte auf einem Banjo. Touristen mit Kameras. Wie Herden auf dem Abtrieb. Studenten.

»Und hier soll es mal hoch hergegangen sein«, sagte Twiggy. Er schüttelte den Kopf.

Matti fühlte sich müde. Von der Fahrt, der Schwüle, der Anspannung. Was würde Georg vorschlagen? Noch konnten sie aussteigen. Aber sie würden es nicht rechtzeitig zurück schaffen nach Berlin, um sich bei den Bullen zu melden. Er begann sich eine Ausrede einfallen zu lassen. Überfall, Taschendiebstahl, Verkehrsunfall, Krankheit … vielleicht nicht schlecht. Kreislauf, Ohnmacht. Das Attest könnte er gleich telefonisch bestellen. Bleib ruhig. Wird schon schiefgehen.

Als die Kellnerin die Bestellungen gebracht hatte, aßen sie schweigend. Twiggy einige Würstchen – »eine doppelte Portion bitte oder zwei, wenn's einfacher ist« –, Dornröschen einen Salat mit Mozzarella und Matti ein Schnitzel mit Kartoffelsalat.

Die Nervosität verdarb ihm den Appetit. Er starrte auf das Handy. Und wenn Georg sich gar nicht meldete? Vielleicht wäre es das Beste. Dann hätte er zwar Stress mit dem Staatsanwalt. Aber er würde nicht in eine neue Sache verwickelt. War Anja in Heidelberg? Der Gedanke bedrückte ihn. Die Kränkung saß fest. Was immer sie als Rechtfertigung sagte, es änderte nichts. Sie hatte ihn belogen. Er fühlte sich, als steckte er in einem Loch. Kein Ausgang. Alles schwarz.

»Ist was?«, fragte Dornröschen.

Er winkte ab.

»Hören wir uns an, was er zu sagen hat. Außerdem, wenn wir ihn sehen, können wir bezeugen, dass er lebt. Vielleicht kann ich ihm ein Haar ausreißen.« Sie lachte.

»Die glauben uns nichts«, sagte Twiggy. »Da können wir bezeugen, was wir wollen.«

Schweigen.

Dann sagte Twiggy: »Ich meine, er ist offenbar hier. Wenn wir ihn uns schnappen …«

»Und dann sägen wir ihm einen Finger ab und bringen die Frischware zu den Bullen«, sagte Matti.

»Meinetwegen«, erklärte Twiggy. »Der Arsch hat uns dermaßen reingelegt, da kommt's auf einen Finger nicht an.«

»Ihr spinnt doch.« Dornröschen tippte sich an die Stirn.

Das Handy klingelte. Matti erschrak und nahm es. »Ja?«

»Wo seid ihr?«

Matti beschrieb es.

»Bleibt da sitzen.«

Es war Anja. Sie kam vom anderen Ende der Hauptstraße. Sie näherte sich zögernd, umkreiste sie weiträumig, dann stellte sie sich an den Tisch.

»Hallo, das ist ja ein Zufall!« Sie nahm einen Stuhl vom Nebentisch und setzte sich dazu.

Sie nickte Matti zu, als wäre nie etwas gewesen.

Die Kellnerin kam, Anja bestellte einen Kaffee. Matti fühlte sich beschissen. Schimpfwörter lagen ihm auf der Zunge. Die Anspannung zerriss ihn fast.

Sie warteten, bis der Kaffee serviert wurde. Anja zahlte gleich. Dann schaute sie den dreien in die Gesichter. Als könnte sie dort etwas lesen. Matti kam sie verändert vor. Älter, überlegter, ein bisschen überheblich.

»Und nun?«, fragte er.

»Wir warten«, sagte sie.

Matti beobachtete sie, wie sie sich umschaute, als wäre sie eine neugierige Touristin. Sie war schön. Ihre Augen waren klar. Sie strahlte Zuversicht aus und Gewissheit und noch etwas, das er nicht beschreiben konnte.

Matti blickte sich auch um. Er hatte das Gefühl, beobachtet zu werden. Womöglich hingen Georg und Genossen schon eine Weile in der Nähe herum und peilten die Lage.

»Wo ist der Genosse Leo?«, fragte Twiggy. Er klang genervt.

Anja wendete nicht einmal den Kopf.

Sie saßen eine weitere halbe Stunde. Anja trank noch einen Kaffee, Twiggy aß noch zwei Würste, Matti und Dornröschen betranken sich mit Mineralwasser.

Gerade als Matti sich beschweren wollte, kam ein Mann mit halb langen grauen Haaren und einem Vollbart auf sie zu. Er trug eine Mütze und eine Art Trachtenjoppe. Er rückte einen Stuhl zwischen Anja und Dornröschen. Die Augen erkannte Matti sofort. Es war Georg.

Der nickte freundlich. »Ihr macht mit?«

»Einen Hinweis brauchen wir noch«, sagte Dornröschen.

»Gerechtigkeit«, erwiderte Georg.

»Für wen?«

Er schüttelte den Kopf. »Du wolltest einen Hinweis. Also?«

*Ich verspreche es, wir bringen keinen um. Nichts dergleichen.* Das hatte Georg im S-Bahnhof gesagt.

»Wir machen mit«, sagte Matti.

Dornröschen blickte ihn streng an, sagte aber nichts.

»Ich hab mich über euch erkundigt«, flüsterte Georg. »Wir machen das.«

Dornröschen warf Anja einen Blick zu.

Georg geht ein hohes Risiko. Er plant eine gefährliche Aktion mit Fremden. Eigentlich verrückt. Er muss verzweifelt sein. Oder Genossen hatten ihn hängen gelassen. Er war ihm schon auf dem S-Bahnhof vorgekommen wie ein Getriebener.

Georg blickte sich um, als betrachtete er Passanten. Dann erklärte er seinen Plan.

Sie übernachteten zu fünft in einer Wohnung im Emmertsgrund. »Das ist fast so schön wie in Marzahn«, sagte Twiggy.

Georg grinste. »Neue Heimat, die konnten das auch.«

Sie saßen in einer von gefühlten hunderttausend Wohnungen eines Betonmonsters am Hang eines Hügels, ein paar Kilometer außerhalb der Stadt.

»Kuschelig«, sagte Matti.

»Hier findet uns keiner. Wo kann man besser untertauchen als unter Menschen?« Georg hatte Haare und Bart abgelegt. Sie frühstückten an einem Campingtisch, nachdem sie die Nacht auf Luftmatratzen geschlafen hatten. Wobei Matti sich einbildete, keine Sekunde gepennt zu haben. Er dachte auch an Anja, die mit Georg im großen Zimmer schlief, wo Normalos Sofa, Sessel und Glotze reinstellten.

Es gab Instantkaffee, Toastbrot, Margarine, abgepackte Wurst- und Käsescheiben. Aber Dornröschen meckerte nicht. Sie war in sich versunken. Matti kannte diesen Zustand bei ihr. Sie schien fast zu schlafen, war aber hellwach.

Alarm.

Matti blickte ins Tal. Es war dunstig. An der Scheibe klebten Regentropfen. Er blickte zu Anja. Sie blickte zu ihm. Ihre Blicke trafen sich. Sie lächelte. Er schaute weg.

Nach dem Frühstück packten Georg und Anja alles in einen Müllsack. Georg warf einen Staubsauger an. Das Gerät heulte gotterbärmlich. Er zog es ins Wohnzimmer. Die Matratze und die Decken lagen schon im Flur.

»Diese Wohnung finden die nie«, sagte Twiggy.

Vermutlich hat er recht, dachte Matti. Der alte Trick. Zwischenmiete. Hier wollte bald einer einziehen, suchte aber für eine kurze Zeit einen Untermieter. Keine Papiere. Keine Belege. Falsche Namen. Geld bar auf die Flosse. Schlüssel dann in den Briefkasten.

»Ging alles per Internet«, sagte Anja. »Der Vermieter hat uns nicht mal gesehen.«

Noch besser. Matti hatte bisher keinen Fehler im Plan gefunden. Aber er blieb unruhig. Twiggy und Dornröschen hatten ziemlich Augen gemacht, als Georg den Plan erklärte. Die Sache war glasklar. Es gab nur ein Risiko, aber das war unvermeidlich. »Haus oder Straße?«, hatte Georg gefragt. Twiggy hatte kurz nachgedacht. »Straße.«

Dornröschen hatte nichts gesagt. Doch Matti sah ihr an, dass sie einverstanden war. Sie hörte jedes Wort und verfolgte jede Miene. Längst hätte sie protestiert, wenn ihr die Sache nicht passen würde. Die Aktion war gut. Georg gab sich erleichtert, dass er sie nicht nur mit den Stasi-Leuten angehen musste. Er schien schnell zu begreifen, dass Twiggy in allen technischen Fragen ein Genie war. Und er war begeistert, als sie gestern seine Geräte aus dem Bulli in Georgs Ford-Transporter umluden. Sie trugen jetzt auch die Makarows.

Georg stellte den Staubsauger aus und entnahm den Beutel. Er schmiss ihn in den Müllsack. »Los geht's.«

Bepackt wie Maulesel fuhren sie mit dem Aufzug in die Tiefgarage. Sie begegneten niemandem. Mattis Augen suchten Kameras. Doch es gab keine. Als sie in der Stadt waren, hielt Georg kurz und warf den Müllsack in einen Container auf dem Parkplatz eines Supermarkts. Er hatte an alles gedacht. Alte Schule. Georg redete nicht viel, er machte. Welch Kontrastprogramm zu Werner dem Großmaul. Der hatte gestern Abend bestimmt wieder in der Kneipe gesessen und den Streetfighter gegeben. Georg schwieg und handelte. Er war immer konsequent gewesen. Wenn er etwas als richtig erkannt hatte, packte er es an.

Sie fuhren über die Neckarbrücke, vor der sie am Tag zuvor abgebogen waren. Nach der Brücke ging es rechts, den Neckar entlang. Matti sah am Hang gegenüber die Touristen, von denen es im Schloss wimmelte. Dann ging es links hoch. Steil. *Philosophenweg*, las Matti. Georg steuerte den Transit in die Straße, bis sie für Autos gesperrt war, und wendete. Sie standen neben einem Mercedes-Kombi und einem VW-Käfer mit rostiger Kofferraumklappe. Georg zeigte auf ein Haus. Es war knapp dreihundert Meter entfernt. Matti nickte. Dornröschen schien keine Notiz zu nehmen.

Georg nickte Twiggy zu. Der und Matti stiegen in den Laderaum.

Villen auf diesem Hang und hinter dem Fluss. Berühmte Leute hatten hier gelebt. Drüben der Obernazi Albert Speer. Unten die Altstadt. Die Marstallmensa. Matti kannte sie von Erzählungen über die Revolte Achtundsechzig. Er wollte Georg fragen, wie er ausgerechnet auf Heidelberg kam. Aber es war die falsche Zeit für Fragen. Er konzentrierte sich auf die Aktion. Sie hatten alles genau besprochen. Der Transit war präpariert. Es konnte nichts schiefgehen. Es gab nur ein paar Sekunden des Risikos. Er spürte die Anspannung. Magen und Darm waren nervös. Wenn sie scheiterten, würde er im Knast landen. Wenn nicht, hatten sie etwas Sinnvolles getan, und er war aus dem Schneider. Was würden die Bullen sich ärgern. Sie dachten, jetzt, wo er sich nicht gemeldet hatte, jetzt hätten sie ihn an den Eiern. Endlich! Sollen sie das denken! Er stellte sich Schmelzers Verblüffung vor. Und die Blamage. In der Zeitung würde stehen: Polizei sucht Mörder – Leiche lebt!

Er saß neben Twiggy auf der Rückbank. Sie starrten nach vorn. Ein Taxi kroch die Steigung hoch. Es hielt kurz vor dem Haus. Matti sah schon, wie der Mann einstieg und wegfuhr. Aber der Fahrer hatte sich offenbar in der Hausnummer vertan. Er suchte weiter. Hoffentlich fand er bald seinen Kunden.

Der Fahrer stieg aus. Ein kleiner Mann mit Haarkranz und Lederweste. Er klingelte, neigte seinen Kopf zur Gegensprechanlage und setzte sich wieder ins Auto.

»Da ist er!«, sagte Georg.

Ein alter Mann mit einem Hut trat aus dem Haus, das sie beobachteten. Er hatte trotz der Wärme einen Mantel an. In der Hand trug er einen Stock. Georg hatte angedeutet, dass Fendt den Mann hatte beobachten lassen, bis sie seine Gewohnheiten kannten. Dass er jeden zweiten Tag zur gleichen Zeit das Haus verließ. Dass er manchmal abends einen kleinen Spaziergang machte. Dass er mit der Steigung des Philosophenwegs zu kämpfen hatte. Dass er einen Stock benutzte. Dass er vermutlich unbewaffnet war. Dass er kaum Kontakt zu den Nachbarn hatte. Ein steifer Typ, der knapp grüßte. Oft nur durch ein Nicken. Matti bewunderte die Umsicht, mit der Georg das Unternehmen geplant hatte.

Eine Frau stieg in das Taxi, das kurz vor dem Transit wendete und den Weg hinabfuhr. Georg zündete den Motor. Der Diesel ruckelte und sprang an. Natürlich hatte Georg das Auto komplett durchgecheckt. Eine neue Batterie, geladen bis an den Rand, war das Erste. Der Anlasser war vermutlich auch neu. Zündkerzen, Bremsen.

Er löste die Handbremse, der Transporter rollte den Hang hinunter. Georg blickte immer wieder in die Spiegel. »Jetzt«, sagte er und traf aufs Gas. Der Transit schoss nach vorn und überholte den Mann. Matti riss die Schiebetür auf, sprang hinaus, trat hinter der Mann und stieß ihn zur Türöffnung, wo Twiggy ihn in Empfang nahm. Er zerrte den Mann in den Laderaum. Matti stieg ins Auto und knallte die Tür zu.

»Scheiße!«, sagte Georg.

Matti blickte nach hinten. Eine junge Frau auf einem Motorroller. Sie hatte den Helm abgenommen und telefonierte.

Georg gab Gas.

Sie hatten den Alten auf die Bank gedrückt und dann nach hinten gekippt. Er fiel auf eine Matratze. Twiggy schnallte ihn fest, während Matti ihm seine Pistole vors Gesicht hielt. Der Mann guckte zornig, dann begriff er und gab auf. Er ließ die Fesselung über sich ergehen.

Georg donnerte den Philosophenweg hinunter, bis er auf die Hauptverkehrsstraße kam. Als er sich gerade eingefädelt hatte, rasten ihnen zwei Polizei-BMW entgegen. Durchs Rückfenster sah er, wie sie in den Philosophenweg einbogen. Bald würde die Polizei Straßensperren errichten.

Georg sagte nichts. Er fuhr nicht zu schnell und konzentrierte sich auf die Straße. An der Kreuzung mit der B 3 bog er rechts ab in Richtung Darmstadt. Aber er blieb nur kurz auf der Bundesstraße. Links ab, parallel zum Neckar. Kleine, enge Straßen. Er nahm ein Handy, drückte auf eine Taste und gab es Dornröschen. »Sag, dass wir in einer Minute da sind.«

Dornröschen sagte es.

Einbahnstraßen. Der Transit fuhr ums Karree. Links war ein offenes Tor. Georg steuerte den Bus hinein, das Tor schloss sich.

Ein enger Hof. Neben einem Mercedes-Transporter standen Fendt und Zitkowski. Dazu der Jogger aus dem Volkspark. Und der Typ, der ihn im Taxi bedroht hatte. Matti überraschte es nicht. Anja fehlte.

»Jemand hat uns gesehen«, sagte Georg, nachdem er ausgestiegen war.

Fendt nickte und zog die Schiebetür auf. »Wir können den Herrn losbinden«, sagte er.

Twiggy löste die Fesseln.

Der Alte starrte ihn an.

Matti half dem Mann aufzustehen. Er folgte Fendt und führte den Mann ins Haus. Fendt brachte sie in ein karg eingerichtetes Zimmer. Ein Tisch, Stühle. Eine Kommode mit Telefon an der Wand. Die Vorhänge waren zugezogen. An der Decke brannte eine Glühbirne. Die Tapete war beige und hatte Feuchtigkeitsflecken. An der Rückwand war eine zweite Tür. Matti setzte den Mann an den Tisch.

»Wollen Sie etwas trinken? Brauchen Sie sonst etwas?«

Der Mann schüttelte den Kopf.

Georg trat ein und stellte sich an den Tisch, dem Mann gegenüber. »Sie sind Maximilian Spranger?«

Der Alte nickte.

Zitkowski erschien und reichte Georg eine schmale Akte. Der warf die Akte auf den Tisch. »Sie haben davon gehört?«

Der Jogger und der Pistolentyp stellten sich zu den anderen.

Spranger warf einen Blick auf die Akte, dann starrte er ins Nirgendwo.

»Sie wurden am 8. August 1922 in Harleem geboren?«

Ein ausdrucksleerer Blick.

»Sie haben sich 1940 freiwillig zur niederländischen SS gemeldet?«

Keine Reaktion.

»Sie gehörten zur Wachmannschaft des KZ Westerbork?«

Keine Antwort.

»Sie gehörten zum Sonderkommando Silbertanne, das wehrlose holländische Zivilisten ermordete als Vergeltung für Aktionen von Widerstandskämpfern?«

»Das waren Verbrecher.« Spranger flüsterte mehr, als dass er sprach.

»Sie gehörten also zum Sonderkommando Silbertanne?«

Spranger schwieg.

»Sie waren Untersturmführer der SS?«

Keine Antwort.

»Wissen Sie, was das ist?« Georg zeigte auf die Akte.

Wieder ein Blick auf den grünen Deckel, dann starrte er an die Wand.

»Das ist das Todesurteil gegen Sie wegen Kriegsverbrechen. Sie wurden 1947 in Amsterdam verurteilt. Wegen vielfachen Mordes an KZ-Häftlingen und niederländischen Staatsbürgern. Im Jahr darauf wurde das Todesurteil in Lebenslänglich umgewandelt.

Ihnen gelang aber 1952 die Flucht in die Bundesrepublik. Sie hatten Helfer bei der deutschen Polizei. Als niederländischer SS-Mann besitzen Sie automatisch die deutsche Staatsbürgerschaft, weil die hiesigen Behörden sich nach wie vor gebunden fühlen an einen Erlass Hitlers aus dem Jahr 1943, der ausländischen SS-Angehörigen die deutsche Staatsbürgerschaft verlieh.«

Georg klang wie ein Staatsanwalt. Seine Stimme hatte diesen pseudofeierlichen Unterton.

Spranger blickte ihn tränig an. Matti schienen die Falten noch tiefer und die Altersflecken kräftiger. Er schwieg.

»Brauchen Sie etwas? Essen? Trinken? Toilette?«, fragte Matti.

Der Alte zeigte keine Regung.

»Gut«, sagte Matti.

Twiggy und Dornröschen sahen blass aus.

»Kommen Sie«, sagte Georg. Spranger erhob sich wacklig. Georg nahm ihn am Oberarm und führte ihn zur Tür an der Rückwand. Sie verschwanden in dem Zimmer. Matti ging ihnen nach und blickte hinein. Eine Birne an der Decke. An der einen Wand ein Bett. Ein Tisch, ein Stuhl. Das einzige Fenster des kleinen Raums war mit Brettern verrammelt. Nur oben gab es einen Lichtschlitz.

»Machen Sie ruhig Lärm«, sagte Georg. »Hier hört Sie niemand.« Er zeigte auf den Tisch. Dort lagen Zeitungen. »Damit

Sie sich nicht langweilen.« Georg verließ das Zimmer, und Matti räumte den Türrahmen. Georg schloss ab.

Twiggy hatte inzwischen seine Koffer und den Rucksack reingeräumt. Er saß am Tisch und drehte an einem Gerät, einen Kopfhörerstöpsel im Ohr.

»Stell laut«, sagte Dornröschen.

Im Polizeifunk war Betrieb. Die Beschreibung des Transits wurde durchgegeben, auch die von Spranger. Mindestens drei Täter. Alle Straßen waren gesperrt.

»Das Spiel treiben die jetzt einen Tag lang, und dann ist's gut«, sagte Georg.

Zitkowski klappte ein Notebook auf. Nach einer Minute sagte er: »Sie suchen den Transit und vier Leute. Aber sie wissen nicht einmal, dass eine Frau dabei war.«

»Trotzdem ist es Scheiße, dass die Roller-Trulla uns gesehen hat«, schimpfte Dornröschen.

»War nicht zu vermeiden«, sagte Georg. »Wär ein Wunder gewesen, wenn es glattgegangen wär.«

Ein Handy klingelte. Georgs. Er hielt es ans Ohr. »Dann komm.«

Sie setzten sich um den Tisch. Der Polizeifunk knatterte und rauschte. Immer neue Meldungen. Matti überlegte, ob er jeden bedauern sollte, der gerade in Heidelberg und Umgebung einen blauen Lieferwagen fuhr. Bisher war es gut gelaufen, obwohl sie gesehen worden waren. Georg und seine Stasi-Genossen hatten die Aktion perfekt vorbereitet. Und sie wickelten alles ruhig und sicher ab. Einen Augenblick lang hatte Matti das Gefühl, dass ihnen nichts mehr passieren konnte. Ihn störten nur die Stasi-Typen. Mit Bullen wollte er nichts zu tun haben. Auch nicht mit Ostbullen.

Er blickte zu Dornröschen. Die guckte irgendwohin. Sie hatte schon lange nichts mehr gesagt. Matti kannte sie gut genug, um zu wissen, dass sie sich mies fühlte.

Der Polizeifunk berichtete von der Festnahme eines Tatverdächtigen, als Anja den Raum betrat.

Sie setzte sich auf den einzigen freien Stuhl. Neben Matti. Er roch sie und erinnerte sich.

Anja schien unsicher. Sie blickte sich um, ihre Augen blieben einen Moment länger an Matti hängen. Sie schwieg.

Fendt und Zitkowski saßen am Tisch. Der Jogger und der Pistolentyp hatten sich Klappstühle an die Wand gestellt. Sie flüsterten miteinander.

Georg sagte: »Ich mach was zu essen. Kommst du mit?« Ein Blick zu Matti.

Sie gingen in die Küche. Es roch nach Schimmel. Eine alte Spüle, ein Unterschrank, darauf ein Campingkocher, verbunden mit einer Propangasflasche, die auf dem Boden stand. Aluminiumtöpfe, eine Pfanne, Pappteller, Plastikbecher und Plastikbesteck lagen auf einem Tisch unterm Fenster. Das Rollo war geschlossen. Eine Birne an der Decke spendete Licht. In der Ecke ein Kühlschrank, der laut brummte.

»Wo habt ihr diesen Palast her?«

»Den haben wir vor einem halben Jahr gemietet. Er stand leer. Er ist perfekt. Wir mussten lange suchen, um so was zu finden.«

In einer Ecke stand eine Kiste mit Lebensmitteln. Georg nahm zwei Gläser mit Würstchen heraus und eine Plastikschale mit Kartoffelsalat.

»Haben wir Bier?«, fragte Matti.

»Kein Alk während der Aktion«, erwiderte Georg trocken.

»Und du stellst dich, wenn es vorbei ist? Das ist der Deal.«

»Klar. Hab ich versprochen, halt ich. Ihr macht mit, ich stell mich.«

»Die Sache ist …«

»Ich will, dass die Leute denken: Am Ende hat er noch eine geile Aktion hingelegt.«

»Kann ich verstehen.«

»Das Leben im Untergrund ist Dreck. Ich habe manchmal davon geträumt, dass der Knast besser ist. Draußen musst du immer aufpassen. Bloß keinen Fehler machen. Immer lügen und immer wissen, was du jemandem erzählt hast. Lügen kann scheißanstrengend sein. Und wenn du mal einen Genossen triffst, dann redet ihr über alte Geschichten. Das Höchste an Selbstkritik ist dann der blöde Spruch: Wir haben es wenigstens versucht. Davon wird keiner mehr lebendig. Weder von uns noch von denen.«

Während er sprach, füllte er einen Topf mit Wasser und stellte ihn auf den Campingkocher.

Matti öffnete den Kühlschrank, nahm Mineralwasser und Apfelsaft heraus und trug es ins andere Zimmer. Er öffnete Sprangers Zelle. Der Alte lag auf dem Bett.

»Was zu essen? Zu trinken?«

Der Alte starrte an die Decke.

»Aufs Klo?«

Keine Antwort. Matti trat neben das Bett und stupste den Mann an der Schulter. Spranger blickte ihn an und schaute gleich wieder weg.

Währenddessen deckte Zitkowski den Tisch. Der Jogger und der Pistolentyp passten nicht dran, sie saßen an der Wand und stellten ihre Teller auf den Schoß. Sie aßen schweigend. Anja saß wieder neben Matti, als wäre es immer so gewesen. Sie war verführerisch, gerade weil sie keinen Wert darauf legte, so auszusehen. Er erinnerte sich an ihren Körper und wie er schmeckte. Aber das Misstrauen bohrte in ihm und die Kränkung noch mehr.

Sie aßen. Keiner sagte etwas. Matti freute sich auf den Augenblick, da sie die Stasi-Typen wieder loswurden. Allein ihre Anwesenheit machte alles bleischwer. Ihre Humorlosigkeit grenzte an Finsternis. Matti begann ihre Seelenlosigkeit zu hassen. Sie kannten keine Zweifel, widersprachen nicht, sagten kaum ein Wort, unterwarfen sich Georg. Befehlsempfänger. Sie hatten nichts Privates. Sie funktionierten.

Fendt wischte sich den Mund ab und holte aus der Küche einen Müllbeutel. Er warf Teller und Besteck hinein, trank einen Schluck und gab auch den Plastikbecher in den Beutel. Dann hielt er den Beutel offen, und Zitkowski entsorgte seine Reste. Dann die Kerle an der Wand und die anderen. Fendt setzte sich wieder hin und wartete. Vermutlich hatte er neunzig Prozent seines Lebens auf Befehle gewartet.

Dornröschen war immer noch verstummt. Sie hatte ein paar Bissen Kartoffelsalat gegessen. Twiggy hatte nicht nur einen Riesenberg Salat vertilgt, sondern auch fünf Würste. Das Letzte, was er gesagt hatte, war die Frage, ob er Robbi anrufen sollte. Gaby könne dem Kater ja den Hörer ans Ohr halten. Doch dann fiel ihm ein, dass sie ihre Handys ausgeschaltet hatten. Matti hatte sogar seinen Akku ausgebaut.

Es klopfte. Matti erschrak. Es klopfte wieder. Stärker. Georg öffnete die Zellentür. Spranger stand da und sagte: »Erstens muss ich pissen. Zweitens habe ich Hunger und Durst. Drittens brauche ich meine Tabletten.«

Georg und Matti schauten sich an.

»Scheiße«, sagte Georg.

»Was für Tabletten?«

»Betablocker.« Seine Hand klopfte auf die Brust, am Herz.

»Und wenn Sie die nicht kriegen?«

Spranger zuckte mit den Achseln. »Dann sterbe ich.« Ein kleiner Triumph schwang mit in der Stimme.

»Scheiße«, wiederholte Georg.

»Wo finden wir diese Pillen?«, fragte Dornröschen.

»In meinem Nachttisch«, sagte Spranger. Ihm gefiel das.

»Die sind rezeptpflichtig«, sagte Twiggy.

»Ja.«

»Haben Sie ein Rezept bei sich?«, fragte Dornröschen.

»Nein.« Spranger schüttelte unwirsch den Kopf.

»Wir heißt Ihr Arzt?«, fragte Matti.

»Dr. Sennscheid.«

Georg legte einen Zettel und einen Stift auf den Tisch. »Schreiben Sie's auf.«

Spranger zögerte.

»Aufschreiben!«, befahl Georg.

Spranger kritzelte etwas auf den Zettel.

Matti zog den Zettel zu sich. *Celiprolol 200 mg*. »Bis wann?«, fragte er Spranger.

»Gleich«, sagte der.

Wenn der Scheißkerl stirbt, war alles umsonst. Und wir kommen in den Knast. Er begann zu schwitzen. Verdammter Mist. Sie hatten an alles gedacht, und nun das.

Fendt glotzte blöd herum. Zitkowski war in sich zusammengesunken. Dornröschen war aschfahl.

»So was aus Berlin kommen lassen, vergiss es«, sagte Dornröschen. »Wir müssen das hier besorgen.«

Spranger schien zu grinsen.

»Geh pinkeln!«, sagte Georg.

Spranger ging zum Klo.

»Wenn du abschließt, brechen wir die Tür auf, und du kriegst eine Abreibung. Kapiert?« Georg war sauer. Er winkte Zitkowski, Spranger zu begleiten.

Matti dachte, das hat der bestimmt mal geübt.

Als Spranger im Flur verschwunden war, sagte Georg: »Wir müssen das Zeug besorgen. Ins Haus können wir nicht, zu gefährlich. Ich kenne hier aber keinen Arzt.«

»Wir besorgen das«, sagte Twiggy. »Machst du mit?«

Matti nickte.

»Habt ihr ein Telefonbuch?«, fragte er.

Georg schüttelte den Kopf.

»Scheiße. Also begrenztes Risiko.« Er holte seinen Rucksack und entnahm ihm aus einer Seitentasche ein winziges Päckchen. Als er es auspackte, entpuppte es sich als SIM-Karte. Die steckte er in sein Smartphone und tippte, guckte, tippte. »Okay.« Er schaltete das Gerät aus.

Georg verfolgte es wie erstarrt. »Und wenn die Bullen dich anpeilen?«

»Die Karte läuft auf einen Fantasienamen. Glaube nicht, dass die das schon gecheckt haben. Ich weiß jetzt, wo wir das Zeug kriegen.« Er griff sich den Zettel und bedeutete Matti, ihm zu folgen.

Draußen war es finster. Nicht mal Sterne am Horizont. Aber es war mild und windstill. Ein Hund kläffte. Autogeräusche. Sie hatten das Licht im Flur ausgeschaltet, und Georg hatte die Hoftür gleich wieder von innen verschlossen. Eine Straßenlaterne stand weitab. Ihr Licht funzelte. Sie warteten ein paar Augenblicke. In manchen Fenstern war Licht. Dann gingen sie in Richtung Bundesstraße. Als sie die erreicht hatten, mussten sie sich nicht mehr vorsehen. Trotzdem erschrak Matti, als ein Polizeiauto von hinten an ihnen vorbeifuhr. Der Beifahrer warf ihnen einen prüfenden Blick zu. Ein paar Autos querten die Brücke. Im Neckar spiegelte sich Laternenlicht. Das Schloss strahlte rot.

»Nach der Brücke halb rechts, Bismarckstraße«, sagte Twiggy. Nach ein paar Minuten. »Luisenstraße. Da vorn.«

Das Apothekenzeichen leuchtete rot. In der Tür hing ein Schild: *Notdienst*. Twiggy drückte die Klingel. Das Licht ging an. Durch die Glastür sahen sie, wie ein Mann aus einem Hinterzimmer den Verkaufsraum betrat. Matti trat zur Seite und setzte sich die Sturmhaube auf. Als der Mann die Klappe in der Tür öffnete, drehte Twiggy sich weg, und Matti hielt dem Apotheker die Pistole an die Stirn. »Aufmachen!«

Der Mann schloss die Tür auf. Twiggy und Matti betraten den Verkaufsraum und führten den Mann zu der Tür, aus der er gekommen war. Sie stießen auf einen Flur. Eine offene Tür. Im Zimmer eine Liege, ein kleiner Tisch, ein Fernsehgerät.

Twiggy zeigte auf die Liege. Der Mann legte sich hin. Mit einem Fingerzeig befahl Twiggy ihm, sich umzudrehen. Matti stand mit der Makarow in der Tür. Twiggy holte aus dem Rucksack eine Klebebandrolle und fesselte den Apotheker. Er verklebte auch den Mund. Dann gingen sie in den Verkaufsraum. Kaum hatten sie die Tür zum Flur geschlossen, schepperte die Klingel. Sie erkannten den Umriss einer Frau. Die starrte sie an. Twiggy ging zur Tür, riss sie auf, packte die Frau am Arm und führte sie in das Zimmer, in dem der Apotheker lag. Auch sie wurde verpackt.

Dann durchsuchten sie die Regale im Verkaufsraum. Es war alphabetisch geordnet, sie fanden die Tabletten sofort. Matti nahm nur eine Zwanziger-Packung. Twiggy suchte derweil Betäubungsmittel aller Art zusammen. Es hätte für eine halbe Kompanie Junkies gereicht, was er in den Rucksack packte. Dann löschten sie das Licht und zogen die Tür von außen zu. Sie zogen die Sturmhauben vom Gesicht. Am Ende der Straße sahen sie weit entfernt einen Mann mit Hund von hinten. Ein Auto bog um die Ecke, der Fahrer beachtete sie aber nicht. Mit schnellen Schritten entfernten sie sich von der Apotheke, dann fielen sie in Normaltempo.

Matti blickte sich immer wieder um. Niemand folgte ihnen. Sie hatten Glück gehabt. Schon wieder. Ihr Glückskonto musste längst in den Miesen sein.

Als Twiggy den Haufen Pillen auf dem Tisch ablud, fragte Fendt: »Was soll denn das?«

Niemand antwortete. Twiggy packte das Zeug in einen Müllbeutel und stellte den in die Ecke.

Georg nahm die Betablocker und gab sie Spranger zusammen mit einer Wasserflasche. Der guckte erstaunt und schluckte eine Pille. »Jetzt wird geschlafen. Schön vom Führer träumen!« Er schloss ab.

Sie schoben den Tisch zur Seite und legten sich auf Luftmatratzen. Matti wartete, bis Anja sich hingelegt hatte, und packte seine Luftmatratze so an die Wand, dass Twiggy und Dornröschen zwischen ihnen lagen. Anja schaute einmal zu ihm herüber, aber er konnte in ihrem Gesicht nichts lesen. Georg schaltete das Licht aus.

Matti schlief nicht ein. Was sie hier trieben, war wahnsinnig. Und sie wurden immer tiefer in den Sumpf gezogen. Jetzt noch ein Apothekenüberfall.

Am Morgen weckte ihn der Polizeifunk. Er bekam gerade noch mit, dass die Bullen nach Junkies oder Dealern suchten, die eine Apotheke ausgeräumt hatten.

Zum Frühstück gab es wieder Instantkaffee und Labberbrötchen aus der Plastiktüte. Spranger war wach, als Georg die Zellentür öffnete. Matti betrat das Zimmer. Der Alte lag auf dem Bett und linste.

»Tablette genommen?«, fragte Matti.

Spranger antwortete nicht.

»Wir haben Kaffee, sogar mit Süßstoff, wenn Sie mögen. Brötchen, Marmelade, Wurst. Was wollen Sie?«

Spranger sagte nichts, schüttelte den Kopf. »Brötchen, Marmelade, Kaffee schwarz«, murmelte er endlich.

»Geht's Ihnen nicht gut?«

»Was glaubst du denn, du Arschloch?«

Matti und Georg lachten.

»Danke für die Auskunft«, sagte Matti.

Er besorgte Sprangers Frühstück. Währenddessen hatte der Mann sich auf die Bettkante gesetzt. »Wenn Sie wollen, können Sie auch zu uns kommen«, sagte Matti.

Der Alte schlürfte seinen Kaffee.

»Ich muss mit dir reden«, sagte Anja. »Ich halt das nicht aus, wie es ist.«

»Jetzt nicht«, erwiderte Matti. »Wenn das hier vorbei ist.«

Sie blickte ihm traurig in die Augen und nickte.

Zitkowski, Fendt, der Jogger und der Pistolentyp packten ihre paar Sachen. Sie wollten am Abend zurück nach Berlin. Der Jogger und der Pistolentyp hatten kaum ein Wort gesagt. Einmal hatte der Pistolentyp Matti angegrinst, und der hätte ihm am liebsten eine runtergehauen. Aber nun verschwanden diese Gestalten endlich.

Sie lungerten den Tag herum. Twiggy war in ein Elektronik-Fachbuch vertieft, Dornröschen las einen Krimi. Er hieß *Der Consul* und war öde, wie Matti aus Dornröschens Miene abzulesen glaubte. Sie beachtete ihn nicht.

Er nahm sich ein paar alte Zeitungen.

Georg räumte auf. Matti beobachtete ihn über den Zeitungsrand. Er war immer noch drahtig. Aber mit den kurzen schwarzen Haaren und dem glatt rasierten Gesicht sah er fast aus wie ein Geschäftsmann im Freizeitlook.

Der Polizeifunk war langweilig. So langweilig, dass Matti fürchtete, die Bullen sendeten heimlich noch auf einer anderen Frequenz.

Am Mittag gab es wieder Würstchen. Diesmal pries Georg den Nudelsalat als Riesenabwechslung. Dann verschwanden die Stasi-Leute. Und sofort wurde die Stimmung besser. Sogar Anja sagte was, und Dornröschen legte das Buch weg, um zu schwatzen. Nur Twiggy war weiterhin vertieft in seine Lektüre. Das half ihm, seine Sorgen um Robbi zu mildern. Wenn er allein gewesen wäre, hätte er alle paar Stunden Gaby angerufen und sie genervt.

»Morgen früh«, sagte Georg, als sie in der Küche abwuschen.

»Fahndung vorbei?«, fragte Matti.

»Ja. Und in der Apothekensache sind sie auf der falschen Spur. Außerdem belastet die Lage Spranger, und er hat ein schwaches Herz.«

»Er tut aber sehr gelassen«, sagte Matti. Er überlegte, dann fragte er: »Weißt du, was aus Ingeborg geworden ist?« Er spürte Angst vor der Gewissheit.

Georg legte den Schwamm weg und blickte Matti in die Augen. »Darüber wurde viel Blödsinn erzählt.«

»Und was ist wahr?«

Georg überlegte. Matti sah ihm an, wie er innerlich mit sich kämpfte.

»Okay«, sagte Georg. »Aber ich hab es nicht erzählt.« Er schwieg, fuhr sich mit der Hand durch die Haare und setzte sich auf einen Stuhl.

Anja kam in die Küche.

»Lass uns allein«, sagte Georg.

Anja blickte ihn verdutzt an. Sie ging.

»So schlimm?«, fragte Matti.

Aber Georg reagierte nicht. Er war weg. Dann kam er zurück.

»Ich bin mit ihr in den Wald gegangen, damals.«

»Warum?«

»Andreas …«

»Saß der nicht schon?«

»Kurz bevor er verhaftet wurde, haben wir noch mal geredet. Grundsätzlich. Dass wir zu viele Feiglinge unter uns hätten. Dass der Feigling von heute der Verräter von morgen ist …« Er blickte auf den Boden.

»Und Baader hat gesagt, Ingeborg gehört zu den Feiglingen.«

»Ja.«

»Woher wusste er das?«

»Er hat alle genau beobachtet. In den Diskussionen. Und bei Aktionen. Er hatte immer recht in solchen Dingen. Gudrun war … schwärmerisch oder so. Aber Andreas hatte einen Blick.«

Warum fiel ihm jetzt das Abendmahl ein? Das letzte Abendmahl, als Jesus seinen Verräter entlarvte, bevor Judas ihn verraten hatte.

»Und Andreas hat gesagt: Wir müssen Ingeborg ausschalten.«

»Liquidieren«, sagte Georg.

»Du solltest sie umbringen. Ausgerechnet du?«

»Wer sonst?«

»Wie?« Er legte den Kopf schräg und verkniff das Gesicht.

»Mir hat sie getraut. Ingeborg.«

»Das wolltet ihr ausnutzen.«

»Ja.« Georg nickte traurig. »Aber sie hat es gleich begriffen.«

»Sie wusste von Anfang an, dass du sie erschießen wolltest.«

»Wir sind in ein Wäldchen gefahren. Zwischen Frankfurt und Darmstadt. Als wir auf einem Parkplatz ausstiegen, hab ich sie angesehen. Und in ihren Augen konnte ich es lesen.«

»Oder du bildest dir das ein.«

»Vielleicht. Vielleicht nicht.«

»Dann seid ihr in den Wald gegangen.«

Georg nickte.

»Und dann hast du sie erschossen und verscharrt.«

»Sie hat sich niedergekniet. Fast freiwillig. Sie konnte nicht mehr und wollte nicht mehr.«

»Und du?«

»Ich hab den Hahn gespannt.«

»Und dann?«

»Dann bin ich weggegangen.« In Georgs Augen glitzerte es.

»Du hast sie nicht getötet.«

»Nein.«

»Wo ist sie jetzt?«

»Wo ist jemand, den die eigenen Leute umbringen wollen und den der Staat einsperren will?«

»Ja, wo?«

»Weiß Anja davon?«

»Ja.«

Sie saßen lange schweigend am Tisch. Twiggy kam herein und holte sich eine Flasche Saft aus dem Kühlschrank. Er schaute sich die beiden an und verschwand, ohne eine Wort zu sagen.

»Und die Blutspuren von dir und Anja im Bulli? Die haben mich echt in die Scheiße geritten.«

»Sorry. Ich musste von der Fahndungsliste, sonst hätte das nicht geklappt.« Er deutete in die Richtung von Sprangers Tür.

»Anjas Verletzung?«

»Sie ist tapfer. Und sie … mag dich.«

Der Alte lag meist auf dem Bett. Manchmal ging er ins Bad. Georg hatte ihm Zeitungen gegeben und eine Biografie über Simon Wiesenthal. Aber die lag unberührt auf dem Tisch der Zelle. Dagegen benutzte er die Kleidung, die die Stasis ihm besorgt hatten. Er sah immer akkurat aus mit Hemd, Schlips und Jackett, unter dem er die Hosenträger verbarg. Matti hatte kurz mit dem Gedanken gespielt, Spranger die Hosenträger und Schnürsenkel abzunehmen. Doch entdeckte er in der Kammer nichts, woran er sich hätte aufhängen können.

Twiggy hatte sich inzwischen mit der Fahrtroute beschäftigt. Anja googelte nach Auffälligkeiten auf der Strecke, Kontrollen von Polizei oder Zoll. Aber sie fand nichts Besonderes. Wenn sie aufflogen, hatten sie Pech gehabt. Vor allem Matti.

Mit ihm redete sie kaum mehr als »Bitte« und »Danke«.

Dornröschen las. Aber Matti wusste, dass eine zweite Abteilung ihres Hirns sich mit der Aktion befasste und vor allem damit, was herauskommen würde. Wo die Risiken lagen. Ob sie sich auf Georg und Anja verlassen konnten, wo die sie doch schon einmal gelinkt hatten. Dornröschen sagte wenig und schien kaum zuzuhören. Sie würde aber eingreifen, wenn ihr irgendwas krumm vorkam.

In der Nacht träumte Matti, wie Hunderte von Bullen ihn verfolgten. Er brauchte am Morgen keine Deuter, um zu verstehen, was sein Hirn veranstaltet hatte. Es nahm vorweg, was er fürchtete. Und was vielleicht eintrat.

Der Mercedes-Sprinter hatte abgedunkelte Scheiben und zwei Sitzbänke im Laderaum. Von der vorderen aus konnte man die Schiebetür öffnen. Hinten, in einer Ecke, hatte Georg mit den Stasis eine Chemietoilette verschraubt, wie man sie von Campingwagen kannte. Davor ein schwarzer Vorhang.

Matti und Spranger setzten sich auf die hintere Bank und Dornröschen auf den Beifahrersitz. Anja setzte sich in die Mitte, zwischen Georg und Dornröschen. Sie blickte sich kurz um zu Matti, sagte aber nichts.

Twiggy übernahm das Steuer des Transit.

»Was wird damit?«, fragte Dornröschen und deutete aufs Haus.

»Mietvertrag läuft noch ein halbes Jahr und ist bezahlt.«

»Wie lange brauchen die Bullen, bis sie merken, wer hier gewohnt hat?«, fragte Dornröschen.

»Vielleicht merken Sie's nie«, sagte Georg. Er stand neben der Beifahrertür und ging zum Tor. Twiggy fuhr den Transit auf die Straße. Er hatte ihn am Abend komplett gereinigt. Twiggy fuhr gleich weiter. Nachdem Georg auch den Mercedes vom Hof gefahren hatte, stieg er aus und schloss das Tor. Ein Paar mittleren Alters schlenderte die Straße entlang.

»Wenn du nicht geknebelt werden willst, hältst du die Klappe.« Matti warf Spranger einen finsteren Blick zu und zeigte ihm die Pistole in seiner Hand. Der Alte starrte vor sich hin.

Sie fuhren über die Neckarbrücke und dann in Richtung Hauptbahnhof. Den ließen sie links liegen und kamen auf die Autobahn zum Kreuz Mannheim. Dort auf die BAB 6, runter in Sandhofen. Dort ging es weiter in ein Gewerbegebiet. Georg hatte Twiggy beschrieben, wo er auf sie warten sollte. Matti sah an Dornröschen vorbei den Ford schon von Weitem. Er stand zwischen anderen Autos am Straßenrand.

Georg parkte hinter dem Ford und stieg aus. Matti schob die Tür auf und reichte ihm eine Druckflasche mit Sprühaufsatz, einen Regenmantel und eine Atemmaske. Georg wartete, bis ein Passat vorbeigefahren war, zog Maske und Mantel an und stieg in den Transit. Twiggy lehnte sich gegen die Fahrertür und beobachtete die Straße. Matti verfolgte, wie Georg den Transit von innen desinfizierte.

Dann stieg Georg aus, zog sich die Maske vom Gesicht und den Mantel aus. Er warf beides in den Laderaum des Ford. Dann ging er zurück zum Sprinter. Als Matti und Georg wieder im Auto saßen, blickte sich Twiggy einmal um. Dann legte er Grillanzünder auf die Vorderreifen des Transit und stieg seelenruhig in den Sprinter.

Der wendete an einer Abzweigung und fuhr zurück auf die Autobahn.

Auf der BAB 6 schaute Matti durchs Rückfenster. Weitab stieg eine schwarze Rauchsäule auf. »Da findet niemand mehr eine Spur«, sagte er.

Am Kreuz Frankenthal steuerte Georg den Wagen auf die BAB 61. Anja hatte sich Stöpsel in die Ohren gesteckt und eine Weile mit einem MP3-Spieler gefummelt. Matti hörte ein leises Zischen.

»Ich geb Ihnen Geld«, flüsterte es.

Spranger blickte Matti an.

»Vergiss es«, sagte Matti. »Unser Gast bietet mir Geld an. Das ist doch nett«, sagte er laut.

Georg lachte.

»Was haben Sie mit mir vor?«, flüsterte Spranger.

»Ich habe Ihnen schon gesagt, dass Sie es früh genug erfahren.«

»Wollen Sie kein Lösegeld?« Unverständnis lag in der Stimme.

»Warten Sie's ab.«

»Fordern Sie doch etwas«, sagte Spranger.

Matti antwortete nicht.

»Es war doch Krieg damals«, sagte Spranger. »Ich kann alles erklären. Ich habe nichts Unrechtes getan … damals war das eben Recht.«

»Was meinen Sie mit *das*?«

Spranger schwieg ein paar Sekunden. »Das waren Härten des Kriegs.«

»Wenn Sie meinen«, sagte Matti.

»Wir mussten *das* tun.«

»Wenn Sie's mussten …«

Spranger schüttelte den Kopf, kaum sichtbar, aber umso verzweifelter.

»Ich habe dafür gebüßt!«, sagte er.

Matti lächelte ihn an. »So sehen Sie aber nicht aus.«

»Wenn man kaum eine Nacht schlafen kann. Wegen der Bilder … verstehen Sie das? Diese Bilder.«

»Glaub ihm kein Wort«, rief Georg von vorn. »Er war nach dem Krieg in der HIAG, das beweist, wie schlecht das Gewissen war. Wie war es denn so mit den alten SS-Kameraden?«

»Sie verstehen das falsch«, sagte Spranger. Es klang nach jammern. »Wir waren verfemt …«

»Ich platze gleich vor Mitleid«, sagte Georg.

»Bei der HIAG hat auch der Bundeskanzler Schmidt gesprochen. Gut, da war er noch nicht Bundeskanzler. Aber Sozialdemokrat. Der hatte Respekt.«

»Sagt 'ne Menge über Schmidt«, erwiderte Matti.

»Er hat die Stimmen der SS-Typen gebraucht«, sagte Twiggy.

»Wir waren nicht die SS, sondern die Hilfsgemeinschaft auf Gegenseitigkeit. Der Name sagt es doch«, widersprach Spranger.

»Diese Hilfsgemeinschaft spendete ihren Segen und ihr Geld aber nur den Helden der Waffen-SS«, sagte Georg.

»Der Bundeskanzler, also … später … der hat gesagt, dass er sich besser gefühlt hat, wenn Waffen-SS in der Nähe war«, sagte Spranger. »Wir waren Soldaten, tapfere Soldaten.«

»Und jetzt kommt gleich der Witz mit dem Bolschewismus«, sagte Twiggy.

»Sie haben doch gesehen, was die Russen mit den Leuten gemacht haben. Vergewaltigt, ermordet, geplündert …«

»Und Leute wie Sie haben die abendländische Zivilisation exportiert«, sagte Dornröschen. Sie warf Spranger einen Blick zu und tippte sich an die Stirn.

»Es ist doch schon so lange her. Ich bin einer der letzten …«

»Gemessen an tausend Jahren ist das gar nichts«, erwiderte Matti.

»So sagen Sie mir doch wenigstens, was Sie mit mir vorhaben.«

Matti spürte Mitleid und versuchte es zu unterdrücken. Der Typ hatte auch keines gehabt. Und sie würden ihm nur geben, was er hundertfach verdiente.

Schweigen.

Draußen begann es zu regnen. Die Sonne verschwand hinter einer schwarzen Wolkenwand. Georg fuhr langsamer und vergrößerte den Abstand zu dem Lastwagen, dem er schon eine Weile folgte. Die Reifen des Hängers schossen Wasserfontänen nach hinten. Sie drückten das Wasser aus den Fahrspuren, und sofort strömte es in die Spuren zurück.

»Ich muss mal«, sagte Spranger.

»Nächster Parkplatz. Bis dahin halten Sie durch.«

Er fuhr an einer Raststätte vorbei, auf der sich eine Schlange von Autos vor dem Wolkenbruch gerettet hatte. Matti sah kaum noch etwas durch die Fenster.

Sie passierten das Hinweisschild auf einen Parkplatz. Georg wurde noch langsamer, er fuhr fast Schritttempo. Am Parkplatzschild bog er ab und rollte ein Stück weiter. Vorne hielt ein Auto mit Wohnwagen inmitten einer Pfützenlandschaft.

»Bitte schön«, sagte Georg.

Am Ende hatten sie alle die Toilette benutzt.

Spranger sah mit Hoffnung suchendem Blick zu Anja, aber die hatte schon wieder ihre Stöpsel in den Ohren. »Haben Sie überhaupt kein Mitleid mit einem alten Mann? Sie verschleppen mich jetzt an einen geheimen Ort und bringen mich um.« Endlich hatte er gewagt, es auszusprechen.

»Mitleid habe ich schon, komischerweise. Aber man soll dem Mitleid nicht immer nachgeben. Wem sage ich das?«, erwiderte Matti.

Spranger schüttelte wieder den Kopf. Er tat dies immer vorsichtig, als hätte er Angst um Schädel oder Hals. »Sie haben doch mit diesen Dingen gar nichts zu tun«, jammerte er.

»Mehr als Sie ahnen, Parteigenosse Spranger.«

Der riss die Augen auf, dann schaute er weg. »Was haben Sie davon, wenn sie mich …?«

»Warten Sie's ab.«

»Was soll ich abwarten?«

»Wir lassen Sie am Leben. Wir verfahren viel menschlicher mit Ihnen, als Sie es verdient hätten.«

Jetzt verstand Spranger nichts mehr.

Georg startete den Diesel und fuhr los. Der Regen hatte nachgelassen. Es platschte, als er den Lieferwagen durch die Pfützen des Parkplatzes steuerte.

Anja guckte hinaus. Dornröschen war abwesend. Twiggy kramte in seinem Rucksack. Spranger lehnte sich zurück und schloss die Augen.

Wir könnten ihm auch sagen, was wir vorhaben, dachte Matti. Aber vielleicht dreht er dann durch. Die Gewissheit könnte ihn zu irgendeiner verrückten Aktion verleiten. Solange er nicht wusste, was geschah, hielt er sich hoffentlich zurück. Er wollte es sich nicht verscherzen mit seinen Entführern.

Der Verkehr war zähflüssig. Es schien Georg nicht zu stören. Der Genosse schien fast erleichtert. Er war kurz vor dem Ziel. Die größten Hindernisse hatten sie überwunden. Fraglich, ob die Bullen ihnen jemals auf die Spur kämen. Bestimmt empfand Georg Erleichterung bei dem Gedanken, das Leben in der Illegalität hinter sich zu lassen. Sie war ein Gefängnis. Wohl schlimmer als das mit Mauern und Gittern. Jeden Augenblick mit der Verhaftung rechnen müssen. Mit Bullen, die den Terroristen fürchteten und den Finger am Abzug hielten. Ein blöder Zufall konnte einen in Teufels Küche bringen. Wie die Genossin, die so blöd war, ohne

Helm Motorrad zu fahren in Paris. Und die den Bullen, der sie als Verkehrssünderin wegen eines Bußgelds verfolgte, zum Krüppel schoss. Wie lebte es sich damit? Wie damit, jeden zu verdächtigen, der einem folgte oder einen ansprach? Immer die Knarre im Gepäck. Immer bereit zu schießen. Auf die Verkäuferin im Klamottenladen, die einen erkannt hatte und hysterisch nach der Polizei schrie. Auf den Fahrkartenkontrolleur in der Bahn. Auf den Campingplatzwärter. Auf den Bankangestellten, wenn Geld beschafft werden musste. Noch schlimmer und deprimierender: Seit die Terroristen selbst den Kampf aufgegeben hatten, weil er sinnlos war, seitdem war auch das Untergrundleben sinnlos geworden. Die paar Genossen, die noch nicht hinter Gittern saßen oder umgekommen waren, liefen nur vor den eigenen sinnlosen Taten weg. Vor sich selbst.

Twiggy summte ein Lied, während er in der *c't* blätterte. Und doch spürte Matti die Anspannung, die tonnenschwer über allen lag.

Koblenz, Bonn, Köln.

Anja verteilte belegte Brote und Wasser. Die Ohrstöpsel blieben drin.

Spranger winkte ab. Er guckte apathisch aus dem Fenster.

Die Wolken zogen fort. Ein Sommertag begann. Die Landschaft war fast platt. Wiesen, Felder, Wäldchen.

Mönchengladbach. Dann Viersen.

»Wir sind gleich da«, sagte Georg endlich.

Ein Schild kündigte die niederländische Grenze an. 100–80–60–40. Georg hielt sich an die Tempobegrenzungen. Matti spürte seine Angst. Sie näherten sich der alten Kontrollstelle. Sie war unbesetzt, am Rand stand ein holländisches Polizeiauto. Niemand saß darin. Vor ihnen fuhr ein alter Peugeot mit belgischem Kennzeichen. Weiter vorn stauten sich Lastwagen auf der rechten Spur. Georg wechselte auf die linke Seite. Er zog an der Kolonne vorbei.

Hinter ihnen heult eine Bullensirene. Georg guckt in den Spiegel. »Scheiße!«, ruft er und gibt Gas.

Matti dreht sich um. Deutsche Polizeiautos. Mindestens zwei.

*Venlo-Zuid* steht auf dem Schild. Georg nimmt die Abfahrt auf den letzten Drücker. Aber die Bullen bleiben dran. Spranger glotzt nach hinten. Georg folgt der N 271 in die Stadt. Er wechselt wild die Spuren. Das Bullenauto versucht sie zu überholen, doch Georg drängt es ab und setzt sich vor den BMW. Eine kleine Seitenstraße rechts. Georg fährt wieder so lange geradeaus, wie es geht, dann reißt er das Steuer rum. Der Sprinter schleudert, folgt aber gleich wieder der Lenkbewegung. Das Vorderrad des ersten Bullenautos knallt gegen den Bürgersteig. Der Wagen steht, fährt aber wieder los. Spranger wird gegen die Wand geschleudert. Er stöhnt auf und bleibt am Boden sitzen. Matti hält sich mit beiden Händen vorn fest und spreizt die Beine. Er blickt sich immer wieder um. Die Bullen bleiben dran. Bisher nicht mehr als zwei Autos. Grenzüberschreitende Fahndung. Georg fährt teuflisch gut. Von vorn kommt ein Blinklicht. Georg drückt das Gaspedal bis auf den Boden und steht gleich auf der Bremse. Das ABS stottert. Georg wuchtet den Wagen in eine schmale Gasse. Einbahnstraße. Er hupt fortlaufend. Fußgänger springen zur Seite. Die Bullen sind dran. Nun sind es drei Wagen. Wenn jetzt noch die Holländer einsteigen in die Jagd … Ist gar nicht nötig. Hier kommen sie nicht mehr raus. Georg schleudert nach links in eine Seitengasse. Der Sprinter knallt mit dem Heck gegen ein Schild. Das vordere Bullenauto verbremst sich, und bevor es zurückstoßen kann, müssen die anderen beiden Bullenautos zurücksetzen, die aufgeschlossen haben. Georg biegt wieder links ab. Er lächelt, als er in den Rückspiegel blickt. Das Schild einer Telefongesellschaft huscht vorbei. Vorne parkt ein Lieferwagen. Georg bremst, steuert den Bus hupend auf den Bürgersteig, eine Frau schlägt die Hand vors Gesicht, aber bevor er sie umfährt, zwingt er den Bus wieder auf die Fahrbahn. Keine Bullen hinten. Georg geht vom Gas. Matti glaubt, dass Georg sich das Straßengewirr vorher eingeprägt hat. Er fährt, als wäre er hier zu Hause. Vielleicht war er es?

»Kleine Planänderung«, sagt Georg und setzt den Sprinter in ein Parkhaus. Matti hört entfernt die Bullensirenen. Aber bevor die sie sehen können, ist der Bus im Parkhaus abgetaucht. Georg zeigt keinerlei Unruhe. Er steuert den Wagen ins erste Stockwerk und parkt.

»Irgendwann suchen die hier auch«, sagt Twiggy. Er ist bleich um die Nase.

»Klar«, sagt Georg. »Alles aussteigen, bitte.«

Matti zieht die Schiebetür auf und hilft Spranger auf die Beine. Der glotzt irgendwohin, ist aber unverletzt.

Georg führt sie zu einem schwarzen Mercedes-Kombi mit niederländischem Kennzeichen. Nicht das neueste Modell, aber schnell und unauffällig. Bestimmt ist die Karre technisch in einem perfekten Zustand.

Sie räumen ihr Gepäck ein und setzen sich ins Auto, während Georg im Kofferraum kramt. Er schnallt sich eine Sprühflasche auf den Rücken und geht zum Sprinter. Bevor er einsteigt, setzt er sich eine Gesichtsmaske auf. Nach zehn Minuten steigt er wieder aus und packt das Zeug in den Kofferraum. Anja ist als Einzige nicht ins Auto gestiegen, sie klappt den Zusatzsitz im Heck aus und setzt sich, Blickrichtung nach hinten. Georg startet den Benz und fährt los. Spranger sitzt zwischen Matti und Twiggy auf der Rückbank. Dornröschen starrt vom Beifahrersitz auf die Straße. Georg steckt den Parkschein für den Sprinter in den Schlitz. Die Schranke öffnet sich. Er steuert den Wagen auf eine Hauptverkehrsstraße.

Spranger starrte mit offenem Mund nach draußen. Schweiß stand auf seiner Stirn.

Sie querten einen Bahnübergang, dann fuhr Georg rechts ab. Natürlich hatten er und seine Stasi-Freunde die Fahrtstrecke geprüft. Georg steuerte den Transporter durch Venlo, als hätte er nie etwas anderes gemacht.

»Ich will nach Hause«, sagte Spranger.

»Da bist du gleich«, antwortete Georg vergnügt.

Am Ende der Straße lag ein Polizeirevier. Georg parkte den Transporter ein paar Meter hinter dessen Eingang.

Matti nahm die Akten aus Twiggys Rucksack und nickte dem Freund zu. Er gab das Papier Dornröschen.

»Lass mich noch mal reingucken«, sagte Georg.

Warum?, dachte Matti. War es Georgs Art, den Erfolg zu genießen?

Georg zog die Handschuhe aus und blätterte in der Akte. Er fuhr sich mit der Hand durch die Haare, dann blätterte er weiter. Er schien jede Seite zu überfliegen. Endlich gab er Dornröschen die Akte zurück.

Die stieg aus. Anja verfolgte alles genau, schwieg aber.

Matti blickte Spranger an. »Wenn Sie Ärger machen, fesseln wir Sie und tragen Sie hinein. Verstanden?«

Spranger nickte. In seinen Augen stand die Verzweiflung. »Ich bin doch ein … Landsmann«, stammelte er.

Matti schob die Tür auf. Dornröschen stieg aus. Twiggy packte Spranger am Arm und schob ihn auf den Bürgersteig. Matti nahm ihn in Empfang. Dornröschen marschierte zur Tür. Matti und Twiggy folgten mit Spranger. Sie betraten das Revier. Hinter einem Tresen standen Schreibtische. Zwei Frauen und ein Mann in Uniform. Eine schwarzhaarige Polizistin mit strenger Brille erhob sich und trat an den Tresen. Dornröschen legte die Akte auf den Tisch und sagte: »Wir bringen Ihnen Maximilian Spranger. Er wurde 1947 in Amsterdam zum Tod verurteilt, weil er ein SS-Kriegsverbrecher ist. Seine Strafe wurde in Lebenslänglich umgewandelt. Er ist aus der Haft in den Niederlanden nach Deutschland geflohen. Unsere Behörden haben ihn nicht an Ihre ausgeliefert, weil sie deutsche Staatsbürger nicht ausliefern, sogar wenn sie schwerste Verbrechen begangen haben. Wir liefern Ihnen diesen entflohenen Verbrecher nun aus.«

Die Frau guckte sie verwirrt an, dann Spranger, schließlich Matti und Twiggy. Sie nahm die Akte und blätterte. Matti beobachtete, wie ihre Miene sich änderte, dass sie zu begreifen begann. Dann lächelte sie sogar. Sie ging zu ihrem Schreibtisch und telefonierte. Als sie wieder am Tresen stand, sagte sie freundlich: »Mein Chef kommt gleich.«

Eine Tür öffnete sich, und ein großer blonder Mann in blauer

Uniform betrat den Raum. Er wechselte wenige Wörter auf Holländisch mit seiner Untergebenen.

Er stellte sich vor Spranger und fragte auf Deutsch: »Sie sind Maximilian Spranger?«

Spranger starrte ihn an und schwieg.

Der Polizist blickte Dornröschen an. »Wir müssen Ihnen danken. Wir übernehmen jetzt diesen Herrn und stellen ihn dem Staatsanwalt vor.« Er reichte Dornröschen die Hand, dann auch Matti und Twiggy.

»Wir müssen Ihre Personalien aufnehmen«, sagte der Chef. »Das verstehen Sie bestimmt.«

Sie legten die Personalausweise auf den Tresen. Die Polizistin übertrug die Daten in ein Formular.

»Gut, dann gehen wir jetzt«, sagte Dornröschen, als sie ihre Ausweise zurückbekommen hatten. Sie zögerte, dann lief sie zur Tür. Matti und Twiggy folgten. Matti drehte sich noch einmal um und sah, dass die Polizistin Spranger Handschellen anlegte. Der blickte ihnen entsetzt nach.

Sie verließen das Revier und blickten sich um.

Der Benz war verschwunden.

Der Zug würde sie von Venlo nach Köln bringen. Dort mussten sie umsteigen nach Berlin. Sie fanden ein Abteil für sich.

»Und nun?«, fragte Twiggy.

Er erhielt keine Antwort.

Dornröschen starrte aus dem Fenster. Matti tat so, als könnte er in dem Buch lesen, das Dornröschen durch hatte. In ihm arbeitete eine Mischung miesester Gefühle. Ärger über Georgs Verrat. Ärger über die eigene Naivität. Wie konnte er nur glauben, dass Georg freiwillig in den Knast ging? Enttäuschung über Anja. Aber vermutlich hatte er versagt. Sie wollte mit ihm sprechen, und er hatte sie zurückgewiesen. Vielleicht hätte sie ihm etwas verraten? Aber dazu hatte sie immer Gelegenheit gehabt. Sie hätte ihm einen Zettel zustecken können, unbemerkt von Georg. Wie auch immer, er hatte alles vermasselt.

Ein Quietschen. Der Zug schlich aus dem Bahnhof. Draußen eine städtische Einöde. Einfamilienhaus an Einfamilienhaus. Vorgarten an Vorgarten. Dazwischengestreut einstöckige Betonklötze: Supermarkt, Tankstelle.

Immerhin haben wir einen Kriegsverbrecher ausgeliefert, dachte Matti.

»Das Ganze war doch sinnlos«, sagte Dornröschen. »Einen Tattergreis nach Holland schaffen, was für eine Heldentat.«

»Früher wär's was gewesen«, sagte Twiggy.

»Georg hat uns verarscht«, sagte Matti. »Und jetzt?«

»Er hat genug Spuren in dem Haus in Heidelberg hinterlassen«, sagte Twiggy.

»Wenn die Stasi-Freunde nicht eine Komplettreinigung veranstaltet haben. So wie mit dem Ford.« Dornröschens Gesicht zeigte Ärger und Ratlosigkeit.

Matti malte sich aus, dass die Stasi-Typen gar nicht abgereist waren, sondern nur die Stellung gewechselt hatten. Jetzt könnten sie das Haus klinisch reinigen oder auch abfackeln. Es war zum Kotzen.

Der Zug hielt und fuhr gleich wieder an. Irgendwo schlug eine Tür. Dann standen Polizisten vor der Tür. Deutsche. Und sie grinsten ins Abteil. Einer deutete auf sein Pistolenhalfter.

Die Makarows lagen in Georgs Benz. Wenigstens das.

Die Bullen warteten ein paar Minuten, dann drängte sich ein Zivilist durch den Uniformpulk. Er öffnete die Abteiltür. »Guten Tag!«

»Ist heute Bullenball?«, fragte Dornröschen.

»Leider nicht.«

»Echt schade.«

Der Zivilbulle zückte ein Notizbuch und las ihre Namen vor. »Das sind Sie doch, oder?«

»Raten Sie mal.«

Der Zivilbulle grinste und schnippte mit den Fingern.

Die WG-Freunde reichten ihm ihre Personalausweise.

»Sie werden händeringend in Berlin gesucht«, sagte der Bulle zu Matti. Er guckte Dornröschen und Twiggy an. »Sie auch. Wegen Entführung.«

»Wie bitte!?«, donnerte Twiggy.

»Da staunen Sie, was?« Der Zivilbulle lachte. Die Uniformierten grinsten mit. »Die polizeiliche Zusammenarbeit in Europa wird immer besser.« Er grinste breit. »Anruf genügt. Wir hatten noch was gut bei den Kollegen.«

# Epilog

Es war merkwürdigerweise dieselbe Zelle wie beim letzten Mal. Matti lag auf der Pritsche und starrte gegen die Decke. Eine Spinne hatte sich freiwillig in den Knast eingeliefert und ließ sich an einem vom Luftzug gebogenen Faden von der Decke herab.

Endlich klapperte es an der Tür. Der Schließer erschien: »Sie haben Besuch.«

Gerd wartete schon im Besucherzimmer. Bevor Matti saß, sagte Gerd: »Das Haus in Heidelberg haben sie gefunden. Es ist klinisch rein. Keine Spur nirgendwo. Das bestätigt deine Geschichte, jedenfalls in meinen Augen. Für den Haftrichter reicht es nicht. Zumal der beschissen gelaunt ist.«

»Scheiße. Haben die den Mieter nicht gefunden?«

»Den Mieter gibt es nicht.«

»Fendt und Zitkowski?«

»Unbescholtene Bürger, die Berlin in letzter Zeit nicht verlassen haben.«

»Die kennen mich nicht mehr?«

»Die haben nie von dir gehört.«

»Aber Dornröschen und Twiggy sind Zeugen.«

»Komplizen. Ihr habt gemeinsam Spranger entführt. Komplizen glaubt man nicht.«

»Toll. Dann hat uns Georg so richtig in die Scheiße geritten. Danke, Genosse!« Er nickte in die Richtung, in der er Georg vermutete.

»Lass uns alles noch einmal durchgehen. Wir brauchen einen Beweis, dass Georg lebt. Dann seid ihr aus dem Schneider, was den Mord angeht.«

»Okay«, maulte Matti. Er hatte das schon getan. Dornröschen und Twiggy mit Sicherheit auch.

»Ihr habt Georg zum ersten Mal in Heidelberg getroffen.«

Matti nickte.

»Ihr wart nur in dem Haus.«

»Und in den Autos.«

»Nützt nichts. Das eine ist ausgebrannt, in dem anderen gurkt er durch die Gegend.«

»Wir haben Georg vorher getroffen«, fiel Matti ein. »In so 'nem Café in der Fußgängerzone.«

»Was hat er da gemacht?«

»Gesessen und geredet.«

»Würde ihn jemand wiedererkennen?«

Matti schüttelte den Kopf.

»Das Haus hat er nicht verlassen …«

»Bis er mit uns und Spranger weggefahren ist.«

»Habt ihr unterwegs gehalten?«

»Wir sind nicht ausgestiegen. Unterwegs hat ihn auch keiner gesehen. Er hat das geschickt gemacht. Überhaupt, wenn man bedenkt, dass er eine Leiche ist.«

Gerd kratzte sich an der Schläfe. Er sah ungesund aus, blass. Kleine rote Pickelchen auf der Stirn. »Und dann seid ihr über die Grenze.«

»Wir sind nach Venlo rein. Georg kannte sich gut aus. Er wusste genau, wo er hinfahren wollte.«

»Er ist zum Polizeirevier.«

»Ja, dort hat er geparkt.«

»Und dann?«

»Dann sind Dornröschen, Twiggy und ich raus. Mit Spranger. Und rein in den Bullenstall. Und als wir wieder rauskamen …«

»Ihr habt Spranger rausgezogen?«

»Nein, der stieg freiwillig aus. Na ja … freiwillig. Er hatte keine Wahl und hatte ganz unheroisch aufgegeben wie Paulus in Stalingrad.«

»Nicht jeder Nazi folgt dem Führer gern in den Tod«, sagte

Gerd trocken. Er blickte Matti an. »Herrje, wo könnte Georg einen Fingerabdruck hinterlassen haben? Einen einzigen!«

Twiggy zündete den Joint an. Sie hatten Dosenravioli mit Tiefkühlkräutern gegessen und schon einiges getrunken. Robbi lag faul auf Twiggys Schoß und verdaute ein paar Dutzend Thunfische. Er hatte deren Bestände jetzt endlich ausgerottet. Jedenfalls hatte er so gefressen, als wäre dies sein Plan gewesen. Dornröschen nippte an ihrem Tee. Dann übernahm sie die Riesenzigarette und zog kräftig. Matti trank das vierte Glas Aldi-Rotwein. Das erste hatte er auf seine Freilassung getrunken. Das zweite auf seine Rückkehr in die WG. Das dritte auf Twiggy, der den Bulli aus Heidelberg geholt hatte. Und das vierte, weil die ersten drei geschmeckt hatten.

Die Karten lagen vor Twiggy. Dornröschen hatte diesen Blick in den Augen. Sie würde die beiden in Grund und Boden spielen. Sie würde mit Siebenern und Achtern und Assen nur so um sich werfen. Doch Matti war es diesmal egal, obwohl er sonst fuchsteufelswild werden konnte, wenn er beim Mau-Mau verlor. Soll sie doch gewinnen. Haushoch. Scheißegal. Sie hatte es verdient.

Als er alle Hoffnung aufgegeben hatte, als die Verurteilung so sicher schien wie Hauptkommissar Schmelzers Blödheit, da öffneten sich die Türen und Tore. Und er war frei.

Das kam so: Gerd zog verzweifelt ab aus dem Knast. Das Gespräch mit Matti hatte nichts ergeben. Er fuhr zur Okerstraßen-WG. Mehr, um Trost zu finden. Er setzte sich mit an den Küchentisch. Robbi maulte ein wenig herum. Er hatte Matti erwartet, fand es unverschämt, dass der sich verdrückt hatte, ohne um Erlaubnis zu bitten. Gerd erzählte von seinem Besuch bei Matti. Wie sie versucht hatten, die Fahrt nach Venlo zu rekonstruieren.

Auf einmal schlug sich Dornröschen mit der Hand an die Stirn. »Mein Gott, bin ich blöd. Dabei hatte er es darauf angelegt.«

»Wer? Was?«, fragte Twiggy.

»Na, Georg. Er hat die Spranger-Akte durchgeblättert. Ohne

Handschuhe. Und er hat sich in die Haare gefasst. Jede Wette, er hat die Akte übersät mit Fingerabdrücken und DNS-Spuren. Und er hat es absichtlich gemacht.«

Gerd rief sofort die Polizei an. Schon am nächsten Nachmittag hatten sie die ersten Ergebnisse. Frische Fingerabdrücke. Sie bewiesen, dass Georg lebte. Und Spranger hatte es bestätigt, obwohl er über den eigenen Fall schwieg.

»Und wozu verdonnern die uns wegen der Entführung?«, fragte Twiggy, nachdem Gerd die Bullen auf die Spur nach Venlo gesetzt hatte.

»Ich weiß nicht«, sagte Gerd. »Jedenfalls stehen sie blöd da.«

»Es macht sich nicht gut, Kriegsverbrechern Pensionen für ihren Dienst am Führer zu zahlen, statt sie zu bestrafen«, sagte Dornröschen.

»Noch wird in eher linken Zeitungen berichtet«, sagte Gerd. »Aber die Sache zieht ihre Kreise, auch übers Internet. Vielleicht wird ja dieser Skandal beleuchtet. Dutzende von Massenverbrechern, die sich in Deutschland ein schönes Leben machen konnten, weil der Führer 1943 beschloss, dass sie deutsche Staatsbürger sein sollten.«

»Des Führers Wille ist Gesetz«, sagte Dornröschen. »Bis heute.«

»Mehr als Bewährung trauen die sich nicht«, sagte Gerd. »Vielleicht finden sie auch einen Trick, die Sache einzustellen.«

Natürlich hatte Dornröschen gewonnen. Die Niederlage nagte doch ein wenig an ihm. Das gestand sich Matti ein, als er mit brummendem Schädel frühstückte. Er schob einen Teil der Schuld auf Monika. Sie hatte nach der ersten Runde angerufen und ihn zum Essen bei sich eingeladen. Die folgende Runde war eine Katastrophe. Vor der dritten begann Twiggy zu lästern über Matti und die Frauen. Diese Mau-Mau-Runde vergeigte er noch übler.

Er schaltete das Radio ein. *Radio Eins* spielte *Sittin' Here Thinkin' Of My Love* von Traffic. Es folgten die Nachrichten:

*Der von einer Berliner Wohngemeinschaft in die Niederlande entführte mutmaßliche Kriegsverbrecher und ehemalige* SS-*Untersturmführer Maximilian Spranger starb heute Nacht an einem Herzleiden. Er war nach dem Zweiten Weltkrieg von einem holländischen Gericht zu lebenslanger Haft verurteilt worden. Spranger gelang 1952 die Flucht in die Bundesrepublik, wo er bis zu seiner Entführung unbehelligt lebte. Sprangers Entführung löste ein heftige Diskussion über die Behandlung deutscher* NS-*Verbrecher nach dem Krieg aus.*

Sie saßen lange schweigend zusammen. So eine verdammte Scheiße. Mehr dachte Matti nicht.

Dann dröhnte der Techno durchs Viertel. Perfektes Timing. Matti und Twiggy blickten sich an. Sie nickten gleichzeitig und erhoben sich. Dornröschen starrte aus dem Fenster und war weit weg.

Matti und Twiggy rannten im Viertel umher, bis sie das Fenster gefunden hatten, aus dem der Lärm kam. Zweiter Stock, letzte Wohnung rechts. Matti drückte auf alle Klingeln und brüllte »Eilbote!«. Als es summte, rannten sie in den zweiten Stock. Das Gedröhn wurde immer lauter. Dumm-baba-dumm-baba-dumm-baba ohne Sinn und Ende. Sie fanden die Wohnungstür. Der Lärm war höllisch. Twiggy donnerte gegen die Tür. Als nichts geschah, ging er zwei Schritte zurück und trat die Tür auf. Das Gestampfe war infernalisch. Sie öffneten die Tür zum Zimmer, aus dem der Lärm drang. Zwei schwarz gekleidete Gestalten saßen auf dem Boden und glotzten sie an. Als sie Matti erkannte, erschrak die Frau und der Typ nach ein paar Sekunden auch. Es waren die Fahrpreispreller von Friedrichshain.

Auf dem Boden stand eine riesige Musikanlage mit gigantischen Boxen. Twiggy zog den Stecker raus. Stille, schlagartig. Die Frau schrie.

»Halt's Maul!«, brüllte Matti.

Twiggy öffnete das Fenster und guckte hinunter. Niemand da. Er nahm den DJ-Doppelplattenspieler und warf ihn mitsamt den aufliegenden Scheiben hinaus. Twiggy entsorgte den Rest der Anlage auf dem gleichen Weg. Es schepperte. Der Fahrpreispreller stürzte zum Fenster, aber Twiggy schubste ihn weg. Der Typ rutschte an der Wand hinunter, landete auf dem Hintern und fing an zu jaulen. Seine Freundin heulte nun auch.

Matti tätschelte den beiden die Backen. »Auf gute Nachbarschaft!« Dann verließen sie den Ort des Jammers.

Immerhin, dachte Matti, als sie auf der Straße waren.

# Danksagung

Mein Dank gilt

*Dr. Alexander Ruoff* (Berlin) fürs Gegenlesen und für Korrekturvorschläge. Ich verlinke gern auf seine Homepage (www.historyhouse.de), auf der er seine unschätzbaren Dienste als Detektiv der Geschichte anbietet;

*Christian Rohr* (München), der mir als Lektor eine große Hilfe ist und mit guten Ideen zum Gelingen meiner Bücher wesentlich beiträgt;

*Christian Schwack* (Berlin), Mitarbeiter der Stasi-Akten-Behörde (BStU), der mir – nur leicht übertrieben – tonnenweise Material vorlegte, in dem das DDR-Ministerium für Staatssicherheit seine Verstrickung in den internationalen Terrorismus dokumentiert hat;

*Dr. Monika Niehaus-Osterloh* (Düsseldorf), der es – neben hilfreicher Ermutigung – zu verdanken ist, dass Dornröschen nur noch zweistellig gähnt;

*Klaus Viehmann* (Berlin), der in Gesprächen maßgeblich zum Plot dieses Buches beigetragen und das Manuskript trotz aller Kritik an reformistisch-defätistisch-kompromisslerischen Tendenzen durch unzählige Hinweise verbessert hat.

Sämtliche Fehler sowie alle politischen und historischen Bewertungen verantworte ich allein.

## Quellennachweis

Die Sunzi-Zitate stammen aus: Sunzi. *Die Kunst des Krieges.* Aus dem Chinesischen übertragen und mit einem Nachwort versehen von Volker Klöpsch, Insel Verlag, Frankfurt a. M. und Leipzig 2009.

# Die De-Bodt-Reihe.

»Eine Krimi-Reihe mit Suchtfaktor.«
Ruhr-Nachrichten

»Rasant erzählte, spannende Unterhaltung, die auch zum Nachdenken über internationale politische Entwicklungen und Zusammenhänge anregt.«
Hamburger Abendblatt

»Ditfurth feuert seine smarten, schnellen Sätze so lässig hinaus wie seine Protagonisten die Kugeln ihrer Waffen.«
Literaturblog Künter Keil

**PENGUIN** VERLAG